최서해의 삶과 문학 연구

곽 근

　　1970년 성균관대학교 국어국문학과, 1976년 건국대학교 대학원 석사과정, 1986년 성균관대학교 대학원 박사과정을 졸업했다. 현재 동국대학교 국어국문학과 교수로 재직 중이다.

　　저서로『일제하의 한국 문학 연구』『한국 현대문학의 어제와 오늘』『한국 근·현대소설의 현장』『한국 현대문학의 이모저모』등이 있다. 편저로『최서해 전집』『최서해 작품, 자료집』『최서해 단편선―탈출기』등이 있으며, 최서해의 장편소설『호외시대』를 정리하여 펴냈다.

최서해의 삶과 문학 연구

인쇄 · 2014년 11월 5일 | 발행 · 2014년 11월 10일

지은이 · 곽　근
펴낸이 · 한봉숙
펴낸곳 · 푸른사상사
주간 · 맹문재 | 편집 · 김선도

등록 · 1999년 7월 8일 제2-2876호
주소 · 서울시 중구 충무로 29(초동) 아시아미디어타워 502호
대표전화 · 02) 2268-8706(7) | 팩시밀리 · 02) 2268-8708
이메일 · prun21c@hanmail.net
홈페이지 · http://www.prun21c.com

ⓒ 곽 근, 2014

ISBN 979-11-308-0298-5 93810
값 26,000원

푸른사상 학술총서 25

최서해의
삶과 문학 연구

곽 근

Life and Literary Researches of
Choi Seohae

책머리에

1975년 석사학위 논문을 쓰려고 할 때 맨 처음 부닥친 문제가 주제의 설정이었다. 고민을 거듭한 끝에 한국 근대문학의 실질적인 형성기라고 할 수 있는 1920년대의 소설에 주목하였다. 그러다 보니 자연스럽게 '1920년대의 한국 프로소설 연구'나 '1920년대 신경향파소설 연구'로 가닥이 잡혀졌다. 이 부분이 아무래도 민족주의문학 계열에 비해 연구가 미진한 것 같았기 때문이다.

하지만 석사과정의 대학원생이 이 주제로 논문을 쓴다는 것이 너무 힘겹게 느껴졌다. 연구 범위가 매우 넓다고 판단되었던 까닭이다. 프로소설이나 신경향파소설만으로도 그 작가와 작품의 양이 적지 않았다. 우선은 이 방향으로 정하고 자료를 찾으며 참고 문헌을 읽어가기 시작했다. 이때 만난 작가가 서해 최학송이다.

서해는 여타 신경향파 작가에 비해 단연 돋보였다. 다른 경향파 작가들의 작품 내용이 추상적이거나 막연하고 주제나 이데올로기를 생경하게 노출시키는 데 비해, 서해는 이 점을 어느 정도 극복하였다. 따라서 서해만이라도 제대로 연구하기로 결심하였다. 본격적으로 서해에 대한 자료를 구하면서 아직 세상에 알려지지 않은 작품이 의외로 많다는 사실을 알았다.

당시 단행본이나 전집류에 소개된 소설을 전부 합해도 전체 작품의 절반 정도인 30편을 넘지 못했다. 관련 자료도 다른 작가에 비해 현저히 적은 편이었다. 무엇보다 시급한 것이 작품 발굴과 작가 연보의 작성이었다. 이를 위해 동분서주하였다. 국립중앙도서관은 물론 서울 소재 대학교의 도서관들, 중앙대학교 부설 한국학연구소, 서대문 소재의 한국학연구원 등을 주로 찾았다. 이곳에서 찾은 자료를 토대로 1976년 2월 석사학위 논문「서해 최학송 연구」를 완성하였다.

당시 수집한 자료를 바탕으로『최서해 전집』(상, 하)(문학과지성사, 1987)을 펴내고, 유일한 장편소설『호외시대』(문학과지성사, 1994)도 정리하여 펴냈다. 번안소설을 비롯하여 전집에 미처 싣지 못한 부분들을『최서해 작품, 자료집』(국학자료원, 1997)으로 묶어내기도 하였다.

2001년 탄생 100주년과 관련해 두 편의 글을 쓸 기회가 생겼다. 최서해의 소설을 재조명하는 글로, 한 편은『문학사상』4월호에 발표하고, 다른 한 편은『문학비평』(한국문학비평가협회 편)에 게재하였다. 그 후 다시 소설 통독의 기회를 얻었다.『한국문학전집』중의 한 권으로 간행되는『최서해 단편선―탈출기』(문학과지성사, 2004)의 편집 책임을 맡게 된 것이다. 최서해의 단편 중에서 문제작이나 우수작 13편을 골라내어 묶는 일이었다.

소위 유탕(遊蕩)문학이 성행할 때, 서해는 개인과 사회의 관계를 인식하고 소설 속에서 이를 형상화하였다. 이때부터 한국 소설은 개인과 사회의 관계에 주목하고, 이 문제에 대한 천착을 진지한 덕목으로 삼았다. 서해는 식민지하의 민족적 참상을 자신의 독특한 체험을 바탕으로 진솔하게 그려내어 민족의식을 일깨워주었다. 1970년대와 1980년대를 거치면서 많은 이들이 민족문학이나 민중문학의 연원을 그의 소설에서 찾으려 했던 이유가 여기에 있다. 최서해는 우리 국어와 문학에서 습득한 문체와 기법을 적절히 활용하여 미학적 측면에도 결코 소홀하지 않았다.

1980년대 중반부터 쏟아져 들어온 북한의 문학사류나 근대 문학 자료에서도 서해는 예외 없이 거론되어 있다. 여기에서 알 수 있듯이 8·15 광복 후 북한에서는 서해를 당시의 사회제도와 일제 및 자본주의에 적극적으로 반항한 작가라는 데 견해를 같이하고 있다. 혁명문학이나 투쟁문학을 산출한 작가로 추켜세우거나, 전문적 예술가로서 훌륭한 자질과 기량을 갖추었다고 높이 평가하기도 한다. 동시에 사회주의적 이상을 쟁취할 방법론의 부재를 비판하기도 한다. 비판적 사실주의의 작품이 대부분이지만, 「탈출기」를 비롯한 몇몇 작품은 사회주의적 사실주의의 맹아를 보이거나, 그 초기에 해당한다고 주장하기도 한다. 이들의 논지는 이데올로기를 중시한 편향성이 엿보이나, 엄정한 통일 문학사를 위해서는 이를 외면할 수만도 없을 것이다.

물론, 서해 소설에 문제가 없는 것은 아니다. 수필과 유사하거나 별 내용이 없는 짤막한 소품, 완결짓지 않았거나 짜임새가 엉성한 작품, 주제가 생경하게 노출된 작품 등이 없지 않기 때문이다. 그러나 몇몇 문제작만으로도 그는 한국 소설사에 뚜렷이 존재할 작가임에 틀림없다.

한때의 유행 작가였다는 일부 논자들을 비웃기라도 하듯, 그에 대한 논의는 계속 이어지고 있다. 비록 짧막한 작가 생활에 많지 않은 작품이지만, 그에 대한 열기는 여전히 식지 않고 지속되고 있는 것이다. 그에 대한 관심은 남북한만의 것이 아니다. 일본과 러시아에까지 뻗쳐 있다. 이에 걸맞게 제대로 된 연구가 절실히 요구된다.

이 책은 이러한 바람에 조금이나마 보탬이 되고자 하는 염원의 결과이다. 석사학위 논문 이후 약 20여 년 동안 산발적으로 발표한 글을 모아본 것이다. 따라서 초기의 글들은 논리나 문장에서 어설픈 부분이 없지 않다. 참고 서지를 제외하면 모두 10여 년 전에 작성된 것이다. 준비는 되어 있었지만 간행이 그만큼 늦어진 셈이다. 이것은 순전히 저자의 게으름 때문이다. 장차 서해의 작가 및 작품 연보를 바르게 정리하는 것부터 시작하여, 기존의 연구 성과를 진지하게 검토하고, 그의 전 작품을 대상으로 총체적인 고찰이 이루어지길 기대해본다.

출판사에 별 도움이 되지 못하는 이 글을 기꺼이 책으로 출판해주신 푸른사상사 한봉숙 사장님께 깊이 감사드린다.

2014년 10월
꽉 근

차례

제1장

최서해의 생애와 편력

제1장 최서해의 생애와 편력

1. 머리말

　형식주의 비평가들이 작가와 그가 창작한 작품은 별개라며 작품 해석에서 작가를 배제시키자고 주장했음에도 불구하고, 작가 연구는 여전히 유효성을 잃지 않고 있다. 작가 없는 작품이란 존재할 수 없고, 누가 뭐라든 작품에는 작가의 체취가 배어 있기 때문이다. 따라서 어떤 작품을 이해하기 위해 먼저 그 작가의 전모를 파악해야 함은 당연한 일이라 할 수 있다. 다음과 같은 논리가 절대적이지는 않지만 수긍할 만한 이유도 여기에 있다. 서해의 경우도 예외일 수는 없다.

　　작품은 그 작자의 도덕(인격)과 생활의 반영임이 진리라면, 한 작자를 논의할 때 무엇보다 사람으로서의 그를 충분히 이해하기 전에 그의 작품부터 평하려 든다면, 이는 마치 문화사의 개념조차도 정확히 파악하지 못한 문화비평가나, 문학사의 한 페이지도 들춰보지 못한 문학평론가의 愚劣한 행동에 지나지 않을 것이다. 동시에 번지 없이

집을 찾아 헤매이는 무모에 지나지 않을 것이다.[1]

서해의 작품을 해석하기 위한 전초작업으로는 그의 문학정신의 가장 명백한 원천이 되는 생애의 전기를 추적하는 작업이 필요하다.[2]

서해 최학송은 1901년 1월 21일 함경북도 성진군 임명면에서 빈농(혹은 한방의)의 외아들로 태어난다. 어려서부터 한문을 공부하고 간신히 소학교를 마친 뒤 남들처럼 떳떳한 공부(학벌을 갖는)를 하지 못한다. 한문 공부의 흔적은 1918년 『학지광』에 발표된 수필 3편(서해 자신은 산문시라고 칭하고 있다)을 비롯하여 기타의 수필이나 소설에서 발견할 수 있다.

일찍이 문학에 뜻을 두고 『청춘』 『학지광』 등의 잡지와 신소설 등을 닥치는 대로 읽고, 한때 간도로 들어가 방황하며 갖은 고초를 겪기도 한다. 작품 배경에 간도가 많은 것은 아마도 이러한 체험이 작용한 때문일 것이다. 간도에서 귀국 후 1924년 무작정 상경, 이전부터 편지 왕래가 있던 춘원을 만난다. 춘원의 권유로 양주 봉선사에 들어가 약 3개월 기거하면서 「탈출기」도 계속 고치고, 일분으로 된 서구 문학에 관한 평론을 공부삼아 읽기도 한다.

1925년 2월 춘원의 주선으로 방인근이 경영하던 조선문단사에 입사하고, 이때부터 각종 잡지의 문사 프로필에도 소개되는 등 비로소 작가

---

1) 박상엽, 「서해의 극적 생애」, 곽근 편, 『최서해 작품, 자료집』, 국학자료원, 1997, 260쪽.
2) 윤홍로, 『한국 근대소설 연구』, 일조각, 1981, 218쪽.

로 인정받게 된다. '조선의 고리키'라는 찬사와 함께 그의 시대가 도래한 것이다. 이후 각종 잡지의 기자, 신문기자 등을 거쳐『매일신보』학예부장에 이르고 몇몇 잡지의 추천 작가가 되는가 하면 문예 강연회에 강사로 참가하기도 한다. 그러나 간도 시절부터 고질병이던 위장병이 점차 악화되어 1932년 7월 9일 사망하게 된다. 당시 병명은 위문협착증.

간략히 생애를 더듬어 보았지만 사실 서해처럼 생애를 알 수 없는 작가도 드물 것이다. 그의 작품을 뒤지거나 당시 주변 사람들의 인물평에도, 등단하기 전의 행적을 말해 주는 부분은 거의 없기 때문이다.

2. 인간적 면모

서해는 등단 후 비로소 비교적 자주 언급된 편이다. 그만큼 그가 작가로서 중요한 위치에 있었으며 대인 관계가 원만했음을 말해 주는 것이다.

그 중 구체적으로 기술된 것을 들면 이종명의「서해의 추억」, 양건식의「인간 서해」, 박상엽의「감상의 7월」, 김동인의「문단 30년의 자취」, 방인근의「문단교우록」, 이명온의「무골호인 최서해」, 박화성의「빈곤과 고투한 최서해」, 이승만의「학이 소나무를 잃었구나」 등이다. 이것들은 모두 동시대를 살면서 음양으로 잘 알고 지내던 사람들의 글로 인간 서해의 면모를 파악하는 데 도움을 준다.

> 철겨운 스컷치 중절모에 겨우 무릎에 찰랑할 만한 무명 두루막이
> 를 입고 있는 것이, 언뜻 보면 북청 물장사 같기도 한 게 몹시 풍모가

초라하여 보였다. …(중략)… 조금 누루스름한 앞니를 내여 놓고 웃는 것이, 몹시 호인으로는 보였으나, 어쩐지 이 사람이 소설을 쓰는 사람인가 할 만치 그의 풍모는 극히 평범하였다.[3]

보통 사람보다 배나 될이만큼 훌닥 벗어진 이마, 시커먼 눈섭, 긴 장된 말을 할 때마다 동전같이 똥그라지는 신경질로 보이는 눈, 콧날이 선 큰 코, 두터운 입, 뺨이 쪽빠져 내여민 광대뼈, 누런 얼굴을 수놓은 굵은 주름살들, 탁한 목소리 — 이 모든 것은 처음 대하는 사람에게 결코 좋은 인상을 줄 조건이 못 되었다.[4]

이들 외의 여러 견해를 종합해 볼 때, 한마디로 남에게 호감을 살 만하지 못한 초라한 행색이다. 대머리와 광대뼈, 누른 치아와 주름살 그리고 탁한 목소리가 상대방에게 좋은 인상을 줄 리 없다. 자신도 "관상박사 배상철 씨가 골상학상 미남자라고 그럽디다. 오직 얼굴이 못생겼으면 그런 말을 했겠소" 하고 '골상학상 미남자'를 농담 삼아 자주 들추었고, 자전적 소설 「백금」에서는 다음처럼 적고 있다.

나는 지금 꽃으로 치더라도 활활 피어나갈 청춘인데 벌써 이마에 주름이 잡혔다. 그나 그뿐인가? 두 뺨 김빠진 고무뿔이 쑥 오글고, 눈 가매가 푹 패었으니 남다르게 운명을 지고 험한 길을 밟은 것은 더 말치 않아도 알 것이다.

이처럼 매력을 갖지 못한 외모가 심리에는 물론 작품에도 영향을 준 듯싶다. 외모와는 달리 성격과 인간됨은 남에게 호감을 주고 친근감을

---

3) 이종명, 「서해의 추억」, 『매일신보』, 1933. 7. 1.
4) 박상엽, 「서해와 그의 극적 생애」, 『조선문단』, 1935. 8.

갖게 한다. 함경도 사투리를 써 가면서 굵은 목청으로 하는 이야기, 늘 입가를 떠나지 않는 웃음, 구수텁텁하고 털털한 성격 등은 누구에게서나 악의와 악감을 없애 준다.

군(서해, 인용자)은 관북 사람의 堅忍한 기질을 타고나서 그 나이로 보아 行事는 거의 老成에 가까웠었다. …(중략)… 이제 군의 성격의 다른 일면을 말한다면, 僥倖을 바라지 않고, 운명을 의뢰치 않고, 제 스스로 서고 제 스스로 다니며 질서를 거쳐 단계를 밟고 정확히 또 견실히 人世를 걸어가려는 사람이었다.[5]

그(서해, 인용자)의 인간된 품은 걸걸하고 破脫하고 시원시원하며 동무에 대한 의리에 강한 사람이었고, 악의가 일호도 없는 사람이었다. 서울 생활 8~9년 하는 사이에도 그 純한 기질만은 변할 줄 몰랐다.[6]

내가 최서해를 처음 알게 된 것이 바로 이 무렵(1926년, 인용자)이었다. 서해가 신진 작가로 문단에 진출하자 각 잡지사에서는 그에게 원고를 청탁하였다. 「조선지광」에도 그의 단편을 실었다. 「조선지광」사가 서울 청진동에 있을 때 서해는 가끔 찾아왔다. 내가 그를 만나던 첫 상봉도 거기였다고 기억한다. 서해는 중키가 실한 데다 비대하지도 않고 강마르지도 않은 건실한 체격이었다. 그는 언제나 조선 옷을 입고 다녔다. 바지저고리에 두루마기를 입었고 중절모자를 썼다. 그는 다변한 축인데 롱담을 곧잘 하였다. 그래서인지 모르지만 첫인상이 매우 소탈하고 붙임성이 좋았다. 하여튼 서해가 끼인 좌석에는 웃음판이 벌어지고 흥성거리였다. 그는 언제나 락천적으로 쾌활하게 웃었다. 그리고 그는 의협심이 강하여서 눈에 거슬리는 일이 있으면 그냥 묵과하지 않았다.[7]

5) 양건식, 「인간 서해」, 『매일신보』, 1933. 7. 11.
6) 김동환, 「생전의 서해, 사후의 서해」, 『신동아』, 1935. 9.
7) 리기영, 「서해에 대한 인상」, 『문학신문』, 1966. 1. 21.

이와 같이 의리의 사나이, 의지의 사나이, 주체성이 강한 사나이, 호인 등으로 평하고 있다. 이기영의 말을 빌리면, 중키에 건실한 체격으로 한복을 즐겨 입고 중절모자를 쓰고 다녔다. 농담 잘하는 다변가로 소탈하고 붙임성이 있다. 잘 웃고 낙천적이며 의협심도 강하다. 사교적이어서 사람들과 잘 어울렸으며 호탕하고 여유 있는 성격이었음을 알 수 있다.

이기영은 생전에 일정한 거리를 두고 있는 사이었고, 이 글은 사후 제법 세월이 지난 뒤 회고담 형식의 진술이므로, 어느 정도 객관성을 확보하고 있는 것 같다. 장례식 날 명성에 부끄럽지 않게 자동차가 4~50대나 몰리는 장관을 이룬 것도 여기에 연유할는지 모른다.

그럼에도 불구하고 생활에 안정을 찾지 못하고 확고한 주견도 없이 삶에 불안정한 측면이 없지 않다. 이 점은 심경을 토로한 글에서 발견할 수 있다. 가령 집을 방문한 잡지 기자가 아침 기상 시간을 묻자 "불규칙무쌍입니다. 자고 일어남이 일정치 않습니다."라고 불규칙한 생활을 토로한 것도 그 한 예다.

어떤 일기에서는 "나는 참 무능력한 위인이다. 푯대가 없는 무골충이다. 이게 뭐냐?" 하고 자조하기도 한다. 서해를 누구보다 잘 아는 김동인도 '정돈과 정돈 못 됨이 함부로 섞인『매일신보』의 학예면이 서해의 심볼'[8]이라고 하여, 부정적 면모의 일단을 지적한다. 때문에 선동 인물, 바람, 생각이 없다, 푯대가 없다, 낙천가 등등의 평을 듣기도 했는지 모른다.

---

8) 　김동인, 「작가 4인」, 『매일신보』, 1931. 1. 8.

글 쓸 때만은 매우 엄격한 편이다. 반드시 앉아서 쓰며, 글 쓰는 날은 일부러 저녁밥을 굶는다. 방 안을 깨끗하게 소제하고, 그 방에 아이와 아내를 못 들어오게 한다. 곁방에서 말소리나 웃음소리는 물론 떠들거나 다듬이질도 못하게 한다. 마음이 가라앉을 때까지 퍽 고심한다. 글 써나가는 속도는 늦은 편이며, 착필은 더 늦은 편이다. 썼다가 버리기를 반복하여 원고지 100매 중 6~70매는 휴지로 버린다. 단편소설은 붓을 대면 밤을 새고 아침밥을 굶어가며 끝낸다.[9] 창작하는 동안은 이처럼 진지하고 경건한 마음가짐과 태도를 견지한다.

3. 최초 발표작과 등단 전후

서해는 자신의 활자화된 최초의 글이 『학지광』(1918. 3. 25)에 발표한 산문시 3편이라고 말한 적이 있지만,[10] 이광수 작 『개척자』의 독후감 「개척자를 독하고 소감대로」가 이보다 먼저다. 『개척자』(『매일신보』, 1917. 11. 10~1918. 3. 15)에 대한 독후감이 『매일신보』(1918. 3. 3)에 게재되었기 때문이다. 『개척자』에 대한 독자의 반응은 엇갈린 가운데 대단한 반향을 불러일으킨다. 새로운 시대사조에 호응하여 청년 남녀의 의식의 변화에 공감한 젊은이들이 주로 환영한다. 이에 반해 「민족개조론」에 부정적이던 사람들과 구도덕률이 몸에 밴 기성세대들은 거부 반응을 보인다. 잡지 편집상 독후감보다 산문시 3편의 원고를 먼저

---

9) 최서해, 「삼천리사 주최 문사좌담회」, 『삼천리』, 1932. 6, 113쪽.

10) 최서해, 「그리운 어린 때」, 곽근 편, 『최서해 전집』 하권, 문학과지성사, 1987, 191쪽.

투고했을 수는 있다. 그러나 산문시 3편이 실렸다는『학지광』통권 15
호(제8권 1호)는 1918년 3월 25일 간행된다.[11] 결과적으로『개척자』에
대한 독후감이 먼저 활자화된 것이다. 당시 인기에 편승한 듯 신문사는
많은 지면을 할애하여 독자의 독후감을 게재한다. 그중의 하나가 서해
의 글이다. 전문을 소개하기로 한다.

開拓者를 讀하고 所感대로

城津　崔鶴松

　나는 僻谷荒村에 蔑學賤識의 貧寒한 書生이다. 하나 ○○는 渴者-
물 求하듯 春園선생 우리의 同胞는 재게목욕하고 先生님 前에 再拜
홀지어다. 過去의 우리 祖上, 現世 우리, 未來의 子孫을 爲하여서!
　薫風和雨에 閏之盛之하던 草木이 겨울을 만나 枯한 것과 갓치 活
氣잇고 熱血잇던 우리 文學界가 겨울을 만나 榮이 凍한지 近千年, 오
랜 星霜을 歷하얏다. 하나 아직 春風을 만나지 못하야 山積한 積雪과
尺에 達한 堅氷은 록지 못하엿다. 비록 그 가운데에 그 積雪과 그 堅
氷을 록이려고 이쓴 者가 업지 안이치 안엇스나, 十分의 九는 空想과
感情에 끌여 事實도 안인 것을 僞造誇張하야 眞과 實은 害失하여 아
모 利益도 쥬지 못하얏다. 따뜻한 春風을 주어 積雪堅氷을 록이지 못
하얏다.
　하니 우리 朝鮮의 文學 그것은 文學界 改革者를 熱望홈이 沸騰點
以上에 넘은 지 오래다. 싸이고 덥힌 積雪堅氷을 버서나려고 春風을
바란지 벌서다.
　觀水者는 必于海하고 登高者는 必于嶽하나니 春園先生은 文學家
의 海오 嶽이다. 얼고 식은 우리 文學界에 新芽를 내일 春風주신 것은
春園先生이다. 이 兩三年間 新聞 雜誌에 揭載되야 流落於人間한 先

11) 김근수 편,『한국잡지개관 및 호별목차집』, 한국학연구소, 1973, 139쪽.

生의 論文, 其他 小說은 數로 헤아리면 雖 泰山一毫芒에 不過ᄒ나 우리 文學界에 쥬신 恩惠ᄂ 河海보담도 깁고 泰山보담도 놉흐시다.

여러분은 先生의 恩이 이와 갓치 深厚하심을 아는가? 몰으는가? 여러분은 熱誠으로 고싸하시는 本意를 知耶否知耶? 또는 그 開拓者를 읽을 때에 如何한 感想을 이르키는가? 여러분은 반다시 그 開拓者 중에서 「獨立, 自由, 剛勇, 敏活進就」 諸方面의 精神과 힘을 求할지어다.

일시의 오락으로 읽지 말라…… 여러분은 性哉가 發明코저 애쓰는 熱誠, 閔이 미술에 두는 뜻, 性淳의 苦悶을 남의 일 가치 생각지 말지어다.

그 네의 失敗ᄂ 우리 朝鮮 同胞 全體의 失敗오, 그 네의 成功은 우리 民族 全體의 榮光이다. ᄒ니 여러분은 同胞와 나라를 爲ᄒ여서 春園先生에게 恭敬히 拜禮ᄒ고, 다음에 性哉 性純 閔의 健康과 成功ᄒ기를 伏祝홀지어다. 그 뿐안이라, 그와 갓치 拜禮ᄒ고 伏祝ᄒᄂ 同時에 여러분도 活動ᄒ라. 썩은 지 올이고 날근지 벌선 녯일은 行雲流水에 멀니 붓쳐보내고, 이 二十世紀 奮鬪場에 나아가 爲國爲族ᄒ야 奮鬪努力ᄒ라. 性哉갓ᄒ 發明도 可也며, 閔과 갓치 美術에 布意함도 可也오, 性淳과 갓치 剛勇ᄒ 決心을 함도 可也니, 如何間 큰 開拓者가 되라ᄒ야 先輩업ᄂ 이 社會에 中心업ᄂ 여러 同胞를 善途로 引導ᄒ며 痛哭不已ᄒᄂ 우리 近世史上에 靈妙的 曙光의의 色彩를 加홀지어다.

唔呼! 우리 開拓者! 偉人傑士를 輩出할 우리 開拓者, 苦憫中에 잇ᄂ 우리를 光明의 天地에 誘引할 우리 開拓者, 暗夜에 燭갓고 海上에 燈臺갓흔 우리 開拓者!…… 千代萬代에 不滅ᄒ고 우리 民族의 法典이 되기를 仰天大祝ᄒ다. 春園先生이시여 여러분은 僭不自揣ᄒ고 大膽히 淸鑑을 뢰累홈을 十分 容恕ᄒ시기를 伏望伏望.

글의 내용이 작품에 대한 찬사와 춘원에 대한 공경을 강조한다. 춘원이 한국문학계에 새싹을 틔우는 분이며, 『개척자』는 여러 방면에서 정신적 힘이 되고 천지에 광명을 비치니 영원한 고전이 되기를 빈다는 것이다. 다소 흥분된 상태에서 감상에 젖어 쓴 것 같지만, 일찍이 춘원 문학의 가치를 인정하고 그 영향력을 예언한 점에서 주목할 만하다. 이 글을 통해 이때부터 춘원을 사사하고 장차 그를 찾아 무조건 상경하기로 의지를 다졌음을 짐작할 수 있다.

이 글이 발표된 후『학지광』이나『매일신보』에 잇따라 글이 게재되자 자신감을 갖고 계속 작품 모집에 응모한다. 그 결과 산문「춘효설경」(『청춘』, 1918. 6)이 가작으로, 산문「해평의 일야」(『청춘』, 1918. 9)가 당선된다. 이들은 내용이 게재되지 않은 채 제목만 실린다.

『조선문단』창간호(1924. 10) 투고 모집에는「고국」이 소설로 추천되고,「려정에서」와「탈출기」가 내용은 생략된 채 선외 가작으로 제목만 실린다. 가작들은 모두 감상으로 분류되고 풍년년이란 호를 쓰고 있다. 이로 볼 때「탈출기」는 처음에 감상문으로 썼다가 이광수가 소설로 개작하는 것이 좋다고 하여 그 조언을 받아들인 것 같다.『조선문단』6호(1925. 3)에 발표하면서 작품 말미에 25년 정월(正月) 작으로 한 점으로 미루어 약 2개월간 손질한 듯하다.

『조선문단』제2회 합평회(1925. 4)에서「탈출기」는 논자들의 찬사를 받는다. 김팔봉은「탈출기」를 읽고 비로소 서해에게 관심을 돌렸다고 고백한 뒤, '그때까지의 기성 작가들이 외면해 오던 우리 민족의 저항의식과 혁명정신을 바탕으로 한 매우 청신한 작품'이라고 평가한다. 이후 서해의 작품을 빼놓지 않고 읽고, 그 작품들이 이기영이나 한설야의 작품과 비교하여 결코 손색이 없다고 주장한다.[12] 이에 비해 박영희는

---

12) 김팔봉,『김팔봉문학전집』II, 문학과지성사, 1989, 533쪽.

「3월의 창작평」(『개벽』, 1925. 4)에서 특별한 언급 없이 간단히 평한다. 서해의 작품 수준을 가늠하기 위해 당시『조선문단』의 투고 모집 규정을 소개해 본다.

每號 投稿 募集 規定

選者: 李光洙 朱耀翰 田榮澤. 特作은 文壇에 推薦한다는 意味로「推薦」
이라 쓰고 그 다음은「入選」이라 쓰고 또 다음은「佳作」이라고 씁
니다. 얼마 지나 諸位中에 卓越한 분이 계시면 新進 作家로 紹介
합니다.

募集種類: 單編小說, 五千字 以內/戱曲, 五千字 以內/詩, 隨意/詩調,
隨意/論文, 二千字 以內/感想文, 二千字 以內/小品文, 五百字 以
內/書簡文, 千字 以內/日記文 記行文, 千字 以內/讀者通信(葉書
一枚)

期限: 每月 三十日까지(그러나 언제든지 連續 投稿하시오)

단편소설(短篇小說)을 단편소설(單編小說)로, 시조(時調)를 시조(詩調)로 한 점은 활자가 잘못된 것인지, 당시 그렇게 사용했는지 알 수 없다. 단편소설과 희곡은 200자 원고지 30매, 논문과 감상문은 13매, 소품은 3매, 서간문·일기문·기행문 등은 6매 정도 이내의 분량을 요구한다. 투고 모집 규정은 1925년 2월 발행된 5호부터 다소 바뀌는데, 수의(隨意)로 하던 시와 시조를 각 1편으로 하고 추천·입선·가작으로 분류하던 것을 당선 한 가지로 한다. 그 외는 종전의 규정을 그대로 유지한다.

뽑힌 작품 중에 가장 낮은 등급이 가작이고, 우수한 것이 입선이며, 가장 우수한 것이 추천이다. 따라서 서해가 투고한 작품 중「고국」이외

의 작품은 별로 우수하지 못했던 것 같다.

4. 간도 시절

서해의 간도 유랑 체험은 그의 작품에 상당히 많이 반영되어 있다. 서해의 간도행은 1918년 18세에 이루어진다. 김기현은 「탈출기」 「해돋이」 「고국」 「홍염」 등 체험적 혹은 자전적 소설을 바탕으로, 서해가 간도에서 정착하기까지의 노정을 추정한다. "그는 회령에서 두만강을 건넜고, 거기서 오랑캐령을 거쳐 다시 왕청 다캉재로 갔거나, 오랑캐령을 넘어 곧장 백두산 뒤 흑룡강가에 있는 빼허(白河)에 이르른 듯하다."[13]는 것이다. 그러나 작품 속 주인공의 간도행은 여러 곳에서 상이하게 나타나므로 작품을 근거로 간도 노정을 추정하는 것은 무리다. 「차중에 나타난 마지막 그림자」(『조선일보』, 1929. 4. 15~4. 22)의 주인공 '나'도 서해를 모델로 하고 있다.

'나'는 회령의 신우조라는 노동조에 있다가, 간도 용정촌에서 척간원이라는 농장을 경영하고 있는 어떤 고향 친구가 함께 일하자고 해서 회령을 떠나게 된다. 몹시 덥던 여름날인데 이모형과 함께 회령에서 도문선 철도를 타고 상삼봉에 내려서 두만강에서 배를 타고 강안역에 이른다. 거기서 다시 기차를 타고 용정촌에 도착한다. 용정촌에서 15일을 보낸 후 척간원 농장이 있는 동성용으로 간다. 그곳에서 무엇을 하였던가.

---

13) 김기현, 「간도 시절의 최서해」, 『우리문학연구』 1, 1976, 87쪽.

동성용에 이른 나는 여러 사람들과 같이 한가지, 틈이 없었다. 갈아놓은 땅의 흙덩어리를 '곰베'로 부수기도 하고 뽕나무 씨를 뿌리기도 하느라고 아침 햇발이 동쪽 산에 치밀고 먼 산밑에 안개가 스러지는 때 밭으로 나오면 컴컴한 황혼까지 편히 앉아서 담배 한 대 피울 사이가 없었다. 어떻게 괴로왔던지 우리는 양군에게 항의까지 제출하였다. …(중략)… 먼 산 봉우리가 누렇게 서리물들 때였다. 나는 용정촌을—간도를 떠나지 아니치 못하게 되었다. 미래의 성공을 꿈꾸던 사업은 실패되고 수천원 되는 빚을 등에 걸머지고 강안역에 내려서 두만강을 건너게 되니 감구지회가 가슴을 스르르 흐리었다.[14]

　양군은 '나'의 친구이면서 척간원의 일꾼이고 주인이며 감독이자 지도인이다. 동성용에서 '나'는 하루 열 시간 이상의 노동을 하며 정신없이 세월을 보낸다. 그곳에서 한 계절을 보내는 사이 수천원의 빚을 지게 되고 마침내 떠나기로 한다. 확인할 수는 없지만 서해가 간도에서 이런 체험을 하지 않았나 추측케 한다. 이런 행적은 김기현의 추적과는 다르다. 이와 관련하여 "최서해 「탈출기」 무대 간도마을 찾았다"의 신문기사가 주목을 끈다. 고향 성진을 떠나 「탈출기」를 쓰며 정착해 살았던 곳이, 중국 연변 용정시 성동촌의 비전동 마을이라고 현장을 확인한 강준용은 증언한다. 그는 서해와 교류했던 연변 아동문학가 채택룡(1913~1999)의 전집(중국 연변인민출판사)에서 "최학송은 생활난으로 1920년대 중국 간도의 달라즈에 와서 생활하였다……"는 구절을 발견하고, 추적 끝에 서해가 한때 살았던 터전을 확인하게 되었다는 것이

---

14)　최서해, 「차중에 나타난 마지막 그림자」, 곽근 편, 『최서해 전집』 하권, 문학과지성사, 1987, 117~118쪽.

다. 비전동의 지금 호칭은 성동1대. 10여 호 정도가 살고 있는 자그마한 마을이다. 『연변문학』의 당시 편집장이던 황장석은 "「탈출기」에 나오는 오랑캐령(지금의 오봉산)을 넘어와 마을이 있는 곳은 달라즈 한 곳밖에 없다."고 말한다.

아쉬운 것은 중국의 문화혁명 이후 대대적인 사업으로 당시의 건물이나 자료가 남아 있지 않다는 점이다. 2002년 5월 6일 설치된 '안내게시판'에는 '소설가 최서해 「탈출기」의 고향, 비전동'이라고 쓰여 있다. 황장석은 "이곳 촌민위원회가 생가 복원과 기념비 사업을 결정했다."면서 "최서해는 이곳 중고교뿐만 아니라 대학교 교과서에도 작품이 실릴 만큼 위대한 작가인 만큼 정부와 협의, 상반기 내에 복원 사업이 실시될 것"이라고 말했다는 것이다.[15]

「탈출기」가 문제작이며 화제작이다 보니 그 작품의 무대마저 관심의 대상이 되었는지 모른다. 서해에 대한 관심도가 높음을 암시해 주는 기사라고 할 수 있다. 「탈출기」의 무대가 비전동 마을이라 하더라도 서해는 어느 한곳에 정착하여 산 것 같지는 않다. 그 기간에 간도의 이곳저곳을 방랑하며 국내에도 오간 것 같다. 이와 관련하여 다음과 같은 김동환의 주장은 시사하는 바가 클 듯하다.

> 그의 대표작 「홍염」에 나오는 빼허(白河)라는 곳이 그가 고국을 떠난 뒤 맨 처음으로 발부친 땅 일흠이다. …(중략)… 백하에서 중국인 지주의 매에 못이기어서 야반에 도주하였다. 그 뒤로부터 그의 생활은 뿌리 업는 풀 모양으로 동서에 정처 없이 흐르는 몸이 되엿다. 어떤 곳에선 수삼일, 어떤 곳에선 두 석달 혹은 3~4년씩 머물럿다.[16]

---

15) 『조선일보』, 2002년 5월 8일자(40판) 문화면(18쪽).

사실 간도에서 무엇을 했는지도 확실하게 알 수 없다. 여러 편의 간도를 배경으로 한 소설은 어디까지나 허구이기 때문이다. 간도 방랑 체험은 「토혈」「고국」「탈출기」「향수」「박돌의 죽음」「기아와 살육」「폭군」「그 찰나」「백금」「해돋이」「담요」「이역원혼」「미치광이」「돌아가는 날」「홍염」「폭풍우시대」「만두」「젊은 시절의 로맨스」 등의 바탕이 되었다. 이들이 서해의 작품에서 큰 비중을 차지하고 있음은 물론 일찍이 다른 작가들에게서 볼 수 없었던 간도의 현실을 보여 준 것은 의미 있는 일이다. 이를 김기림이 뒷받침해 주고 있다.

전성시대의 서해의 문학을 특징 있게 한 중대한 특성의 하나는 이국 정조였다. 북만주라고 하는 황무지를 그의 작품의 주인공들은 대부분 그 무대로 택하였다. 우리들에게 있어서 그것은 민족 생활의 신무대인 동시에 전연 미지수인 청춘의 미래에 가로놓인 인생의 광야이기도 하다. 거기는 인간성의 극악의 반면의 발현인 잔인과 野昧와 학대와 그리고 거기 대한 사람의 가장 피비린내 나는 복수와 반항과 憤滿이 큰 渦券을 이루고 급격하게 선회하고 있는 곳이다. 작자는 이러한 암울한 천지에서 일어나는 주로 사람과 사람 사이의 갈등을 그의 심각한 체험에 基하여 明刻하게 묘사하였던 것이다. 그것은 한 개의 可驚할 전율을 우리들의 새로운 문학사의 위에 창조하였다.[17]

간도 시절의 행적은 간도를 배경으로 한 자전소설을 통해서 그 윤곽을 파악할 수밖에 없을 듯하다.

---

16) 김동환, 「살풍경하고 쩌른 생애」, 『조선중앙일보』, 1934. 6. 12.
17) 김기림, 「「홍염」에 나타난 의식의 흐름」, 『삼천리』, 1931. 9.

5. 봉선사 시절

간도에서 귀국 후 1924년 10월 무작정 상경하여 찾아온 서해를 춘원은 그의 친척 이학수가 주지로 있는 경기도 양주군 소재 봉선사로 보낸다. 저간의 사정을 춘원은 다음과 같이 적고 있다.

> 1923년(1924년의 잘못, 인용자) 頃일가. 그는 내게 편지를 하고 나를 밋고 上京하노라고 하엿다. 나는 上京한댓자 할 일이 업스니 아직 時機를 기다리라고 勸하엿건마는 어썬날—겨울 어썬날 그는 아주개 내집을 차자왓다.
> "崔鶴松이올시다"
> 할 째에 나는 퍽으나 반가윗다. 그째에 그는 수종이 나서 다리를 절고 허리를 펴지 못하엿다. 그는 自己의 放浪生活의 大綱을 내게 말하엿다. 나는 할 수 업시 그를 楊州 奉先寺 어썬 佛堂에게 紹介하야 衣食을 들이게 하고 거기서 중노릇하며 讀書와 思索을 하기를 勸하엿다. 그는 '허허' 웃고 그리하마 하고 紹介狀과 路費를 가지고 奉先寺로 갓다. 나는 내 솜옷 한 벌을 싸서 餞別을 삼엇다.
> 두어달(석달의 잘못, 인용자)이나 되엇을까 어느 눈 만히 온 날 아츰에 그는 飄然히 내 집에 낫타낫다. 그 아니꼬운 중놈하고 싸우고 나왓습니다. 그놈이 아니꼽게 굴길래 눈ㅅ속에 걱우로 박아놋고 쉬어 나왓습니다, 하엿다. 우리 두 사람은 실컨 웃엇다.[18]

스스로 불교에 귀의하거나 불법에 심취하여 절에 들어간 것이 아니고 어쩔 수 없는 선택이었기에 번민과 공상에 시달렸던 것 같다. 그중에서도 젊은 피가 끓는 청년으로서 이성을 동경하는 마음이 컸던 것 같

---

18) 이광수, 「최서해와 나」, 『삼천리』, 1932. 8.

다. 봉선사에 들어갈 무렵의 전후 정황을 다음과 같이 전해주고 있다.

① 그러니 도통 一晝夜半을 굶은 셈인데 그날 밤에는 김동환군을 하숙집으로 찾아가서 만나 가지고 한 보름 동안 신세를 끼치다가 할 수 없이 찾아간 곳이 봉선사의 중노릇이다. (네끼 굶고 중노릇)

② 갑자(甲子) 시월 삼십일. 청(晴). 소한(小寒).
　나는 중이 됐다. 장삼을 입고, 가사를 매고, 목탁을 드니 훌륭한 중일세! 세상은 나더러 세상이 귀찮아서 승문에 들었거니 믿는다. 하하하. 내가 참말 중인가? 하하하. (백금)

③ 그해 일년은— 간도서 나온 이후로 나의 생활은 일정치 못하였다. 다시 회령 나왔다가 나남, 경성, 성진을 거쳐 고향에 들러서 서울로 왔었고, 서울 와서도 며칠 있다가 어떤 사찰에 들어가서 몸을 의탁하고 염불로 세월을 보내었다. …(중략)… 인적이 드문 산중에 달이 밝고 스쳐가는 바람에 가취 끝 풍경소리가 당그랑거리는 깊은 밤이면 그 공상은 나의 몸을 불사를 듯이 일어났다. 그 속에 가장 뚜렷이 나타나는 것은 정체 모를 여자의 그림자였다. 그때 나는 신성한 설법을 받는 사람의 머리에 그런 것을 용납하는 것이 큰 죄가 되는 것 같아서 혼자 머리를 흔들고 얼음물에 세수도 하였으나 그럴 때뿐이었지 아무 효과도 없었다. …(중략)…
　나는 이듬해 봄에 다시 서울로 와서 방군이 경영하는 조선문단사에 있게 되었다. 그것이 바로 큰 홍수가 나서 이촌동 일대가 모래판이 되던 해였다. 나는 그해 여름에 잡지사의 일로 영남과 호남 방면에 돌아다니다가 가을 바람이 산들거리는 구월 하순에 서울로 돌아왔다.[19]

봉선사에서 「살려는 사람」(『조선문단』, 1925. 4)을 창작한 것은 의미

---

19)　최서해, 「차중에 나타난 마지막 그림자」, 곽근 편, 『최서해 전집』 하권, 문학과지성사, 1987, 118~119쪽.

있는 일이다. 이 작품의 내용은 게재 금지된 채 다음과 같은 머리글만
실려 있다.

> 오늘은 갑자(甲子) 11월 15일이다. 60년 전 이날에 우리 어머니는
> 이 세상에 나오셨다. 아아 어머니! 우리 어머니는 지금 어디 계시나?
> 어머니 또한 내 있는 곳을 모르실 것이다. 이 무슨 인연이던가! 새벽
> 목탁, 저녁 종에 장삼 입고 합장하고 부처님 앞에 꿇어앉을 때마다 어
> 머니 생각이 가슴에 간절해서! 나는 내 평생에 잊지 못할 이날을 기념
> 하기 위하여 이 소설(「살려는 사람」)을 쓰려고 붓을 잡았다. 뮤즈여!
> 당신도 이 글을 그렇게 읽어지이다. 아아 어머니는 어디서 배를 주리
> 시나?(어머니 환갑날 양주 봉선사에서)
> – 사정에 의하여 원문 발표는 중지합니다. –

위와 꼭 같은 내용이 자전소설 「백금」에도 실려 있다. 차이가 있다면
「백금」에는 일기식으로 소설(小雪) 난(暖) 등을 첨가하고, 어머니가 축시
(丑時)에 태어났음을 밝히고, 「살려는 사람」 대신에 「살려는 사람들」로
쓰고 있다.

갑자년이면 1924년이다. 음력 11월 15일도 갑자일(양력으로는 12월
11일, 목요일)이다. 모친이 1864년 11월 15일생이니 37세(36년 2개월
6일)에 서해(1901년 1월 21일생)를 낳은 것이다. 당시로는 상당한 만득
자인 셈이다.

게재 금지된 「살려는 사람」은 「해돋이」로 제목이 바뀌어 『신민』(1926.
3)에 발표된다. 「해돋이」가 「살려는 사람」의 다른 제목이라는 것은 「해
돋이」 말미에 「살려는 사람」에서 밝혔던 것처럼, 어머니 회갑인 갑자 11
월 15일에 양주 봉선사에서 창작했음을 분명히 밝히고 있기 때문이다.

최서해의 삶과 문학 연구

그렇다면 1925년 4월(『조선문단』)에 발표 금지된 작품이, 1926년 3월 (『신민』)에는 어떻게 발표될 수 있었을까. 아마도 일제의 검열에서 『신민』이 『조선문단』보다는 덜 엄격하지 않았나 생각된다.

『조선문단』은 남진우가 편집인 겸 발행인이 되기 전까지 민족주의문학에 공헌한 문예잡지로 일제의 감시가 심한 편이었다. 이에 비해 『신민』은 『유도』의 후신으로 사회교화를 목적으로 한 잡지이다.[20] 따라서 문학작품에 대한 검열이 다른 분야에 비해 엄격하지 않았던 것 같다. 더구나 「해돋이」를 발표하기 이전에 이 잡지에 수필 「해운대」와 단편소설 「설날밤」 「백금」 등을 발표한 바 있어, 「해돋이」 발표를 위한 터전을 이미 닦아 놓은 상태였다.

「탈출기」를 여러 번 수정한 곳도 봉선사다. 뿐만 아니라 이곳에서 일문으로 된 서구문학에 대한 평론문을 공부삼아 열심히 읽고 번역하여, 「근대로서아문학개관」 「근대영미문학개관」 「근대독일문학개관」을 『조선문단』에 연달아 발표한다. 이것들은 일본의 이쿠타 조코(生田長江) 등이 쓴 『근대문예 12강』을 축역한 것이지만 그 표제로도 알 수 있는 것처럼, 그 시대 각국 근대문학의 전반에 대한 종합적이고도 체계적이며 상세한 내용으로 되어 있다.

소품 「방황」에서는 당시 자신의 모습을 보여주고 있다. 저물어 가는 가을과 자기의 청춘을 견주며 인생을 방황하는 자신을 그리고 있다.[21] 이처

---

20) 김근수, 『한국잡지개관 및 호별목차집』, 한국학연구소, 1973, 191쪽.
『신민』은 1925년 5월 10일 창간하여 통권 73호로 1932년 6월 1일 종간된 월간 잡지이다.

21) 한원영, 『한국근대신문연재소설연구』, 이회문화사, 1996.

럼 비록 짧은 기간이지만 서해는 봉선사에서 의미 있는 시절을 보낸다.

6. 『조선문단』 시절

『조선문단』은 1924년 9월에 창간된 문예지로 방인근이 출자하고 이광수가 주재·발간한다. 김억·김동인·염상섭·주요한·전영택·박종화·나도향·양주동 등이 주요 집필진이다.[22] 서해는 1925년 2월 이 잡지사의 기자가 된다. 그 심경을 다음과 같이 적고 있다. 절이나 잡지사에서의 일이 고달프기는 마찬가지지만, 어느 때보다 안정된 생활이었음을 전해준다.

　　을축(乙丑) 이월 삼일. 청. 소한.

　　나는 ××잡지사에 들어갔다. 부처님을 배척하고 나왔으나 역시 종이 되었다. 나는 뜨뜻한 자리에 들고, 김이 나는 음식을 대할 때마다 어머니와 백금이 생각이 난다.

이때부터 문단에서 인정받기 시작한다. 문인들과의 교류도 시작되고 여러 잡지의 문인 근황에도 소개된다.

　　언뜻 보기에 헤멀숙하지만 뚝뚝한 함경도 양반이다. 소설 론문에 많은 희망을 가진 씨다. 다시 훑어보면 중 같기도 한데 원체 양주 봉선사

---

22) 1호(1924. 10)~18호(1927. 1)는 방인근, 19호와 20호는 남진우, 21호(1935. 2)~26호(1935. 12)는 이학인이 편집인이다.

에 중노릇도 하였다. 지금은 서울 와서 있는데 속인이 아주 된 모양.[23]

소설 논문에 많은 희망을 가졌다는 표현으로 보아 희망을 가지고 있을 뿐 아직 많이 발표하지는 못했음을 알 수 있다. 논문은『조선문단』에 세 차례에 걸쳐 발표한 외국문학 개관을 염두에 둔 언급인 것 같다. 그러나 입사한지 얼마 안 된 1925년 10월에 조선문단사를 그만둔다.『조선문단』13호(1925. 11) 사고란과 편집여묵란에 보면 이러한 사정을 전하고 있다.

1926년 4월 8일 동대문 밖 조선문단사에서 최남선의 대리 정인보의 주례하에 결혼식을 올린다. 신부는 시조시인 조운의 동생 조분려. 많은 하객 속에 최남선·방두환·강세형 등의 축사와 20여 인의 축전 속에 새로운 결혼법으로 식을 거행한다. 이에 앞서 같은 해 3월 19일 주요한 이 결혼식을 했는데, 이때부터 벌써 서해가 장차 최신식 특별 결혼법으로 결혼식을 거행한다는 소문이 돌았다. 결혼 후에는 한 동안 여관 생활을 한다.

『조선문단』은 1927년 1월호부터 편집인 겸 발행인을 남진우로 하여 속간된다. 2월호 편집 후기를 서해가 쓴 것으로 보아 이때부터 다시 조선문단사 기자가 된 듯하다.[24]『조선문단』2월호 목차에 연이어 3월호 목차를 예고하는데, 여타의 작가들이 예고대로 3월호에 작품을 게재한

---

23) 「문사들의 이모양 저모양」,『조선문단』5호, 1925. 2.

24) 이 무렵 횡보의 「잡지와 기고」(『조선문단』17호, 1926. 6)에 "팔봉군이 조선문단에 월평을 쓰고 서해군도 또한 조선문단과 관계를 지속한다고 하야 문제거리가 되엇다는 말을 들엇다." 는 구절이 보인다.

데 비해 서해만 이를 이행하지 못한다. 즉 「왕자」란 소설을 예고하였으나 끝내 발표하지 못한다. 기자가 된 후에는 '문사방문기'란을 설정하여 한 호에 두 작가씩 탐방한다. 2월호에는 김기진과 주요한, 3월호에는 박영희와 김동환이다. 3월호부터는 추천작가도 겸하게 되는데 첫 추천작은 계용묵의 「최서방」이다. 이 작품의 추천 전말을 서해는 편집여언에서 다음과 같이 쓰고 있다.

독자 여러분의 투고가 나날이 불어가는 것을 기쁘게 생각한다. 속간 이래 들어온 것만 하여도 벌써 소설만 삼십여 편이나 된다. 그러나 섭섭히 생각하는 것은 그 많은 투고 가운데서 출중한 것이 보이지 않는 것이다. 그중에서도 일종의 유희적 · 오락적 태도로 쓰신 분이 있는 것은 더욱 유감으로 생각한다. 초학자일수록 무엇보담도 몬저 충실해야 할 것이다.

우에 말한 바와 같이 삼십여 편 투고 중에서 최서방 한 편을 뽑앗다. 이것도 출중한 작으로 보기는 어렵다. 사건 전개에 부자연한 점과 표현에 불순하고 지리한 곳이 퍽 많으나 대체로 보아서 고상한 동기와 작중에 흐르는 참된 마음을 취하였다.

여기서 서해의 문학관을 어느 정도 읽을 수 있다. 이 점을 확인하기 위해 「최서방」을 살펴보자. 「최서방」의 주인공 최서방은 착한 농부지만 그의 지주인 송주사는 악독한 독사 같다. 지금까지 가난과 노역의 고통에 시달려 온 최서방은 그 원인이 지주의 착취에 있다고 판단하고 그에 대항하여 투쟁하기로 한다. 마지막 남은 재산인 독과 솥마저 빼앗아가려는 송주사에게 도끼를 집어든 이유가 여기에 있다. 하지만 송주사를 죽이는 대신 독과 솥을 내려치고 처자식을 이끌고 서간도로 떠나고 만다.

빈부를 대조시키고 빈자를 선인으로 부자를 악인으로 설정한 신경향파소설이다. 이 작품을 쓴 계용묵은 1904년 9월 평북 성천에서 태어나 공립 보통학교를 졸업 후 서당에서 수학하면서 문학에 관심을 갖는다. 1920년 시「글방이 깨어져」를 투고하여 소년 잡지『새소리』에 2등 당선된다. 17~8세에『조선일보』에 논문·감상문·시 등을 자주 투고하여 발표된다. 1921년 4월에는 신학문을 반대하는 조부 몰래 상경하여 김안서를 통해 염상섭·남궁벽·김동인 등과 교류하게 된다.

「최서방」이 당선되기 전에 이미 단편소설「상환」이『조선문단』8호 (1925. 5)에 자아청년이란 필명으로 발표된 터다.『생장』3호(1925. 3)에는 시「봄이 왔네」가 입선되고,『생장』5호(1925. 5)에는 시「요맛 비에 요맛 바람에」가 당선되기도 한다. 이들 두 작품에는 계자아라는 필명을 쓰고 있다.

따라서 그는 신인이 아니다. 「상환」이 합평회에서 좋지 않은 평가를 받자「최서방」을 응모하여 화려하게 재등장하고자 한 것뿐이다. 하지만 이광수나 김동인 같은 대가가 아니고 자신과 별 차이가 없는 서해가 추천하는 바람에 몹시 불쾌해 한다. 이 때문에 계용묵은 "이 소설의 당선이 나로 하여금 도리어 위신상 부끄러움을 금하지 못하게 하였다."[25]고 불만을 토로한다.

계용묵과 관련된 이런저런 상황을 알고 있었는지는 차치하고「최서방」을 추천하면서 서해는 무엇보다 내용을 중시한다. 이러한 내용 중시의 문학관을 평생 견지한다.

---

25) 조연현,『문단수업』, 수도문화사, 1951, 9쪽에서 재인용.

서해는 1925년 8월 1일부터 9월 11일까지 조선문단사의 배려로 남쪽 지방을 여행하게 된다. 춘해의 「만주여행기」에는 "8월 1일 오전 7시 차로 남선으로 향하는 서해군을 작별하고 나는 오전 8시에 북행차를 탓다."(『조선문단』 12호, 1925. 10)라는 구절이 보인다. 이들은 여행 후 각각 여행기를 써서 『조선문단』 12호에 게재하기로 한다. 하지만 서해의 여행기는 이유 없이 실리지 않고 다음과 같은 글만 실리게 된다.

> 九月 十一日 上京하엿습니다. 서울에도 가을 바람이 蕭瑟합니다. 水陸千里에 나그내 몸되야 무더운 녀름을 愉快히 보낸 것은 여러분의 厚意로 생각합니다. 鄕村의 芬芳한 草香과 南方의 明麗한 風光은 只今도 이 記憶에 새롭습니다. 언제 機會가 잇사오면 또 한번 南遊의 客을 지허볼가 하오며 이에 가을 비치 무르녹어 가옵는데 여러분의 健康을 빌고 바랍니다. 조선문단사 기자 최학송 拜 [26]

『조선문단』에서는 새로운 기획으로 합평회를 개최하였는데 이때 서해는 그 내용을 받아쓰는 일을 맡는다. "잘못된 것은 잘 밧어 쓰지 못한 필자의 허물이오니 책망의 방맹이는 필자에게 내려 주옵소셔." 그렇게 말하고도 받아쓰는 틈틈이 자신의 의젼을 개진한다. "쓰노라구 눈코를 못 뜨겟스나 참견하구 십허서 어디 견디겟습니까?"라고 솔직히 토로하기도 한다. 여기서 염상섭이 최서해가 누군지를 묻는 것으로 보아 서해라는 호로 작품을 본격적으로 발표하기 시작한 것은 「십삼원」부터인 것 같다. 그 이전에는 이 호를 쓰지 않은 듯하다.

---

26) 『조선문단』 12호, 1925. 10.

'서해'란 호는 언제부터 사용하였을까. 수필 「그리운 어린 때」(『조선문단』, 1925. 3)에 보면 "「자신」이라는 시 한편을 『북선일일신문』에 서해라는 익명으로 투고하였다."라는 구절이 보인다. 초기 감상문과 「근대로서아문학개관」 등 몇몇 곳에서는 풍년년이란 필명을 사용한다. 「탈출기」를 발표하면서부터는 소설에 최서해, 그 외 수필이나 잡문에는 최학송이라고 쓴다. 「박돌의 죽음」부터는 '최'마저 빼고 주로 서해만을 사용한다. 호의 유래에 대하여는 다음과 같이 밝힌다.

> 나의 아버지의 雅號는 耕南이었는데 나는 어릴 때에 '苧谷'이라 불렀다. 저곡이란 서울 附近에 있는 洞里 이름이었는데 아버지가 벼슬을 하여 가지고 咸鏡道로 赴任하기 前에 거기에 가 계시었다. 그를 紀念하기 爲하여 그리한 것이다. 그러다가 다시 '曙海'라고 고치었다. 그 까닭은 나의 고을 城津은 海港인 것만치 나는 바다와 친할 기회를 많이 갖고 그에 따라 바다의 너른 맛, 깨끗한 맛에 마음이 반했다. 그래서 새벽마다 바다에 나가서 아침해가 떠오르는 그 바다의 絶景을 讚美하였다. 少年 空想에 마지막에는 바다를 英雄의 氣槪로 解釋하기에 이르렀다. 英雄의 氣品이라 하면 지금 생각에는 웃으우나 그때는 그를 憧憬하였다. 그런 까닭에 나의 號를 '새벽의 바다'로 고친 것이다.[27]

여기서는 호 이외에 아명이 저곡이었다는 점, 부친은 한때 정부의 임명을 받은 지방 관리였다는 점 등을 확인할 수 있다.

KAPF에서 맹활약하던 김팔봉은 서해를 가입시키기 위해 교섭을 시도한다. 그러나 "무산 계급의 현실을 그대로 표현하고 그들의 감정과

---

27) 최서해, 「雅號의 由來」, 『삼천리』, 1930, 5쪽.

이념을 대변하는 구실은 하겠지만 무슨 조직적 행동을 해야 하는 단체라는 곳에는 들고 싶지 않다."고 난색을 표한다. 아마도 서울에 처음 왔을 때 이광수나 방인근의 도움을 받고 그들이 KAPF를 싫어하기 때문에 서해도 가입하지 않았는지 모른다. 그러던 그가 어떤 동기인지 일시적으로 KAPF에 가담하게 되었고 별 활동도 하지 않다가 탈퇴하고 만다. 이런 사정은 그가 생리적으로 무슨 단체에 가입하여 어떤 주의 밑에서 획일적인 작품활동하기를 꺼려했음을 말해 준다. 박영희의 다음과 같은 언급이 이를 뒷받침해 준다.

> 그(서해, 인용자)는 일찍이 間島方面으로 漂流하면서 貧窮과 飢餓와 살아온 苦海의 經驗者이었다. 그러므로, 그의 作品은 그의 生活記錄인 同時에 또한 韓國사람의 沒落하여 가는 生活相이기도 하였다. 그는 「탈출기」라는 短篇으로 시작하여 「홍염」이라는 短篇에 이르기까지 韓國사람의 貧窮한 生活相을 이모조모로 描寫하고 있었다. 한편으로 기울어지지는 아니하였고 銳利한 階級意識의 메스가 빛나지는 아니하였으나, 韓國사람의 生活相이 如實히 드러났을 뿐 아니라 그 넓고 크고 굳센 構想과 筆致가 또한 文壇의 注目을 끌었었다. 나는 그와 알게 되었고 그도 나와 자주 만났다. 어느 때 내가 君과 알게 되었는지는 잘 생각나지 않으나 아마 君이 『조선문단』을 編輯하였을 때라고 생각하는 것이 대개는 옳으리라고 생각한다. 나는 군에게 자주 놀러 갔었다. 그리하여 그를 기어코 '카프'에 끌어넣었다. 사람 좋은 君은 그다지 사양하거나 反對하지 않고 곧 入會를 하였다. 그러나 君은 물론 '카프'의 여러 가지 政策에 대하여는 그다지 贊意를 表하지 않았다. 韓國社會와 韓國民族을 위하여 일을 한다는 點에서 '카프'를 支援하고 擁護하였을 뿐 그 文學政策에는 感心하지 않았었다.[28]

---

28) 박영희, 「초창기의 문단측면사」, 『현대문학』 통권 64호, 1960. 4, 221쪽.

한국 최초의 문학 단체라고 할 수 있는 '조선문인회'가 발족된 것은 1922년 12월 하순이다. 그 주축 멤버는 염상섭 등의 폐허파로 기관지 『뢰내쌍스』를 이듬해 4월에 창간한다. 당시의 '조선문인회'가 어떤 목적과 성격으로 구성되었는지 자세히 알려져 있지는 않다. 하지만 의욕만큼 운영할 자금과 능력이 없고 회원의 기준도 마련되어 있지 않은 상태였음이 분명하다. 창조파의 참여도 얻지 못해 흐지부지한 상태로 명색만 유지하다가 사라져 버린다.

이렇게 꿈틀거리던 문학단체가 범문단 조직으로 발족한 것은 1927년 1월의 '조선문예가협회'다. 임시 사무소를 숭인동에 둔 이 협회의 발기인은 최남선·이광수·김동인·염상섭·김억·변영로·김기진·박팔양 등 거물급이고, 간사직은 이익상·최서해·김광배 등 신진층이 맡는다. 원고료제를 확립하고 문인들을 단합시키려는 이 협회는 당시의 문단을 휩쓸고 있던 사회주의문학과 민족주의문학과의 논쟁, 강력한 카프 조직의 결성, 카프 자체 내의 이론적 분열 등의 열풍에 말려들어, 뚜렷한 사업이나 흔적을 남기지 못한다.[29]

'조선프로예술동맹전국대회'는 1928년 8월 26일 개최될 예정이었는데 이때의 대회준비 회장은 김기진이고, 서무는 윤기정·임화·회월, 재무는 최서해·조중곤·이기영이 맡는다.[30] 이처럼 서해는 문학 단체에 가담하여 일정한 역할을 담당한다.

---

29) 김병익, 『한국문단사』, 일지사, 1980, 77쪽.
30) 『동아일보』 1928. 8. 11. 실시 여부 미확인.

7. 말년과 임종 전후

서해의 말년은 1929년부터 임종시까지라고 할 수 있다. 이 기간에는 신문사 일을 포함한 대외 활동이나 『호외시대』 연재에 심혈을 기울인 듯하다. 이 무렵에는 정상급 작가 반열에 서게 된다. 따라서 신문사나 잡지사의 각종 문인좌담회에 초청된다. 『조선일보』 주최의 동대문 밖 암자에서 개최된 문인좌담회의 참석도 그중 하나일 것이다. 그 자리에는 성해 · 회월 · 일엽 · 팔봉 · 독견 · 승일 · 은상 · 적구 · 석영 등과 함께 참가한다.[31] 주최 측은 '거성이 그야말로 구름같이 모였다.'고 말하고 있는데 결코 과장이 아니다.

1932년 5월 4일 서울 종로의 백합원 누상에서 열린 『삼천리』사가 주최한 문인좌담회에도, 김동인 · 김원주(金元周) · 방인근 · 이광수 · 현진건 · 최상덕 · 김억 · 이익상 · 김원주(金源珠) 등과 함께 초대된다. 『삼천리』사 측에서는 김동환과 최정희가 참석한다.[32] 여기서 알 수 있는 흥미로운 사실은 당시 작가들의 원고료 수입이다. 대략 월 평균 춘원 1만원, 안서와 독견이 4천원, 성해가 3천원, 빙허와 춘해가 2천원, 서해와 동인이 1천5백원, 일엽이 1백원 등이다.

서해는 동인과 함께 몇 안 되는 천원대의 원고료를 받는 작가인 셈이다. 수입이 많은 작가들 대부분이 통속소설 작가였다는 점을 고려한다면, 당시 서해는 동인과 더불어 통속소설을 쓰지 않았다는 뜻이다. 이

---

31) 「문단행진곡」, 『삼천리』, 1929. 6.
32) 토론된 내용은 『삼천리』 26호(1932. 5. 15)와 27호(1932. 6. 1)에 나누어 게재된다.

에 앞서『삼천리』(1929. 6)에 보면 문인 가운데 연조가 깊고 독자가 많은 춘원이 원고료를 제일 많이 받지만 그 액수가 고작 만원을 넘었을까 하는 정도다. 그 뒤를 이어 상섭 · 독견 · 성해 · 서해…… 등을 들고 있다. 1929년부터 서해는 원고료 면에서 상위 그룹의 작가에 속한 것이다.

이 무렵 문인들의 모임으로는 조선문예가협회와 KAPF, 가요협회 등이 있었는데, 40여 명의 회원이 있는 조선문예가협회는 소설은 원고지 한 장에 50전, 시는 한 편에 3원씩 원고료를 받자는 것이 동기가 되어 결성된다. 김동인의『젊은 그들』, 염상섭의『삼대』, 서해의『호외시대』가 모두 1일 1회 1원 50전부터 2원씩이었으니,[33] 원고료에서도 동인 · 상섭과 나란히 일급 작가의 대우를 받았음을 알 수 있다. 당시의 물가로 쌀 한 가마니 값이 13원 내외요, 쇠고기 한 근에 40전이었으니[34] 대충 원고료의 수준을 이해할 수 있다.

1930년 이른 봄 서해는 최독견의 후임으로『매일신보』문화부장이 된다.[35]『중외일보』에서 함께 근무한 김팔봉은 서해가『매일신보』로 옮기던 무렵을 다음과 같이 증언해 주고 있다.

> 그런데 학송은 폐병이 중해졌었다. 날마다 얼굴 빛깔이 틀려가는 형편이었는데 하루는 홍종인이 날보고 "학송의 병이 점점 무거워지는 모양인데 전지 요양을 하기 전엔 병을 낫게 할 수 없을 거요. 월급

---

33) 『삼천리』, 1931. 9.
34) 이명온, 「무골호인 최서해」, 곽근 편, 앞의 책, 1987, 408쪽.
35) 위의 책, 405쪽.

도 못 주는 신문사 형편에 가불을 해달랄 수도 없을 테니까 학송의 치료비를 내가 80원을 댈 테니, 팔봉이 이 돈을 학송에게 전해주시고 그리고 사장한테 학송에게 휴가를 주어 전남 해안 그의 처가로 보내도록 마련해 주구료." 이렇게 말하는게 아닌가. 홍은 날더러 돈의 출처를 묻지 말고 자기보다는 학송이 나하고 더 친한 터이니 그렇게 해달라기에 나는 승낙하고서 돈 80원을 받아가지고 학송에게 주면서 홍의 뜻을 전하고 또 사장 하몽 이상협에게 사실대로 이야기하고서 학송을 전날 그의 처가로 내려보냈다. 그는 바닷가에 가서 치료하여 가지고 몇 달 후에 서울로 와가지고는 성해 · 독견 · 염파가 끄는 대로 『매일신보』에 들어가고 말았다.[36]

『중외일보』 간부들의 가슴 찡한 인정미를 느끼게 하는 위의 증언에도 불구하고 월급이 많고 확실하다며 『매일신보』로 옮긴 것이다. 이런 신문사 근무는 작품에도 자주 투영되어 「오원칠십오전」 「전아사」 「백금」 「같은 길을 밟는 사람들」 「무명초」 「전기」 「서막」 등에 나타난다.

폐병은 아니었지만 이때쯤 위병은 극도로 악화된 상태였고 마지막 몸부림이라도 치는 심정으로, 따뜻이 배려해 준 사람들을 외면한 채 직장을 옮긴 것이다. 위병은 비교적 이른 시기부터 그를 괴롭힌 것 같다. 수필 「呻吟聲 — 病床日記에서」가 이를 잘 입증해 주고 있다.

오늘이나 나을까 내일이나 나을까 하여 大旱에 雲霓보다 더 초조하게 바라건마는 병고는 조금도 덜리지 않는다. 고적한 내 생활은 병마에게 붙들린 뒤로부터 더욱 고적하게 되었다. 고국에 있을 때에는 찾아갈 만한 곳도 있었고 찾아 줄 만한 벗들도 있어서 마주 앉아 肝膽

---

36) 김팔봉, 『김팔봉문학전집』 II, 문학과지성사, 1989, 534쪽.

을 토로하면 달 지고 해 뜨는 줄을 몰랐으나 한번 天涯에 방랑하여 胡地 孤客이 된 뒤로는 늘 숙연한 심사를 금할 수 없다.

여기서 병고는 구체적으로 위병을 말하며 간도로 가기 전 발병하였음을 알 수 있다. 이 위병으로 위산을 많이 먹게 되는데 「같은 길을 밟는 사람들」 「십삼원」 「팔개월」 등에서 잘 보여주고 있다.

『매일신보』로 옮긴 후 잠시나마 일급 작가이며 월급 70원의 문화부장으로서 생활의 안정을 찾게 된다. 그러나 위병이 악화되어 1932년 7월 서울 관훈동 삼호병원에 입원하게 된다. 일주일 후 수술을 받기 위해 의전병원으로 옮긴다.

병원 입원실에서 생사의 기로를 헤매고 있을 때의 일이다. 김억이 병문안을 가니 난데 없이 여자의 머리핀 하나를 보이면서 "이건 방구석에 떨어진 걸 주운 거요. 이 머리핀에 어떤 사연이 담겨 있다고 생각하오?" 하고 묻는 것이다. 김억이 대답을 주저하자, "이 머리핀에도 반드시 무슨 사연이 있을 게요. 어떤 아내가 남편을 잃고 울다가 떨어뜨린 것이 아니면 애인의 간호를 하다가 고단한 김에 떨어뜨린거나 아닐지? 내게는 꼭 그렇게만 생각되오. 이 핀에도 꼭 그믐밤 같이 어두운 이 사회의 불행한 이야기가 담겨 있을게요…… 퇴원하면 곧 소설을 쓰겠소."[37]라고 말했다는 것이다.

이와 같은 일화를 전하면서 변희근은 마지막 순간까지도 서해가 창작의 열정에 불탔다고 칭찬하고 있다. 이 일화를 통해 서해에게 사소한

---

37) 변희근, 「'참사람'을 위한 문학」, 『문학신문』, 1966. 1. 12.

것도 지나치지 않고, 매사를 소설 창작에 결부시키려 하며 사회를 어둡게 보려는 경향이 있음을 읽을 수 있다.

수술 중 이익상, 죽마붕우 최문국, 동료 박상엽의 삼인이 일천 이백 그램의 피를 수혈했지만[38] 효과를 보지 못한다. 7월 9일 오전 4시 20분 처남 조운, 의사 정민택, 누이동생, 이승만, 그 외 간호원 이삼인이 지켜보는 가운데 숨을 거둔다.

7월 11일 장례식에는 춘원 · 동인 · 성해 · 독견 · 요한 · 상섭 · 적라산인 · 가람 · 운정 · 백화 · 팔봉 · 안서 · 춘해 · 심훈 · 노산 · 김영팔 · 조운 · 월탄 · 석영 · 현철 · 이승만 등과 그 외 문인들이 운집한다. 이처럼 많은 문인이 한곳에 모이기는 근래에 없었던 일이다. 관을 방에서 운구차로 옮기는 데 성해 · 파인 등 6인이 함께하고, 관 위에 덮는 영정은 이병기가 쓰고, 관을 묻고 그 위 콘크리트한 곳에는 김운정이 「曙海 崔鶴松之柩」라고 쓴다.

그해 7월 23일 오후 4시 서울 백합원에서 '최서해유족구제발기회'가 결성된다. 임시 사무소를 중학동 김홍관 내과의원 내에 두기로 하는 등 본격적인 재비를 한다.[39]

『동아일보』 기사는 이러한 사실을 다음과 같이 알린다.

최서해유족구제발기회
고 서해(曙海) 최학송(崔鶴松)씨의 유족 네 사람은 서해 작고 후에

---

38) 박상엽, 「서해의 극적 생애」, 곽근 편, 『최서해 작품, 자료집』, 국학자료원, 1997, 276쪽.
39) 『동아일보』, 1932. 7. 25.

살아나갈 길이 망연하게 되엿슴으로 작 23일 오후 네 시부터 씨의 친
우 리익상(李益相) 이하 여러 사람이 백합원에 모히어 서해유족구제
발긔인회를 개최하얏는데 그 발긔인의 씨명은 다음과 갓다 하며 동
유족구제회 림시 사무소는 시내 중학동 김홍관 내과의원(金弘琯 內
科醫院) 내에 두기로 하얏다 한다. 그리고 최서해씨의 추도회를 금월
중에 거행하기로 준비 중인데 시일과 장소는 추후 발표하리라 한다.
이광수 이익상 현철 김홍관 김동환 최상덕 김영진 정민택 이승만 박
종화 주요한 양건식 이병기 방인근 김원주 최정희 정인보 고세형[40]

그해 9월 28일 비가 퍼붓는 아침, 서해의 모친은 젊은 며느리와 어린
두 손자를 데리고 경성역을 출발하여 회령으로 떠난다. 따라서 최서해
유족구제발기회도 제 기능을 못하고 흐지부지된 듯하다. 그 후 삼년 만
인 1935년 6월 9일 아침, 아내 조분려도 세상을 떠난다.[41]
『삼천리』(1932. 8)에는 '오호 서해의 사'라는 제목으로 특집호가 꾸며
진다. 필자와 제목을 소개하면 이광수「최서해와 나」, 염상섭「곡 최서
해」, 김동인「사람으로서의 서해」, 김석송「서해와 우리들」, 이병기「추
억」(시조), 홍효민「오호 서해형이여」, 박월탄「억 최서해」, 김동환「매
장후기」 등이다. 사후 1년 뒤 7월 8일에는 오후 8시부터 생전의 동지들
이 주축이 되어 견지동(堅志洞) 시천교당(侍天敎堂)에서 소기(小忌) 추도식
을 거행한다.[42]

40) 『동아일보』, 1932. 7. 25.
41) 박상엽, 「서해의 극적 생애」, 곽근 편, 『최서해 작품, 자료집』, 국학자료원, 1997,
     277쪽.
42) 『동아일보』, 1933. 7. 9.

故曙海崔鶴松 小忌追悼式

　서해(曙海) 최학송(崔鶴松)씨가 세상을 떠난 지도 만 1주년이 되어 그의 평소 동지들은 8일 오후 8시 부내 견지동(堅志洞) 시천교당(侍天敎堂)에서 군의 소기(小忌) 추도식(追悼式)을 거행하리라는데 이에 그의 친구들은 다수 참가하기를 바란다 한다. (동아일보, 1933. 7. 9)

　생전에 불우했던 서해가 사후에 결코 그렇지 않았음을 보여주는 예들이다. 이와 달리 소설 속에서 실제 인물 그대로 소개되거나, 허구화된 인물로 등장하기도 하여 관심을 끈다.

　현은 잠이 깨이자 눈을 부비기 전에 먼저 머리맡부터 더듬었다. 사기 대접에서 밤샌 숭늉은 어름에 채인 맥주보다 오히려 차고 단 듯하였다. 문득 전에 서해(曙海)가, 이제 현도 술이 좀 늘어야 물맛을 알지 하던 생각이 난다.
　'지금껏 서해가 살았든들, 술맛, 물맛을 가치 한번 즐겨볼 것을! 그가 간 지도 벌서 십년이 넘는구나! 현은 사지를 쭈욱 뻗어 기지게를 켜고 파리 날르는 천장을 멀-거니 쳐다본다.
　중외(中外) 때다. 월급날이면, 그것도 어두어서야 영업국에서 긁어오는 돈백원 남짓한 것을 겨우 삼원씩, 오원씩, 논아들고 그거나마 인력거를 불러 타고 호로를 내리고 나서기 전에는 문밖에 진을 치고 빵장사, 쌀장사, 양복점원들에게 털리고 말던 그 시절이었다. 현은 다행히 독신이던 덕으로 이래나 견듸였지만, 어머님을 모시고, 안해와 자식과 더부러 남의 셋방사리를 하던 서해로서는, 다만 우정과 의리를 배불리는 것만으로 가족들의 목숨까지를 지탕시켜 나갈 수는 없었다.
　"난 매신으로 가겠소. 가끔 원고나 보내우. 현도 아무리 독신이지만 하숙빈 내야 살지 않소."
　현은 그 후 '중외'에 있으면서 실상 '매신'의 원고료로 하숙집 마누

라의 입을 공연히 시간만 빼앗기던 것, 인전 정말 내 공부나 착실히
하리라 하고, 서해가 쓰라는 대로 잡문을 쓰고 단편도 얽어 하숙비를
마련하는 한편, 학생 때에 맛모르고 읽은 태서대가(泰西大家)들의 명
작들을 재독하는 것부터 일과를 삼았었다.[43]

현은 서해의 말대로 잡문과 단편을 써서 하숙비를 마련하는 등 도움
을 얻는다. 서해의 가난은 그의 입을 통하거나 작품으로 정평이 나 있
다. 그러나 사후 10여 년이 지난 즈음에 다른 작가의 소설 속에 그 정황
이 소개되는 것은 특이하다. 서해가 『매일신보』로 옮긴 원인을 또 다른
사람을 통하여 확인하게 된 셈이다.

이태준의 「토끼 이야기」에서는 단편적으로 소개되었지만, 박태순의
「작가지망」(『문학사상』, 1974. 10)에서는 주인공으로 등장한다. 서해의
전기를 바탕으로 허구적 요소를 가미한 이 소설에는 두 명의 인물이 등
장하는데, 주인공 격인 최군과 이모(李某)가 그들이다. 최군이 서해이고
이모가 춘원임은 쉽게 유추할 수 있다.

성진에 사는 최군의 편지를 받다. 최군은 열렬한 문학지망생이다.
몇 년 전부터 편지를 보내왔으며 일년 이상이나 계속되던 서신이 뚝
끊어져 괴이하게 여겼더니 갑자기 당주동 사저로 편지를 보내오다.
최군은 문학을 위해 몸 바칠 각오가 되어 있노라 하였고, 곧 상경하
겠다고 하였다. 편지를 보니 그동안 고생이 많았던 듯하다. 북간도를
비롯 관북지방을 전전하며 국수집 머슴살이로부터 날품팔이 일꾼 ·
나무장수 · 역부(驛夫) · 노동판의 십장 등 빈천한 일을 하였으며 지금
은 성진항에서 부두인부 노릇을 하고 있다는데, 오직 나 한 사람 믿고

---

43) 이태준, 「토끼 이야기」, 『문장』 23호, 1941. 2.

문학 위해 서울로 오겠다는 것이다.[44]

이 작품은 서해와 춘원에 대한 서술이 교차되면서 이들의 고백과 독백으로 되어 있다. 서해가 탈가(脫家)하여 서울에서 죽기까지의 역정을 다룬다. 박태순이 강조한 것은 서해가 문학을 위해 정열을 불태우다가 문학에 의해 좌절하였다는 것이다. 따라서 서해의 죽음이 모호하게 처리된다. 어려서부터 위병을 앓았고 그 위병의 악화로 죽었다는 사실을, '가짜문학'이 판치는 세상에서 진정한 문학을 위해 고민하다 죽었다는 식으로 처리했으니 그럴 수밖에 없을 것이다. 실존 인물을 주인공으로 설정할 경우 작가의 관점에 따라 여러 각도로 형상화할 수 있다. 이 작품은 서해야말로 진정 문학을 위해 몸 바치고 희생한 사람으로 그렸다고 하겠다.

8. 건비(建碑)와 이장(移葬)

사후 2년 뒤 1934년 6월 12일에 동소문 밖 미아리 서해의 묘에 기념비가 세워지고 추도회도 열린다. 이 모든 행사는 『삼천리』사의 김동환이 주관하지만, 기획부터 완료까지는 김동인이 맡았던 것 같다. 사용된 비용은 김동인 · 김석송 · 김운정 · 김홍관 · 김안서 · 김동환 · 이성해 · 이종명 · 이태준 · 이은상 · 이승만 · 이병기 · 노자영 · 양건식 · 박영희 · 박명환 · 박종화 · 박팔양 · 방인근 · 설의식 · 안석영 · 염상섭 · 이

---

44) 박태순, 「작가지망」, 『문학사상』, 1974. 10, 114쪽.

하윤 · 조운 · 정인익 · 주요한 · 조용만 · 최상덕 · 현빙허 등이 발기인
이 되어 모금한다.[45] 이와 관련하여 당시 신문에 기사내용이 소개된다.
김동인의 증언이 있어 소개하기로 한다.

> 나는 연전에 나도향 비석을 해 세워 줄 때 서해에게 진 큰 양심의
> 짐을 갚기 위하여 서해의 비석을 해 세워 주려 하였다. 그래서 白華
> 梁建植이랑 金岸曙 등과 협력하여 서해란 단 두 글자를 가로 크게 새
> 긴 비석을 하나 만들어서 서해의 만 2주깃날 이를 그의 무덤 앞에 세
> 워 주었다. 무덤 속의 서해가 이것을 알랴마는 나도향 建碑 때 그렇듯
> 애쓴 최서해에게 대하여 그때 그렇듯 무심하였던 이 나의 속죄 행사
> 였다.[46]

나도향이 세상을 떠난 뒤 그의 기념비를 세우기 위해 서해는 적극적
으로 나선다. 나도향은 26세 되던 1927년 8월 26일 어성정 자기 집에
서 죽는다. 장례식 때 이태원 공동묘지까지 따라간 친구는 서해와 함
께 이은상 · 양백화 · 방인근 · 김영진 등이다. 그의 1주기에『현대평론』
(1927. 8)은 나도향에 대해 특집난을 마련한다. 서해와 함께 정인보 ·
이은상 · 적라산인 · 이태준 · 김동환 · 김여수(박팔양) · 김안서 · 김기
진 · 염상섭 등이 필자로 참여한다. 이 특집은 서해에 의해 기획된다.
『조선문단』이 경영난으로 폐간되자 기자였던 서해는 이 무렵『현대평
론』사로 직장을 옮겼던 것이다.[47] 저간의 사정을 서해는 다음과 같이 토

---

45) 『동아일보』, 1934. 6. 9.

46) 김동인, 「문단 30년의 자취」, 곽근 편, 『최서해 작품, 자료집』, 국학자료원, 1997, 247쪽.

47) 김윤식, 『염상섭 연구』, 서울대학교 출판부, 1987, 337~338쪽.

로한다.

稻香! 나는 知友 몃분과 가티 君에게 대해서 罪悚한 마음을 금치 못한다. 그것이 벌서 언제냐. 昨年ㅅ 가을 君의 喪輿를 싸라 梨泰院으로 나가든 날이엇다. 春海 憑虛 赤羅 乙漢 斗牛星 여러 知友들이 昨年 안으로 君의 무덤 아페 碑石을 세이자는 이약이를 하엿다. 그러나 우리는 昨年에 그것을 實現치 못하엿다. 그래 하는 수 업시 今年으로 미루엇스나 今年도 이재 過半에 實現의 道가 보이지 안는다.

稻香! 이것뿐만 아니다. 나는 今年 正月에 『朝鮮文壇』의 編輯을 돕게 되엿슬 째 『朝文』 八月號는 君의 追悼號로 보내리라는 腹案을 째로는 編輯人 又薰형에게 이얘기하여 왓다. 그러나 그것도 碑石과 가튼 運命에 逢着하여 버렷다. 이것이 故意가 아니요, 勢不得已 그러케 된 것이엇만 나는 故友에게 對해서 미안한 늑김을 늘 바더왓다.

그리다가 이제 現代誌의 文藝欄 一隅를 君을 爲하야 惠與된 것을 現代誌에 對하야는 君과 함께 感謝히 생각하며 또 君에게 對해서는 우리 一同이 微誠이나마 들이게 된 것을 기쓰게 넉인다. 그러나 우리는 그것으로써 滿足하는 것이 아니다. 이 가슴에 엉긴 一念은 언제나 스러지랴? 死後에 碑石은 무슨 所用이며 追悼文은 무엇하리마는 그래도 사라 잇는 이의 마음은 그런 것이 아니로구나![48]

서해가 도향의 기념비 설립에 적극적이었듯이 동인은 서해의 기념비 설립에 적극적 태도를 보인다. 전에 서해가 도향 기념비 제작을 주관하면서 찬조를 부탁하지만 동인은 특별한 이유 없이 거절한다. 그렇지만 서해는 동인을 원망하지 않는다. 서해가 세상을 떠나자 동인은 도향의 기념비 건을 떠올리고 양심의 짐을 느낀 나머지 속죄하는 의미로 서해

48) 최서해, 「도향에게」, 『현대평론』 7호, 1927. 8, 31쪽.

의 묘비 건립에 적극적으로 나선 것이다.

미아리 공동묘지가 당국에 의해 철거되어 서해 묘는 1958년 9월 25일 망우리 공동묘지로 이장하게 된다.[49] 이 무렵 염상섭의 「서해의 이장이 절급한데」(『문화시보』, 1958. 9. 18), 김송의 「서해문학의 재음미─선생의 묘지이장에 즈음하여」(『동아일보』, 1958. 9. 21) 등이 발표되며 문단의 관심거리가 된다. 이와 관련하여 방인근은 다음과 같이 증언하고 있다.

> '미아리' 共同墓地를 住宅地로 한다고 全部 移葬하라는 公告가 난 지 몇 달 후에 나는 曙海의 무덤이 궁금해서 가보고 놀래었다. 여러 해 만에 와서 보는데 잔디는 하나도 없고 베껴졌으며 周圍에는 雜草만 욱어졌다. 子孫이 없으니 그럴 것이지마는 친구인 나도 未安하고 부끄럽기 限이 없고 제절로 한숨이 나왔다. 죽어지면 다 저런 것인가 하는 虛無를 느끼었다. 하기는 文友들도 曙海의 墓所를 아는 이가 많지는 못하다.
>
> 그래서 나는 單獨으로는 移葬할 能力이 없어서 文總(全國文化團體總聯合會, 인용자) 金珖燮씨에게 議論하니 모두 協力해서 移葬하자는 것이다. 稻香도 梨泰院 共同墓地에 曙海보다 여러 해 前에 묻히었는데 거기 亦是 住宅地로 變更하는 바람에 어찌 되었는지 모른다. …(하략)…[50]

방인근은 김광섭 외에 이헌구·김송 등 제씨가 주선하여 묘를 망우리에 이장하고 비석을 옮겼으며 문단인이 모여 추도식을 거행했다고

---

49) 김기현, 「최서해 연구」, 『순천향대학논문집』 11권 2호, 1988, 14쪽.

50) 방인근, 「인간 최서해」, 『자유문학』, 1958. 10, 237쪽.

적고 있다.[51] 하지만 망우리로 이전하면서 이 비석은 버려진 모양이다. '대리석 종류로 네모지고 커다랗게 하여서 이 묘지(미아리 공동묘지, 인용자)에서는 이채를 띠웠던'[52] 비석은 볼 수 없기 때문이다.

2003년 12월 4일 필자는 서울 중랑구 망우동 산 57-1번지 망우리 공원묘지에서 이 공원묘지 관리사무소 직원의 협조를 얻어 서해의 묘소(묘지번호, 205288)를 확인하였다. 매우 황폐해져 있어 언뜻 보아서는 묘지임을 알 수 없을 지경이었다. 잡목이 우거지고 봉분이 내려앉아 평지와 구분이 안 될 정도였다. 다행히 묘비가 세워져 있어 묘소임을 알 수 있었다. 묘비의 전면에는 세로로 曙海 崔鶴松之墓, 왼쪽 측면에는 역시 세로로 檀紀 四二九一年 九月 二十五日 建立 故曙海崔鶴松移葬委員會라고 씌어 있다. 뒷면에도 세로로 "「그믐밤」「탈출기」등 명작을 남기고 간 서해는 유족의 행방도 모르고 미아리 공동묘지에 누웠다가 여기 이장되다. 위원일동"으로 되어 있다. 승용차가 다닐 수 있는 일방통행로에서 10여 미터 떨어진 곳이며 27번과 28번 전신주 사이에 있다.

이장위원회의 전모에 대해서는 알 수 없지만, 이장 후 이 위원회는 묘소를 방치한 채 전혀 돌보지 않은 듯하다. 유족이나 친지가 전부 휴전선 북쪽에 살고 있는 터에, 문단 활동을 함께 하던 문인들이 모두 세상을 떠났다고는 하지만, 그의 문학적 공적에 대한 예우가 아닌 듯하다. 더 이상 방치해서는 안 된다는 생각에, 우선 이러한 사실을 '우리

---

51) 방인근, 「북청의 의지 서해」, 곽근 편, 『최서해 전집』 하권, 문학과지성사, 1987, 415쪽.

52) 방인근, 「인간 최서해」, 『자유문학』, 1958. 10, 241쪽.

문학기림회'의 이명재 대표에게 알렸다. 그의 주선으로 2004년 7월 31일(토요일) 오후 4시에 묘지 입구의 도로변에 문학비를 세웠다. 문학비 앞면에는 다음과 같은 글이 가로로 새겨져 있다.

> 작가 崔鶴松(1901. 1. 21~1932. 7. 9) 문학비
> 여기에 최학송(호: 曙海) 선생이 잠들어 있다. 함북 성진 태생인 서해는 일제하 만주와 한반도를 전전하며 곤궁하게 살다 서울서 숨을 거두었다. 그는 하층민의 현실적 삶을 반영한 소설「고국」「탈출기」「해돋이」「홍염」등의 문제작을 남겼다.

이와 함께 망우리 공원묘지가 속해 있는 서울시 중랑구청에 묘소 정비를 부탁하는 청원서를 제출했다. 모든 내용을 필자가 작성하였으나 개인보다는 단체가 유리할 것이라는 판단에 '우리문학기림회' 명의로 하였다. 이에 대한 응답은 끝내 없었다. 그 내용과 첨부물 목록을 소개한다.

> 발신: 우리문학기림회
> 수신: 중랑구청장
> 참조: 중랑구 문화관광과장
>
> 제목: 소설가 서해 최학송의 묘지 정비 건
>
> 소설가 서해 최학송은 단편소설「탈출기」의 저자로서 한국 근대소설사에 길이 남는 작가입니다. 「탈출기」는 이미 중등학교 교재에 실릴 정도로 정평이 나 있는 작품이고, 이 때문에 그를 모르는 사람이 없을 정도입니다.

그런데 그의 묘지가 1958년 중랑구 망우 공원에 이장된 후 방치되어, 그 흔적조차 확인하기 힘들 처지입니다. 훌륭한 작가의 묘소를 이렇게 방치하는 것은 후손들의 교육적 측면에서 볼 때 매우 바람직하지 못한 현상입니다. 묘소를 하루 빨리 정비해야 할 이유가 여기에 있습니다.

참고로 우리문학기림회에서는 현재의 묘소에 기념비를 세우고자 합니다. 묘소가 정비되고 기념비가 세워졌을 때 많은 중랑구민을 포함한 서울 시민이 묘소를 참배하며 그의 문학을 기릴 것입니다.

그 묘소는 새로운 문학유적지가 될 것이며 특히 많은 중고등학생들이 참배하며 서해의 문학정신을 기릴 것입니다.

이것은 또 다른 중랑구청의 문화유산이자 자랑거리가 될 것입니다. 이런 점을 양지하시어 서해 묘소를 정비해 주시기 바랍니다.

　　* 첨부 자료
　　1. 서해문학의 이해를 위하여
　　2. 최서해 작가 연보
　　3. 최서해 작품 연보
　　4. 참고 서지(최서해에 대한 연구목록)
　　5. 최서해에 대하여(최서해 연보 보완)

문학비로 인해 서해 묘소가 세상에 드러나게 되자 2005년에 한 독지가가 주변의 잡목을 제거하고 봉분도 조성하여 어느 정도 모습을 갖추게 되었다. 그러나 주변에 있는 인사들의 묘소에 비하면 여전히 초라한 모습이다. 제대로 손질되었다고 보기도 어렵다. 뜻있는 개인이나 단체가 관심을 기울여 묘지다운 모습을 만들어 주었으면 하는 바람이 간절하다. 외국의 예를 들지 않더라도 우리 후손의 교육을 위해서도 더 이상 방치해서는 안 된다.

9. 맺음말

본 연구는 그동안 알려지지 않았거나 잘못 알려진 서해의 전기적 사실을 중심으로 고찰하였다. 그 결과 몇 가지 사실들을 확인할 수 있었다.

서해가 주장하고 따라서 지금까지 받아들였던 최초의 활자화된 글은 『학지광』(1918. 3. 25)에 발표한 산문시 3편이 아니라, 이광수의 『개척자』에 대한 독후감 「개척자를 독하고 소감대로」(『매일신보』, 1918. 3. 3)이다. 아명은 저곡이 확실하며 부친은 한때 정부의 녹을 받는 지방 관리였다. 구체적인 진술이 없어 간도에서 보낸 약 5년간의 행적은 현재로선 정확히 알 수 없다. 간도를 배경으로 한 소설을 중심으로 행적을 추적하는 것은 한계가 있다. 그 기간 동안 만주에서만 지낸 것은 아니고 고국을 오갔을 가능성이 있다.

양주 봉선사에서 어머니 환갑날 탈고했다는 「살려는 사람」은 『조선문단』에 게재 금지되었지만, 『신민』에 「해돋이」로 제목이 바뀌어 전문이 게재된다. 「해돋이」의 문학적 가치에 대해서는 이미 밝혀진 바 있다.[53] 말년에는 원고료 수입면에서 최상급 문인의 위치를 굳히고 지명도에서도 최상위에 속한다. 이 무렵에는 창작 활동보다는 대외 활동과 신문사 일에 더 적극적이었지만 병마에도 시달리게 된다. 투병기간에는 많은 사람들의 온정을 입게 되는데, 평소 대인 관계가 원만하고 남에게 베푸는 삶을 영위한 결과일 것이다. 작고 후에도 문단에서 결코 소홀히 대접받지 않는다. 한국 최초의 문단장으로 장례가 치러지고 유족구제발

---

53) 임규찬, 「최서해의 「해돋이」론」, 간행위원회 편, 『국어국문학논총 ─ 기곡 강신항 박사 정년 퇴직 기념』, 태학사, 1995.

기회가 결성되는가 하면, 잡지에 회고 특집호가 꾸며지기도 한다. 묘소에 기념비도 세워지고 추도식도 개최된다.

이태준은 소설 속의 주인공이 회상하는 인물로 등장시키고, 박태순은 소설 속의 주인공으로 설정하기도 한다. 그러나 그의 묘소는 찾아오는 사람 없이 황폐화 되어있다. 기념비를 세운 이후는 물론 1958년 9월 25일 망우리 공원으로 이장하고도 돌보지 않고 방치되어 있다. 어느 독지가의 성의로 묘소의 모습은 갖추어졌지만 아직도 정비와 단장이 절실히 요구되고 있는 형편이다.

제2장

연구사의 검토와 비판

제2장 연구사의 검토와 비판

1. 머리말

서해는 1924년 단편소설 「토혈」 「고국」 등으로 등단하여 1931년 장편소설 『호외시대』로 사실상 작가 생활을 마감하기까지 치열한 작가 정신으로 작품 활동을 전개한 작가다. 그는 한국 근대문학 초창기 대부분의 작가들처럼 시·소설·수필·평론 등 문학 전 장르에 걸쳐 창작에 임했다. 그 결과 소설 60편, 수필 37편, 평론 15편 그 외 몇 편의 시와 잡문을 남겼다.

그에 대한 문단의 평가는 다양하지만 생존 시에는 대체로 장차 기대해도 좋을 작가로 주목하였다. 작고한 후에는 수년간 인물평이 중심이 되었으며 그 후 점차 본격적으로 작품에 대한 논의가 이루어졌다. 한국 근대문학사에서 김동인·염상섭·현진건·나도향 등과 함께 동렬에 자리매김될 수 있었던 것도 활발한 논의의 결과일 것이다. 그에 대한 관심은 지금도 계속되고 앞으로도 지속될 것이다.

기존의 논의를 살펴보면 대체로 부분적인 특징을 작품의 본질이나 전체의 특질인 양 침소봉대하거나 진실을 왜곡하는 경우가 많다. 몇 편의 논문을 제외하고는 고찰한 작품 수도 아주 적은 형편이다. 서해에 대한 많은 글이 계속 발표되고 있으면서도 그 결과가 여전히 제자리를 맴도는 듯한 느낌을 주는 것은 이 때문이다.

최근 들어 괄목할 만한 논문들이 발표되어 작품 이해에 넓이와 깊이를 더하고 있는 것만은 사실이다. 그러나 이런 연구들이 예외인 것처럼 인식될 정도로, 많은 논의들이 여전히 기존의 안일한 연구 태도를 답습하고 있는 형편이다.

선입견을 버리고 개방된 사고로 작품을 총체적으로 고구한 뒤에야 비로소 서해에 대한 전모가 규명될 수 있고, 그의 문학사적 위치는 정당하게 자리매김 될 수 있을 것이다.

본 연구에서는 우선 기존 연구물을 검토하고 비판하고자 한다. 이 과정에서 바람직한 연구 방향이 설정되었으면 하는 바람이다. 많은 논의들 중에는 유사한 논조가 많고 이것들을 모두 텍스트로 할 수 없는 만큼, 특색 있는 것만을 중심으로 고찰하려 한다.

2. 연구사의 검토와 비판

1) 생존 시의 논의

서해의 창작 활동은 1924년부터 1931년까지 약 8년간이라 할 수 있다. 이 기간 그에 대한 본격적인 작품론이나 작가론은 보이지 않는다.

월평·연평·시평·인물평 등을 통해 단편적으로 언급될 뿐이다.

　소설에 대한 최초의 평가는 춘원에 의해 이루어진다. 춘원은「고국」을 가작으로 추천하면서 기교와 문체에는 유치한 점이 있으나 진정과 노력이 보인다고 평가한다. 작품의 미학적 측면은 미흡하지만 작가 정신의 치열성이 엿보인다는 것이다. 또한 장차 큰소리칠 날이 있을 것이라며 작가적 재능을 간파한다. 월탄 역시「고국」을 평하면서 서해에게 큰 촉망을 둘 만한 작가라고 춘원에 동조한다.

　1925년부터 서해는 문단의 주목을 받는다. 이 무렵 문예지『조선문단』에서 새롭게 구상한 것이 합평회이다. 이 합평회는 연 인원 40명의 평자들이 참가하여 총 49편(소설 48편, 희곡 1편)의 작품을 합동으로 평가한 것을 말한다. 그 내용은『조선문단』1925년 3월호부터 동년 8월호까지 6회에 걸쳐 게재된다. 백화·상섭·도향·서해·빙허·춘해 등이 주요 평자가 된다. 서해의 작품은「십삼원」「탈출기」「박돌의 죽음」「기아와 살육」「보석반지」의 다섯 편이 합평된다. 이들은「탈출기」와「박돌의 죽음」을 호평하는데, 특히「탈출기」는 1925년 3월 창작 중 제일이요, 근래에 없는 소설이라고 극찬한다. 이 합평에서 작자인 서해가 평자들의 발언을 받아 적는다.

　여기서 살롱비평 형식인 분위기에 휩쓸리다 보면 평자들이 자신의 견해를 충분히 개진할 수 없을지도 모른다. 때문에 이 합평회는 객관적인 논평이 이루어질 수 없는 한계가 있다. 그럼에도 불구하고 서해 작품에 대해 평자들은 몇 가지 견해에 있어 일치하고 있다. ① 작품에 처참미와 건실성이 보이며, 알치 바세푸의 작풍이 엿보이고, 러시아 작가에서 흔히 보듯 대륙적 기질이 드러난다. ② 주제가 종래 작가들의 그것과는 이질적인 것으로 당시 조선인의 고뇌를 절실히 보여준다. ③ 문체는 진정이 흐르고 매력적이며 입체묘사의 첫걸음을 내딛어 장래가 기대된다 등이다.[1]

월평이나 연평·시평에는 박영희·김기진·이상화·현진건·박종화·방인근·최독견·주요한·권구현·김동인·민병휘·윤기정·염상섭·양주동·김성근·한설야·박태원·김기림·이은상·김안서·계산인·천봉산인 등 당시 논객들이 거의 대부분 참여한다. 그들은「고국」「십삼원」「탈출기」「박돌의 죽음」「기아와 살육」「보석반지」「기아」「폭군」「설날밤」「백금」「의사」「소살」「해돋이」「그믐밤」「담요」「아내의 자는 얼굴」「무서운 인상」「이역원혼」「돌아가는 날」「홍염」「전아사」「낙백불우」「가난한 아내」「이중」「갈등」「부부」「전기」「인정」「경계선」「먼동이 틀 때」「물벼락」「저류」 등을 평가한다. 이로 보아 서해는 당시 많은 평자들에게 주목받았음을 알 수 있다.

평자들은 평가 기준을 대체로 자신의 이데올로기에 둔 듯하다. 따라서 평가 경향이 계급주의와 민족주의로 구분된다. 가령「십삼원」에 등장하는 꿈 이야기에 대해 염상섭·박종화·현진건 등 민족주의 측은 아주 "그럴 듯하다"며 칭찬하는 데[2] 반해, 계급주의 측인 박영희는 '부자연한 묘사' '작자의 공상에 지나지 않는 무용구'라고[3] 비난한다.「기아와 살육」에 대해서도 나도향과 염상섭이 전체적으로 미흡하고 실감

---

1)   김기현,「최서해연구사 개관」,『우리문학연구』 5집, 1984, 12쪽.

2) 「제1회 합평회」,『조선문단』 6호, 1925. 3, 125~126쪽.

3)   박영희,「3월 창작총평」,『개벽』, 1925. 3, 50쪽.

을 주지 못하는[4] 실패작으로 보는 데 비해, 김기진은 '대단히 좋은 작품' '가히 존경할 만한 작품'이라고[5] 호평한다. 「홍염」에 대해서도 양주동과 염상섭은 대수롭지 않게 여기지만 권구현 · 김팔봉 · 윤기정 등은 극찬한다.

계급주의 측 논객들은 전반기 작품에 대해서는 극구 칭찬하다가 후반기로 갈수록 점차 비난하고 공격하는 태도를 보인다. 다음과 같은 윤기정의 글도 그 일단을 보여주고 있다.

> 서해형의 「먼동이 틀 때」 「경계선」 등은 확실히 우리들의 기대를 저버린 작품임에 틀림없다. 서해형에 있어서는 더욱 심하다. 후기에 있어서는 더욱 심하다. 초기에 있어서 우리들의 작가라고 敬慕를 받든 분이 오늘에는 그러한 작품을 계속 발표한다는 것이 얼마나 서해형을 위하여 예술운동 전체를 위하여 거듭 생각할 일인지 모르겠다.[6]

작품 활동 초기에 존경받다가 후기로 갈수록 기대를 저버린다는 것은 무슨 뜻인가. 그만큼 후기작에서 경향적 요소가 감퇴하고 있음을 말한다. 실상 서해를 신경향파문학의 대표자라고 평가하는 것은 그의 전기 작을 두고 내린 결론이다.

작품에 표출된 체험적 요소로 인해 호평을 받은 것도 이 시기의 특이한 점이다. 1920년대는 작가의 체험을 중시하는 경향이었던 것 같다. 아마도 당시는 허구로 창작하거나 관념에 리얼리티가 묻혀 버리던 것을

---

4) 「제4회 합평회」, 『조선문단』 9호, 1925. 6, 123~124쪽.

5) 김기진, 「최근 문예의 일 경향—6월 창작을 보고서」, 『개벽』, 1925. 7.

6) 윤기정, 「문예시감」, 『조선문예』 창간호, 1929. 5, 78쪽.

벗어나서, 서재적 상상을 탈피하여 삶과 현실의 실체를 드러내는 박진한 세계를 펼쳐 보일 것[7]을 주문했고, 서해는 이에 호응했는지 모른다.

2) 작고 후부터 1960년대까지의 평가

1932년 7월 작고한 후 1945년 8월 광복까지는 인물론이 주를 이룬다. 특히 작고 후 3, 4년간은 생애와 인간적 면모, 문학적 공적 등을 포함한 추모의 글이 해마다 주기(週忌)를 전후하여 발표된다. 김동인·전영택·김동환·심훈·이광수·염상섭·김석송·이병기·홍효민·박종화·양건식·민병휘·김안서·남우훈·박상엽·방인근 등이 필진으로 참여한다. 이들은 동시대 사람들로 생전의 서해의 모습과 일화를 생생히 전해주고 있다.

박상엽의 「감상의 칠월―서해영전에」(『매일신보』, 1933. 7. 14~29)는 많은 부분에 오류가 있음에도 불구하고, 생전에 가까이 지냈던 지기의 글이므로 인간적 면모를 파악하는 데 도움을 준다. 『삼천리』(1932. 8) 특집호의 「오호 서해의 死」는 여덟 명의 문단 저명인사가 인간적·작가적 면모에 대해 증언한다.

작품론으로는 임화·김태준·김동인·박영희의 논의가 고작인데, 그것도 문학사 내지 소설사의 한 부분에 삽입되어 있는 정도다. 임화는, '서해는 상섭·동인 등의 자연주의문학에서 한 걸음 전진한 사실주

---

7) 김병익, 「최서해의 「탈출기」」, 이재선 외 편, 『한국현대소설작품론』, 문장, 1981, 168쪽.

의로서, 개인적 관찰로부터 사회적인 데로 확대한 최초의 작가이며 신경향파가 가진 최대의 작가[8]라고 주장한다. 당시 작가들이 개인적인 문제를 형상화하고 있을 때 서해가 사회 현실에 착안하여 작품화했다는 것이다. 김태준은 북만주를 배경으로 한 작품이 많고, 장래의 고리키를 자부하고 나가는 작가[9]로 본다. 작품의 배경에 관심을 보이면서 영향관계를 암시해 주는 평가다.

김동인은 제재상으로는 무산·무식계급을, 인물상으로는 모두 가난한 사람이고 그 상대자로서 부자가 있는 것이 특질이라고 한다. 또 세련된 붓, 날카로운 관찰, 정돈된 구상, 티 없는 솜씨는 인정하나 너무 설교적이고 무지하고 둔감하여야 할 인물이 때때로 철학자와 같은 경구를 토하고, 작자가 흥분하기 때문에 클라이맥스의 박진력이 부족한 점이 흠이라고[10] 평가한다.

박영희는 "예리한 계급의식의 메스가 빛나지는 아니하였으나, 한국민족의 생활상이 여실히 드러났을 뿐 아니라, 그 넓고 크게 굳센 구상과 필치가 문단의 주목을 끌 만하다"고[11] 하여 임화와 김동인의 논조에 부분적으로 궤를 같이한다. 박화성은 리얼리즘·센티멘털리즘적 반항의식, 패배의식이 문학의 특질이라고 본다.[12] 이상의 논의들은 주관적인 인상비평이 주를 이룬다. 또한 정확한 자료에 근거하지 않은 채 여

---

8) 임화, 「조선신문학사론 서설」, 『조선중앙일보』, 1935. 11. 12.
9) 김태준, 「조선소설발달사」, 『삼천리』, 1936. 1.
10) 김동인, 『춘원연구』, 춘조사, 1959. 참조.
11) 박영희, 「초창기의 한국문단사」, 『현대문학』, 1960. 4. 참조.
12) 박화성, 「빈곤과 고투한 최서해」, 『현대문학』, 1962. 12.

러 곳에서 오류를 범하고 있다.

1950년대는 구자균·계용묵·홍효민·김기진·백철·조연현 등의 문단사나 문학사류에 단편적이나마 빠짐없이 언급된다. 문제는 철저한 고증 없이 논리를 전개하여 오류와 모순이 많다는 점이다. 거론된 작품도 초기작 3, 4편에 한정되어 있다.

이에 비하면 안함광의『최서해론』(조선작가동맹출판사, 1956)은 북한에서 출판되었지만, 남북한 통틀어 최초의 단행본이며 본격적인 평론서라는 점에서 의의가 있다. 안함광은 서해를 압박받는 무산계급의 비극과 반항을 사회주의적 사실주의 수법으로 성공적으로 형상화시킨 신경향파의 최대 작가라고 규정한다.[13] 이에 대해서는 이미 고(考)를 달리하여 살펴보았으므로[14] 여기서는 생략하기로 한다.

백철은 먼저 신경향파문학의 전형으로 규정하고 사조상으로는 자연주의적 리얼리즘 계열로 본다. 모든 작품들이 간도를 무대로 하여 가난한 조선인들의 중국인 지주에 대한 반항을 그리고, 체험문학·소재문학에 불과하며, 묘사보다 서술이 있을 따름이라고 지적한다.[15] 그 후 자신의 논리에 수정을 가할 필요를 느낀다고 전제하고, 철저한 가난 콤플렉스, 자연주의적 묘사법, 생동하는 문맥, 환상 장면의 빈번한 설정, 선량한 주인공들만의 등장 등이 문학의 뿌리처럼 되어 있다고 한다. 여기에 서해의 작가적 위치를 동인·도향·빙허 등과 대등하게 놓아야 마

---

13) 손영옥,「최서해 연구」, 서울대학교 석사논문, 1977. 7, 3쪽.
14) 곽근,「해방 후 북한에서의 최서해 논의에 대한 연구」,『비평문학』16호, 2002. 7.
15) 백철,『조선신문학사조사』, 백양당, 1949.

땅하다고[16] 덧붙인다.

조연현은 리얼리즘·신경향파문학·빈궁문학·체험문학·반항문학으로[17] 규정한다. 백철·조연현 등의 언급은 당시 한국 평단의 핵심 인물이 거론했다는 점에서 의미 있지만, 서지에서 오류를 범하고 작품을 세밀하게 분석하지 않은 채, 인상적 비평에 그치고 말았다는 한계는 앞의 논자들과 차이가 없다.

1960년대에도 1950년대와 마찬가지로 몇몇의 문학사류와 단행본에서 간략하게 언급된다. 방인근의 「북청의 의지, 서해」를 비롯한 몇 편의 인물론도 보인다.[18] 괄목할 만한 사항은 홍이섭과 김우종의 본격적인 논평이 발표된다는 점이다.

홍이섭은 1920년대 신문사설이나 통계 자료를 인용하며 서해의 작품이 현실을 얼마나 충실히 반영하고 있는가를 검증하는 데 힘을 기울이고 있다. 그는 1920년대의 식민지 현실이 서해의 문학적 발상의 일단이었고, 동시에 역사적 배경으로 나타나 있다고 보고, 식민지 조선 사회의 경제적 궁핍화·몰락화 과정의 체험을 인식한 문학이라고[19] 주장한다. 역사학자의 문학작품에 대한 역사적 접근으로 의미가 있다.

역사전기비평의 방법에 충실한 이 글은 후학들에게 이러한 실증주의의 모범을 보이면서 많은 영향을 주고 있다. 그 영향으로 이후의 서

---

16) 백철, 「한 발 앞선 고독의 의미」, 『문학사상』 26호, 1974. 11.

17) 조연현, 『한국현대문학사』 제1부, 현대문학사, 1956.

18) 곽근 편, 『최서해 전집』 하권, 문학과지성사, 1987. 참고서지 참고.

19) 홍이섭, 「1920년대 식민지치하의 정신—최서해의 「홍염」에 대하여」, 『오종식 선생 회갑 기념 논문집』, 1967. 7. 이 글은 「1920년대 식민지적 현실—민족적 궁핍 속의 최서해」, 『문학과지성』, 1972. 봄호로 바뀌어 실린다.

해 관련 논의들은 당시의 각종 현실 지표를 제시하면서 작품을 해석하려는 경향이 많다. 서해 작품에서 간도의 의미를 적출한 것도 홍이섭이다. 그는 식민지인이 놓지 못할 정신적 조건이 고향에의 향수인데, 간도가 그것의 실현의 장이요, 서해가 그것을 충실히 작품화했다고 본다.

> ① 최서해에게 간도는 자기정신의 실현, 비상의 지대이었다. 조선 안에서는 식민지 현실에의 항쟁을 의식 속에 간직할 수는 있어도, 문학적 세계로 이끌어 낼 수는 없었다.[20]
> ② 최서해에 있어서는 간도로 逐黜된, 도망한 농민들이 민족적 문제로 등장하게 되었다.[21]

①은 검열 때문에 국내를 배경으로 드러낼 수 없는 일제에 대한 저항의식을, 간도를 배경으로 작품화하면서 나타냈다는 내용이다. ②는 서해 문학 속의 간도 이주 농민들이 민족적 문제와 결부되어 있다는 것이다. 이러한 주장을 수긍하더라도 이 글은 사실 확인에 집착한 나머지 작품의 기교적 측면을 외면한 점이 아쉬움으로 남는다.

김우종은 「그믐밤」 「탈출기」 「큰물 진 뒤」 「기아와 살육」 등을 날카롭게 분석한다. 그 결과 빈궁문학 · 체험문학, 자연생장기의 프로문학, 저항문학 · 보고문학 등으로[22] 보고 소설적 기교는 미숙하지만 기성문학의 약점을 찌르고 나온 작품이라 소중하다고 한다. 작품을 심도 있게

---

20) 홍이섭, 「1920년대 식민지적 현실— 민족적 궁핍 속의 최서해」, 『문학과지성』, 1972. 봄호, 111쪽.

21) 위의 책, 112쪽.

22) 김우종, 「최서해 연구」, 『이숭녕 박사 송수기념 논총』, 을유문화사, 1968. 이 논문은 김우종의 『작가론』, 동화문화사, 1973에 「최서해론」으로 실려 있다.

　　　　　　　　　　　　　　　　　　　最서해의 삶과 문학 연구

분석했다는 점에서 선구적인 공적이 있다. 소설의 한계를 논리적으로
지적한 것도 주목을 요한다.

> 서해의 소설은 빈궁과 반항의 소설이었지만 그 빈궁은 소설적인
> 구성의 빈곤과 사상성의 빈곤으로 다만 보고의 형태로만 표현되었
> 고, 그 반항은 본능적·자연발생적인 것으로서 처리되고 말았다. 그
> 러므로 서해의 작품은 그보다 앞섰던 『창조』파, 『폐허』파, 『백조』파 들
> 의 것과는 전연 다른 새로운 경향의 세계를 지녔지만 그 주제 자체가
> 사고의 과정으로 성숙하지 못했고 소설적 기교가 미숙했었다는 것이
> 큰 결점이었다. 다만 그러한 미숙성에도 불구하고 이것은 전연 새로
> 운 경향이요, 딴 작가들이 흉내낼 수 없는 것이고, 기성문학의 상
> 아탑적인 약점을 찌르고 나온 것이었기 때문에 소중한 가치가 있었
> 다. 그리고 이와 같은 작품세계로 보자면 자연생장기의 프로문학을
> 대표하는 유일한 작가는 역시 최서해라고 볼 수밖에 없다.[23]

김우종은 소설에 나타나는 계급의식이 목적의식적이 아닌 자연발생
적·본능적임을 밝히는 데 역점을 둔다. 이러한 논리는 이미 1920년대
여러 논자들에 의해 주장된 바 있지만 그것을 뒷받침할 근거는 제시하
지 못한다. 김우종은 작품 분석을 통해 이를 증명하고 있다.

홍이섭이 학자의 입장에서 작품의 사실 확인에 주력했다면, 김우종
은 비평가의 입장에서 작품의 가치 평가에 힘을 기울였다고 볼 수 있
다. 그 결과 지금까지 황무지나 다름없는 이 분야에 이들이 실증적 입
장과 분석적 입장에서 개척자적인 공적을 보여준 것이 사실이다. 그러

---

23) 김우종, 「최서해론」, 『작가론』, 동화문화사, 1973, 61쪽.

나 이들이 서해의 경력과 작품 연보에 오류를 범하고, 극히 한정된 작품으로 특질을 규명하려 한 것은, 1960년대 연구 풍토에서는 어쩔 수 없는 사정이라고 감안하더라도 한계일 수밖에 없다.

3) 1970년대의 논의

1970년대는 연구 인력의 급증과 함께 연구 지평을 훨씬 넓힌 시기라고 할 수 있다. 김병익의 『한국문단사』(1973)와 김현·김윤식의 『한국문학사』(1973) 등 문단사나 문학사류에는 물론 많은 단행본[24]에 빠짐없이 언급된다. 무엇보다 주목할 만한 사실은 작가 연보와 작품 서지의 정리라고 할 수 있다. 미개척된 이 분야에 이해성과 김기현[25]은 초석을 마련해 준다. 특히 김기현은 10여 편에 이르는 논문으로 이에 공헌한다.

단독 석사학위 논문도 곽근·손영옥·유재엽·이병렬·조갑상 등에 의해 선보인다.[26] 이들 논문은 작가와 작품 연보를 보완하고 작품 전체를 조감하려는 시도를 보여준다. 이 시기에 개별 작품에 대한 고찰도 엿보이기 시작한다. 임종국과 김우종이 「탈출기」를 검토하고 윤홍로가 여섯 작품만을 집중적으로 고찰한 것이 그 예다. 따라서 작가와 작품에 대한 자료 정리가 완벽에 가깝게 이루어진 것과 비교하면 개별 작품에

---

24) 김기현, 「최서해 연구사 개관」, 『우리문학연구』 5집, 1984, 45쪽 참조.

25) 이해성, 「새 자료를 통해 본 최서해의 생애」, 『문학사상』, 1974. 11; 김기현, 「최서해의 전기적 고찰—그의 청소년 시절」, 『고대어문론집』 16집, 1975. 1.

26) 이들 각각의 논문 표제는 곽근 편, 『최서해 전집』 하권, 문학과지성사, 1987. 참고서지 참고.

대한 논의는 이제 비로소 싹을 틔운 정도에 불과하다고 할 수 있다. 이 기간의 특징은 다양한 시각으로 작품에 접근했다는 점이다.

임헌영은 비판적 사실주의에서 사회주의적 사실주의로 변모해 가는 과도기에 존재하는 문학으로[27] 본다. 임종국은 "그(최서해, 인용자)의 남겨진 작품들은 분명히 계급적·선동적인 것들이다. 또 예술성보다 계급적 효용성을 중시하는 것이 계급문학의 이론이라면, 서해의 그런 작품이야말로 가장 계급적인 문학일 수밖에 없을 것이다."라고 하여 '가장 계급적인 문학'으로[28] 파악한다. 신춘호는 고리키의 문학과 비교한 뒤 역동적인 계급적 빈궁문학으로[29] 규정한다. 이재선은 사회주의적 사실주의의 전 단계적 속성을 지니며 프로레타리아문학에로의 지향이라고 한다.

이들의 견해는 작품의 이데올로기를 문제 삼은 것인데, 임헌영과 이재선의 논리는 1950년대 북한 이론가들의 주장과 유사하다. 임종국의 견해는 계급주의와는 거리가 멀다는 기존의 견해를 부정한 것이다. 이재선은 또 식민지 치하에서 삶의 기반을 잃은 사람들의 저항적인 사(死)의 정당성을 강조한 나머지, 맹목적인 죽음의 낭비성이 있다고 말한다. 이와 함께 불과 피의 수사학이요, 이민문학의 성격을 지닌다고[30] 본다.

김윤식은 한민족의 궁핍화 현상을 가장 철저히 드러냈다는 점을 높이 평가한다. 특히 「탈출기」와 「기아와 살육」에 '피압박계급이면서 하층

---

27) 임헌영, 『한국 근대소설의 탐구』, 범우사, 1974.
28) 임종국, 『한국 문학의 사회사』, 정음사, 1974.
29) 신춘호, 「한국 빈궁문학의 두 양상」, 고려대학교 석사 논문, 1973. 6.
30) 이재선, 『한국 단편소설 연구』, 일조각, 1975.

민이라는 민족의식'이 깔려 있음을 주목한다.[31]

김현은 빈궁에 대한 박진력 있는 묘사로 일관되어 있으며 가난과 절규라는 두 속성이 특질이라고 한다. 그는 작중 인물들의 극한 행동을 두가지로 대별하여 ① 독립단의 가입 ② 절도·방화·살인·테러리즘 등이 그것이라고 본다. 아울러 피와 같은 붉은색의 이미지로 꽉 차 있어 자극적이고 원색적이며, 여성 편향이 또 다른 특질이라서 아버지의 등장이 없고, 문체는 서간체와 정경묘사체를 겸용한다고[32] 본다. 김윤식과 김현의 한계는 비빈궁 계열의 작품을 철저히 배제했다는 점이다.

김주연은 직접화법을 대담하게 삽입한 이중구조의 서간 문체 사용, 현대문에 근접해 있는 문장의 현재적 시칭, 현재형 문체의 구성을 위해 동원된 의성어·의태어 애용, 여기에 연결된 울음과 눈물이 작품의 지배적인 톤(tone)인 점을 들면서[33] 주로 문체 면에서 검토한다. 미학적 측면에서 소설을 분석한 경우로 주목을 요한다. 여기에 더하여 다음과 같이 결론을 내리고 있다.

> 최서해는 확실히 이념가이자 당시에 스타일리스트였다. 그는 의성어·의태어를 사용할 때에도 재래의 그것을 과감하게 변형, 소피스트케이션시킬 줄 알았으며, 무엇보다 울음의 문체를 직접화법을 담은 서간체 그리고 수다한 의성어·의태어와 통일시킬 줄 알았다. 그의 경향적인 이념은 이러한 통일 위에 올라서 있는 것이기 때문에 동시대의 어느 작가보다 그 전달에 있어서 구차스러운 데가 없다.

---

31) 김윤식,『근대 한국문학 연구』, 일지사, 1973.

32) 김현·김윤식,『한국문학사』, 민음사, 1973.

33) 김주연,「울음의 문체와 직접화법」,『문학사상』26호, 1974. 11.

문체 분석의 결과에는 동의하면서도 결론에 대해서는 수긍하기 어렵다. 서해가 경향성을 위장하기 위해 문체를 배려한 듯한 느낌을 주기 때문이다. 서해의 소설에서 계급적 요소를 찾기 힘들다는 논의가 대종을 이루는 것과 비교하면 이에 역행하는 논리다.

채훈은 간도 등지의 체험임이 분명한 극한적인 빈궁을 제재로 한 작품군과, 비빈궁물인 작품군으로 분리시킨 것이[34] 특이하다. 채훈은 지금까지 등한시한 비빈궁물(非貧窮物)도 "考究하기에 따라서는 재미있는 많은 이야깃거리를 제공해 줄 것으로 보인다"고 하여, 비빈궁물의 중요성을 암시하고 있다. 그러나 정작 비빈궁물에 대해서는 소홀히 살피고 있다. 고찰한 작품도 겨우 세 편이다. 그가 좀 더 폭넓게 연구했더라면 '재미있는 많은 이야깃거리' 이상을 비빈궁물에서 발견할 수 있었을 것이다.

김영화[35]는 주제·인물·구성·배경 등으로 나누어 비교적 많은 작품을 대상으로 빈궁의 양상과 작중인물을 분석하여 의미가 있다. ① 빈궁을 주제로 하여 ② 입체적 인물과 ③ 단조로운 구성으로 ④ 간도를 배경으로 한 것이 소설의 특색이라는 것이다. 이러한 주장은 다른 논자들의 의견과 크게 다른 바가 없다. 그것이 작품의 전반적인 특색이라고 하기에도 무리가 있다.

서종택[36]은 빈궁의 참상을 보고하되 계급의식으로 처리하지 않고, 인

---

34) 채훈, 「빈궁문학에서의 탈출기」, 『문학사상』 26호, 1974. 11.
35) 김영화, 「최서해 소설의 구조」, 『월간문학』, 1975. 6.
36) 서종택, 「최서해·김유정의 세계인식」, 『고대어문논집』 17집, 1976.

물들의 현실 대응도 생리적인 단계를 극복하지 못한 차원으로 본다. ① 서한체 문장양식 ② 인물들의 눈물과 센티멘털리즘 ③ 여성 편향 ④ 인물들의 강한 절규 등을 특질로 든다. 서종택은 서해와 김유정의 세계 인식을 비교 고찰하여 두 작가를 다음과 같이 구분한다. ① 전장적(戰場的) 차원과 현실적 차원 ② 증오와 골계 ③ 좌절과 초극 ④ 계급적 차원과 계층적 차원 ⑤ 비화해적 결말 ⑥ 투쟁과 순응. ⑤를 제외한 이들 각각에서 전자가 서해, 후자가 유정의 인식임은 물론이다.

⑤에서만 두 작가가 공통점을 보이고, 나머지 항목에서는 극명한 차이를 보인다는 것이 서종택의 주장인데, 도식적이라는 혐의를 벗기 힘들다. 가령 위에서 살펴본 바 채훈이 소위 비빈궁물이라고 지적한 작품들에서 현실적 차원, 골계적인 것, 초극과 순응, 계층적 차원 등도 얼마든지 발견할 수 있기 때문이다.

조남현[37]은 실증주의에서 벗어난 작품 해석으로 현민 소설과의 비교를 통해 그 특징을 선명히 밝혀내어 주목된다. 조진기[38]는 22편의 소설 목록을 정리하고 이를 '간도를 무대로 한 작품'과 '국내를 무대로 한 작품'으로 나누어 고찰한다. 그 내용을 요약하면 다음과 같다.

① 간도를 고국에서 밀려난 이농민의 생활상과 역사적으로 관련지어 인식하고 있다는 점. ② 인물들의 반항 내지 저항은 부유층의 비인간적 행위에 대한 것이라는 점. ③ 일제의 수탈정책을 고발함으로 사회 불평의 원천이 무엇인가를 보여주고 있다는 점. ④ 조국 광복의 날이 오리

---

37) 조남현, 「관점으로 본 서해와 현민」, 『월간문학』, 1976. 2.
38) 조진기, 「최서해 작품론고―1920년대 현실수용의 자세를 중심으로」, 『경남대학 논문집』 3집, 1976. 11.

라는 신념으로 민족의식을 일깨워 주고 있다는 점. ⑤ 식민지하의 한국 현실을 리얼하게 제시해 주고 있다는 점.

여기서 주목할 점은 ②다. 기존 논의에는 작중인물들의 저항이나 반항은 자연발생적 혹은 본능적이라는 추상적 이론으로 일관한다. 이에 비해 조진기는 '가진 자에 대한 맹목적인 반항이 아니라, 가진 자들의 비인간성에 대한 반항'이라고 그 대상을 구체적으로 명시해 준다. 그러나 간도와 국내로 작품의 배경을 나누어 설명하면서 배경 이외의 차이점에 대해서는 명확히 구분해 주지 못하고 있다.

윤홍로는 「토혈」 등 여섯 작품의 해석에 작가의 전기를 결부시키면서 거기에만 의존하지 않는다. 다양한 방법론을 동원하여 주제ㆍ구성ㆍ사건ㆍ인물ㆍ배경ㆍ문체 등을 분석한다. 그 결과 주인공들이 일률적으로 하층민이며 환경에 대해 조건반사적으로 저항한다고 본다. 작품 경향은 비판적 리얼리즘이며, 민족주의적 현상을 구현하였고, 그 연장으로 계층의식을 포함시켰다고 본다.[39] 이러한 논리에 충분히 공감하면서도 분석한 작품이 「갈등」 「저류」 등 소위 비빈궁물은 배제하고 있어 총체적인 서해 작품의 특질을 밝히는 데는 한계가 있다.

1970년대의 논의에서는 작가의 전기와 작품 연보가 정리되고, 당시 현실을 반영했다고 보는 연구 태도가 여전히 강세를 보인다. 여기에 임종국ㆍ김원경ㆍ조남현ㆍ신춘호 등의 경향문학적 측면에 대한 고찰, 김주연ㆍ김영화 등의 형식적 측면에 대한 관심, 김우종ㆍ윤홍로 등의 통합적 관점에 의한 개별 작품의 천착 등으로 나누어 볼 수 있다.

---

39) 윤홍로, 「최서해 연구」, 『동양학연구』 9집, 1979.

이들의 관점과 논리는 나름대로 타당성이 있으나 많은 작품을 논외로 한 채, 지엽적·부분적인 특질을 전체의 특질인 양 과장·확대하는 오류를 범하고 있다. 이들에 비해 거의 모든 소설을 섭렵하고 성실히 분석한 손영옥의 연구 태도는 주목할 만하다. 그는 ① 빈궁문학 ② 프로문학적 제스처 ③ 인도주의문학 ④ 항일문학 ⑤ 그 밖의 경향 등으로 특징을 분류하고 문체와 기법까지도 살핀다.[40] 서해 연구의 초석이 되었음은 물론 그 어느 논의보다 총체적 연구라고 할 수 있다. 작품 분석에 소홀한 아쉬움이 있긴 하지만 김기현의 일련의 전기적 고찰도 괄목할 만하다. 윤홍로의 논문도 그 깊이에서 돋보인다고 할 수 있다.

4) 1980년대 이후의 논의

김기현[41]은 생존 시부터 1970년대까지의 연구사를 개략적으로 정리하여 보여준다. 서해 연구사에 대한 중간 결산의 의미를 지닌다. 그 내용은 각 연구물에 대한 개략적인 소개에 그쳐, 자료 정리 이상의 의미는 지니지 못한다.

곽근[42]은 작가와 작품 연보, 참고 논저 등을 정리하여 전집을 펴낸다. 이러한 작가의 전기와 작품 및 서지 정리에 힘입어 1980년대 이후에는 어느 때보다 활발하게 연구가 이루어진다. 그 결과 수많은 글이 발표

---

40) 손영옥, 「최서해 연구」, 서울대학교 석사 논문, 1977. 7.
41) 김기현, 「최서해 연구사 개관」, 우리문학회 편, 『우리문학연구』 5집, 1984.
42) 곽근 편, 『최서해 전집』 상, 하권, 문학과지성사, 1987; 곽근 편, 『최서해 작품, 자료집』, 국학자료원, 1997.

되고 단행본도 발간된다.[43] 수십 편의 석사학위 논문이 발표되고 2편의 박사학위 논문도 씌어진다.[44] 북한에서 논의된 자료도[45] 공개되어 논의의 넓이와 깊이를 더해준다. 일일이 열거할 수 없이 다양한 방법론도 동원된다.

구중서는 문체는 세련되지 않고 투박하며 단순하고, 주제 구성은 엇나가는 경우가 종종 있다고 본다. 한편으로는 감상이나 허무주의에 떨어지지 않고 이 세상 불의의 원인을 찾아 거기에 항거하는 튼튼한 인간의 문학을 산출하였다고 한다.[46] 기교는 미숙하지만 작가의식의 정당성을 높이 평가함을 볼 수 있다.

정영길은 주인공들의 불행은 삶의 터전인 집이나 고향을 떠나온 데서부터 시작된다고 본다. 자주 발견되는 개(악의 상징)와 어머니(선의 상징)는 대립 구조로 파악한다. 그러면서 '당대의 외적인 환경을 모방하는 데는 성공하였지만, 그것을 리얼리즘의 세계관으로까지 승화시키지 못'[47]했다고 지적한다. 부분을 전체로 확대 해석한 오류를 발견할 수 있다. 서해는 누구보다 당시 현실을 사실적으로 반영했다는 평가를 받

---

43) 단행본으로 신춘호, 『궁핍과의 문학적 싸움―최서해』(건국대학교 출판부, 1994)와, 문학사와 비평학회 편, 『최서해 문학의 재조명』(국학자료원, 2002) 등을 들 수 있다.

44) 허판호, 「최학송 소설 연구―그 인물과 지향성을 중심으로」, 성균관대학교 대학원, 1991; 김성옥, 「최서해 소설의 서술방식 연구」, 서울대학교 대학원, 2005.

45) 대표적인 것으로 김성수 편, 『우리문학과 사회주의 리얼리즘 논쟁』(사계절, 1992)을 들 수 있다. 이 책은 북한에서 논의된 최서해 관련 자료(주로 「탈출기」에 관련된 내용)를 많이 수록하고 있어 북한에서의 서해 연구 현황을 알려준다.

46) 구중서, 「최서해―극한 상황과 인간의 분기」, 『한국문학과 역사의식』, 창작과비평사, 1985.

47) 정영길, 「서해 최학송 소설 연구」, 『현대소설연구』 6호, 1997, 244쪽.

아오지 않았는가. 여기서 말하는 리얼리즘의 세계관이 어떤 것인지도 모호하다.

김용희는 서해 작품에서 느낄 수 있는 대륙적 기분에 착안하여, 고리키와 알치 바세푸의 영향을 받았을 것이라는 견해를 밝힌다.[48] 서해 소설의 체험소설적 요인들과 어머니에 대한 애정과 문체적 특징들이 고리키의 영향이라고 본다. 바세푸의 「행복」을 번역한 점(이전에 현진건에 의해 번역된 적이 있음), 바세푸의 작품 「혈흔」을 따라서 소설집 표제로 한 점, 평론에서 바세푸를 언급한 점을 영향으로 든다. 당시 바세푸는 일본에서 한창 활약 중이었으므로 영향이 용이했다는 것이다.

서해는 등단하기 전 우리의 잡지와 고대소설 및 신소설을 많이 읽었다고 고백한 적이 있다. 뿐만 아니라 소설에는 조선적 정취가 느껴져야한다고 주장하여 누구보다 조선적 작가로 평가받고 있다. 따라서 이 부분도 천착했어야 할 것이다. 다시 말해 서해 문학에 끼친 우리 문학과외국 문학의 영향을 동시에 고찰했으면 좀 더 확실한 영향관계를 파악할 수 있지 않았을까.

김창식은 유일한 장편소설 『호외시대』에서 통속성과 문학성을 동시에 발견한다.[49] 작중인물 양두환의 은행 사기 사건, 선과 악의 대립 구도와 선인들의 희생정신, 유부남과 처녀의 사랑 등이 통속적이지만, 이것들은 저속함으로 흐르지 않고 민족자본의 몰락이라는 진지한 문제의

---

48) 김용희, 「최서해에 끼친 고리끼와 알치 · 바세푸의 영향」, 『국어국문학』 88호, 1982. 12.

49) 김창식, 「1930년대 한국 신문소설의 특성과 그 존재 의미에 관한 일연구」, 『부산대 국어국문학』 32집, 1995. 12.

최서해의 삶과 문학 연구

식에 빛과 어둠을 던져주며 문학적 성취를 이룬다는 것이다. 이런 평가는 매우 타당해 보인다.

『호외시대』는 조남현[50]이 본격적으로 분석하여 연구의 토대를 마련한 후 한동안 뜸하였다. 그 후 필자가 이 소설을 정리하여 1994년(문학과 지성사) 발간한 뒤로 많은 논문(한수영·곽근·허판호·김창식·한점돌·이원배·김성구·오정수·박상준·윤대석)이 발표된다.

김창식은 작품의 언어에도 관심을 돌린다.[51] 『호외시대』의 고찰에서 소홀히 했던 언어 문제를 단편소설에서 검토한 것이다. 소설에 두드러지게 나타나는 불[火]과 피[血]는 어느 한 요소가 나타날 때 연상 작용에 의해 반드시 다른 한 요소가 뒤따르며 서로 조응관계에 놓인다고 본다. 따라서 이 두 요소는 무의식의 세계를 드러내는 상징적 언어로 보아야 한다는 것이다. 불과 피에 대한 논의는 일찍부터 제기된 문제이나, 이 두 요소가 연상 작용에 의한 조응관계이며 무의식의 세계를 드러내는 것으로 파악한 것은 주목을 요한다. 이재선이 제기하고 김주연·손영옥·장성수 등이 관심을 드러낸 항목에 대해 김창식이 논리를 심화했다고 할 수 있다.

장성수는 연구자들이 작품에 표출된 작가의 체험을 가볍게 고찰한 것과 기법적 측면을 소홀히 한 점에 대해 비판한다. 그 체험은 단순하지 않고 상상력과 통합을 이루었다고 본다. 기법의 특성으로는 인물의 강렬한 행위, 일인칭 주인공 화자, 직절하고 간명한 골격의 문장 등을

---

50) 조남현, 「최서해의 『호외시대』, 그 갈등 구조」, 『한국문학』 163호, 1987. 5.
51) 김창식, 「최서해 소설의 언어와 그 상징 구조」, 『한국 현대소설의 재인식』, 삼지원, 1995.

든다. 그러나 의도에 비해 깊이 천착되지 못한다.[52]

임규찬은 「해돋이」를 '3·1운동의 체험과 그 연장으로서 간도에서의 독립 투쟁의 모습'을 그린 작품으로 규정한다. 또한 당시 상황에 적극적으로 맞서 민족의 현실과 진로를 개진한 작품으로, 「기아와 살육」 「홍염」 「박돌의 죽음」 등보다 진일보한 본격소설의 면모를 보여주었다고 주장한다.[53] 별로 주목하지 않았던 작품을 발굴한 의미를 포함하여 타당한 논리가 돋보인다.

한점돌은 작품을 총체적으로 살펴보면서 그 변모 양상에 주목한다. 그 결과 전반기의 하층민 소설, 중반기의 인텔리겐치아 소설, 후반기의 심퍼다이저 소설 등으로 분류한다. 이러한 분류법은 지금까지 ① 만주를 배경으로 한 것과 국내를 배경으로 한 것, ② 빈궁을 주제로 한 것과 그렇지 않은 것, ③ 비판적 리얼리즘에 속하는 것과 사회주의적 사실주의의 맹아를 보인 것, ④ 신경향파문학에 속하는 것과 프로문학에 근접한 것, ⑤ 등장인물의 반항이 적극적인 것과 소극적인 것 등 이분법적 분류와는 차이가 있다. 세 가지 유형은 연대기적으로 반드시 일치하는 것은 아니지만, 이들 사이에 변모의 일정한 내적 논리가 표상되어 있다고 본다.

> 최서해는 전반기 소설에서 미래에 대한 전망이 부재한 가운데 충동적 자기 파괴를 지향함으로써 당대 식민지 현실에 대한 강한 저항

---

52) 장성수, 「최서해 문학의 재검토」, 전북대학교 『국어문학』 23집, 1983. 2.
53) 임규찬, 「최서해의 「해돋이」론」, 『국어국문학논총—기곡 강신항 박사 정년퇴직 기념』, 태학사, 1995, 676쪽.

감을 심정적으로 표출하다가 중반기 소설에서는 비록 추상적 구호의 레벨을 크게 벗어나지는 못했다 하더라도 계급적 전망을 지닌 프로 인텔리겐치아를 통하여 당대의 시대정신을 형상화하였고, 후반기 소설에서는 악화된 상황하에서 부르 민족운동과 프로 민족운동을 변증법적으로 지양한 새로운 전망으로서의 심퍼다이저를 제시하면서 지속적 민족운동의 가능성을 모색하고 있었던 것이다.[54]

한점돌은 『호외시대』를 총결산적 의미를 지닌 프로 심퍼다이저라는 문제적 인물을 형상화한 작품으로 본다. 이 같은 논리는 그간의 연구가 특정 기간이나 성향에 치우친 경향을 극복하는 장점을 지닌다. 송영목처럼 시종일관 부정적인 시각으로 고찰한 경우도 있다.

첫째, 그(서해, 인용자)는 묘사 없는 스토리 위주로 소설을 엮어 갔다는 점, 둘째는 작가로서 뚜렷한 의식(작가정신)도 없이 자기의 특이한 체험만을 바탕으로 서술해 나갔다는 점, 셋째는 하층 인물인 노동자와 농민들을 등장시켰으나 머릿속은 인텔리로 또는 철학자로 둔갑해 놓은 어정쩡한 인물들이란 점, 넷째는 가난의 원인 규명과 극복을 이룩하지 못한 점 등으로 그의 작품은 우리 문학사에서 역사적 가치로는 인정할 수 있으나 예술적 가치로서는 남을 수가 없겠다.[55]

이러한 논리는 작품을 꼼꼼하게 읽지 않은 데다 선입견이 작용한 결과다. 많은 논자들이 뛰어난 사실적 묘사를 특질로 언급하는 것과 거리가 먼 주장이다. 「박돌의 죽음」 「폭군」 「설날밤」 「큰물 진 뒤」 등에서 서

---

54) 한점돌, 『한국 현대소설의 형이상학』, 새미, 1997, 187쪽.
55) 송영목, 「서해 최학송 연구」, 『국어국문학』 87호, 1982. 5, 120쪽.

사의 전개가 급박한 흐름을 타고 있을 때도, 작가—서술자가 개입하지 않고 오히려 세세하게 극적 묘사를 행하고 있음[56]을 볼 때 더욱 그렇다.

또 작가의식 혹은 작가정신도 없이 창작에 임하는 작가가 있을 수 있 겠는가. 체험만을 바탕으로 서술한 것이 소설이 될 수 있을까. 이미 김 동인이 지적한 셋째 사항은 극히 일부분의 작품에만 해당하는 경우가 아닌가. 작가에게 '가난의 원인 규명과 극복'을 요구하는 것도 무리가 아닐 수 없다.

'문학사와 비평학회'의『최서해 문학의 재조명』에는 서해와 직접 관 련된 논문이 4편, 간접적으로 연관된 논문이 7편 실려 있다. 전자의 4 편은 모두 표제에 부응하듯 기존의 논문들과 다른 관점에서 서해 소설 을 재조명한다.[57]

김병구는 서해 소설의 특징인 '가난'과 '반항성'이 의미화되는 서사 내적인 논리와 식민지적 정신성의 문제를 살핀다. 그 결과 서해 소설의 기저에 소외된 지식인의 원한 감정이 수반되어 있음과, 현실 모순의 해 결책으로 제시한 소설의 이념이 식민주의 담론에 포함될 수밖에 없음 을 발견한다.

박훈하는 서해 소설의 '발생과정과 그 내발적 과정의 문학사적 의미' 를 탐색한다. 그래서 서간체 형식과 민담의 근대적 변용 양식 같은 구 성 원리를 찾아낸다. 윤대석은 '풍속'을 바탕으로 하면서 '시대' 또한 내

---

56) 박상준, 「최서해 소설 연구」, 『최서해 문학의 재조명』, 국학자료원, 2002, 134쪽.

57) 김병구, 「최서해 소설의 (탈)식민성 연구 — 식민지적 정신성의 문제를 중심으로」; 박훈하, 「탈식민지적 서사로서 최서해 읽기」; 윤대석, 「'시대정신' 과 '풍속개량' 의 대립과 타협 —『호외시대』론」

최서해의 삶과 문학 연구

적 현실로 받아들여 작품화한 것이 『호외시대』라고 한다. 이상의 세 논문은 참신하며 충분히 수긍되는 바가 있다. 그러나 작품을 지나치게 단순화시킨 점과 논리의 추상성은 한계라 할 수 있다.

이에 비해 박상준은[58] 서해의 전 작품을 총체적으로 고찰하므로 신뢰성을 준다. 그는 전기에 신경향파 계열의 작품과 부르주아 자연주의 계열의 작품이 균형을 이루다가, 후기에 현실 폭로가 약화되고 부르주아 자연주의 작품 일색으로 변했다고 주장한다. 한편 전기와 후기 소설의 동질성으로는 경제적 궁핍상과 식구·가족·가정을 중심과제로 한 점을 들고, 이질성으로는 후기에 이르러 환상 장면이 축소·배제되거나 심리묘사가 빈번해졌음을 든다.

김성옥은 서사론적 측면에 대해 전면적이고 깊이 있는 연구를 시도하여 "서해 소설은 화자의 공적 위치와 서술 방법의 독자성에 의하여, 개인적 체험을 사회적 담론의 차원으로 끌어올림과 동시에, 초점화를 통하여 소설의 진실성을 집요하게 추구하였다"는[59] 결론을 이끌어 낸다. 서해소설의 연구에 깊이를 더한 논문으로 괄목할 만하다.

한점돌은 「한국 아나키즘문학 연구」에서 서해 소설의 아나키즘적 친연성을 찾아내려 한다. 서해 소설들이 '정복의 사실'에 대한 명료한 의식과 폭로 그리고 그것에 대한 증오와 반항이라는 아나키즘 예술론과 유사성이 있어 보이기 때문이라고 한다. 이를 위해 한점돌은 먼저 아나키즘의 이론과 1920년대 이와 관련된 논쟁을 요령 있게 정리한다.

---

58) 박상준, 앞의 책.
59) 김성옥, 「최서해 소설의 서술방식 연구」, 서울대학교 박사 논문, 2005, 252쪽.

그러나 김윤식이 언급했듯이 'KAPF의 조직적 · 집단적 세력에 눌려 하나의 집단적인 운동화가 되지도 못하고, 구체적 작품 행위로 이어지지도 못한' 아나키즘문학을 연구한다는 것이 과연 바람직한지 궁금하다. 이런 상황에 한점돌도 밝혔듯이 서해 소설이 '당대 아나키즘의 민중혁명 프로그램과 비겨볼 때 초동단계 묘사에 머물고 있어 아나키즘의 총체적 비전에 미달하는 것도 사실'이라면, 굳이 아나키즘을 연관시키는 것이 의미 있는 작업인지 묻고 싶다.

1980년대 이후의 논의 동향을 정리하면 석사학위 논문을 비롯하여 많은 연구물이 기존의 연구 방법을 그대로 답습하는 경향이 여전한 점이다. 가령 작품의 경향성을 문제 삼거나(홍정선 · 임찬모 · 정호웅 · 김원규 · 강순희), 간도를 배경으로 한 작품에 주목한다(신춘호 · 임홍준 · 홍연실). 「탈출기」만을 집중적으로 고찰하거나(김병익 · 임헌영 · 노귀남 · 권유), 저항적 요소를 살피기도 한(김영화 · 김윤식 · 정호웅 · 신춘호 · 곽근 · 김선) 것이 그 예다.

물론 이전보다 훨씬 다양한 방법론으로 접근하는 모습도 보여준다. 문체에 대해 집중적으로 고찰하거나(이동희 · 임종수), 이를 세부적으로 파고들어가 서술 문제(김주남 · 김정자 · 김성수 · 김성옥), 서간체(이강언 · 이국환), 상징(김양호 · 김창식) 등을 깊이 있게 살펴보거나, 정신분석학(박종홍 · 우두현), 실존의식(이계홍), 가족 문제(이훈 · 김상희 · 이귀훈) 등을 고찰한다. 이것은 기존 연구에 비해 새롭거나 이왕에 가볍게 취급한 논의를 심화 · 확대한 경우라 할 수 있다.

3. 맺음말

서해는 카프 작가로서는 거의 유일하다고 할 정도로 민족주의 작가들과 친분을 가졌고, 카프에 가입했다고는 하지만 1929년 탈퇴했기 때문에 그에 대한 논의에 제한이 없었다. 그런 까닭에 한국 근·현대문학을 논의하는 사람치고 언급하지 않은 경우가 없을 정도였다. 그에 대한 논의는 찬사와 비난, 긍정과 부정의 엇갈림의 연속이었지만 '1920년대 중반 신경향파문학의 대표적 작가이며, 우리 문학의 무대를 저 멀리 간도에까지 넓힌, 우리 민족문학의 역사를 일구어 낸 소중한 작가들 중의 한 분'[60]이라는 견해에는 일치하고 있다.

서해 생존 시와 해방 전 논의는 대체로 인상비평적인 단평이거나 인물평이 주를 이룬다. 1950년대는 문학사류에 빠짐없이 언급되었으나 작가 전기나 작품 서지에서 오류가 많다. 1960년대는 홍이섭의 실증적 연구와 김우종의 분석적 논리가 주목을 요한다.

1970년대는 작가와 작품 연보가 어느 정도 정리되고 다양한 방법론이 도입되어 연구가 활발해진다. 서해만을 다룬 몇 편의 석사학위 논문도 발표된다. 아쉬움이 있다면 많은 작품을 논외로 한 채 지엽적·부분적 특질을 전체의 특질인 양 과장·확대한 경향이다. 1980년대 이후는 완벽에 가까운 자료 정리를 바탕으로 주제론적·구조주의적·정신분석학적 등 다양한 방법론이 계속 활용되었는가 하면, 작품을 총체적으로 살피면서 그 변모 양상을 검증하기도 한다. 작품 전반의 양식적 특성에도 관심을 보인다.

---

60) 문학사와 비평학회, 『최서해 문학의 재조명』, 국학자료원, 2002, 3쪽.

몇몇의 논의들은 그 깊이와 넓이에서 한 걸음 진전된 것이 확실하다. 그러나 여전히 주제나 미학적인 측면 중 어느 한쪽에 치우친 경향이 없지 않다. 많은 작품을 논외로 한 기존 연구 태도를 그대로 답습하는 경우도 적지 않다. 장차는 이런 태도를 지양하고 작품 전체의 면모를 조망하고, 다각도로 연구하여 서해의 문학사적 위치를 정립하는 데 유효한 방향으로 나아가야 할 것이다.

제3장

소설의 특질

제3장 소설의 특질

1. 머리말

　서해는 1924년 단편소설 「토혈」과 「고국」으로 등단하여 1932년 작고하기까지 짧은 기간, 그만의 독특한 창작 기법으로 한국문학사에 뚜렷한 족적을 남긴다. 이러한 사실은 그에 대한 본격적인 연구가 이루어지면서 입증된다. 1920년대 작가들, 예컨대 김동인 · 전영택 · 현진건 · 염상섭 · 나도향 등과 동렬에 자리매김된 것도 여기에 기인한다.

　그럼에도 불구하고 그 논의가 거의 비슷한 테두리를 맴돌고 있음 또한 숨길 수 없다. 빈궁문학 · 체험문학 · 반항(저항)문학 · 신경향파(자연생성기의 프로)문학 · 보고문학이라는 주장 등이 그것이다. 단편적인 언급에 그치거나 부분적 특질을 전체의 그것인 양 과장 · 확대하는 경향도 보인다. 지금까지는 그 양에 비해 성과가 저조하다고 할 수 있다. 그 원인 중 하나는 많은 작품을 논외로 했기 때문이다. 본 연구에서는 지금까지의 연구 결과를 수렴하면서 되도록 많은 작품을 대상으로 그 특질을 살펴보고자 한다.

2. 현저한 양면성

어느 작가를 막론하고 창작 과정에서 획일주의나 단일성만을 고집하는 경우는 거의 없을 것이다. 양면성은 물론 그 이상의 면모도 얼마든지 지닐 수 있다. 헨리 제임스(Henry James)처럼 삶에 대한 정열적인 감식과 공포, 아메리카와 청교도에 대한 애증을 뚜렷이 나타내거나, 도스토예프스키처럼 환상적ㆍ모험적 요소와 현실적ㆍ세속적ㆍ인간적 요소가 공존하는 경우도 있다. 서해 소설은 크게 두 종류로 나누어 볼 수 있다.

하나는 주인공이 세계에 저항하고 투쟁하려는 것이다. 다른 하나는 개인의 일상사에 일희일비하는 것이다. 전자에는 「토혈」「탈출기」「향수」「박돌의 죽음」「기아와 살육」「기아」「큰물진 뒤」「폭군」「설날밤」「백금」「그믐밤」「이역원혼」「무서운 인상」「돌아가는 날」「홍염」「해돋이」「전아사」「서막」「용신난」「의사」「누가 망하나」 등이 해당한다. 이들을 좀 더 자세히 살펴보자.

「토혈」의 '나'는 식량을 구하러 갔던 어머니가 중국인의 개에 물려 업혀오는 모습을 본 순간 토혈하며 의식을 잃는다. '나'가 의식을 잃을 정도로 분노하며 피를 토하는 원인이 자신의 비참한 처지 때문임은 분명하다. 하지만 그러한 상황이 초래된 것은 몰인정하고 수전노 같은 무리를 낳은 이 사회 때문이다. '나'가 "세상이 이리도 야속하냐?"고 묻는 것도 이 때문이다. 이런 극한상황에서 '나'가 의식을 회복하면 사회에 반역하여 투쟁할 것은 명약관화하다.

「탈출기」의 '나'가 고향을 떠나 간도행을 택한 것은 절박한 빈궁에서 벗어나기 위함이다. 그러나 간도에 이르러 보니 그곳 역시 정착할 곳이 못된다. 어디에도 안주할 곳이 없음을 인식한 '나'는 절규한다. "허위와 표독과 게으른 자를 옹호하고 용납하는 이 제도는 더욱 그저 둘 수 없다." "나는 나에게 최면술을 걸려는 무리를 험악한 이 공기의 원류를 쳐 부수어야 하는 것이다." 지금까지 '나'는 성실하게 살아왔음에도 불구하고 이러한 결론에 이르자 사회에 투쟁하겠다는 것이다. 여기서 '제도'나 '공기의 원류'는 유사한 의미로 사회의 한 속성이다. '나'는 언제든 사회를 공격할 의지를 다진다.

「백금」의 '나'도 굶주림으로 초췌해진 식구들의 모습이 눈앞을 스칠 때마다 "주먹을 불으쥐고 몸을 부르르 떨면서 세상을 노려본다." 아니 '꽐꽐 흐르는 뜨거운 피로 썩어진 도시를 밀어 버리고' 싶어 한다. 마침내 '나'는 "그 모든 것을 쳐부수자! 그 모든 것에 이기자!"고 소리친다.

「누가 망하나」의 거지도 죽어야 할 처지지만 자신의 죽음과 상관없이, "배부른 놈 배만지고 배고픈 놈 씰어질꺼! 세상이 망하나 내가 망하나 누가 망하나" 좌시하겠다며 죽기를 거부한다. 그는 현 세상(사회)의 인의와 염치의 부재를 통탄한다. 「기아」의 철호는 서울의 크고 작은 건물은 녹슨 백골을 저장한 복마굴로, 총총한 전등은 유령의 험한 눈초리로, 모든 소리와 빛은 도깨비판으로 환치하여 생각한다. 이 세상을 복마전으로 간주하는 것은 「기아와 살육」의 경수도 마찬가지다. 「무서운 인상」의 '나'는 세상은 거꾸로 되는 판이라고, 「전아사」의 '나'는 이 사회가 변태적이라고 각각 규정한다.

이상에서 살펴본 작품의 주인공들이 진정한 의미에서 사회에 대해 공격하며 투쟁했다고 할 수는 없다. 투쟁할 결심을 하거나 의지를 다지고 있다고 할 수 있다. 이에 비해 다음에 살펴보는 인물들이야말로 사회에 대해 공격하며 투쟁에 나섰다고 볼 수 있다.

「박돌의 죽음」에서 박돌의 죽음을 지켜보던 박돌 어머니는 "에구! 한심한 세상도 있는게!" 하며 먼저 세상을 원망한다. 여기서 그치지 않고 김초시를 찾아가 그의 낯을 물어뜯는다. 김초시는 한심한 사회의 한 구성원이다. 그는 인간의 생명보다도 돈을 추구하는 인물이다. 따라서 그녀는 이러한 인간들이 생명의 존엄성을 무시하고 돈만을 추구한다며 공격에 나선다. 사람들이 미쳤다고 외치지만 그녀는 돈만 아는 김초시의 집을 정확히 찾아가 그를 응징한다.

「기아와 살육」의 경수는 "모두 죽여라! 이놈의 세상을 부시자! 복마전 같은 이놈의 세상을 부시자! 모두 죽여라!"고 외친다. 마침내 그 외침을 실행에 옮겨 가족을 포함한 많은 사람에게 마구 칼을 휘둘러 쓰러뜨리고 기물을 파괴한다.

수해를 만나 패가망신하고 천신만고하던 「큰물 진 뒤」의 윤호는 노동판의 감독에 의해 실직하자 강도로 변한다. 정당한 노력의 대가를 못받는 사회니 강도질이라도 하여 살길을 찾아야 한다고 생각한다. 강도질로 사회 규범에 저항한다. 그는 "흥 낸들 이 노릇이 좋아서 하는 줄 아늬? 나도 양심이 있다. 양심이 아픈 줄 알면서도 이 짓을 한다. 이래야 주니까 말이다." 하고 중얼거린다.

앞에서 살펴본 작품의 공통점은 인물들이 사회의 밑바닥에서 궁핍에 허덕이며 처참한 생활을 하고 있는 것이다. 이들에게 ××사상이나 사회주의 사상이 싹튼 것은 순전히 사회에 그 원인이 있다. 이들은 세계(사회)를 원망하고 저주하면서 반역하고 투쟁할 결심을 하거나 실제로 투쟁하기도 한다. 그 행동은 극한상황의 무게를 이기지 못하고 쓰러지

최서해의 삶과 문학 연구

려고 할 때, 무의식적으로 행하는 저항의지이거나, 자신에게 육박해 오는 외부적인 억압에 대한 반항의 몸부림이다. 이 경우 사건은 비약하고 그 행위로 인해 인물은 더욱 곤경에 처하거나 죽음으로 귀결된다. 자신은 물론 가정의 파멸을 초래하기도 한다.

인물들의 공격적 태도는 작품 전반에 격정적 분위기를 조성한다. '니를 빡 갈면서' '이를 앙드그륵 악물고' '두 눈에 불이 휑해서' '악이 밧작 치밀어서 씹어 먹고' '코를 질근질근 씹었다' '백골이 갈리는' '오장이 빠직빠직 끈겨서' 등의 격렬한 어사가 동반된다. 몇 구절을 소개해 본다.

> 이 가슴이 이 가슴이 찟기는 것이 아니라, 칼로다 진익이는 것 갓습니다. (「누가 망하나」)
> 목구멍을 먼지가 풀썩풀썩하는 흙덩어리로 꽉꽉 틀어 막아서 숨쉴 틈 없는 통 속에다가 온몸을 집어 넣고 꽉 누르는 듯이 안타깝고 갑갑하여 울려야 소리가 나지 않는다. (「박돌의 죽음」)
> 두 눈은 독살이 잔뜩 오르고 이는 꼭 악물었다. …(중략)… 악문 이빨과 목으로 푸우 뿜는 피는 김좌수에게 뛰어 왔다! (「그믐밤」)
> 그 번쩍이는 도끼가 내 등골에 내려졌다. 나는 몸서리를 빠르르 치면서 머리를 홱 돌렸다 (「만두」)

여기에 더하여 처참한 장면이 전개되고 피[血]가 낭자하게 뿌려진다. 평범하고도 단순한 사실인데도 불구하고 문장의 박진은 '독자들의 눈을 호동글아케 떼우지 안코는 말지'[1] 않는다. 이 작품들은 '글자가 펄떡펄떡 뛰는 듯한 묘사'[2]와 '꼼꼼하게 다듬지 않고 거친 자연묘사나 다이

---

1) 빙허, 「신춘문단소설평」, 『조선문단』, 1925. 10, 117쪽.
2) 춘해, 「2월 소설평」, 『조선문단』, 1926. 3, 17쪽.

내믹한 서술'[3]이 많고 '영감이 나는 생동하는 문맥'[4]인가 하면 '강냉이 조밥을 강다짐하는 맛'[5]과 '고추송이를 날대로 들입다 문 듯한 감'[6]을 준다. 이 작품들에서 서해는 '눌리운 조선, 쪼끼어난 조선, 밝아 버슨 조선, 고민하는 조선, 아사하는 조선급 조선인'을 제재로[7] 사회의 암담한 상황을 폭로하려 한 듯하다. 따라서 이 작품들은 '불합리한 사회조직에 대한 반역의 선언으로 보아도 가'[8]할 것이다.

이들 작품은 인물의 감정이 격한 나머지 의외의 결말로 이어지거나 사건의 급전을 초래한다. 이것을 두고 백철은 "서해의 작품은 연극성을 갖고 있는데, 그 연극이 필연을 결하고 엉성한 것들이다. 가령 서해의 작품들의 결말 장면이 살인이나 방화로 비약하는 장면인데 거기가 연극으로선 필연성을 결한 것이기 때문이다"[9]고 지적한다. 사건이 급하고 무리하게 처리되었음을 말한 것이다. '서해가 궁극적으로 시대 제도의 모순성까지도 파고들어 가서 그 비극의 원인을 살피기 전에, 다만 안막에 투영되고 심장에 느껴진 것만을 그대로 보고'[10]하고 그것을 감정적으로 처리하고 있다는 증거다.

사건의 비약과 함께 인물의 행동이 남용되는 경우도 많다. 그 행동

---

3) 신춘호, 「한국 빈궁문학의 두 양상」, 고려대학교 석사 논문, 1973. 6, 48쪽.

4) 백철, 「한 발 앞선 고독의 의미」, 『문학사상』, 1974. 11, 240쪽.

5) 심훈, 「내가 좋아하는 작품과 작가」, 『문예공론』, 1929. 5, 78쪽.

6) 김안서, 「최서해의 근저 『홍염』을 읽고서」, 『동아일보』, 1931. 9. 21.

7) 주요한, 「『혈흔』 추천사」, 『조선문단』, 1927. 1.

8) 「P. B. 생, 반역의 선언 『혈흔』」, 『시대일보』, 1926. 6. 7.

9) 백철, 위의 책, 241쪽.

10) 김우종, 『작가론』, 동화문화사, 1973, 57쪽.

은 무자각한 맹목적인 반항으로 자연발생적인 본능적 충동의 결과이다. 그 인물들은 극단적으로 사건을 해결하려 든다. 「박돌의 죽음」의 박돌 어머니가 김초시를 물어뜯는 행위, 「기아와 살육」의 경수가 저지르는 파괴 행동 등이 대표적이다. 「그믐밤」의 김좌수가 삼돌의 목살을 떼내며, 「향수」의 김우영이 가출하고, 「기아」의 철호가 아들 학범이를 버린 행위 등도 사려 없는 짓이다. 그로 인해 결국 가정이 파탄나거나 자신이 죽고 만다.

「폭군」의 춘삼이도 분별없는 행동으로 아내와 복중아(腹中兒)를 죽음으로 내몰고 경찰에 체포된다. 빙허는 이 작품을 두고 "춘삼이가 왜 그러케 광란애 갓가운 주정을 하얏는가, 웨 선량한 안해를 포학하게도 처죽엿는가 아모리 뒤저 보아도 작자의 단 한마듸의 대답도 발견할 수가 없다."[11]고 한다. 무모한 행동을 저지르도록 주인공을 설정한 작가를 비판하는 것이다.

「홍염」의 문서방도 중국인 지주를 살해하고 그의 집에 방화하지만 그로 인해 야기될 결과는 염두에 두지 않는다. 주요한은 이에 대해 "원수의 집을 불살으고 달아나는 부녀는 어듸로 가랴 하는가? 그들의 아페는 무슨 광명이 잇나 또 다른 지주, 또 다른 빚쟁이가 잇슬 것뿐 아닌가?"[12]라고 반문한다. 문서방의 행위에서 장차 어떠한 문제 해결도 발견할 수 없다고 진단한 것이다.

「의사」의 주인공 의사는 구세제민을 포기하고 자신의 병원에 방화하

---

11) 빙허, 「신춘소설만평」, 『개벽』, 1926. 2, 102쪽.
12) 주요한, 「취재의 경향과 제3층 문예운동」, 『조선문단』, 1927. 2, 52쪽.

고 러시아로 떠난다. 춘해가 이 작품에 대해 "그저 막 두드려 부시기만 하면 엇지할고 정말 목적물인 건설이 잇서야 아니 할까?"[13]라고 비판하는 것도 여기에 해당한다. 이런 인물들은 좌절과 허탈감 속에 방향감각을 상실한 모습이다.

이러한 경향과는 달리 사회를 외면하고 개인 문제로 고민하고 갈등하는 인물들이 또 하나의 축을 형성한다. 여기에 해당하는 작품은 「고국」「매월」「그믐밤」「십삼원」「방황」「담요」「만두」「보석반지」「오원칠십오전」「금붕어」「동대문」「팔개월」「저류」「홍한녹수」「미치광이」「아내의 자는 얼굴」「쥐 죽인 뒤」「낙백불우」「가난한 아내」「이중」「부부」「전기」「먼동이 틀 때」「무명초」「같은 길을 밟는 사람들」「갈등」「물벼락」「인정」「주인아씨」「누이동생을 따라」「젊은 시절의 로맨스」,『호외시대』등이다. 이들 작품을 간략히 살펴보도록 하자.

「고국」의 나운심은 청운의 뜻을 품고 간도로 갔다가 고국으로 되돌아온다. 간도는 윤리, 도덕, 교육이 부재하고 폭력이 난무하며 행정관서가 비리를 저질러 안주할 수 없었기 때문이다. 그는 고국에서 도배장이가 되어 생계를 꾸려 가고자 한다. 「매월」의 매월은 상전인 박생의 명령에 복종하느냐 자신의 정조를 지키느냐의 갈림길에서 갈등하다 끝내 자살한다. 박생 역시 욕정을 채우느냐 아니면 체면을 유지하느냐를 고민하다 병을 얻어 자리에 눕고 만다.

「십삼원」에서는 13원만 보내 달라는 어머니의 편지를 받은 유원이가 K에게 돈을 빌려 달라하기까지의 내면 심리를 보여준다. 「오원칠십오

---

13) 춘해, 「2월 소설평」, 『조선문단』, 1926. 3, 16쪽.

전」은 '나'가 실직하여 방 안에서 공상만 일삼던 중, 집주인의 전기세 독촉으로 번민하다가 가까스로 돈을 구한다는 이야기다. 「팔개월」의 '나'는 의사가 요양이나 치료를 하지 않으면 8개월밖에 살 수 없다고 하자, 당장 먹고살기도 힘든 처지에 기가 막혀 차라리 '하하' 웃고 체념한다.

「동대문」의 '나'는 연애와 체면 사이에서 갈등하고, 「보석반지」의 '나'(경호)는 "날이 가고 달이 갈수록 혜경이와 보석반지는 내 가슴속에서 서로 얼크러져 싸우는 때가 만핫다."고 고백한다. 「쥐 죽인 뒤」「부부」의 '나'는 아내의 임신 중에 쥐를 잡아 죽인 뒤 매우 불안해 한다. 임신 중에 살생하면 불길하다는 속설을 상기했기 때문이다.

「낙백불우」의 '나'는 빈부의 차이로 우월한 자와 열등한 자로 나뉘게 된 현실에 회의를 느낀다. 「전기」의 박인화와 「같은 길을 밟는 사람들」의 '나'는 빈궁에 시달리다가 죽은 친구와 자신의 처지가 동일하다는 판단에 이르자, 정신을 잃을 정도로 술을 마시거나 잠을 못 이룬다. 「인정」의 승현은 양복을 훔치러 온 도둑을 양산대로 찔렀다가 그의 눈이 빠지자 자신의 지나친 행동에 괴로워한다.

「무명초」의 춘수는 무기력하고 나약하며 주위의 눈치나 살피는 인물이다. 월급을 받지 못하면서도 회사의 간부들을 원망하지 않는다. 그들도 형편이 오죽하면 봉급을 못 주겠느냐는 것이다. 월급을 못 받는다고 직장을 떠나 봤자 실상 갈 곳도 없다고 체념한다. 「갈등」의 '나'는 지식계급과 천민계급 사이에 존재하고 있는 거리에 대해 회의하며, 그런 간격을 없애야겠다면서도 지식계급을 옹호하는 자신의 이율배반적인 태도에 괴로워한다.

지금까지 살펴본 작품들의 주인공들은 대체로 자신의 무력함을 인식하고 삶에 적극적이지 못하다. 자의식과의 갈등에 고민하는 것이 고작이다. 이들은 사회의 부조리와 모순을 인식하고 있지만 변혁이 불가능함을 깨닫고 회의적이고 소극적인 태도로 일관한다. 현실을 극복하기 위한 노력도 하지 않는다. 거칠거나 무모한 행동도 하지 않는다. 이들 중 대부분은 잡지사 기자나 문인 등 직업을 가진 소시민이다.

이들 작품은 차분하고 평온한 묘사가 특색이다. 과격하거나 격렬한 표현은 보이지 않는다. 낭자한 피의 구사도 볼 수 없다. 사건은 여유 있게 진행되며 급전되지 않는다. 몇 구절 예를 들어 보자.

> 닭은 벌써 네 홰나 울엇습니다. 동천에 반짝반짝하는 샛별도 이제는 할 수 없는 듯이 빗을 감춥니다! (「매월」)
> 모든 것이 웃우엇다. 그것은 어린애 작난 가탯다. 내가 쓰는 시(詩)도 의사가 가진 청진기도 모도 작난감 갓다. (「팔개월」)
> 아무도 간호하는 이가 없는 외로운 병석에서 대소변까지 자유로 못 보게 되는 그의 괴로움이 얼마나 컸으랴. (「같은 길을 밟는 사람들」)
> 어멈은 어깨를 툭 떨어뜨리고, 힘없는 눈으로 이 모든 인생극을 고요히 보고 있다. 찬란한 전깃불 아래 핼쑥한 그 낯에는 슬픈 빛도 보이지 않고 기쁜 빛도 어리지 않았다. (「갈등」)

감정이 절제된 담담한 필치로 일관한다. 인물들은 사회의 부조리와 모순을 인식하고 있지만, 자신의 능력으로 변혁시킬 수 없음을 알고 회의적이다. 자신의 무력함을 깨닫고 자포자기한다. 따라서 이들 작품에 박진감이 결여되고 문제의식이 약화되어 있는 점도 숨길 수 없다.

그렇다고 이 작품들이 가치가 없다거나 무의미하다고 할 수는 없다. 인물들의 진지한 자아반성은 현실에 응전할 예비적 단계이거나 새로운 방법론의 모색일 수도 있기 때문이다. 이 계열의 작품들은 아쉽게도 아직까지 제대로 조명받지 못한 형편이다.

이처럼 서해의 작품은 크게 두 부류로 나눌 수 있다. 하나는 사회와 관련시켜 인물의 절박한 현실을 취급했다면, 다른 하나는 사회문제를 비켜나 개인의 문제를 다루고 있다고 하겠다. 전자는 격렬한 표현으로 장면의 처참성과 비극성을 높였다면 후자는 차분한 묘사로 일상적인 생활을 작품화한 느낌을 준다. 전자는 작가의 감정이 강하게 노출되어 있다면 후자는 이성이 앞서는 절제된 감을 주고 있다. 인물들이 전자는 사회에 반역하고 투쟁하며 운명을 극복하려는 의지로 외향적·공격적이라면, 후자는 사회에 대해 수수방관하고 운명에 굴복하며 내향적·도피적이라 할 수 있다.

3. 빈궁과 간도 유랑

서해가 작품 활동을 시작한 1920년대 초반은 일제의 억압과 수탈로 자유가 박탈되고 극도로 궁핍하여 암울한 시기였다. 3·1운동의 실패로 꿈과 희망이 좌절된 채, 민족주의·사회주의·무정부주의·공산주의 등이 유입되어 사상적으로 매우 혼란스러웠다. 당시 대부분의 작가들은 불안과 절망 속에 감상적이고 퇴폐적인 분위기에 젖어 사소한 개인의 문제에 연연해 있었다. 그들은 일본 유학생으로 선진 문화를 접하였고 어느 정도 여유로운 가정환경으로 인해 식민지의 현실을 절실하게 체득하지 못하였다.

이들에 비해 서해는 특이한 존재였다. 유학은커녕 국내의 중학교 교육도 받지 못하였다. 일찍이 간도를 유랑하며 처절한 빈궁 속에서 온갖 고통을 겪었다. 귀국 후에는 문인으로서 잡지사나 신문사 등에 취직했다지만 여전히 가난을 벗어나지 못하였다. 이러한 체험이 당시의 일반적인 소설 경향과는 색다른 작품을 창작하게 하였다.

서해는 당시 빈곤의 근본적 원인이 가중되고 있는 일제의 약탈에 있다고 보았다. 당대의 작가들, 예컨대 나도향·현진건·염상섭 등도 궁핍의 현실을 괴로워하고 가슴 아파한 것은 틀림없고, 박영희·김기진 등도 빈곤을 도외시하지 않은 것은 사실이었다. 하지만 전자는 관찰자나 관조자의 입장에서 인식하였고, 후자는 지나치게 관념적이고 도식적으로 파악하였다. 이들에 비해 빈곤을 몸소 절실하게 체험한 서해는 누구보다도 사실적이고 객관적으로 이를 형상화하였다. 따라서 당시의 실체를 드러내는 그의 소설은 단연 이채로웠고 문단 안팎에서 공감과 호응을 얻을 수 있었다.

당시 작가들이 개인의 문제에 안주할 때, 개인과 사회를 함께 파악한 것은 괄목할 만하다. 여기에 비로소 서해의 빈궁소설이 의미를 갖는다. 다시 말해 서해 소설이 의미 있는 것은 빈궁을 작품화해서가 아니라, 그것을 통해 일제하의 참담한 사회적 현실을 사실적으로 전해주었기 때문이다. 이를 간과한 채 단지 빈곤 체험만을 문제 삼는다면 서해 작품의 가치는 왜곡되고 만다. 간도를 배경으로 한 작품들과 「백금」 「이역원혼」 「큰물 진 뒤」 「폭군」 「설날밤」 「전아사」 「무서운 인상」 「담요」 등이 여기에 해당한다고 할 수 있다.

체험소설이라도 자신의 경험을 보고 형식으로 보여준 것이 아니고 상상력으로 변형하고 굴절시킨 것이다. 체험이 바탕이 된 것으로 알려진 작품조차 사실은 그렇지 않은 경우가 있다. 「홍염」을 간도에서 중국인에게 억압당한 경험의 소산으로 알고 있지만, 실은 서해 장모가 멀리 떠나보낸 딸을 만나보지도 못한 채 임종한 사실을 근거로 창작한 것이다. 「그믐밤」 역시 체험과는 상관없이 어머니의 고담 비슷한 이야기를 바탕으로 순전히 창작한 것이다. 이와 관련하여 서해는 '사실을 근거로 하면 그 사실이 주는 압력 때문에 더 노력이 들고, 그렇기에 공상을 위주로 하며 '사실 3 공상 7분 주의'로 소설을 쓴다고 고백한 적이 있다.[14]

그의 체험소설이 논픽션이나 사소설적 범주를 넘어설 수 있는 것은, 자신이 경험한 고통이나 아픔이 자기만의 것이 아닌 전 민족적인 문제이고, 그 원인이 자신으로부터 연유한 것이 아니고 당시의 현실로부터 야기되었음을 보여주었기 때문이다.

빈궁 외에 특기할 만한 체험으로 간도 유랑이 있다. 간도는 우리에게 오래전부터 낯설지 않은 곳이다. 1920년대는 이미 수십 만의 조선인이 이주한 상태다. 그들은 일제에 의해 농지가 약탈되어 소작마저도 힘들어지자 살길을 찾아 떠난 것이다.

간도 역시 살기가 힘들기는 마찬가지였다. 중국인에게 당하는 괴롭힘은 말할 것도 없고, 빈궁한 삶을 모면할 수 있는 어떠한 방법도 발견할 수 없었다. 하지만 당시 작가들에게 그곳은 별다른 관심의 대상이 되지 못한 것이 사실이다. 이에 비해 서해는 간도에서 방황하고 유랑하는 인물들을 통하여 조국을 상실한 민족의 처참함과 암울함을 보여주었다.

---

14) 최서해, 「홍염」과 「탈출기」, 『삼천리』, 1930. 5.

서해는 그곳 유랑의 체험을 바탕으로 많은 소설을 창작한 것이다. 고국에서의 고통스런 삶에 어쩔 수 없이 내몰려 간도로 이주한 노동자·농민을 주로 주인공으로 설정한다. 그 참담함을 극대화하기 위해서 배경에 겨울이나 밤, 홍수, 피폐한 농촌, 험악한 골짜기 등을 배치한다.

이 작품들은 한국소설의 지평을 확대하고 국외를 배경으로 한 색다른 유형을 보여준 것으로 의미 있다. 「토혈」「고국」「탈출기」「십삼원」「박돌의 죽음」「기아와 살육」「홍염」「만두」「향수」「돌아가는 날」「해돋이」「폭풍우시대」 등 주로 전기(前期)작이 여기에 해당한다.

빈궁이나 간도 유랑의 체험소설에는 횡포와 억압의 주체에 강력히 저항하는 인물이 등장한다. 그들은 이미 언급한 것처럼 대개가 노동자·농민 등 하층민이다. 그들은 자신이 처한 궁핍이 사회의 구조적 모순에 기인한다고 생각한다. 이런 인물을 통해 현실을 고발하고 폭로하는 차원에 그치지 않고, 압박받는 민족의 설움과 함께 그들의 저항적 태도도 보여준다.

이것을 카프 작가들은 대환영하면서 서해를 자기들의 진영으로 끌어들이려 한다. 서해가 무산계급의 고통을 대변하고 그들의 해방을 위해 유산계급에 적극적으로 반항하는 주인공을 설정한 것으로 믿는다. 이론만 난무하고 작품이 뒷받침해주지 못하는 처지에서, 서해가 그 임무를 감당할 수 있는 적격자라고 판단한 것이다. 그러나 서해의 작중인물들의 저항은 계급타파를 위한 것이 아니라, 압박과 착취하에서 살아남기 위한 몸부림이라고 할 수 있다.

4. 피[血]의 활용

1) 작품의 지배적인 톤(tone)

시는 물론 소설에서도 내포적이고 함축적인 낱말이 자주 사용된다. 유능한 작가일수록 이러한 낱말을 다양하게 구사한다. 그중에는 말버릇에 불과한 것도 있지만, 한 작가의 일련의 작품에 걸쳐 그 기능을 발휘하는 경우도 있다. 헤밍웨이의 단편 「살인자」에 쓰인 벽(壁), E. A. 포우의 작품에 등장하는 까마귀와 고양이, 현진건 · 김유정 · 손창섭 · 한말숙 · 이호철 등이 자주 이용하는 비[雨] 등이 곧 그런 예들이다.[15]

서해 소설의 함축적인 낱말 중 하나는 피[血]다. 김주연은 '눈물과 울음이 서해의 모든 소설을 지배하고 있는 지배적인 톤'[16]이라고 주장한다. 사실 눈물과 울음이 양적으로는 압도적이지만, 피는 이보다 더욱 참담한 상황에서 토해지거나 뿌려지기에 서해 소설의 전반을 지배하는 톤(tone)이라고 할 수 있다.

서해가 사용한 피를 당시 프로문학의 유행에 편승한 결과라고 단정하기는 성급하다. 프로문학이 대두하기 이전부터 이 낱말을 자주 써왔기 때문이다.[17] 물론 초기작에도 예외 없이 쓰이고 있다. 여기에 '자기

---

15) 이유식, 「한국소설의 기법일견」, 『현대문학』 190호, 1970. 10, 374~375쪽.

16) 김주연, 「울음의 문체와 직접화법」, 『문학사상』 26호, 1974. 11, 230쪽.

17) ㉠ 그윽한 花草中에서 秋色을 悲報하는 귀뚜람미의 소리는 聞者의 肺腑에 熱血을 注射하는 듯 소리소리 血淚를 재촉한다. (「雨後庭園의 月光」, 『學之光』, 1918. 3)
　　㉡ 敗家亡身하고 暮境에 入하야 後悔에 血淚를 뿌리며 悲痛에 가슴을 끌인들 어이하리오. (「牛鳥靑年에게」, 『學之光』, 1918. 3)
　　㉢ 南北 靑山은 어늬덧 秋節秋風에 물드러 오직 四時不凋ᄒᄂ 松林만 남기고 모조리

경험에 보다 더 애착을 가지고 짓밟피고 눌리는 이들을 닛지 못하야 붓을 들면 눈물 흔적 피 흔적[18]을 그리려고 의도했기 때문에 눈물과 함께 피를 이용하려 했는지 모른다. 이처럼 피는 서해의 취향에 맞는 개인어(idiolecte)가 되어 그의 소설의 한 특색을 이룬다.

우선 서해가 사용한 피의 빈도를 살펴보자. 절맥 · 혈육 · 비린내 · 동맥 등 관련된 낱말을 제외하고도 36편에서 사용된다.[19] 그 총 횟수는 162회이고 이것은 1편당 4.5회에 해당한다.

한 작품당 출현 횟수	1	2	3	4	1	6	9	11	13	29	계
해당 작품 수	8	9	6	4	2	1	1	2	2	1	36
합계	8	18	18	16	10	6	9	22	26	29	162

작품별로 보면 「그믐밤」이 29회로 가장 많고, 「큰물 진 뒤」 「부부」가 각각 13회, 「기아와 살육」 「인정」이 각각 11회, 「박돌의 죽음」이 9회, 「무서운 인상」이 6회, 「홍염」 「폭군」이 각각 5회로 비교적 많은 편이다. 출현 횟수가 작품에 어떤 영향을 준다고 볼 수는 없지만 일정한 역할을 하는 것도 사실이다.

　　나는 눈물도 흐르지 않았다. 울음도 나오지 않았다. 가슴이 답답하
　　고 울화가 일어났다. 닥치는 대로 쳐부수고 막 미쳐 뛰고 싶다. 나는 정

散化혼 듯 流血한 듯 紅色을 자랑하며……(「秋郊의 暮色」, 『學之光』, 1918. 3)
18) 전영택, 「서해의 예술과 생애」, 『삼천리』, 1933. 8, 173쪽.
19) 장편소설 『호외시대』는 제외하였음.

신이 갑자기 어찔하면서 숨이 꽉 막힌다. 목구멍으로 나오는 비린 냄새가 코를 찌른다. 호흡이 가쁘다. 가슴이 무너지는 것 같다. 나는 윽윽 하면서 가슴을 주먹으로 두드렸다. 누구인지 등을 쳐준다. 나는 윽 하고 토하였다. 그것은 한 덩이 붉은 피였다. 아, 괴로와······ (「토혈」)

　제목이 암시하는 것처럼 피를 토하는 장면이다. 어머니가 머리를 잘라 판 돈으로 좁쌀을 사러 갔다가, 중국인의 개에게 물려 동리 사람에게 업혀 온다. 주인공 '나'는 기가 막혀 피를 토하며 의식을 잃고 만다. 단지 한 번의 피토하는 장면이지만 작품에서의 비중은 매우 크다. 인물의 분노와 원한이 극에 달한 상태를 토혈로 나타냈기 때문이다. 피의 빈도수가 많은 작품이 서해의 특색을 잘 보여준 것으로 평가받고 또 비교적 우수하다는 사실도 주목해야 할 것이다.

　피[血]는 자체의 성질상 지시하는 대상에 고착되어 있지 않고 가동성(mobility)이 있어,[20] 다양한 의미로 사용된다. 문맥에 따라 공포 · 잔인 · 원한 · 저주 · 전쟁 · 혁명 · 정열 · 순결 · 생명 · 사랑 · 희생 · 노력 · 다혈질 · 탐욕 · 흥분 · 위험 등을 나타낸다. 사랑 · 정열 · 순결 · 생명 등의 의미로 사용한 피는, 「보석반지」 「매월」 「동대문」 등에 불과하다. 작품에서 차지하는 기능도 미약하다. 반면에 공포 · 잔인 · 원한 · 저주 등의 뜻으로 사용된 경우는 수다하고 그 비중도 높다. 격렬하고 거친 묘사와 살인 · 강도 · 폭력 등도 동반한다. 따라서 서해는 후자의 의미에 역점을 두고 작품에 피를 활용한 것 같다.

---

20)　권도현, 「현대시의 건전한 회복」, 『국어국문학』 61호, 국어국문학회, 43쪽.

2) 원색적이고 자극적인 작품감

원래 피는 최고등감각인 시각에 감지되는 적색이다.[21] 적색은 생명력의 표현이고 신경과 분비선의 활약상을 나타낸다. 자극적이고 승리하려는 의지가 있으며 성적 힘이 있고, 혁명적이고 흥분적인 색이다.[22] 이 피를 서해는 본래의 의미에서 확대하여 인물의 원한 · 저주 · 격노 · 비통 등 정서적 느낌을 표출하는 데 이용하고 있다.

인물 중에는 병들지 않았는데 피를 토하며 죽거나 의식을 잃는 경우가 있다. 중국인의 개에게 물린 어머니의 처참한 모습을 본 '나'(「토혈」), 식중독으로 죽은 박돌을 지켜본 박돌 어머니(「박돌의 죽음」), 무의식중 만득이를 칼로 내리친 김좌수(「그믐밤」), 중국인에게 딸을 빼앗긴 용녀 엄마(「홍염」), 집 나간 아들을 애타게 부르며 찾던 어머니(「전아사」), 저주를 받은 원님(「저류」) 등이 여기에 속한다.

피를 토하는 경우는 대개 객혈(hemoptysis)과 토혈(hematemesis)로 나눌 수 있다. 객혈은 호흡기 계통에서 일어나는 출혈이 입을 통해서 나오며 폐결핵 · 폐암 · 만성기관지염 · 기관지천식 · 폐디스토마 등이 원인이 되고, 토혈은 소화기 계통에서 일어나는 출혈이 위 내용물과 함께 넘어오며 위궤양 · 위암 · 급성위염 등이 원인이 된다. 서해 작품 중 「전기」의 최일천만이 토질로 인해 자주 피를 토한다고 그 이유가 밝혀져 있을 뿐이다. 나머지는 원한과 분노가 극도에 이른 상태에서 피를 토하며 죽거나 의식을 잃는다.

---

21) 신언철, 「김유정 문학의 연구」, 『대전공전 논문집』 12집, 1973, 70쪽.

22) Lusher, *Color test*. 김영수, 「색채어를 통한 작품 연구」, 『청주대 논문집』 8집, 1974, 106쪽에서 재인용.

피를 토하지 않는 대신 낭자하게 흘리는 경우도 있다. 개에게 물린 어머니(「토혈」), 박돌 어머니에게 코와 낯을 물어뜯긴 김초시(「박돌의 죽음」), 경수가 휘두른 식칼에 찔린 어머니·아내·학실이(「기아와 살육」), 춘삼이가 던진 방치돌에 치인 아내(「폭군」), 김주사에게 목살을 떼인 삼돌이와 김주사가 내리친 칼에 맞은 만득이(「그믐밤」), 유가의 도끼에 찍힌 봉길 할아버지와 '그', '그'에게 물려 코가 떨어져 나간 유가(「이역원혼」), 굵은 나무에 허리가 부러져 죽어 가는 봉준이와 기차에 치여 죽어 가는 봉준 어머니(「무서운 인상」), 문서방의 도끼에 머리가 박혀 죽어가는 중국인 인가(「홍염」), 적탄에 맞아 죽어 가는 종범이(「돌아가는 날」) 등이 이에 해당한다.

이들은 예외 없이 피를 쏟거나 흘려서 처참한 모습이다. 이런 경우 서해는 의식적으로 피를 장면 묘사에 이용한 듯하다. 피를 동반한 낱말에서 그것을 실감할 수 있다. '한 덩이 붉은 피' '붉은 핏발' '검붉은 피' '핏발이 올올한' '검붉은 선지피' '피투성이' '핏발이 샛밝아케' '염통피' '피비린내' '새빨간 피' '새빨간 핏방울' '시뻘건 선지피' '걸디건 피' '붉으레한 피' '뜨거운 피' '온몸의 피' '뜨거운 선지피' '시뻘건 피뭉치' '피묻은 그림자' '푸우 뿜는 피' '피사람' '사지의 피' '뜨겁고 붉은 피' '붉은 핏방울' '검붉은 핏덩어리' '끌어 오르는 피' 등 피와 동반한 어휘가 다양하게 사용되고 있음이 그것을 입증한다.

이와 관련한 묘사도 과장·의태·의성·직유 등의 수사법을 동원하여 처참한 상황을 부각시키고 있다. "피는 두 사람의 온몸에 발늬엇다" "피가 울컷 나왓다" "피를 쭉쭉 빨아먹는다" "피가 그저 줄줄 흘러서" "피가 콸콸 흘렀다" "피비린내가 탁 터졌다" "핏방울을 번질번질 쏟친"

"피가 그저 뚝뚝 흘렀다" "콸콸 흐르는 뜨거운 피" "피가 느른히 흘렀다" "피가 쭈루루 쏴 – 솟았다" "줄줄이 흐르는 피는 구름발같이 피기도 하고 샘같이 흐르기도 하였다" "피가 흥건히 흘러서" "흐르는 피는 요 바닥을 흠씬 적셨다" "피가 쭈루룩 끌어서 떡 엉기어 붓는 듯" "피는 벌써 끌어서 들죽처럼 되엇습니다" "피를 한 말이나 토하고" "피는 솜과 헝겊을 샐갑맣게 물들이었다" 등에서 이를 확인할 수 있다.

언어는 작품의 색을 특징짓는다.[23] 작품은 그 작가의 내적 모습을 어떤 형태로든지 닮을 수 있는 것이며, 독특한 글 버릇, 색조, 어조 등도 반영하는 한 작가의 독특성[24]이기 때문이다.

서해 소설의 색은 핏빛 곧 붉은(赤)색이다. 서해는 자신의 의식을 효율적으로 표출하려는 의도에서 '피'란 낱말을 활용했고, 이것은 작품에 원색적이고 자극적인 작품감을 나타내는 데 일조했음을 알 수 있다.

3) 카타르시스의 한 수단

서해가 원색적이고 자극적인 피를 작품에 이용한 심리적 원인은 무엇일까. 다음과 같은 언급이 그 답을 암시해 준다.

나는 문예를 지흐려고 애쓴다. 나는 다만 내 가삼에 서리서리 엉킨 정열을 쏘드면 그것으로 족할 뿐이다. 세상이야 욕하거나 웃거나 내 아들을 사랑한다. 그것은 내 아들이 잘나서 사랑하는 것이 아니다.

---

23) 이범선, 「언어와 작품과 작가」, 『한국외국어대 논문집』 4집, 1971, 207쪽.
24) 이상섭, 『문학의 이해』, 서문당, 1973, 39쪽.

내 아들은 세상에 보이기 무섭게 못났다. 그러나 내 고통을 말하여 주
는 것은 오직 내 아들(창작)뿐인 까닭이다. (『혈흔』 창작집 序)

서해는 자신의 작품이 세상에 내놓기 부끄러울 정도로 못났지만, 가
슴에 서린 정열의 산물로 괴로운 삶을 대변해 주므로 존재 의미가 크다
고 본다. 정열의 발산과 고통의 대변으로 소설을 쓴다는 것은 그의 전
기를 통해서도 알 수 있다. 그는 최하층의 직업을 전전하고 아내를 네
번 바꾸는 등[25] 행복한 삶과는 거리가 멀다. 뿐만 아니라 사회의 냉대와
부조리한 현실 속에서 이상과 꿈은 번번이 좌절된다.

특히 문학청년으로 다정다감하고 칼날 같은 감정적 성격의 소유자인[26]
그에게 연애 문제는 아주 절실했던 것 같다. 하지만 벗어날 길 없는 궁핍
속에서 가장으로서의 책임감과 지속되는 위장병으로 위기의식은 고조
된다. 이러한 절박감은 주요 등장인물에 그대로 투영되어 있는 경우가
많다.

서해는 "나는 경험 없는 것은 쓰지 않으려고 한다."[27]고 선언하고 자
신의 경험을 자주 형상화한다. 이때 주로 ① 애정 문제 ② 삶에 대한 위
기의식 등으로 현실 부적응자인 인물을 설정한다. 자신의 심리적 압박
을 작중인물들이 흘리는 피에서 카타르시스하려 한 것이 아닐까. '욕설
과 비속적 표현에서 작가 김유정의 catharsis를 찾아볼 수'[28] 있는 것과
같은 이치다. 이에 대해 좀 더 구체적으로 살펴보자.

---

25) 김동환, 「생전의 서해, 사후의 서해」, 『신동아』, 1935. 9, 185쪽.
26) 박상엽, 「감상의 칠월」, 『매일신보』, 1933. 7. 16.
27) 서해, 「?! ?! ?!」, 『조선문단』, 1925. 4.
28) 서정록, 「한국적 전통에서 본 김유정의 문학」, 건국대학교 석사 논문, 1967. 8, 19쪽.

단념! 단념할란다. 나는 절대 B를 생각지 않으련다. 죄 없는 인간들을 처참한 구렁에 빠쳐노코 내 혼자 사랑의 품에 안겨? 거기 잘못 빠지면 나는 헤엄을 못칠 것이다. 그러케 되면 나의 리상은 헛갑이다. 내게는 어머니가 잇고 딸년이 잇다. 나를 사랑하시는 어머니! 내가 사랑하는 딸!

자신의 딸 이름을 표제에 붙인 자전적 소설「백금」중의 한 일기다. ① 내 이상이 깨질 것 같고 ② 죄 없는 인간들이 처참한 상태에 처해 있는데, 자신만이 사랑의 감정을 맛보는 것이 미안하여 ③ 이성과의 사랑을 단념하고 자기를 사랑하는 어머니와 딸에게 자위한다는 것이다.

그렇다고 서해가 연애부정론자는 아니다. 여타의 자전적 소설에서 연애 예찬의 태도를 얼마든지 발견할 수 있기 때문이다. '연애란 참 신비스러운 것'(「전아사」)이며, 여인을 만나니 '아주 꿈 같아서 무어라 말할 수 없'었으며(「동대문」) "실상은 이성의 뜨거운 사랑이 그립지 안은 것은 아니엇다"(「보석반지」)고 작중인물을 통해 자신의 심경을 고백한다. 어쩌면 다음처럼 친구의 증언대로 온몸을 던져 사랑할 사람을 간구했는지 모른다.

자기가 가진 온 정열과 자기의 생명까지라도 바칠 수 잇슬 알스들한 '사람'을 가지기를 다만 혼자 마음속으로 갈망하엿다. 차자 헤매엿다. 동시에 적막한 그의 가슴을 쓰다듬어 줄 부드러운 손을 가지기를 바랏다. 말하자면 그의 냉각한 심장속에도 밝안 '사랑'의 불꽃이 타올랐다.[29]

29) 박상엽, 「감상의 칠월」, 『매일신보』, 1933. 7. 25.

　　　　　　　　　　　　　　　　　　최서해의 삶과 문학 연구

그러나 "늙은 어머니를 버리고 나선 내게 연애가 무슨 상관이냐? 내게는 할 일이 많은데" "내게는 큰 목적이 있다. 연애에 상심할 때가 아니다."(「전아사」)라고 의식적으로 연애 충동을 억누른다. 연애를 의도적으로 기피한 사실도 있지만 여성들에게 호감을 주지 못했던 것도 사실이다. 그간의 사정을 방인근은 다음과 같이 적고 있다.

> 그(서해, 인용자)는…… 술을 먹고 더 잘 떠들어대는 것이었다. 미남이 아닌 그는 기생들에게 호감은 사지 못하지마는 이야기는 한 목단단히 보는 것이었다. 춘원이나 내나 따르는 여인이 많은 편이오, 안에서들은 그것을 질투하는 데서 싸움이 일어났다. 서해는 호라비로 이것을 구경하면서 쓰린 웃음을 웃으며 부러워하는 것 같았다.[30]

여인들에게 인기가 없는 데다 가난한 살림에 어머니와 딸을 건사하기도 벅찬 서해는 어쩔 수 없이 연애를 멀리한다. 결혼 후에는 아내와의 결별(사망 혹은 탈출)로 화목한 가정을 이루지 못한다. 그는 이성의 사랑에 굶주린 것이다.

'거츠른 환경에서 거츠른 바람에 꽉꽉 응결되어서 인간의 달콤한 정열을 못늣긴' 그는, '녀자를 별로 접하여 보지 못하고 또 만날 기회가 잇드라도 공연히 수접고 가슴이 떨려서 낫도 못처드는'(「동대문」) 인물이 된다. 남의 연애만을 부러워하고 기생집에서는 떠벌이로 열등의식을 극복하려 한다. 가슴에 남은 것은 적막과 비애뿐이다.

서해는 제대로 사랑의 결실을 맺지 못한다. 진정한 생의 반려자를 구

---

30) 방인근, 「문단교우록」, 『문예』, 1950. 3, 153쪽.

하는 데 실패한다. 조분려와는 금슬이 좋았던 것으로 알려져 있지만(이전에 비하면 훨씬 생활이 안정되기는 하였지만) 실상은 그렇지 않은 듯하다. 당시 찾아간 잡지 기자가 가정생활을 묻자 "아조 취미가 업습니다. 도모지 다라나고 십고 죽고 십흔 생각이 만습니다."[31]라고 한 말이 이를 증명한다. "사람은 세상의 도덕을 직혀야지!" 하며 깊은 밤에 조용히 마음 터놓을 수 있는 사람에게 번뇌에 타는 그의 가슴을 하소연한[32] 것으로 보아, 행복하지 못한 가정생활이었음을 암시한다. 그는 연애를 하지 못하고 반역하게 된 원인을 다음과 같이 전한다.

> 내 압헤는 두 길밖에 없다. 혁명이냐? 연애냐? 이것 뿐이다. 극도의 반역이 아니면 극도의 열애 속에 무치고 십다. 그러나 내게는 련애가 업다. 아니 잇기는 하나, 그것은 사야만 된다. 나는 련애를 사려고 하지 않는다. 그러니 내게는 반역뿐이다.[33]

서해의 소설엔 진정한 연애가 없다. 연애에 성공하지 못하거나 연애의 느낌만 내비친 작품이 몇 편 있을 뿐이다.

이번에는 삶에 대한 위기의식에 대해 살펴보자. 먼저 서해의 삶에 대한 애착부터 살펴보자. 이것은 다음의 글에 잘 나타나 있다.

> 괴로운 세상에 그다지 애착이 갈 것도 업것만은 그래도 살고 싶다. 엇던 때는 죽엄이 두려운 것이 아니라 괴롬이 두려워서 鍼灸의 苦를

31) 「최학송씨 가정방문」, 『문예공론』, 1929. 5, 56~59쪽.
32) 박상엽, 앞의 글.
33) 서해, 「혈흔」, 『조선문단』, 1925. 11, 96쪽.

甘受하거니 생각하면서도 더 살어야! 하는 생각 속일 수 업시 내 마음
의 속에 굿세이 흐른다. (「신음성」)

이 외에도 여러 작품에서 미래 지향적이며 운명을 극복하려는 의지
를 보이거나, 사회에 저항하는 인물들을 통해 생에 대한 집착을 보인
다. 이것은 곧 서해의 생에 대한 애착이 반영된 인물들이다.

결혼생활의 한 단면을 그린 자전소설「팔개월」에서 주인공은 "태전위
산이나 호시위산이 때로는 내게 해로울 줄도 나는 안다. 그러나 나는
할 수 업시 먹는다. 병은 심하고 괴롭기는 하고, 그래도 살고는 십고 어
쩔 수 업시 먹는다."고 한다. 살고 싶은 의지를 그대로 대변하고 있다.

이러한 삶에 대한 애착에 반해 가난과 위장병으로 항상 위협을 느낀
다. 배 속에서 늘 도랑물 흘러가는 소리와 임종 시까지 넣고 다니던 위
장약에서, 위장병에 대한 고투를 짐작할 수 있다. 그로 인해 언제 죽을
지 모르는 불안감을 해소하기 위하여 '장안의 관상가는 물론 심지어 무
꾸리(무당이나 판수의 점)에도 남다른 신명과 열을 올'[34]리기도 한다.

연애문제와 삶에 대한 위기의식으로 인한 고민과 갈등은 의외로 심
각해서 서해의 일상생활은 물론 소설에도 많은 영향을 준다. 그 결과
작중인물들이 살인·강도·방화·테러 등 과격한 행동을 감행하게 한
다. 그런 행동은 낭자하게 피[血]를 동반하여 서해 내면에서 응결된 저
주·원망·통한의 감정을 어느 정도 해소해 준다.

---

34) 이승만, 「학이 소나무를 잃었구나」, 『월간중앙』, 1972. 6.

5. 맺음말

서해 소설의 특질은 작중인물을 중심으로 크게 두 부류로 나눌 수 있다. 하나는 세계에 저항하고 투쟁하려는 인물이고 다른 하나는 자신의 문제에 고민하며 사회문제에 소극적인 인물이다. 지금까지의 서해 소설에 대한 논의는 대체로 전자에만 치우친 경향이 없지 않다. 이럴 경우 파괴와 살인·방화 등으로 사건이 해결되는 신경향파의 범주를 벗어나지 못한다. 따라서 후자도 간과해서는 안 된다. 이들 작품은 전자에 비해 작가가 흥분하지 않고 차분하게 작중인물 개인의 내면 의식을 문제 삼았다는 점에서 의미 있다. 서해는 물론 신경향파소설에서 득의했지만 그러한 경향을 벗어난 작품도 다수 있음을 인식해야 할 것이다.

다음으로 빈궁과 간도 체험의 형상화를 들 수 있다. 당시 사회적 환경이 식민지 시기였던 만큼 여느 작가를 막론하고 가난과 빈곤을 취급하지 않은 예는 거의 없을 것이다. 그중에도 서해는 몸소 체험한 자신의 밑바닥 삶을 구체적으로 작품화하여 독자들의 공감을 얻었다. 거기에는 감정에 치우친 감이 없지 않지만 자연발생적인 저항의 의지나 몸부림이 엿보인다.

간도 유랑 체험 역시 서해 소설에서 큰 비중을 차지한다. 지금까지 간도에는 한국인이 많이 이주하여 살고 있어 낯설지 않은 곳이었다. 하지만 당시 작가들에게는 별로 주목받지 못하였다. 서해가 이 지역을 본격적으로 문제 삼으면서 한국 소설의 지평을 확대하고 국외를 배경으로 한 색다름을 보여주었다.

여기에 더하여 섬뜩한 피의 흩뿌림도 빼놓을 수 없다. 이 피는 서해 소설의 지배적인 톤(tone)으로 자극적이고 원색적인 분위기를 조성하는 한편 서해 자신의 억압된 감정을 정화하려 의식적으로 도입한 듯하다.

서해의 소설을 옥석(玉石)으로 구분할 때 어쩌면 옥(玉)보다 석(石)이 많을지 모른다. 그렇지만 옥(玉)적인 작품만으로도 서해는 한국소설사에 뚜렷이 존재할 작가로 기록될 만하다.

제4장

소설과 영향관계

제4장 소설과 영향관계

1. 머리말

모든 작가는 창작적 재능에서 탁월함의 유무를 막론하고 전대의 작품에 직간접으로 관계를 맺고 있어서, 어떠한 문학 작품도 완전히 독창적이라고 단정하기는 어렵다.[1] 어떤 작가와 타 작가의 영향관계는 문학사 연구가가 특히 관심을 기울여야 할 항목이다. 왜냐하면 진실된 문학사는 작가 사이의 영향과 모방 및 차용에 끊임없는 관심을 기울이면서, 물려받은 것과 창조적인 것을 확실히 판단하여 그 작가의 독창성을 평가해야만 하기 때문이다. 이 같이 작가 사이에 입은 영향(influence reçue) 또는 끼친 영향(influence exercée)의 작용은 문학사의 본질적 요소가 된다고 하겠다.[2]

---

1) 이상섭, 『문학의 이해』, 서문당, 1974, 230쪽.
2) 방 띠겜, 『비교문학』, 김동욱 역, 신양사, 1959, 8~10쪽 참조.

서구 문예를 한국에 이식시키려 노력한 해외유학파 문인들과는 달리 전통을 계승·발전시키려 한 작가에 서해를 꼽을 수 있다. 따라서 서해가 전대의 작품 경향을 계승하고 수용하여 자신만의 특질을 개척한 양상은 고찰되어야 하고 또한 정당히 평가되어야 한다.

지금까지 서해 소설 연구는 내용 혹은 이데올로기에 치우친 경향이 없지 않다. 여기서는 이를 지양하고 전대의 작품과 어떤 관련성을 가졌는지를 살펴보고자 한다. 이러한 고찰을 통해 신소설과 근대소설 그리고 근대소설 간의 영향 및 수용 양상을 어느 정도 파악할 수 있을 듯하다.

진정한 의미에서의 한국문학의 연속성 회복은 일제 말에서 해방문학이 접하는 부분과 더불어, 20세기 초 개화기문학과 신문학이 접하는 부분에서 찾아져야 하므로[3] 이러한 작업은 의미 있다고 하겠다.

2. 신소설과의 관련성

영향관계를 고찰할 때 작가지망생의 문학수업기에 어떠한 의미로든 충격적이거나 감명 깊었던 작품은 그에게 한동안, 심하면 일생 동안 영향을 끼칠 수도 있음을 인식해야 한다.

서해의 문학수업과 관련하여 문우인 박상엽은 "서해는 소년 시절 춘원의『무정』을 비롯하여 신·구소설을 빼놓지 않고 읽었다."[4]고 한다. 이 진술이 칭찬하려는 의도가 앞서 신빙성이 적다 하더라도 서해의 고

---

3) 김윤식, 「한국문학의 연속성 문제」, 김열규 외, 『고전문학을 찾아서』, 문학과지성사, 1976, 135쪽.
4) 박상엽, 「서해와 그의 극적 생애」, 『조선문단』, 1935. 8, 160쪽.

백을 통해서도 이 점은 확인할 수 있다. 그 때문인지 서해 소설 중 여러 편은 신소설의 특질인 범죄소설적 형태에 많이 근접하고 있다. 특히 「귀의 성」에 큰 감명을 받은 것은 사실인 듯하다.

> 나는 어려서 이약이 책을 퍽 질겨서 학과는 빼어도 소설은 쪼차가면서 닑엇다. 이때에 「귀의 성」을 닑엇다. 춘천ㅅ집의 참담한 최후와 김승지 본 마누라의 악독은 어린 가슴에 큰 인상을 박앗다. 이 인상은 내게서 좀처럼 슬어지지 안햇다.[5]

이처럼 깊은 인상을 받은 것 외에도 이 작품이 ① 조선의 사회상을 여실히 보여준 사실적인 작품이고 ② 일본문식이 아닌 신문체를 사용했기 때문에 의의 있다고[6] 한다. 김동인의 이 작품 평에도 크게 공감한다.[7] 김동인은 ① 조선에 처음으로 나타난 사실소설 ② 분위기에 맞추어 적합한 인물과 사실을 만들어 낸 배경소설이라고[8] 평한 바 있다.

다시 말해 「귀의 성」에서 서해가 관심 있게 살핀 것이 사회상의 구현된 양상과 분위기라고 할 수 있다. 김동인이 말한 분위기와 서해가 언급한 신문체는 유사한 의미라 할 수 있다. 서해가 구사한 격렬한 어조를 포함한 문체는 작품의 분위기 조성에 큰 몫을 차지하고 있기 때문이다. 서해는 신소설의 분위기를 소설미학의 한 수단으로 자신의 작품에

---

5)   최학송, 「조선문학개척사」, 『중외일보』, 1927. 11. 15.

6)   위의 글.

7)   위의 글.

8)   김동인, 「소설작법」, 『조선문단』, 1925. 6, 80쪽.

응용한 듯하다.

① 최가가 간이 떨어졌는지, 염통이 쏟아졌는지 아가리로 피를 퍽퍽 토하면서 …(후략)…
② 강동지가 호령을 천둥같이 하면서 달려들더니, 점순의 쪽진 머리 채를 움키어 쥐고 넓적한 반석우으로 끌고 가더니, 번쩍 들어 메치는데 푸른 이끼가 길길이 앉은 바위 우에 홍보를 펴 놓은 듯이 핏빛 뿐이라. (이상, 「귀의 성」)

이와 같은 섬뜩한 표현은 작품의 분위기를 증오와 저주, 살의 등의 적대감 내지 비정상적인 고압적 정서를 유발한다. 더구나 ① 이성적인 논리의 초토화 현상 및 문학적인 표현의 속화 현상 ② 이성적인 자제를 잃은 감정적인 격앙 상태 ③ 심리적 증오와 공격성 및 이에 대한 보복의 잔인성 ④ 철저하게 상호 파괴를 상기시키는 분노와 복수의 형벌로서의 카니발리즘 등이 신소설에 나타난 현저한 현상인데[9] 서해 소설에서도 다음과 같이 이런 부분이 자주 나타난다. 특히 식인육의 욕구 표현에서도 유사성을 쉽게 발견할 수 있다.

① 어린아이의 두 어깨를 담싹 움켜 쥐고 반짝 들더니 어린아이 대강 이서부터 몽창몽창 깨물어 먹으니 …(후략)…
② 에그 그년의 자식을 생으로 부등부등 뜯어 먹었으면 좋겠다. (이상, 「귀의 성」)
③ 눈깔이 벌건 자들이 검붉은 손으로 자기의 팔다리를 꼭 잡고 철관

---

9) 이재선, 「개화기 소설의 문학사회학」, 『문교부 연구보고서—어문학계』 7, 1977, 111~112쪽.

으로 자기의 염통피를 빨면서 홍소(哄笑)를 친다. 수염이 많이 나
고 낯이 시뻘건 자는 학실이를 집어서 바작바작 깨물어 먹는다.
(「기아와 살육」)

④「이놈아! 내 박돌이를 불에 넣었으니 네 고기를 내가 씹겠다.」박
돌어미는 김초시의 가슴을 타고 앉아서 그의 낯을 물어 뜯는다.
(「박돌의 죽음」)

이것은 심리적인 원망의 형태로서 격앙된 증오와 보복의 감정이나
정신 상태를 집약시키며[10] 주로 교육을 받지 못한, 사회적으로 하층계
급을 형성하는 인물들의 모습을 사실적으로 그려내기 위한 표현양식[11]
이다.

서해는 암담한 현실을 타파하지 못하는 대신 작중인물의 살인·방
화·파괴 행위로 대리만족을 꾀했는지 모른다. 이런 경우 감각적이고
도 섬뜩한 수사는 필요했을 터이고 문학수업기에 읽은 신소설에서 암
시받았는지 모른다. 이것을 그는 자신의 수사기법으로 응용한 것 같다.

> 서술문장의 특징은 그(서해, 인용자)가 문학소년 시절에 습득한 신
> 소설·고전소설 문장의 발전일 것이다. 확실히 서해의 문장에는 신
> 소설적 문장에서 발전된 세련된 서술문체와 한국어 구성의 특징을
> 체득한 데가 많다. (「고국」 인용문 생략) 서해가 소설을 쓰려는 사람
> 은 적어도 '조선어'의 특유성과 조선 사람의 정조를 알아야 하고 그러
> 기 위해서 케케묵은 신소설을 독파하지 않으면 안 된다고 주장한 것
> 은 위의 인용문에서도 증명된다. 윗글에서 특히 주목되는 것은 설화

---

10) 이재선, 앞의 책, 116쪽.

11) 박종철, 「개화기 소설의 언어와 문체」, 『문교부 연구보고서―어문학계』 7권,
1977, 274쪽.

문학이나 판소리 계열의 고문체에서 흔히 보는 의태어와 동어반복의 적절한 사용이다. 그것은 현장을 생생하게 시각적으로 재생·모방하는 독특한 운율적 기법으로 서해의 문장기법이 리얼리즘에 접근될 수 있는 매체가 된다.[12]

이처럼 서해의 소설에는 신소설적 문장에 바탕을 두고 발전된 세련된 서술문체와 한국어 구성의 특징을 체득한 데가 많은 것도 숨길 수 없는 사실이다.

3. 환상 장면

환상 장면의 빈번한 삽입도 서해 소설의 한 특색이다. 백철은 박상엽의 추도문[13]을 근거로 그 환상이 도스토예프스키의 영향이 아닌가 하고 피력한다. 이 부분에 대한 이해를 돕기 위해서 서해의 공상 취미를 살펴보자.

　　나는 공상의 니리에 늘 마음을 달린다. 워낙 난치의 병으로 광대뼈가 툭 뼈진 나는 간단 없는 공상으로 말미암아 나날이 파리하여 간다. 나는 그것이 조금도 아깝지 않다. 스러져 가는 꿈을 쫓듯이 열정에 괴인 눈을 멀거니 뜨고 오색이 영롱한 공상의 천지에 이 마음을 끝없이 달리는 때면 나는 한없이 법열과 충동을 받는다. (「전아사」)

---

12)　윤홍로, 『한국 근대소설 연구』, 일조각, 1981, 233쪽.
13)　박상엽, 「서해와 그의 극적 생애」, 『조선문단』, 1935. 8, 156쪽.

최서해의 삶과 문학 연구

자전적 소설「전아사」를 통해 서해는 공상하는 버릇이 있고 이를 즐겼음을 알 수 있다. 다정다감한 성격인 그는 공상을 취미로 생각할 법하다. 이 취미가 소설에서 환상 장면으로 확대·변용되어 나타났다고 생각할 수도 있다. 하지만 감수성이 예민한 문학청년 시절 인상 깊게 읽었던 작품의 영향이 더 크게 작용했을 수도 있다. 그렇다고 이것을 그만의 독창적 기법이라고 할 수는 없다. 우선 서해가 읽었을 법한 한국 근대 초기소설에 나타난 환상 장면을 살펴보자.

> 그의 눈에는 여러 가지 환상이 보인다—네모난 사람, 개, 우물거리는 모를 물건, 뫼보다도 크게도 보이고, 주먹만하게도 보이는 검은 어떤 물건, 아주머니, 연필—이것이 모두 합하여 야단으로 보였다. 오촌모가 펴준 자리에 누워서도 그는 이런 그림자를 보면서 씩씩거리며 있었다. (김동인,「약한 자의 슬픔」)

환상을 비현실적 측면으로 인식하면 꿈·공상·상상 등과도 동일선상에서 논의해야 한다. 그렇다고 서해가 김동인의 영향을 받았다고 단정할 수는 없다. 서해가 문학수업 시기에 읽고 감명을 받았다는 신·구소설에서도 환상을 얼마든지 발견할 수 있기 때문이다. 특히 꿈의 역할은 사건 해결의 실마리를 제공하거나 사건을 예시해 준다.

> 어머니 내 꿈 이야기 좀 들어보시오. …(중략)… 큰마누라가 와락 달려들어서…… 어린애 대강이서부터 몬창몬창 깨물어 먹으니, 내가 놀랍고 깜찍하여 어린애를 뺏으려 하였더니 큰마누라가 반토막쯤 남은 애를 집어던지고 피가 발갛게 묻은 조동이를 딱 벌리고 앙상한 이빠리를 흔들며 왈칵 달려드는 서슬에 질겁을 하여 소리를 지르며 잠

이 깨었으니 무슨 꿈이 그렇게도 고약하오. (「귀의 성」)

신소설에 과다하게 설정된 꿈 장면은 구성의 결함 중 하나로 지적된다. 과학문명의 발달과 함께 꿈의 예언적 마력은 상실되고, 이를 반영한 근대소설에서 꿈의 역할은 대폭 줄어든다. 이 꿈이 초기 근대소설에 공상·상상 또는 환상의 변형된 형태로 나타난 것이 아닐까.

Samuel Johnson은 공상(imagination)과 환상(fancy)을 동일한 차원으로 보고, 이 두 개념 모두 어떤 사람에게는 결여되어 있는 사물과 사건을 묘사하는 능력이라고[14] 말한다. 그의 말대로라면 사물과 사건을 묘사하는 능력이 다소 결여되었던 이광수와 김동인이 초기작에 도입한 소설기법 중의 하나가 환상 장면이 아닐까. 김동인은 『근대소설고』에서 이광수의 초기작 「어린 벗에게」(원명, 「젊은 꿈」)와 『무정』[15]을 다음과 같이 논한다.

> 「젊은 꿈」 : 열과 공상으로 찬 辭句로 꾸며 나아가다가 사건적으로 아무 결말도 보이지 않고 「끝」자를 달아놓았다.
> 『무정』 : 공상! 공상! 왜 작자는 등장하는 모든 인물을 이렇듯 공상 즐기는 사람으로 만들었는지.

동인은 춘원의 작품을 비판하는 경향이 있고 여기서는 공상을 남용한다고 지적한다. 그러나 동인 역시 「약한 자의 슬픔」 「마음이 옅은 자여」 등 초기작에서 춘원 이상으로 공상과 환상을 남용하고 있다. 백철

---

14) 김윤식 편, 『문학비평용어사전』, 일지사, 1978.
15) 김동인, 『춘원연구』, 춘조사, 1959, 26~35쪽.

은 이런 현상을 "자연주의의 계통을 이어받은 심리묘사와 같은 것이 아니고, 일종의 심리유희·심리영향에 속하는 것이며, 도스토예프스키 등의 작품 경향에서 영향을 받은 것이 아닐까?"[16]라고 한다.

동인의 공상이나 상상은 일차로 상상력의 소산이겠지만 신소설이나 춘원의 영향도 무시할 수 없을 듯하다. 이처럼 춘원의 문학에서 동인이 부분적이나마 자신의 소설 기법을 의식적이건 무의식적이건 재현했다는 것은 아이러니컬한 현상이다. 이러한 사실은 채훈도 이미 지적하고 있다.[17] 춘원과 동인의 초기작에 보이는 공상이나 환상은 고대소설과 신소설의 꿈과 무관하지 않다. 서해의 환상 장면도 역시 이들과 무관하지 않을 듯하다.

다시 말해 고대소설과 신소설의 꿈과 서해의 환상이 동일한 성질은 아니라 하더라도 그 기법의 측면에서는 이들을 수용한 듯하다. 이 경우 대부분 절박한 상황에서 몸부림치는 인물들의 심리 상태를 핍진하게 나타내기 위한 것이다.

> 어둑한 뜰 저편 허덕간 침침한 어둠 속으로 목을 쭉 늘이고 뭉깃한 것이 어청어청 나왔다. 그는 눈을 돌렸다. 불빛이 그믈그믈 비치인 웃방 문이 번쩍 열리면서 시뻘건 피뭉치가 나왔다. 그는 애써 모든 것을 보지 않으려고 눈을 감았다 뜨면서 시선을 마루로 옮겼다. 시커먼 그림자가 그의 앞에 섰다. 그는 가슴에서 돌덩어리가 쿡 내렸다. 그것은 피묻은 그림자였다. 모두 착각이었다. (「그믐밤」)
> 눈깔이 벌건 자들이 검붉은 손으로 자기의 팔다리를 꼭 잡고 철관

---

16) 백철, 『신문학사조사』, 신구문화사, 1968, 129쪽.
17) 채훈, 「김동인론」, 『국어국문학』 25호, 국어국문학회, 1962, 33쪽.

으로 자기의 염통피를 빨면서 홍소를 친다. 수염이 많이 나고 낮이 시뻘건 자는 학실이를 집어서 바작바작 깨물어 먹는다. 경수는 악 소리를 치면서 벌떡 일어났다. 그것은 한 환상이었다. (「기아와 살육」)

　평시에도 어머니를 생각하면 어머니의 친안이 보이지 않고 처참한 환상으로 보이던 터인데 이날에는 더욱 그러해서 차마 무어라 말씀할 수 없이 가련하고도 기구한 환상으로 나타났습니다. 나중은 어느 때 형님과 이야기를 하던 그 거지 노파의 꼴로도 보입니다. (「전아사」)

　그의 눈앞에는 물 한 모금 못 먹고 짚자리 위에 쓰러진 두 생명의 환상이 보일 뿐이다. 그는 환상을 보고 떨 뿐이다. 그 환상은 누런 진흙물 속에 쓰러진 집에 치어서 킥킥 버둥질치는 형으로도 나타났다. (「큰물 진 뒤」)

　일일이 열거할 수 없을 만큼 이러한 환상 장면은 자주 삽입된다. 그렇다고 서해 소설을 비현실적이고 몽환적이고 공상적이며 인간의 꿈이 실현되는 세계에 대한 이야기를 하는 로망스문학[18]이라고 할 수는 없다. 서해의 의식세계를 표출하고 그런 과정에서 독특한 소설 기법으로 이용하고 있는 것이다. 백철은 이에 대해 "환상 장면을 몽타주하여 작품 세계를 만들어서 서해의 체험소설의 한계성을 뛰어넘고 자연주의문학의 평면성에 도전했다."[19]고 긍정적으로 평가한다.

　이 환상은 인물이 비몽사몽의 순간에 있을 때 나타나는 경우가 빈번하다. 그 내용과 상황이야 어떻든 소설에 환상 장면을 삽입한 것은 신·구소설은 물론 춘원과 동인의 소설 등 전대소설을 수용한 결과처럼 보인다.

---

18)　이상섭, 『문학의 이해』, 서문당, 1974, 173쪽.

19)　백철, 앞의 책, 239쪽.

4. 김동인과의 거리
—「배따라기」와「누이동생을 따라」를 중심으로

김동인의「배따라기」(1921)와 서해의「누이동생을 따라」(1930)(이하「누이동생…」)를 대비함은 서해 후기 작품의 변모과정과 영향관계에 대한 일단의 해답을 얻고자 함이다.「배따라기」는 논자들의 많은 호평을 받고 한국 현대소설의 효시라고 운운되고 있을 정도인 김동인의 초기작이고,「누이동생…」은 서해 소설 중 비교적 우수한 작품에 속하는 후기작이다.

영향관계를 고찰할 경우 두 작품 간의 상사점과 상이점이 함께 착실히 연구되어야 함은 물론이다. 한편 영향이란 반드시 어떤 작가의 다른 작가나 작품에 대한 추종만이 아니라 반항도 해당한다는 점을 인식해야 한다. 그런 가운데 작가의식이나 그 작가 나름의 독특한 개성을 발견할 수 있기 때문이다. 우선 두 작품의 시제의식부터 살펴보자.

①좋은 일기이다. (「배따라기」)
②사년 전 여름이었다. (「누이동생…」)

모두 짤막한 문장으로 의미를 압축하고 있다. 전자는 화창한 날씨에 현재의 상황을 그리고 있으며, 후자는 여름이 상징하는 음울한 분위기 속에 과거의 사건을 펼쳐 보이겠다는 것을 암시한다. 동인이 굳이 현재를 나타내려 했다고만 할 수는 없다. 그는 시제에 관심이 없기 때문이다.

① 시대는? 시대는 이 안하에 보이는 도시가 가장 활기 있고 아름답던 시절인 세종 성주의 때쯤으로 하여 둘까. (「광화사」)
② 혹은 사오십년 뒤에 조선을 무대로 생겨날 이야기라고 생각하여도 좋다. (「광염소나타」)

이에 비해 서해는 현재형이나 과거형의 회고담 형식으로 이야기를 시작하거나 이끌어 가고 있다.

① 나는 아홉 해 전해 서백리아(「해삼위」) 어떤 금광에 가서 돌아다닌 일이 잇섯다. (「그 찰나」)
② 지난 느즌 가을 어떤 날ㅅ밤이었다. (「낙백불우」)
③ 결혼하던 당년 녀름이엇습니다. (「부부」)
④ 나는 이 봄을 당할 때마다 칠년 전 녯 봄을 생각한다. 한 번 간 후로 소식이 묘연한 김군을 생각지 않을 수 없게 된다. (「향수」)
⑤ 이 이약이는 여러 해 전에 내가 북간도에서 격근 일이다. (「만두」)
⑥ 벌써 사 년 전 일입니다. (「미치쾡이」)

이것은 서해가 자신의 소설이 허구라기보다는 실제 체험한 것임을 강조하기 위함이다. 이처럼 두 작가가 시제의식에서 차이를 보이고 있음에도 불구하고 두 작품 모두 짤막한 서두로 되어 있는 점은 주목을 요한다. 두 작가가 이례적으로 이들 작품에서 이처럼 유사성을 드러낸다. 여기서 김동인은 소설 서두에서 어떤 파격을 실험하려는 의도가 있었고 서해도 이를 긍정적으로 수용하여 따른 듯하다.

다음은 주인공의 의식구조이다. 아리스토텔레스 식으로 설명한다면 문학 작품은 한 완전한 인간행위의 모방이요, 작품에 등장하는 인물은 작가 자신의 분신[20]이다.

「배따라기」의 주인공 '그'는 질투심이 강하면서도 인정미가 넘치는 다정다감한 촌부다. '그'는 아내를 사랑하지만 그녀의 평소 행동에 불만을 품고 의심을 한다. 그녀가 예쁜데다 남들(특히 그의 아우)에게 친절하게 대하기 때문이다. 그 결과 아내는 자살하게 되고 아우는 집을 떠나 방랑하고, 제수는 눈물과 한숨으로 세월을 보내게 된다. '그'는 자신에게 닥친 모든 현실을 운명으로 돌리고 배따라기를 부르며 정처 없이 아우를 찾아 떠돈다.

'그'가 운명론자가 된 것은 사회 상황과 무관하다. '그'는 사회의 모순이나 부조리를 말하지 않는다. 아내의 사후에도 외부 현실과 무관하게 배따라기를 부르며 한을 달랜다. 배따라기는 곧 '그'의 삶을 지탱해 주는 버팀목 구실을 한다. 사회적 현실을 외면한 '그'는 김동인의 개인의식에서 설정된 인물이다. 김동인은 사회에 앞서는 개인을 그리고 있으며, 자신을 쾌락의 물결 속에 밀어 넣을 수만 있다면 사회 · 논리 · 풍속 따위는 아무것도 아니라고[21] 생각한다.

김동인이 사회적 현실을 등한시했다는 것은 부유한 가정에서 물질적 풍족과 자신의 행동에 제약을 받지 않았던 데 기인한다. 이 같은 환경은 오만한 성격을 조장하고 자아중심주의를 형성한다.

「누이동생…」의 주인공 '그'는 아버지와 서모의 온갖 학대를 당하며 살아간다. 그러던 중 그들이 죽게 되자 혼자 남는다. 그 후 국수집 심부

---

20) 신언철, 「김유정 문학의 연구」, 『대전공전 논문집』 12집, 1973. 11, 70쪽.
21) 김현 · 김윤식, 『한국문학사』, 민음사, 1973, 164쪽.

름꾼에서 운송부 짐꾼, 한산인부, 항구판 노동자, 탄광 치도판은 물론 김매기·꼴베기·벌목꾼 노릇을 한다. 친동생 용녀와도 헤어지게 된다. 그 악착한 삶에서 눈과 다리를 잃게 되자 팔자소관으로 돌린다. 따라서 '그'가 운명론자가 된 것은 삶에 부대낀 결과에 기인한다.

비록 불구자가 되었지만 '그'는 삶의 의지를 꺾지 않는다. 단소는 가슴에 서린 한을 풀기 위한 도구적 측면이 없지 않지만 생계를 돕는 수단으로 더 많이 이용된다. '그'는 서해의 빈궁한 삶과 악착한 운명이 투영된 모습이다. 서해는 사회 현실에 억압되고 이를 극복하기 위하여 몸부림친다. 이처럼 김동인과 서해는 대사회적 태도에서 큰 차이를 보인다. 그럼에도 불구하고 두 작품에서 보여주는 분위기·묘사·구성·배경 등은 유사한 점이 많다.

우선 이야기가 우연히 들려오는 '소리'에서부터 시작한다. 「배따라기」는 노랫소리이고 「누이동생…」은 피리 소리이다. 전자의 화자는 화창한 봄날을 즐기려 하고 후자의 화자는 해수욕을 즐기려던 것이 목적이다. 그런데 갑자기 들려오는 소리 때문에 사건은 전혀 다른 방향으로 전개된다. 따라서 두 작품 모두 '나'(관찰자)는 뒤로 숨고 '그'(주인공)가 내력을 서술해 나간다.

주인공들은 귀족적 풍모와는 거리가 멀다. 초라하고 볼품없이 삶에 지쳐 있다. 악착한 운명에 한도 품고 지낸다. 이들은 겸손한 태도로 내력담을 숨김없이 들려준다.

> ① "자, 노형의 경험담이나 한 번 들어봅시다. 감출 일이 아니면 한번
> 이야기 해 보소."

"뭐, 감출 일은……" (「배따라기」)

　　② 우리는 어찌어찌하다가 단소 불던 사람의 내력을 그에게서 들었
　　　다. 그는 술 한 잔을 마시고 안주를 집으면서 "말씀한 대야 변변치
　　　도 못한 것입니다." (「누이동생…」)

고향에 대한 문답도 두 작품이 매우 유사하다.

　　① "고향이 영유요?"
　　　"예…… 머 영유서 나기는 했디만 한 이십 년 영유를 가보지두 않
　　　아시요."
　　　"왜 이십년씩 고향엘 안 가요?"
　　　"사람의 일이라니 마음대로 됩데까?" 그는 왜 그런지 한숨을 짓는
　　　다. (「배따라기」)

　　② "고향은 어디예요." 누가 묻는 말에 그는 "고향이라구 할 것도 없지
　　　요. 이 팔자에…… 나기는 평안도 영변에서 났습니다." 하고 한숨
　　　을 쉬엇다. (「누이동생…」)

'그'들의 언행에서 ① 고향을 떠난 지 오래되었다는 것 ② 그 이유가
사람의 힘으로는 어쩔 수 없는 운명(팔자)의 탓이라는 것 ③ 그런 운명
이 한으로 맺혀 있다는 것 등을 알 수 있다. 여기서 각각의 작가는 이들
작품 내용이 기구한 운명에 의한 한 맺힌 인물의 이야기임을 암시한다.

　　다음으로 주된 배경이 물가라는 것이다. 「배따라기」의 도입 액자가
평양 대동강변에서 전개되고 있다면 「누이동생…」은 부산 해운대 바닷
가에서 시작하고 있다. 「배따라기」의 아내와 「누이동생…」의 용녀가 투
신자살하는 곳도 바다다.

　　이유야 어떻든 두 작품의 주인공들이 아우를 찾아다니게 되는데 이

점도 유사하다. 전자의 '그'는 연안→해주→강화도→인천으로, 후자의 '그'는 안동현→대련→서울→군산→부산으로 각기 찾아 헤맨다. 그들이 찾아가는 곳마다 이미 동생은 떠난 뒤이며, 그곳 주민들이 동생이 가 있는 곳을 알려주는 것도, 기어코 동생을 만나지 못하게 되는 것도 유사하다. 전자의 아우가 영원히 방랑생활을 하고 후자의 동생은 자살했기 때문이다. 묘사 기법에서도 서해는 김동인을 많이 닮고 있다.

> 오랜 가뭄이 남겨 주었던 텁텁한 기운은 비에 씻겨 버렸다. 석양은 눈이 부시게 맑았다. 먼지를 뒤집어쓰고 시들시들히 늘어졌던 아까시아 잎들은 어린애 눈동자처럼 반짝거렸다. 푸른 잔디와 흰 모래 깔린 저편에 곰실거리는 바다를 스쳐오는 바람은 여늬 때보다 더욱 경쾌한 맛이 있었다. (「누이동생…」)

이런 묘사는 「토혈」「탈출기」「박돌의 죽음」 등 초기 작품과 비교할 때 특히 괄목할 만하다. 낭자한 피를 동반한 자극적 분위기의 조성은 눈에 띄지 않는다. 오히려 그런 기법을 의식적으로 회피한 흔적조차 보인다. '그'가 목격한 사람이 머리와 갈빗대가 부서져 죽는 처참한 현장에서조차 작가의 감정은 절제된다. 담담한 정경묘사가 「배따라기」의 그것에 접근하고 있다.

이 외에도 전자가 세 개의 단락, 후자가 여덟 개의 단락으로 수적으로 차이가 있으나 단락의 구별이 있다는 점, 작품 말미에 배따라기 노래 소리와 단소 소리의 여운이 남아 있다는 점, 작품 저변에 애수와 암울함이 짙게 깔려 있다는 점 등이 상통한다. 이상에서 고찰한 바와 같이 「누이동생…」은 구성과 분위기 · 묘사수법 등에서 김동인의 「배따라기」와 유사하다.

김동인과 서해는 절친한 사이다. 동인은 "문단에서 이 나 김동인이를 이해하고 사랑하고 아끼기 서해만한 사람이 없었다."고 털어놓는다. 또 「속문단회고」 「작가 4인」 「한국근대소설고」 「소설가로서의 서해」 「문단 삼십년의 자취」 등에서는 서해와 그의 작품을 비교적 호평한다. 서해의 인간적 면모와 그의 작품이 동인의 취향에 맞았기 때문일 것이다.

서해 역시 김동인에 대해 아주 호의적이었던 것 같다. 김동인이 평양에서 두 번째 결혼식을 거행할 때 서울서 일부러 내려가 들러리를 서준 점으로도 짐작이 간다. 이러한 인간적 관계를 바탕으로 서해는 의식적 · 무의식적으로 동인의 작품 경향을 닮아 가려 한 듯하다.

5. 맺음말

서해는 신소설과 이광수 · 김동인 등 한국 근대소설의 선구자들의 작품에 깊은 관심을 갖고 탐독한다. 그로 인해 이들의 영향을 어느 정도 받았을 것으로 추측된다. 서해 소설에 나타나는 격렬한 어사와 피가 낭자한 현장 묘사는 신소설의 특징 중 하나인 범죄소설적 요소와 관련성이 있어 보인다. 서해는 이것을 생생한 작품감을 느끼게 함은 물론 흥분되고 고조된 분위기를 조성하는 데 이용한다.

환상 장면 역시 고전소설이나 신소설에서 자주 활용되던 꿈의 변형으로 단조로운 자신의 보고문학적인 체험문학에 폭을 넓혀 주는 하나의 문학적 수단으로 이용한 듯하다. 인물들이 처한 절박한 상황을 부각시키기 위한 기법으로 의도적으로 자주 사용한다. 대개는 인물의 의식이 몽롱한 혼수상태의 장면이나 비몽사몽의 처지를 환상 장면으로 처리한다. 이것은 작품의 평면성에 입체감을 더한다. 생생한 현장 묘사와 환상 기법은 예술적 장치로 기능하여 작품의 극적 효과를 높이는 데 기여하고 있다. 그 후 차차 이러한 양상을 지양하고 김동인의 경향으로 변모를 추구한 듯하다. 그러나 그러한 경향을 자기화하기 전에 생을 마감하고 만다.

제5장

소설 속의 죽음

제5장 소설 속의 죽음

1. 머리말

죽음은 생의 보편적인 근본 문제이다. 죽음이 시대와 국가를 초월하여 철학적·종교적 현상으로 중대한 의미를 갖는 것도 이 때문이다. 동서고금을 막론하고 문학작품에서도 죽음은 여전히 비중이 높게 취급되고 있다. 문학이 인간의 존재 탐구에 관심을 갖는 예술 양식이고, 특히 소설이 삶의 구체성에 더욱 밀착되어 있는 양식이라면,[1] 인간 존재의 영원한 숙제인 죽음의 문제를 형상화하는 것은 당연할 것이다. 생의 근본 문제와는 별도로 1920년대 우리 소설에서는 죽음을 유행처럼 다루는 경향이 있었던 것 같다.

근래 창작계에는 이야기의 주인공이 죽던지 그렇지 않으면 사람을

---

1)　유금호, 「한국 현대소설에 나타난 죽음의 연구」, 경희대학교 박사 논문, 1988, 3쪽.

죽이던지 하는 소설이 많이 발표되었다. …(중략)… 주인공이 한 사람을 죽인다 하면 그 죽이게 되는 배면에는 반드시 죽이지 아니하면 아니될 만한 정도의 적개심과 분노와 생명적 반역이 있는 것이다. 그리고 또 한 사람이 자살을 한다면 그 사람이 자살하지 아니하고서는 못 견딜 만한 정도의 울분과 비관과 염세가 있어야 한다. 그러면 살인을 한다던가 자살을 한다던가 하는 주제를 붙잡고서 창작을 한다는 경향은 곧 지금 말한 바와 같이 이 두 가지의 사실을 구성하는 필연적인 조건상에 일치되는 경향을 가졌다는 것이 된다.[2]

당시 소설의 작중인물 중에 살인자나 자살자가 많은데, 그들은 그럴 만한 이유로 살인이나 자살을 하게 된다는 것이다. 작가들도 그럴 만한 이유로 이런 인물들을 창조하게 되는데, 그럴 만한 이유란 당시 현실이 살인이나 자살로 구성하게 하는 조건에 일치한다는 것이다. 당시 논자들은 1920년대의 작가 최서해의 소설을 이 범주에 제일 먼저 포함시킨다. 그때부터 서해는 살인·방화의 작가로 규정되면서 죽음과 결부된 작품은 모두 이 카테고리에 귀속된다.

서해가 죽음에 대하여 관심이 많고 진지하였음은 사실이다. 소설에서뿐만 아니라 기회가 있을 때마다 죽음에 대해 언급한 것이 이를 입증한다. 이 말은 소설에서 사건의 전개상 필요에 의해서 인물을 죽게 하거나, 작품의 결말을 위한 수단으로 죽음을 이용했다는 의미를 뛰어넘는다.

서해는 일찍이 간도 유랑 시절 생긴 위장병 때문에 늘 죽음의 공포에 전전긍긍하였다. 죽음의 공포에 시달려야 했던 만큼 죽음에 대한 소회

---

2)　김팔봉, 「문단 최근의 일경향」, 『개벽』, 1925. 7.

가 유별했을 것이다. 그는 죽음에 대한 자신의 심경을 다음과 같이 피력한 적이 있다.

> 삶을 평평범범하게 요구치 않는 나는 죽음도 평평범범하게 요구치 않는다. 칼이나 창에 심장을 찔리거나 이 머리를 담벼락에 탕탕 부딪치거나 높다란 벼랑 끝에서 떨어져 피투성이가 되거나 뜨거운 사랑에 녹아 버리거나 ─이렇게 죽고 싶다. 총이나 아편에는 죽고 싶지 않다. 병이거든 호열자 그렇지 않거든 급성 폐렴에 죽고 싶다.(「혈흔」, 『전집』 상권, 14쪽)[3]

평범한 죽음은 싫다는 것이다. 유별난 죽음, 남들과는 다른 독특한 죽음을 원한다고 한다. 이와 같은 죽음관이 그대로 그의 소설에 반영되었다고 단정하기는 어렵지만, 어느 정도 영향을 끼쳤을 가능성은 있다. 그렇다면 서해 소설 속의 죽음은 당시 논자들의 주장처럼 유행사조에 편승한 결과인가, 아니면 인간 존재의 근본 문제를 천착하기 위함인가.

본 연구에서는 서해 소설에 나타난 죽음의 특징을 검토하고 그 의미를 탐색하고자 한다. 그 결과 서해 소설의 이해에 좀 더 도움을 주고자 한다.

2. 선행 연구의 검토와 비판

한국 현대소설에 나타난 죽음을 처음으로 문제시한 글은 한용환의

---

3)   이하 『전집』이란 『최서해 전집』(문학과지성사, 1987)을 말함.

석사 논문 「한국소설에 나타난 죽음의 문제」[4]이다. 여기에는 서해 소설에 대한 언급이 보이지 않는다. 이인복의 「1920년대 소설에 나타난 죽음」[5]에서도 서해 소설은 제외되어 있다. 그 이유로 이인복은 거기에서 보이는 죽음이 계층 간의 투쟁을 주안점으로 삼는 경향파 내지는 프로문학의 색채를 띠기 때문이라고 한다. 1920년대 소설에 나타난 죽음의 뚜렷한 경향 중 하나가, 경향파문학에 두드러지게 나타나는 반항의 죽음이라고 인정하면서도, '죽음의식의 형이상학적 접근과는 거리가 멀어' 제외시켰다는 것이다. 한용환도 아마 마찬가지일 듯하다.

이들은 서해 소설 전부를 경향파소설 내지는 프로소설로 간주한 것이다. 이와 함께 이러한 소설에 나타난 죽음에 대해 살펴보려는 노력을 처음부터 포기한 듯하다. 이들이 현대소설 혹은 1920년대 소설에 나타난 죽음을 문제 삼으면서, 서해 소설을 배제한 것은 그만큼 죽음 문제의 범위를 축소한 결과를 초래한다.

이재선은 1920년대 문학에 나타난 죽음의 유형으로 ① 낭만적이고 심미적으로 미화된 것(자살) ② 삶의 존재론적인 끝으로서 현실화된 것(자연사, 재난에 의한 죽음, 사고사) ③ 이데올로기의 고양을 위한 반항의 변증법 내지는 합리적인 파괴력(폭력)으로 인지되어진 것(폭력적인 살인 행위) 등으로 분류한다.[6] 그리고 신경향파나 프로문학 속의 죽음은 ③의 범주에 든다고 전제한 뒤 그 예로 서해 소설을 든다.

---

4) 한용환, 「한국소설에 나타난 죽음의 문제」, 동국대학교 석사 논문, 1973. 1.
5) 이인복, 「1920년대 소설에 나타난 죽음」, 『한국문학에 나타난 죽음 의식의 사적 연구』, 열화당, 1979.
6) 이재선, 『한국 단편소설 연구』, 일조각, 1975, 263쪽.

여기서 ①의 경우는 자살을 전부 미화한 것으로 옳지 않다. 삶의 고통을 견디지 못해 목숨을 끊는 것조차 낭만적으로 처리하는 것은 수긍되지 않는다. 이재선이 예로 든 소설은 「기아와 살육」「그믐밤」「박돌의 죽음」「홍염」 등이다. 이 작품들을 고찰한 뒤 당대의 어느 작가보다도 서해는 살인과 범죄의 국면을 중시하였다고 주장한다. 도스토예프스키와 고리키의 영향을 받아 살인하는 주인공을 내세웠으며, 그 살인의 동기가 주로 식량 결핍의 절박성이나 종속관계에 두어져 있다고 본다.[7] 그리고 그 특징을 다음과 같이 부연한다.

> 격렬한 살인은 말할 것도 없이 계급문학을 내세운 1920년대의 경향파문학의 한 도식에 해당한다. 이들의 문학은 빈궁에의 소재적 집중에서 연역하여 방화와 살인 등으로 귀납되는 것으로 그 전형을 삼고 있기 때문이다.[8]

이러한 견해는 부분적인 특질을 전체적인 것으로 확대한 오류를 범하고 있다. 서해 소설에 나타난 죽음을 오직 살인으로만 단정했기 때문이다. 서해의 많은 소설을 외면한 채 몇 작품만을 텍스트로 정해서 야기된 결과이다. 자살을 도외시하다 보니, 가난에 의한 아사(餓死)나 병사(病死)가 아니면, 최종적인 자기방어를 위한 사회적 행위의 절정을 이루는 격렬한 살인이란 두 측면만[9] 발견할 수밖에 없었을 것이다. 궁핍

---

7) 이재선, 앞의 책, 205쪽.
8) 위의 책, 221쪽.
9) 위의 책, 222쪽.

과 범죄와 살인이 빚어지는 장소가 간도라고만 판단한 것도 잘못이다. 그 결과 착취자는 주로 중국인이 되고, 그 피해자는 조선인이 된다. 그러나 서해의 소설 전체를 놓고 볼 때 간도보다는 국내를 배경으로 한 작품이 더 많고, 중국인이 등장하는 작품도 소수에 불과하다.

이유식은 「기아와 살육」 「홍염」 등에 나타난 죽음을 문제 삼는다. 결론은 이 두 작품에서 보여준 방화와 살인의 결말 처리가 서해 문학의 특징인 동시에, 프로문학에 있어서는 일종의 구성의 불문율 같은 것을 세워 주었다는 것이다. 그 죽음은 '있는 자에 대한 가난한 자의 살인'이라는 것이다.[10] 이러한 논리는 서해 소설 속의 다양한 죽음을 지나치게 획일화·단순화한 잘못을 저지르고 있다. 이재선과 마찬가지로 많은 작품을 배제한 채 한두 작품만을 텍스트로 정했기 때문에 생긴 오류이다.

유금호는 「박돌의 죽음」 「그믐밤」 「홍염」 「기아와 살육」 등에 극한적인 빈곤과 결부된 발작적인 살의(殺意)가 노출되어 있다고 한다. 유금호도 죽음을 취급한 많은 작품을 외면한 채 네 작품에서 죽음의 양상을 찾아낼 뿐이다. 그 죽음의 의미나 내용도 밝히지 않는다. 우남득[11]과 한희수[12]도 극히 한정된 작품을 통해서 인물들의 죽음을 고찰한 한계를 지닌다.

박태상은 1920년대 한국 소설에 등장하는 죽음의 양상을 ① 인생

---

10) 이유식, 「20년대 작품과 '죽음'의 결말고」, 『현대문학』, 1981. 5, 258쪽.

11) 우남득, 「한국 현대소설의 죽음과 갈등에 대한 고찰」, 이화여자대학교 석사 논문, 1977.

12) 한희수, 「한국 근현대소설에서의 죽음의 변화 양상 연구」, 한남대학교 박사 논문, 1997.

에 대한 관조적 죽음 ② 낭만적이고 탐미적인 죽음 ③ 인도적 자기 구원의 죽음 ④ 반윤리적 행동이 자초한 죽음 ⑤ 사회병리적 현상에 의한 죽음 등으로 분류한다. ⑤를 다시 ㉠ 가난 등 생활고에 의한 단순한 죽음 ㉡ 봉건적 인습에 의한 죽음 ㉢ 극단적 빈궁과 착취에 맞선 대폭력적 죽음 ㉣ 계급의식에 바탕을 둔 이데올로기적 죽음 ㉤ 식민지적 억압 상황에 의한 상징적 죽음 등으로 나눈다.[13] 그리고 「기아와 살육」 「박돌의 죽음」 「홍염」 등에 나타난 죽음을 ㉢에 포함시킨다.

여기서는 먼저 죽음의 양상에서 그 경계가 모호함을 지적하지 않을 수 없다. 다음은 「기아와 살육」의 주인공 경수가 '중국인 경찰서에까지 뛰어들어 순사를 죽이고 결국 총에 맞아 살해'되고, 「박돌의 죽음」의 박돌 어미가 김초시의 얼굴을 물어뜯어 죽였다고 한[14] 대목이다. 경수나 순사 및 김초시가 죽었다고 단정짓는 것은 성급한 태도이다. 그들이 죽었다고 확신할 수는 없기 때문이다. 「기아와 살육」에는 한꺼번에 여러 사람이 칼에 찔릴 뿐이다. 김초시도 얼굴을 물어뜯겼을 뿐이다. 그들이 설령 살해되었다고 하더라도 이들의 죽음을 획일적으로 '극단적 빈궁과 착취에 맞선 대폭력적 죽음'이라고 규정하기는 곤란하다. 임영봉은 「기아와 살육」 한 편만을 집중적으로 분석한다. 그 핵심 요지는 다음과 같은 주장에 잘 나타나 있다.

여기서 주인공이 보여주는 살인이라는 극단의 광기는 자신 속에 내재하는 '공포스러운 환상'의 전도로 나타나고 있다. 자신의 삶을 파

---

13) 박태상, 『한국 문학과 죽음』, 문학과지성사, 1993, 445쪽.
14) 위의 책, 470쪽.

괴시켜 버린 괴물로서의 세상에 대해 그 스스로 지배자가 되는 한 가
지 방법, 그것이 살인행위가 가지는 의미이다. 그렇지만 주인공을 압
도하고 있는 냉혹한 현실로서의 세계 속에서 그것은 한갓 불가능한
꿈일 뿐이다.[15]

주인공의 광기어린 난폭한 행동은 공허할 뿐이라는 주장은 적절하
다. 임영봉 역시 주인공의 칼질을 살인이라고 단정한 것은 성급한 판단
이라고 하겠다.

이상에서 살펴본 것처럼 많은 견해들이 문제점을 안고 있다. 더 큰
문제는 소수의 작품만을 텍스트로 정했다는 점이다. 많은 작품을 제외
한 채 한 작가의 특질을 규정한다는 것이 얼마나 위험한 일인가를 알게
해준다. 본 연구에서는 되도록 많은 서해 작품을 대상으로 죽음의 특징
과 그 의미를 살펴보고자 한다.

3. 소설에 나타난 죽음

1) 「토혈」과 「기아와 살육」

처녀작 「토혈」은 죽음이 아니라 죽음의 전 단계인 살기(殺氣)나 살인
충동 혹은 혼절 등을 다룬다. 주인공 '나'는 수입이 없는 상태로 자신의
삶에 매우 비관적이다. 아픈 내색은 보이지 않지만 수년간 지속된 복통
도 앓고 있다. 수시로 풍증이 이는 아내는 와병 중이다. 어머니의 늙은

---

15) 임영봉, 『상징 투쟁으로서의 한국 현대문학사』, 보고사, 2005, 253쪽.

낮에는 괴로움과 근심의 암운이 돌고 있다. 가난은 극도에 달해 있다. 죽은 것보다 못한 삶이니 차라리 죽는 것이 낫다고 '나'는 생각한다. 더 괴로운 것은 앞날에 희망이 보이지 않는다는 것이다. '나'는 사랑하는 가족을 모두 죽여 버리고 싶은 충동에 사로잡힌다. 죽음에 대한 강박관념에 시달리기도 하고, 동시에 죽음을 완강히 거부하기도 한다.

① 악독한 마귀가 염염(焰焰)한 화염을 우리 집으로 향하여 뽑는다. 집은 탄다. 잘 탄다. 우리 식구도 그 속에서 타 죽는다. 나는 몸살을 치며 눈을 번쩍 떴다. 그것은 한 환상이었다. (『전집』상권, 113쪽)

② 모두 죽었으면 시원하겠다고 나는 생각하여 보았다. 어머니도 죽고, 처도 죽고, 몽주도 죽고…… 만일 그렇다 하면 그 모든 시체를 땅에 넣고 돌아서는 나는 어찌 될까? …(중략)… 내가 내 생을 위한다 하면 그네들도 나와 같이 생을 석(惜)할 것이다. 그네들도 인류로서의 권리가 있다. 왜 죽어? 왜 죽으라 해? 나는 부지불식간에 주먹을 부르쥐었다. (『전집』상권, 113쪽)

①은 죽음에 대한 강박관념으로 야기된 환상 속에서 '나'가 식구들의 죽음을 보게 되는 장면이다. ②에서 '나'는 죽음에의 동경과 함께 삶과 죽음 사이에서 갈등을 일으키는 장면이다. 그 속에서 '나'는 살의(殺意)를 느낀다. 식구들이 죽어서는 안 된다고 생각하는 마음 한 편에, 죽었으면 시원하겠다고 생각하는 것은 그들을 죽였으면 하는 의도가 숨어 있는 것이다.

이런 뒤얽힌 심사가 죽음의 전주곡이라고 할 수 있는 혼절 상태의 모습으로 나타난다. 어머니가 중국인의 개에게 물려 혼절하고, '나'도 한 덩이 붉은 피를 토하고 귓전에 어렴풋이 처와 몽주의 울음소리를 들으면서 기절한다. 여기서 서해가 전하려는 메시지는 무엇인가. 우리 민족이 당시 현실에 대해 분노하여 거의 죽음 직전 상태에 처해 있음을 암시한다.

「토혈」의 주인공이 살의를 품고 있다면 「기아와 살육」의 주인공 경수는 살의를 실행에 옮긴다. 악마들이 나타나 시퍼런 칼로 식구들을 찔러 죽이는 환상을 보게 되는 순간 경수는 거의 광란 상태로 날뛰게 된다.

> "아아, 부숴라! 모두 부숴라!" 소리를 지르면서 그는 벌떡 일어섰다. 그의 손에는 식칼이 쥐어졌다. 그는 으악- 소리를 치면서 칼을 들어서 내리찍었다. 아내, 학실이, 어머니 할 것 없이 내리찍었다. 칼에 찍힌 세 생령은 부르르 떨며, 방 안에는 피비린내가 탁해졌다. "모두 죽여라! 이놈의 세상을 부수자! 복마전(伏魔殿) 같은 이놈의 세상을 부수자! 모두 죽여라!"
> …(중략)… 경수는 어느새 웃장거리 중국 경찰서 앞까지 이르렀다. 그는 경찰서 앞에서 파수 보는 순사를 콱 찔러 누이고 안으로 뛰어 들어갔다. 창문을 부순다. 보이는 사람대로 찌른다. "꽝…… 꽝…… 꽝 꽝" 경찰서 앞에서는 총소리가 연방 났다. (『전집』 상권, 39쪽)

경수는 가족과 순사와 지나가는 행인을 찌른다. 찔린 사람들이 죽었다는 확실한 증거는 없다. 죽었는지, 깊은 상처를 입고 쓰러져 있는지 알 수 없다. 분위기로 보아 죽었을 가능성은 충분히 있다. 그러나 칼 맞은 사람을 모두 죽었다고 해석하는 것은 옳지 않다. 그들의 죽음 여부를 문제 삼을 필요도 없다. 작가는 현실 상황에 광란하지 않고는 견딜 수 없는 지경이라는 것만 강조하면 된다. 그들 중 누군가가 꼭 죽어야만 하는 것도 아니다. 주인공이나 작가가 누구를 꼭 죽이려고 한 것도 아니다. 작가가 먼저 흥분하여 주인공으로 하여금 이성을 잃고 날뛰게 했기 때문이다. "모두 부숴라! 모두 죽여라!" 하며 외치는 것도 꼭 그렇게 하겠다는 것이 아니다. 그냥 외쳐 보는 것이다.

서해는 당시 신경향파 작가들의 유행을 막연하게 추종한 듯하다. 경수의 행동은 그에게 허무만을 안겨줄 뿐인데, 미처 이 점을 생각하지 못한 것이다. 아무 죄 없는 자기 가족과 행인에게 마구 칼을 휘두르는 것은 비선택적 행위로 작중인물의 상태와 성격으로서는 비약적인 결말이 아닐 수 없다.[16] 서해가 유행을 좇다 보니 미처 이성적 판단을 할 겨를이 없었던 듯하다.

「기아와 살육」은 「토혈」의 개작이라고 알려져 있다. 소극적인 인물이 적극적으로 바뀐 것도 개작의 이유 중 하나일 것이다. 그렇다면 「기아와 살육」은 「토혈」에서 원한과 분노로 살의를 품은 인물이 거의 죽음 직전의 기절 상태에서 깨어나, 폭발한 분노를 행동으로 보여준 작품이라 할 수 있다. 이것은 광란하지 않고는 배겨 낼 수 없는 현실을 고발한다. 그 분노의 몸짓이 무차별적이라 무고한 행인은 물론 자신의 가족에게까지 상해를 입힌 것이다.

2) 「이역원혼」과 「홍염」

「토혈」에서 타인에 대한 주인공의 살의가 표출되었다면 「기아와 살육」에서는 그 살의가 좀 더 구체화되어 나타난다. 그 결과는 작가와 주

---

16) 손영옥, 「최서해 연구」, 서울대학교 석사 논문, 1977. 7, 64쪽.

인공이 함께 격정 속에 흥분했기 때문에 칼에 찍힌 사람들의 생사 여부는 가릴 수 없는 상태로 끝난다. 이에 비해 「이역원혼」과 「홍염」의 인물은 감정이나 흥분에 동요하지 않고 냉정하면서도 극도로 잔인하게 살인을 감행한다.

「이역원혼」에서는 주인공 '그'와 '그'의 남편인 형선, 봉길의 아버지, 영감(봉길의 할아버지) 등이 죽는다. 등장인물 중 중국인 지주 유가를 제외하고 모두 죽는 셈이다. 봉길의 아버지는 아편 농사를 짓다가 마적의 칼에 죽는다. 그의 죽음은 인물의 대화에서만 언급되고 형선은 병사(病死)하기 때문에, 유가에게 처참히 살해되는 '그'와 영감의 죽음을 살펴보자.

'그'는 가난을 견디지 못해 남편(형선)과 함께 간도로 간다. 거기서 중국인 지주 유가의 소작인으로 살아간다. 홀아비 유가는 '그'에게 추근거리며 눈독을 들인다. 형선이 병으로 세상을 떠나자 유가의 접근은 더욱 노골적이다. 위협을 느낀 '그'는 밤마다 영감을 집으로 불러들여 곁방에서 자게 한다. 그런데 한밤중 유가가 이 집에 침입하여 두 사람을 살해한다.

> ① "이게 웬 놈······"
> 하고 일어서던 영감(봉길의 할아버지)의 머리는 번쩍하는 유가의 도끼에 두 조각이 났다.
> "끅······ 으윽······"
> 슬픈 소리를 지르면서 문턱에 쓰러지는 영감의 머리에서는 뜨거운 피가 쾉쾉 흘렀다. (『전집』 상권, 288쪽)
> ② 유가의 손을 따라 내려지는 도끼는 그의 허리를 백였다.
> "응윽······ 죽여라! 죽여라!······ 오랑캐야! 내 죽는 것은 원통찮다

마는 우리 남편의 혈육이 없어지는 게 원통쿠나! 에구 우리 주인
(남편)을! 응으윽 끅……"
두 동강 난 그는 마지막 부르짖고 숨이 끊겼다. (『전집』 상권, 289쪽)

유가가 도끼로 두 사람을 살해하는 장면이다. 유가는 처음부터 계획
적이고 의도적으로 살인하기 위해 도끼까지 준비한다. 「기아와 살육」의
경수가 순간적으로 발작하여 칼을 휘두르는 것과 대조를 이룬다. '머리
가 두 조각나고 뜨거운 피가 콸콸' 흐르고, '두 동강 난 그'로 보아 잔인
하게 죽였음을 알 수 있다. 유가는 영감을 죽이고 '그'를 겁탈하려 했지
만, '그'가 자신의 코를 물어뜯자 '그'마저 죽인다. '그'는 임신 중이므로
결국 세 사람이 죽은 셈이다. '남편의 혈육'이란 곧 배 속에 든 아이를
말한다. 유가는 노인이건 임신한 부녀자이건 가리지 않고 도끼를 휘둘
러 살해한다.

이러한 죽음을 통해서 서해가 전하려는 의미는 무엇일까. 먼저 중국
인의 횡포와 잔인성을 고발한다. 다음으로 우리 민족이 간도에서 얼마
나 핍박을 당했는가를 전해 준다. 좀 더 나은 삶을 위해 조국을 떠나 간
도로 갔지만 그곳에서 인간답게 살지 못하고 마침내 살해되는 지경에
이른다는 것이다.

「홍염」 속의 죽음은 「이역원혼」의 죽음과 연계시켜 해석해야 그 의미
를 잘 이해할 수 있다. 「이역원혼」이 중국인 지주에게 살해당하는 조선
인을 그렸다면, 「홍염」은 반대로 중국인 지주를 살해하는 조선인을 그
리고 있다. 「이역원혼」에서 주인공이 피살된다면 「홍염」에서는 주인공
이 살인자가 된다. 「이역원혼」의 유가와 「홍염」의 인가는 아주 유사하
다. 「홍염」의 문서방은 「이역원혼」의 유가가 '그'와 영감을 살해한 방식

으로 인가를 죽인다. 「이역원혼」처럼 간도가 배경이면서 비슷한 구조에 인물의 역할만 반대로 설정한 것이 「홍염」이라 할 수 있다.

「홍염」 역시 조선에서 더 이상 살 수 없어 간도로 간 문서방 아내가 중국인 지주 인가의 횡포에 죽게 되고 문서방이 이에 보복한다는 이야기이다. 주인공 문서방이 소작료를 내지 못하자 인가는 문서방의 딸 용녀를 빼앗아간다. 문서방의 아내는 원통하여 가슴을 치며 피를 토하고 병석에 눕게 된다. 죽기 전에 한 번만 용녀를 보게 해달라는 간곡한 부탁을 인가는 끝내 거절한다. 마침내 그녀는 정신착란을 일으키고 검붉은 핏덩이를 한 말이나 토하며 죽는다. 이에 격분한 문서방은 한밤중에 집에 불을 지르고 이를 피해 도망가는 인가를 도끼로 내리쳐 죽인다.

문서방 아내의 죽음을 두고 이재선은 분사(憤死)라고 말한다.[17] 분사란 원통하고 억울한 마음이나 생각을 이기지 못하여 죽은 것이다. 서해 소설에는 분사가 자주 등장하는 편이다. 문서방 아내의 죽음은 당시 간도에서 우리 민족의 참담한 삶을 보여준다. 이에 비해 인가의 죽음은 압박세력에 대한 적극적 저항을 강조하고 있다.

서해는 창작집 『혈흔』의 서(序)에서 '피투성이가 되어' 남과 유별나게 죽고 싶어한다. 그는 실제로 그렇게 죽지는 못하고, 「이역원혼」과 「홍염」의 인물들의 죽음을 통하여 자신의 바람을 어느 정도 반영한 듯하다.

---

17) 이재선, 『한국 단편소설 연구』, 일조각, 1975, 220쪽.

최서해의 삶과 문학 연구

3) 「전기」와 「같은 길을 밟는 사람들」

「전기」에서 서해는 본격적으로 죽음을 문제 삼고 있다. 얼마나 진지하게 죽음에 임했는지는 사용된 낱말에서부터 인식할 수 있다. '죽었다'는 내용을 이 단어로만 사용하지 않았다. '딴 세상의 길을 밟았다' '먼저 갔다' '서리를 맞았다' '마지막으로 눈감았다' '꺾어졌다' '흙 되었다' '숨이 끊어졌다' '세상에서 길이길이 존재를 거두었다' 등으로 다양하게 표현하고 있다. 시체에 해당하는 낱말도 '시체'를 비롯하여 '황천객' '송장' '시신' '식은 골육' '보낼 사람' '주검' '죽음' '백골' '죽은 사람' '식은 몸뚱이' 등 여러 가지로 쓰고 있다. 어떤 의미를 획일적으로 표현하지 않고 다채롭게 구사하려 한 자체가 그 문제를 진지하게 대했음을 말해 준다.

또한 시체 처리의 전말을 보여주고, 살아 있는 자가 죽은 자의 생전의 행적을 회상하며 자신의 심경을 토로하는 등 시종일관 죽음에 대해 진술하고 있다. 따라서 죽음에 대한 서해의 철학적 인식이 자연스럽게 반영된다. 죽음이란 무엇인가를 생각하게 하면서 결코 소홀히 하지 않은 것이 한 젊은이의 죽음의 원인이다. 그렇다면 주인공 박인화의 33세된 친구 최일천이 죽음을 맞게 된 근본 이유는 무엇인가.

> 크면 클 수 있는 — 무한히 클 수 있는 한 개의 젊은 생명은 우악한 그림자에게 잔인히도 밟히다가 기를 펴보지 못하고 이 세상에서 길이길이 존재를 거두었다. (『전집』 상권, 431쪽)

최일천은 외관상 심장마비로 죽었지만 그 배후를 살펴보면 '우악한 그림자'에 밟혀 죽었다는 것이다. 우악한 그림자란 무엇인가. 구체적인 언급은 없지만 처지가 비슷한 박인화의 삶에서 그것을 추측할 수 있다. 박인화는 "오오 조선은 이렇게도 사람을 용납하지 못하는가(『전집』 상권, 432쪽)" 하고 외친다. 당시의 식민지 현실이 젊은이를 억압하고 짓눌러 무력화시켰다는 것이다. 따라서 최일천의 죽음의 원인은 자연스레 일제의 억압으로 밝혀진다. 당시 젊은이의 죽음의 원인을 일제의 탄압으로 규정하는 작가의 안목은 정당하다. 그러나 이러한 의도가 피상적 접근으로 그치고 말아 아쉬움을 남긴다.

지금까지 박인화는 다니던 잡지사에서 4~5개월 월급도 받지 못한 채, 매우 빈궁한 생활 속에 절망과 저주와 비애와 분노로 살아간다. 그러던 중 친구의 죽음을 목격하고, 또 다른 친구의 생일잔치에 가서 인사불성이 되도록 술을 마신다. 정신을 차린 뒤 자신의 값없는 목숨이 붙어 있는 것이 기적 같고 감사하여 이 목숨을 새로 살리고 늘리리라고 다짐한다.

> "이 시간이다. 자기의 삶에 의의(意義) 있는 행복을 당길 것도 이 시간이요, 자기의 존재를 없앨 것노 이 시산이나. 내일은 바림[望]이요, 지금은 힘이다. 지금의 힘을 잃으면 내일의 바람도 허무한 것이다. 사람은 일 분이면 일 분, 일 초면 일 초, 그 일 분 일 초를 살았거든 살아 있는 그 힘을 소홀히 여기지 말라. 뒤로 미루지 말라. 그것이 참말로 그대가 소유한 유일무이의 생명인 줄 모르는가." (『전집』 상권, 435쪽)

최일천이 당시 일제의 탄압으로 죽게 되었다면, 그것을 감지할 수 있게 하는 우회적이거나 상징적 진술이 좀 더 있어야 한다. 그것이 생략된 채 현실에 충실해야겠다고 다짐하는 것은 자칫 일제에 아부하려는 구호로 착각하게 될 염려마저 있다. 죽음의 원인을 사회의 억압에 둔다는 점에서 보면「같은 길을 밟는 사람들」은「전기」와 유사하다. 주요 등장인물 K군은 잡지 편집과 서양소설 번역에 종사하다가 교사, 신문기자 등의 직업을 전전하면서 건강이 날로 나빠지게 된다. 위장병으로 시작하여 폐와 심장이 나빠지고 드디어 죽게 된다. '눈에 보이지 않는 무슨 그림자'(『전집』 하권, 155쪽)에 의해 죽어간다. '무슨 그림자'란 무엇인가. 이 역시 일제의 억압이란 말과 다르지 않다. 검열을 의식하여 우회적으로 표현했을 뿐이다. K의 죽음을 옆에서 지켜본 주인공 '나'는 자신을 포함하여 인물들이 모두 K와 같은 운명이라고 결론을 내린다.

> 죽어 불에 재가 된 K군의 운명이나 동생을 생각하는 누이의 운명이나 누이의 가슴에 그림자를 남긴 동생의 운명이나 S와 S의 말을 듣고 슬퍼하는 우리들의 운명이나 무엇이 다르랴? 그들은 다 다른 사람들이로되 모두 같은 운명이란 궤도 위에 선 것을 나는 그윽히 느끼었다. (『전집』 하권, 162쪽)

위에 등장하는 인물들은 1920년대 조선에서 살아가는 같은 운명의 소유자들이다. 그러나 이 작품도 당시 젊은이들의 죽음의 원인을 밝히는 데 충분한 설득력을 얻지 못하고 있다. K의 죽음의 한 원인을 K 자신의 성격적 결함으로 부각시켜 놓았기 때문이다. 그로 인해 일제의 억압을 희석시키고 있는 한계를 드러낸다.

이러한 측면에서 보면『호외시대』의 홍재훈과 홍찬형의 죽음도 여기에 해당할 듯하다. 홍재훈은 울화로 위출혈이 심화되고 축한이 된 데다 폐렴까지 덮쳐 죽는다. 그는 아들 찬형의 장례식 때 하관 장면을 바라보다가 관 위에 쓰러져 피를 토하고 정신을 잃은 적이 있다.

그의 죽음의 원인은 무엇인가? 직접적으로는 아들 찬형의 죽음으로 인한 충격이겠지만, 그 이면에는 자신이 설립한 학교의 폐쇄와 사업이 망하게 된 사실 등을 들 수 있다. 사업이 망하게 되고 학교를 폐쇄한 까닭은 무엇일까. 이처럼 거슬러 올라가면 일제의 자본주의가 그 배면에 등장한다. 결국은 일제의 자본 잠식으로 인한 한국 중소기업의 위축이 그의 죽음을 불러온 셈이다. 찬형의 죽음의 원인도 마찬가지이다.

서해는 후기작에서 외관상 인물들이 병에 걸려 죽게 하지만 그 속내는 '식민지적 억압 상황에 의한 상징적 죽음'으로 처리하고 있다. 다시 말해 보복과 응징, 살인과 피살 등 범죄와 저항에 결부된 전기작의 죽음을 지양하고, 인생에 항다반으로 일어날 수 있는 병사(자연사)를 통해 죽음에 대해 깊이 성찰하게 하는 한편, 그 죽음의 원인을 사회(제도)에 두어 은연중 일제를 고발하고 비난한다. 그 의도가 효과적으로 표출되지 못한 아쉬움은 남는다.

4) 「누이동생을 따라」와 『호외시대』

자살이란 모든 생명 현상에 필연적이며 불가피하게 닥쳐오는 죽음에 자연적·우발적으로 대처하는 것이 아니고, 의지적·자발적으로 뛰어드는 일로서 죽음에 대한 동경의 측면도 없지 않다. 그렇지만 현세적 삶으로부터 절망하여 택하는 경우가 많다.[18] 의지적·자발적 행동의 결

---

18) 한용환, 「한국 소설에 나타난 죽음의 문제」, 동국대학교 석사 논문, 1973. 1,

과라고는 하지만, 현실을 도피하기 위해서거나 현실에 적응하지 못했을 때 대체로 택하는 죽음이라고 할 수 있다.

「누이동생을 따라」는 ① 어머니가 죽음으로 비극이 발단되고 ② 애타게 찾던 누이동생의 죽음으로 비극은 절정에 이르고 ③ 주인공의 죽음으로써 비극이 끝나는,[19] 죽음을 핵심 축으로 구성되어 있다. 그중에서 주인공 순남과 그의 여동생 용녀의 자살이 중심을 이룬다.

서해는 죽음을 제재로 하여 많은 소설을 발표하였지만, 자살을 다룬 것은 이례적이다. 스스로 목숨을 끊은 인물은 이 작품의 순남 남매 외에 「매월」의 매월, 『호외시대』의 홍경애 등이 고작이다. 이러한 인물이 많지 않은 것은 서해가 자살을 부정적으로 인식했기 때문이다. 홍경애는 유서를 남기고 죽는데, 그것을 읽은 양두환이 자살은 큰 잘못이고, 그녀가 자살했다고 세상이 변한 것은 아무것도 없다고 강조한 것이 곧 서해의 견해를 대변한 것이다. 양두환의 입을 빌려 목숨은 사람의 힘으로 늘리거나 줄일 수 없다고 강조한 것도 자살을 부정하는 입장을 표현한 것이다.

> 사람의 목숨이란 사람으로써도 보증할 수 없는 것이다. 끌게 되면 시간을 다투면서도 해(歲)를 끄는 것이오, 끊어지게 되면 파리 목숨만도 못한 것이다. 괴로운 목숨을 오래 끄는 것도 괴롭거니와 많은 일을 남겨 놓고 이 생을 버리게 되는 것도 또한 괴로운 일일 것이다. 그러나 아무리 괴로워도 그것은 사람의 힘으로 늘리고 줄일 수는 없는 것이다.[20]

———
40~42쪽.

19) 손영옥, 「최서해 연구」, 서울대학교 석사 논문, 1977. 7, 67쪽.

20) 최서해, 『호외시대』, 문학과지성사, 1994, 536~537쪽.

「매월」은 설화에서 제재를 취했으므로 매월의 자살은 원전을 따른 결과로 볼 수 있다. 때문에 매월은 제외하고 순남 남매와 홍경애의 자살을 중심으로 살펴보자.

용녀는 오빠(순남)와 떨어져 살면서 결혼한 상태지만, 아편장이 남편에 의해 유곽에 팔린다. 창기가 된 그녀는 그 후 안동·대련·서울·군산·부산 등으로 팔려 다니다가 해운대 바다에 투신자살한다. 순남은 갖은 역경을 참고 견디며 용녀를 찾아 헤맨다. 하지만 그녀가 자살한 사실을 알고는 자신도 뒤따라 자살한다.

이들의 자살에 앞서 부모는 병사하는데 그 죽음이 남매의 삶을 걷잡을 수 없는 불행 속으로 몰아넣는다. 이들 외에 순남의 친구와 용녀 시부모의 죽음도 보인다. 순남의 친구의 죽음이 다른 인물에게 어떠한 영향을 주었다고 볼 수는 없다. 그러나 용녀 시부모의 죽음은 용녀 남편의 방탕을 불러올 수 있는 계기가 된다.

이처럼 많은 죽음을 보여주고 있지만 정작 부각시키고자 한 것은 순남 남매의 자살이다. 이들은 왜 자살하였을까. 순남은 용녀의 죽음을 확인하고 '조금만 일찍이 왔더라면 그가 죽지 않았을는지' 하고 아쉬워한다. 즉 용녀는 순남을 만날 수 있었다면 자살하지 않았을 것이다. 순남 또한 용녀가 살아 있다면 죽지 않았을 것이다.

국토의 말단 부산까지 흘러오는 동안 용녀는 가족을 만나지 못한다. 장차 만난다는 보장도 없다. 순남의 입장에서는 천신만고 끝에 찾아낸 혈육인 용녀가 자살한 상태이다. 이들은 피를 나눈 가족이 이 세상에 더 이상 존재하지 않는다는 사실을 확인하고 죽음을 택한 것이다. 주지하다시피 서해 소설에서 가족은 핵심을 이룬다.

> 서해 소설의 가장 중요한 특징은 인물 및 서사 구성에 있어서 '가족'이 핵심적인 지위를 차지한다는 점이다. …(중략)… 고통을 겪는 식구에 대한 가족애와 정이 살인이나 방화 같은 급격한 사건 전개의 추동력으로 작용하는 것이다.[21]

전기 작품에는 대체로 가족에 대한 사랑과 정으로 인물들이 과격한 감정을 발산한다. 가족이 고통을 받으면 그 원인 제공자에게 반발하거나 응징함은 물론 심지어 가족에게까지 상해를 입힌다. 후기에는 이럴 경우 가족과 결별하거나 자살한다. 순남 남매의 자살도 예외가 아니다. 이것은 서해의 창작방법과 연결된다. 서해의 작품은 「갈등」(1928)을 중심으로 전·후기로 구분하는 것이 일반적이다. 전기(前期)의 작중인물들은 대체로 투쟁적·외향적·공격적이다. 이에 비해 후기작의 인물들은 퇴영적·내향적·수세적이다.

견해에 따라서는 자살을 공격적 태도로 볼 수 있지만 자신을 향한 행동이므로 수세적 자세로 보아야 할 듯하다. 전기의 경향대로라면 그토록 수모와 고통을 당한 순남과 용녀는 자살하지 않고 괴롭힌 사람들에게 보복했을 것이다. 『호외시대』의 홍경애의 자살도 이 범주를 벗어나지 않는다. 원인이야 어떻든 결과는 그녀의 가정도 완전 붕괴된 상태이다. 사실상 그녀를 거두어 줄 가족은 존재하지 않는다. 홍경애 역시 더 이상 가족과의 유대를 기대할 수 없게 되자 죽음을 선택했다고 할 수 있다.

홍경애와 용녀는 창기로서 남쪽의 바다에 투신자살하는 공통점을 갖

---

21) 박상준, 「현실성과 소설의 양상」, 김윤식 외, 『근대문학 갈림길에 선 작가들』, 민음사, 2004, 124쪽.

는다. 남쪽 바다를 택한 것은 서해의 해운대 체험이 작용한 것 같다. 해운대 여행 후 서해는 거기서 느낀 감동을 수필에 토로한 적이 있고 소설에도 자주 배경으로 삼고 있다.

이들 작품은 자살은 바람직하지 않지만 혈연의 끈이 끊어지고 의지할 가족이 없을 때, 이 삭막한 세상에 자살 이외의 방법은 없다는 메시지를 전해주고 있다. 아울러 한 인물의 죽음은 그것으로 끝나지 않고 타인에게 어떠한 의미로든 영향을 입힐 수 있음도 전해준다.

4. 맺음말

이상에서 고찰한 것처럼 서해는 살인·병사(자연사)·자살 등 죽음의 모든 유형을 작품에 활용한다. ①「토혈」 ②「기아와 살육」에서는 직접 죽음을 다루지 않는다. 그 대신「토혈」은 죽음 직전의 삶, 차라리 죽는 것만도 못한 삶의 모습이다.「기아와 살육」은 광란하지 않고는 못 견딜 것 같은 당시의 삶을 증언한다. ③「이역원혼」과 ④「홍염」은 살인을 통해 간도에서의 험난한 삶과 중국인의 잔인함을 보여준다.「홍염」은 특히 현실에 대한 적극적인 저항을 강조한다.

⑤「전기」 ⑥「같은 길을 밟는 사람들」은 병사(病死)를 통해 일제가 서서히 우리 젊은이를 죽음으로 몰고 간다고 본다. 당시는 죽은 자나 살아 있는 자 모두 같은 운명이라는 것이다. ⑦「누이동생을 따라」 ⑧『호외시대』는 각박한 현실에서 가족마저 상실하면 남는 것은 죽음뿐임을 자살을 통해 보여준다.

①②③④가 전기작에 해당하며 간도를 주된 배경으로 했다면, ⑤⑥

⑦⑧은 후기작에 속하며 국내를 주요 무대로 한다. 전기에는 인물이 주로 살인 충동을 보이거나 살인을 했다면, 후기에는 병사(자연사)하거나 자살한다. 1920년대 논자들이 살인·방화형 소설로 규정한 경우는 「홍염」 정도에 지나지 않는다. 살인을 보여주는 작품도 「이역원혼」「폭군」「그믐밤」 등에 불과하다. 자살하는 인물도 많지 않고 그것도 미화된 죽음과는 거리가 멀다.

서해 소설에는 '삶의 존재론적인 끝으로서 현실화된' 죽음이 많다. 처음부터 죽음에 관심을 갖고 창작에 임했음을 알 수 있다. 위장병으로 죽음의 공포에 시달려야 했던 그에게는 당연한 일인지 모른다. 따라서 서해는 1920년대 경향문학의 유행사조에 편승하여 죽음을 다루었다기보다, 인간 존재의 근본 문제로서 취급했다고 보는 것이 타당할 듯하다.

이러한 죽음은 사건의 전개과정에서 긴장감과 박진감을 조성하여 상황의 절실함을 강조한다. 서사를 풍부하게 하여 단조로움을 보완해 주며 작품의 깊이를 더해 준다. 겉으로는 가난 등 생활고에 의한 단순함으로 처리하면서, 그 배후에는 식민지의 억압 상황이 도사리고 있음을 암시하여 일제의 횡포를 고발·폭로한다.

앞에서 살펴본 작품 이외에도 죽음을 직간접으로 취급한 예가 여럿이다. 「저류」에서는 새로 태어난 아기장수를 잡아 죽이라고 명령한 원님이 피를 물고 죽는다. 아기장수를 해치려다 응징된 결과의 죽음이다. 「무명초」는 죽음 직전에 도달해 있음을 인식하는 주인공의 모습을 보여 준다. 「해돋이」에는 자살과 살인 충동, 죽음에의 강박관념과 공포 및 불안, 언제 죽을지 모르는 주인공의 운명 등 죽음에 관련된 여러 심리가 나타나 있다.

「박돌의 죽음」은 12세 된 박돌이가 배고픈 나머지 남이 버린 고등어 대가리를 주워 먹고 식중독을 일으켜 죽는 이야기이다. 「갈등」에는 시어머니와 아버지가 죽고 남편이 죽은 어멈의 이야기가 나온다. 「무서운 인상」은 ① 남편의 죽음으로서 비극이 발단되고 ② 아들의 죽음으로 비극이 전개되고 ③ 여인마저 죽음으로 비극이 절정에 달하는[22] 상황을 보여준다. 「백금」에서는 딸의 병사 소식을 듣고 몸부림치는 주인공의 처절한 심사를 그리고 있다.

「그믐밤」은 가히 죽음의 진열장이다. 삼돌이와 만득이, 김좌수가 죽고 김좌수의 마누라도 죽었을 가능성이 농후하다. 만득의 딸은 난 지 첫 이레가 겨우 지나서 죽는다. 유일한 장편소설『호외시대』도 죽음에 관한 이야기라고 해도 과언이 아닐 정도이다. 이미 살펴본 것처럼 중요인물들이 거의 다 죽는다. 죽음의 형태도 다양하다. 서해는 호열자나 급성 폐렴으로 죽고 싶다고 토로한 적이 있다. 자신은 그렇게 죽지 못하고 대신 창조한 인물(『호외시대』의 홍경순)은 폐렴으로 죽게 한다.

많은 죽음의 문제를 다루다 보니 맹목적인 죽음의 낭비성이 없지 않다. 특히 「큰물 진 뒤」「그믐밤」「폭군」 등에서 현저하다. 이러한 죽음의 남발은 구성의 필연성을 저해하고 리얼리티에 손상을 입혀 예술성을 떨어뜨림은 물론이다.

---

22) 손영옥, 「최서해 연구」, 서울대학교 석사 논문, 1977. 7, 66쪽.

제6장

항일소설

제6장 항일소설

1. 머리말

일제강점기의 항일소설을 거론할 때 논자들은 대체로 회의적이다. 한용운 · 심훈 · 윤동주 · 이육사의 시를 기꺼이 이 범주에 넣은 논자들까지도 소설에서만은 여전히 부정적 시각을 버리려 하지 않는다. 이들은 다음과 같은 논리를 그 바탕으로 하고 있다.

첫째, 식민지 시대 한국 문학이 언론 기관에 의존하여 전개되었기 때문에 그 배후에 있는 통치 권력과의 일정한 타협을 피할 수 없었고, 따라서 일제에 대한 저항을 내용으로 할 수 없었다.

둘째, 식민지 시대의 한국 작가들은 중인 계층 출신이므로 생활이 절박하지도 않았고, 도덕적 명분에 철저하지도 못했으며 작가의식 또한 수탈과 압제에 시달리는 대다수 가난한 민중의 이해와 일치되지 않아 체제에 대한 저항을 등한시할 수밖에 없었다.[1]

---

[1] 김용직 · 염무웅, 『일제시대의 항일문학』, 신구문화사, 1974, 12쪽.

식민지 시대의 한국 작가는 처음부터 내·외적으로 항일문학을 할 처지가 되지 못했다는 주장이다. 첫째의 경우는 항일의 기준을 강화한 이유 때문에, 둘째의 경우는 식민지 시대의 작가를 획일적으로 판단한 결과로 나온 주장이다. 한국 항일문학을 철저히 부정한 논리라 할 수 있다. 판단의 기준은 객관적이어야 한다는 것과 다수의 작가를 일률적으로 재단하는 것은 위험하다는 것이 이 논리의 오류를 지적해 준다.

항일문학을 논할 때 전제되어야 할 점은 검열의 제약을 극복하고 일제에 대한 투쟁의식을 고취할 작품을 발표할 수 없었다는 것이다. 따라서 민족적 현실에 대한 자각과 그것을 토대로 일제에 대해 적개심이 표출되었다면 이를 항일문학의 범주에 넣어도 무난할 듯하다. 이 경우 무엇보다 등장인물이나 작가의 항일의식을 문제 삼을 수밖에 없다.

서해는 밑바닥 삶에서 출발하여 생활이 항상 절박하였다. 그는 이러한 생활의 책임을 전적으로 당시 사회의 구조적 모순으로 돌렸다. 그러므로 늘 사회를 향해 원망하고 분통을 터뜨렸다. 다시 말해 그는 당시 사회의 구조적 모순을 인식하고 있었다고 볼 수 있는데 이러한 깨달음이 그에게 일제에 대한 적개심 혹은 증오심을 유발시켰다고 볼 수 있다.

서해는 이러한 심리를 바탕으로 몇 편의 소설을 남겼는데 이 장에서는 이를 항일문학의 범주에 넣어 고찰하려 한다. 이를 통해 서해 문학의 이해를 돕고 나아가 항일문학 연구에 일조했으면 한다. 우선 그간의 이 방면 연구 결과를 검토하고 서해의 작품을 세 부류로 나누어 살펴보고자 한다.

2. 선행 연구의 검토와 비판

기존의 서해 관련 논의에서 항일 문제가 전혀 언급되지 않은 것은 아니다. 김기현은 「탈출기」 「해돋이」 「향수」 「의사」 「폭풍우시대」 등의 주인공이 독립운동 내지 사회운동에 투신하고 있다고 전제하고 따라서 이들 작품은 "일제하의 저항문학으로서 새로이 검토되고 평가되어야 한다."[2]고 주장한다. 일찍이 서해 소설에서 저항적 요소를 언급했다는 점에서 의의를 찾을 수 있지만, 이를 구체적으로 분석해 보여주지 못한 아쉬움이 있다. 저항의 대상도 일제인지 사회의 제도나 규범인지 확실하지 않다.

이에 앞서 송민호는 「기아와 살육」만을 문제 삼아 주인공 경수가 미쳐서 경찰서로 뛰어간 것은 일종의 특권계급에 대한 항거였고, 일제 시대의 작품이었다는 점에서 이것은 민족적 항거로 볼 수 있다고 주장한 적이 있다.[3] 당시 작품 속의 저항성은 민족적 항거로 볼 수 있다는 견해이다. 이쯤 되면 서해의 많은 작품은 물론 당시의 여러 저작들이 민족적 항거의 문학, 즉 항일문학이라는 결론에 이르게 된다.

손영옥은 '작품의 대부분이 식민지적 현실을 고발하거나 비판하고 있지만, 항일의식이 뚜렷이 나타나는 작품은 「향수」 「오원칠십오전」 「해돋이」 「저류」 「이중」 「폭풍우시대」 등'[4]이라고 한다. 그는 식민지적

---

2) 김기현, 「최서해의 처녀작」, 『국어국문학』, 통권 61호, 58쪽.
3) 송민호, 「일제하의 한국 저항문학」, 『일제하의 문화운동사』, 민중서관, 1970, 330쪽.
4) 손영옥, 「최서해 연구」, 서울대학교 석사 논문, 1977. 7, 41쪽.

현실을 고발하거나 비판한 작품은 제외하고 항일의식이 뚜렷이 표출된 것만을 항일문학으로 간주한 듯하다. 그러나 당시 현실을 고발하고 폭로한 작품도 항일문학의 범주에 편입되어야 할 것이다. 손영옥이 항일의식이 뚜렷이 나타난다고 열거한 작품도 실상 식민지적 현실을 고발하거나 비판한 것과 별로 차이가 없기 때문이다.

그럼에도 불구하고 지금까지 서해의 문학을 체험문학 · 소재문학 · 보고문학 · 신경향파문학 · 이민문학, 소박한 의미의 반항문학 등에서 나아가 항일문학적 측면을 본격적으로 검토한 점은 인정하지 않을 수 없다.

조진기도 일제에 대한 저항문학적 일면을 지적하고 있으나, 「저류」한 편만을 문제 삼아 아쉬움을 남긴다.[5] 민현기는 「폭풍우시대」 「해돋이」 두 작품을 이 범주에 넣는다. 그는 특히 「해돋이」를 집중 분석하여 '일제 강점기 한국 현실의 황폐한 실체를 고발하고 그 극복방법을 효과적으로 제시한'[6] 작품으로 결론짓는다. 그의 작품 분석 결과에 충분히 공감하면서도 대상 작품이 두 편이라 아쉬움을 남긴다. 이들 주장과는 달리 처음부터 항일문학을 논의할 여지가 없다는 주장도 있다. 백철이 대표적이라 할 수 있다.

그 반항성이란 20년대 초기에 들어온 사회주의 풍조와 함께 시대적인 유행이었고 문단에서도 서해보다 먼저 회월 · 팔봉 · 익상 등이

---

5) 조진기, 「최서해 작품론고」, 국어국문학회 편, 『현대소설 연구』, 1982, 150쪽.
6) 민현기, 「일제 강점기 한국 소설에 나타난 독립운동가상 연구」, 서울대학교 박사 논문, 1988. 1, 76쪽.

그들 소설에서 앞서서 시범한 예가 적지 않게 나와 있다. 그리고 특히 반일적인 민족주의 요소는 서해 작품에는 거의 반영이 되어 있지 않다. 이데올로기로 봐서 서해가 특히 반일적인 것으로 강조되어 있지 않다는 것은 뒤에 그가 『매일신보』에 입사한 일을 거부하지 않은 일에서도 미루어 볼 수 있다.[7]

① 서해의 반항성이란 시대적 유행이었고 ② 서해 작품에 반일적 민족주의는 나타나지 않았으며 ③ 『매일신보』에 입사한 것으로 보아 이데올로기도 반일적이 아니었다는 것이다. 백철의 주장은 조선총독부의 기관지인 『매일신보』에 입사했으니 반일적이 아니고 따라서 작품에서 항일의식을 발견할 수 없다는 것이다. 다분히 심정적 판단이며 주장이라 할 수 있다. 굳이 친일적 성향이어야만 『매일신보』에 입사할 수 있는지, 이데올로기가 오롯이 작품에 반영될 수 있는지도 의문이다.

당시 반항성도 획일적으로 시대적인 유행이라고 볼 수는 없다. 사회주의와는 무관하게 일제에 대한 반항성도 존재했기 때문이다. 서해가 과연 친일적이었기에 『매일신보』에 입사했는지 저간의 사정을 살펴보기로 한다.

1930년 봄 『매일신보』 문화부장 최독견이 사임하고 그 후임으로 옮겨간 것은 지금까지 몸담고 있던 『중외일보』보다 '봉급이 낫고 또 그것이 제날짜에 지급'되었던 까닭이다. 순전히 월급을 제대로 받기 위함이다. 그간 서해는 경영난에 허덕이며 장기 휴간 상태인 『중외일보』에서 봉급을 제대로 받지 못한 채 힘겨운 생활을 해온 것이다. 당시 문단에

---

7) 백철, 「한발 앞선 고독의 의미」, 『문학사상』, 통권 26호, 241쪽.

서는『매일신보』에 입사하면 '배신자', '총독부의 사냥개'라고 비난하고 욕설하며 매장했다고 한다. 이러한 비난을 무릅쓰고 입사를 결행했으니 서해가 얼마나 가난에 지쳤는가를 짐작할 수 있다.

이 같은 사정을 배제한 채『매일신보』입사를 친일적 태도로 간주하는 것은 재고되어야 한다. 설령 입사 자체가 비난받아 마땅하다고 하더라도 생애 전 기간이 반일적 이데올로기와 무관했다는 견해는 옳지 않다. 김근수의 '최서해는 독립군이었다'는 주장도 백철의 견해가 옳지 않음을 뒷받침해 준다.

김근수는『조선민족운동연감』(재상해 일본 총영사관 경찰부 제2과 간행)에 근거하여, "당시에 독립운동을 목적으로 하는 단체 중에는 임시정부 계통으로서, 동 정부의 명령에 복종하는 단체로서, 만주에 소재한(1919년 12월 현재) 그 직속기관 중에 편집과가 있었는데, 그 편집과장은 윤석우, 서기는 최학송, 출판원은 임성주 · 박화룡 등으로 되어 있어 '최학송'이란 이름이 그중에 보이는 것이다."[8]라고 하여, 이를 근거로 서해를 독립군으로 본다.

백철의 주장과 비슷한 논지를 김우종과 서종택에게서 발견할 수 있다. 이들의 주장을 요약하면 ① 서해문학의 저항성은 빈궁에서 해방되려는 투쟁이다, ② 그 저항의 본질은 본능적 자연발생적이다, ③ 서해는 당대 식민지 사회에 대한 깊은 천착의 단계에 이르지 못했다[9]는 것이다. 저항성을 굳이 일제하의 식민지 현실과 연결시키지 않고, 본능적

---

8)   김근수, 「최서해는 독립군이었다」, 『월간독서』, 1978. 9, 27쪽.

9)   김우종, 『작가론』, 동화문화사, 1973, 55~61쪽; 서종택, 「최서해 · 김유정의 세계 인식」, 국어국문학회 편, 앞의 책, 154~156쪽 참조.

저항이라고 규정한 것은 서해 문학을 신경향파적으로만 간주했기 때문이다. 이상과 같이 서해의 항일문학에 대한 연구는 극히 부진했거나 항일문학과는 관계없다는 부정적 태도를 보이고 있다. 이 같은 연구가 과연 정당했는지는 작품을 면밀히 검토한 후에야 밝혀질 것이다.

3. 일제의 횡포와 탄압 – 「향수」 「큰물 진 뒤」

「향수」는 총 6장으로 되어 있으며 액자 형식이다. 액자 부분의 서술자 '나'(이우춘)는 내부 소설의 사건을 설명해 주는 역할 외에, 그 사건에 직접 참가하여 중요한 역할을 한다. 액자 부분에서 작가는 '나'가 김군과 처지가 같다는 점을 강조한다. '나' 역시 김군(김우영)처럼 떠나온 고향을 몹시 그리워하고 있다는 점에서 이를 알 수 있다. '나'는 고향을 떠나 친구를 이별한 이유 때문에 환희의 계절인 봄이 왔건만 애수에 젖어 있을 뿐이다. '나'는 왜 고향을 떠나 친구와 헤어져야만 했을까? 이에 대한 해답을 내부 소설에서 찾을 수 있다.

"눈이 몹시 오는 날 순사들은 돌아다니면서 눈을 치우라고 야단이다. 그러나 쓸어 놓으면 또 뿌려오고 낯을 들면 눈이 뿌려서 옴짝할 수 없다." 이런 상황에 세 끼를 굶은 허약한 김군은 눈을 빨리 치우지 않는다고 순사에게 폭행을 당한다. 어쩔 수 없이 들채로 눈을 치우다가 김군은 마침내 쓰러진다. 순사의 횡포와 굶주림에 견디지 못한 김군은 집(고향)을 떠난다. 그 후 간도 · 해삼위 · 서백리아 · 북만주 · 경흥 · 웅기 · 모스크로 떠돈다.

이러한 사건을 통해 작가는 먼저 일제의 탄압이 얼마나 가혹한가를 고발한다. 순사는 일제나 혹은 그 주구로서 '급살을 맞을 놈들'이다. 우리 국민은 속수무책으로 비탄에 빠져 울고 있거나 고향을 떠나 유리표박할 수밖에 없음을 보여준다. 김군이 고향을 떠나 방랑한 코스가 이를 암시한다. 지명으로 보아 그가 독립운동에 가담하고 있음도 인정된다.

여기서 고향은 단지 인물들이 태어난 곳만을 지칭하지 않는다. 이역에서 유랑하는 나라 잃은 백성이 간절히 돌아가고 싶어하는 고국을 의미한다. 이처럼 「향수」는 일제의 억압과 횡포로 인해 고국을 떠나 독립운동에 가담할 수밖에 없는 우리 민족의 현실을 액자 형식을 통해 강조한다.

이 점을 살펴보기 위해 각 장별로 핵심 내용을 요약하면, 1장: 그리워함(도입 액자) / 2장: 2차 떠남 / 3장: 일제의 억압 / 4장: 굶주림 / 5장: 1차 떠남 / 6장: ㉠ 유랑(이상 내부 소설) ㉡ 그리워함(종결 액자)으로 정리할 수 있다.

이 같은 문학적(예술적) 이야기 순서를 원래의 소재적 서사로 배열해 보면 일제의 억압(3장)→굶주림(4장)→1차 떠남(5장)→2차 떠남(2장)→유랑(6장)→그리워함(1장)→그리워함(6장)으로 된다. 3장부터 6장까지는 김군과 관련된 행적이고 그리워함(1장, 6장)은 '나'와 관련된다.

따라서 내부 이야기는 유랑의 구조, 액자 부분은 그리워함의 구조라 할 수 있다. 그러나 '나'와 김군의 처지가 같음을 액자 부분에서 강조하여 '나'와 얽힌 유랑의 구조와 김군과 얽힌 그리움의 구조가 생략되었을 뿐, 유랑과 그리움이 두 사람 모두에게 관계되어 있음을 암시해 준다.

최서해의 삶과 문학 연구

액자의 원래의 예술적 의미는 예술 작품의 밀집과 압축이다.[10] 액자의 기능을 서해는 이 작품에서 최대한 살린 셈이다. 그 결과 두 인물의 유랑과 농도 짙은 그리움을 통해 식민지배하의 우리 국민은 고국을 떠나 방황할 수밖에 없으며, 항상 고향과 부모·형제·친구를 그리워할 뿐이라는 현실을 고발하는 데 성공하고 있다.

「큰물 진 뒤」는 일제의 횡포와 탄압이 우리 민족을 얼마나 철저히 타락시키고 있는가를 고발한다. 가난하지만 득남의 기쁨을 맛보는 순간 주인공 윤호는 제방이 터졌다는 아우성 소리를 듣는다. 곧이어 물난리가 나고 그 때문에 윤호의 갓난 아들은 죽게 된다. 아내는 산후 여독으로 심하게 앓는다. 윤호는 전답을 모두 잃고 어쩔 수 없이 읍내에서 날품팔이 일을 하게 된다. 그가 날품팔이로 전락할 수밖에 없었던 원인은 제방이 터졌기 때문인데 그 원인은 무엇인가?

> 이 방축에 이 마을의 운명이 달렸다. 이 방축 안에 있는 논과 밭으로 이백이 넘는 이 마을 집이 견디어 간다. 그런 까닭에 해마다 가을 봄으로 이 마을 사람들은 이 방축에 품을 들여서 천만년 가도 허물어지지 않게 애를 써 왔다. 그뿐만 아니라 이리로 바로 쏠리는 물길을 방축 건너편 산 아래로 돌리기까지 하였다. 이렇게 쌓은 공이 하루아침에 무너졌다. 작년 봄에 이 마을 밖으로 철도가 났다. 그 때문에 저편 산 아래로 돌려 놓은 물은 철교를 지나서 이 마을 뒷 방축을 향하고 바로 흐르게 되었다. 이 때문에 촌민들은 군청, 도청, 철도국에 방축을 더 굳게 쌓아 주든지, 철교를 좀 비스듬히 놓아서 물길이 돌게 하여 달라고 진정서를 여러 번이나 들였으나 조금의 효과도 얻지 못

---

10) 이재선, 「액자 소설로서의 「배따라기」의 구조」, 김열규·신동욱 편, 『김동인 연구』, 새문사, 1986, Ⅱ-16쪽.

하였다. 작년 여름 물에 이 방축이 좀 터졌으나 호소할 곳이 없었다. 그 뒤로 비만 내리면 촌민들은 잠을 못 자고 방축을 지켰다.

제방의 붕괴는 순전히 일제의 횡포로 야기된 결과이다. 그로 인한 피해자가 어찌 윤호뿐이겠는가. 가난하나마 단란했던 한 가정, 더 나아가 한 동리의 멸망을 확대 해석하면 한 국가의 멸망이 될 것이다. 집과 전답을 잃은 윤호는 비록 날품팔이로 전락하였지만 재기를 꿈꾼다. 그러나 공사판 감독의 폭행으로 코피가 터지고 절망한다. 감독은 "도오모 죠셴징와 다메다! 쯔루꾸데 다메다!"라고 말하는 것으로 보아 일인 아니면 일제의 한국인 주구임에 틀림없다.

이때부터 윤호의 의식은 전환된다. 그는 욕심 많고 못된 짓 잘하는 무리들은 잘 입고 잘 먹고 잘 쓰며, 자신처럼 선량한 사람은 언제 죽을지 모른다는 관념에 사로잡힌다. 끝까지 살아남기 위해서는 강도짓이라도 해야 한다고 생각한다. 그 결과 부자 이근춘의 집을 털게 된다. 작가는 선량하고 착실한 모범 농민이 노동자로 전락하였다가 마침내 강도로 변하는 과정을 보여주어 일제의 만행을 폭로한다.

4. 민족교육과 미래 희망 – 「폭풍우시대」「이중」「저류」

「폭풍우시대」는 간도에서의 민족학교를 중심으로 민족 교육 사업을 소개함으로 당시 독립운동의 한 방법을 전해준다. 작품 허두에서 주인공 '나'는 동포의 슬픈 이야기라고 전제한 뒤 "내가 본 대로, 들은 대로, 느낀 대로 똑바로 적겠습니다."라고 다짐한다. 그는 극히 절제된 감정으로 십년 전 사건을 회고하여 소개한다.

'나'는 장일선·이백천과 함께 북만주로 떠난다. 구체적인 언급은 없지만 그들이 더 이상 고국에서 견딜 수 없는 상황이기 때문이다. 장일선은 서울서 중앙학교를 마친 하얀 손길의 약골인 사람이다. 이백천은 어떤 항구의 노동하던 사람으로 모군꾼 상놈의 아들로서 무지하지만 건장한 사나이다. 이들이 함께 독립운동에 나선다는 것은 상징적 의미가 있다. 지식층이건 노동자이건 신분을 떠나, 약골이건 건강하건 체질에 상관없이, 서울이건 지방이건 출신 지역을 불문하고, 누구나 독립운동에 참가하거나 참가할 수 있다는 것이다.

'나'는 간도에서 3대째 애국·독립운동을 하던 조병구의 죽음에 관한 이야기를 들려줄 작정이었다. 하지만 작품이 게재 금지되었기 때문에 그 의도는 좌절된다. 발표된 내용만으로도 작가의 창작 의도, 작품의 윤곽은 어느 정도 짐작할 수 있다. 특히 당시 독립운동의 한 양상을 전해주는 데는 충분하다.

> 이런 곳에서 삼십 년이나 종시여일하게 정성과 열성을 다하여 교육 사업에 분주한 그네의 사업을 생각하는 때 내 가슴에는 나로도 모를 거룩한 생각이 용솟음쳤습니다. 그 얼마나 위대한 사업입니까. 그의 사업은 흙 속에 묻힌 황금과 같이 남의 눈을 부시지는 못하였다 하더라도 무형한 가운데 힘 쌓아 놓은 그의 힘은 어찌 장차 천지를 뒤흔들던 위대한 힘의 씨가 아니라고 하겠습니까.

'나'는 독립군이 되어 일제와 싸우는 것만이 독립운동의 전부가 아님을 강조한다. '나'가 간도로 간 것은 3·1 운동 직후다. 이 무렵 간도 지역에서 민족의식과 독립사상의 근원지는 학교라 할 수 있다. 교사와 학생들이 재원을 마련하고 상호 정보를 입수하여 조직적인 독립운동을 전개하였기 때문이다. 이들의 활동에 제동을 걸기 위해 일제는 경신참변(1920년, 庚申年)을 일으킨다. 그 결과 이 지역의 많은 학교가 방화·약탈·파괴되는 피해를 입는다. 그러나 간도 한인들은 한족회(韓族會)를 발족시켜 무장 투쟁과 병행하여 산업을 진흥하고 교육을 장려하여 장래 일본과의 대전쟁을 앞두고 확고한 재원 확보와 인재 양성에 전력을 다한다. 따라서 이 지방 민족 교육 운동은 국내외를 통한 한국 독립운동의 정신적인 맥을 이어 주는 역할을 충실히 수행하였다고 할 수 있다.[11] 이러한 상황을 형상화한 것이 이 작품이다. 미온적인 독립운동을 문제 삼아 고작 한 젊은이의 과거 경험담을 소개하는 정도라고 한다면 이 작품의 의미를 파악하지 못한 결과이다.

「이중」은 주지하다시피『현대평론』제1권 제4호에 게재될 예정이었으나 내용이 불온하다 하여 삭제당하고 만 작품이다. 삭제당한 사건을 통해 ① 당시 일제의 검열이 가혹했고 ② 이 작품이 일제의 비위에 맞지 않는 내용이었음을 유추할 수 있다.

내용은 주인공 '나'의 아내가 조선인이라는 이유로 공중목욕탕 출입을 거절당하자, '나'는 의분에 떨며 비애를 느낀다는 것이다. 일제의 민족 차별 정책을 폭로하고 있다. 제목의 '이중'은 곧 주인공의 사적이며 민족적인 이중의 비애를 암시하는데, 한국인인 까닭에 겪어야 하는 사

---

11) 이명화, 「1920년대 만주 지방에서의 민족 교육 운동」, 『한국 독립운동사 연구』 2집, 한국독립운동사연구소, 1988, 310~331쪽.

적인 비애만 소개되고 있다. 이것은 어디까지나 민족적 비애를 전제하고 있는 것이다. 비록 짤막한 콩트이지만 민족 차별 정책으로 인한 비애만 전해주는 데서 그치지 않는 데 이 작품의 의의가 있다. 다음과 같은 구절을 보자.

> ① 나는 일주일 전에 사정이 있어 일본인 촌인 약초정에 이사를 왔다. 주위는 일본인의 대하고루(大廈高樓)로 나는 저녁을 먹고 이층에 올라가 사방을 바라보면, 어쩐지 임금이나 된 듯한 느낌이 있었다.
>
> ② 어어 여보게 안돼 안돼, '요보'는 목간통에 들여 놓지 않네. 일본 하오리에 게다를 끌고 가면 들여놓지만, 흰 옷 입은 사람들은 들여놓지 않네.
>
> ③ 이 가슴 속에 쌓이고 쌓여 혈관이라든가 세포에 깊이깊이 또 무겁게 스며들어 가는 이중의 비애! 아아 나는 그것의 커가는 장래를 고요히 바라보고 있다. 세상 사람들아! 아는가, 모르는가? (숫자는 인용자가 붙임)

①은 한국 내에 집단 부유촌을 형성하고 있는 일인들의 모습을 보여준다. '나'는 일본인들의 대하고루를 둘러보며 그 건물들을 차라리 군중에 비유하여 임금이 된 듯하다고 자위하려 한다. ②는 일본식 차림새면 허용되고 한국식 차림이면 불허하는 목욕탕 출입을 통해 일제가 갖은 수단과 방법을 동원하여 한국인을 일본인화하려 했음을 보여준다. ③은 지금까지 통한의 비애를 겪으며 살았지만 장차 이 비애는 끝날 것이라는 암시를 주고 있다. 이처럼 「이중」은 일제의 민족 차별에 작가가 얼마나 분개했는지를 단적으로 보여주는 작품이라 하겠다.

「저류」는 노인들의 한가한 여름밤 대화를 중심으로 구성되어 있다.

시골 노인들의 농담 섞인 대화가 자칫 가벼운 읽을거리로 비칠지 모른다. 그러나 그 내용은 의미심장하다. 당시의 현실을 진단하고 민중에게 미래에의 희망을 갖게 하기 때문이다. 이 점에서 「해돋이」와 유사한 경향이라 할 수 있다. 이러한 내용이 연륜 깊은 노인들을 통해서 이야기되기 때문에 독자에게 깊은 신뢰감을 준다.

노인들은 극심한 가뭄으로 조(粟)와 콩이 말라죽고 소(沼)가 고갈된 사실을 놓고 세상이 망할 징조라고 말한다. 'OO놈(일본놈, 인용자)들이 장수 나는 곳마다 쇠말뚝을 박아서 못 나오게 하고' '인재라는 인재는 다 죽이'는 세상이니 망할 수밖에 없다는 것이다. 가뭄의 원인을 은연중 일제에게 돌리며 그들의 멸망을 예견한다.

이것은 일제가 독립투사를 철저히 탄압하는 악랄함을 폭로하는 결과도 된다. 일제는 인재를 죽일 뿐만 아니라, 술이나 담배도 맘대로 못 먹게 하는 등 사소한 것까지 통제한다. 간도로 가든지, "어서 빨리 OO(세상, 인용자)이 뒤집히구 ××(장군, 인용자)이 나야 된다."고 노인들은 말한다. 그보다 아기 장수 전설을 원용하면서 미래에 희망을 갖게 한다는 점에서 의의가 있다.

노인 김서방이 겪은 일이라면서 다른 노인들에게 들려준 아기 장수 이야기는 이렇다. 40세 된 노파가 칠성단을 모셔 놓고 3, 4년 동안 자식을 점지해 달라고 빈다. 그러자 노파는 아기를 잉태하게 되고 그 후 14개월이 지난다. 어느 날 두 명의 선녀가 나타나 노파의 왼쪽 겨드랑이에서 아기를 꺼낸다. 그 아기는 열 살 이상 된 아이만큼 키가 크고, 눈은 왕방울 같고, 귀는 손만 하고, 몸은 철골로 생기고, 말을 할 줄 안다. 곧 아기 장수인 것이다. 이 소문을 들은 원님이 사령에게 인두를 주면서 죽이라고 한다. 이런 사실을 알고 아기 장수는 온데간데없이 사라진다.

영웅담은 원래 민중의 삶과 긴밀한 관계에서 생겨난다. 더구나 아기 장수 전설은 한국에 전국적으로 널리 퍼져서 민중 사이에 오랫동안 전승되어 온다. 그 이유로 일제하에서 고통받고 있던 민중들에게 공감을 얻을 수 있는 재료라 할 수 있다. 독립과 관련된 내용이면서 검열을 피할 수 있었던 것은, 이처럼 허황된 듯한 전설로 포장했기 때문이다. 여기서 정작 서해가 전하고 싶은 것은 언젠가는 독립이 될 것이라는 희망의 메시지이다.

> "나오기는 어느 때든지 나올 걸? 에구 어서 나와서⋯⋯"
> 이마 벗어진 영감은 말끝을 뚝 끊어 버린다. ⋯(중략)⋯ 김도감은 무릎에서 자는 어린 것을 내려다보고 달을 쳐다보면서 시속을 한탄하고 새 ○○을 기다린다는 듯이 말하였다.
> "이제 보오마는 때는 꼭 있을 게요!"
> 미래를 보는 듯이 힘 있게 말하고 달을 쳐다보는 김서방의 눈은 빛났다. 다른 늙은이들도 신비로운 꿈에 싸인 듯이 멀거니 앉아서 달을 쳐다보았다.

민중의 희망이 좌절당한 사회상의 비극적 반영인 아기 장수 전설은 좌절된 영웅상을 보여준다.[12]

즉 아기 장수 전설의 일반적 종결은 아기 장수의 좌절과 죽음이다. 그러나 이 작품에서는 아기 장수의 재출현의 가능성을 시사함으로 이를 변형시킨다. 시운이 되면 아기 장수는 영웅의 모습으로 나타나 민족

---

12) 심정섭, 「전설의 문학적 구조」, 『문학과지성』, 통권 27호, 241~242쪽 참조.

을 구할 것이라는[13] 희망을 갖게 해준다. 아기 장수는 그의 어머니에게 다음과 같이 말하여 미래 희망에 대한 암시를 더욱 확고히 한다.

　　나는 이제 선생을 따라 ○○산으로 갑니다. 이제 오래지 않아 세상 에 ○○가 나서 백성이 ○○에 들겠으니, 저는 ○○산에 가서 공부를 해 가지고 그때에 나와서 ○○을 평정케 하겠습니다.

이 작품을 조동일은 다음과 같이 비판한다.

　　소설은 신화도 전설도 아니므로 기대하는 바가 어떻게 현실에서, 현실 자체의 움직임을 원인으로 해서 실현될 수 있는가 말해야만 했 는데 그럴 만한 대책은 세우지 못했다.[14]

비록 현실에 대한 대책을 수립하지는 못했지만, 속히 일본이 멸망하 고 조국이 독립하기를 소망하는 민중들의 염원을 담고 있다. 그 염원이 이루어질 것이라는 희망 역시 불어넣어 주고 있다. 전설을 빌어 이러한 내용을 우회적으로 나타내고 있는 것이다. 서해의 또 다른 면모를 보여 주는 경향으로 그의 작가적 안목이 결코 협소하지 않음을 보여주는 예 라 하겠다.

노인들은 젊은이들의 무계획적 독립운동에 반성을 촉구하면서 감정 만 앞세우지 말고 때를 기다리라고 한다. 그중에도 서해가 이 작품에서 의도한 것은 억압에서 신음하는 국민들에게 희망을 주자는 것이다. 아

---

13)　손영옥, 앞의 논문, 45쪽.
14)　조동일, 『한국문학통사』 5, 지식산업사, 1989, 148쪽.

기 장수 전설을 비중 높게 취급한 점에서 이를 확인할 수 있다.

5. 일제 만행의 폭로와 고발 - 「해돋이」

「해돋이」는 8장으로 되어 있으며, 서해 단편소설로는 다소 긴 편에 속한다. 자전적 요소가 강한 이 작품에는 서해가 간도로 간 이유가 비교적 소상히 밝혀져 있다. 사실 서해의 간도 이주는 빈곤 때문이라는 견해가 지배적이다. 물론 간난한 삶이 그 한 원인이겠지만 두 가지를 첨가할 수 있다.

하나는 3·1 운동에 가담한 까닭에 함흥 감옥에서 1년을 보낸 것이다. 이로 인해 형사의 감시를 받게 되고 이를 피할 수 있는 세계를 동경한다. 다른 하나는 상급 학교에 가지 못한 고민과 연애에 대한 번민의 결과로, 인류를 위한다는 포부를 가지고 만주에서 독립운동을 하려고 결심한다. 이러한 모습이 이 작품의 서술자에 투영되어 있다.

「해돋이」의 주요 등장인물인 만수와 만수 어머니는 현실 인식이나 민족의식 면에서 다소의 취약성을 면치 못한다. 만수는 3·1 운동에 가담하고 1년간 감옥살이를 한 뒤 간도로 건너가 독립단에 가입하여 △△병(일본병, 인용자)과의 치열한 전투에 참가하기도 한다. 그러나 독립단의 세력이 약화되었을 때는 미련 없이 집으로 돌아와 가명을 사용하여 소학교 교사가 된다. 어머니에 대한 효도와 인류를 위한 투쟁 사이에서 심한 갈등을 일으키기도 한다. 이런 까닭에 독립 쟁취에 대한 그의 의지를 제대로 파악할 수 없다.

만수 어머니는 세상은 망하더라도 만수만은 무사하기를 바라는 전형적인 촌노에 불과하다. 만수가 독립운동 중 체포된 사실에 긍지를 느끼지도 못하고 가족주의적이며 이기주의적이다. 만수의 독립운동에 별다른 관심을 보이거나 의미를 두지도 않는다. 따라서 이 작품은 작가로 대치해도 좋을 서술자를 통해 일제하의 상황을 전반적으로 점검하고 고발 및 폭로하려 한 듯한 인상을 준다. 이를 정리해 본다.

첫째, 일제의 감시체계 및 검문검색의 강화를 폭로한다. 한강환이 성진항에 닿자마자 5명의 감시원(정복 순사 셋, 일본인 하나, 조선인 하나)이 "승강제 어구에 서서 쌈판으로 내려가는 손님들 행동거지와 외모를 조금도 놓치지 않고 주의하여 본다." 수상한 사람을 색출하기 위해서이다. 마침내 독립운동가 차림의 청년이 걸려든다. 일제가 각처에 순사를 비롯한 감시원을 배치하고 철저히 독립운동가를 색출해 내고 있음을 보여준다.

둘째, 한국인의 일제 주구 노릇을 폭로한다. 한강환의 검색원 중 한 명이 만수가 알고 있는 돌쇠이다. 그는 한국인이면서 일제의 주구로 독립운동가를 색출하는 데 앞장선다. 김필현 역시 이 부류에 드는 인물이다. 만수가 체포될 당시 포승을 지우는 돌쇠는 3년 전 만수와 함께 독립군에서 활동한 적이 있다. 같은 민족이면서 이처럼 배신자가 있음을 돌쇠와 김필현을 통해 드러내 준다.

셋째, 일제가 독립운동가를 얼마나 가혹하게 탄압했는지를 구체적으로 폭로한다. ① 3·1 운동 후 만수가 감옥에서 심한 고통을 당한 것 ② 순사가 매일 만수의 집을 드나들면서 감시한 것 등을 통해 이를 말해준다.

넷째, 간도에서의 조선인의 참상을 전해준다. 조선인들은 ① 거개 쓰러져 가는 초가집에서 중국인의 소작인으로 지낸다는 것 ② 전지를 가진 사람이 극히 적다는 것 ③ 자신의 딸과 중국인의 전지를 바꾸는 사람이 있다는 것 ④ 일본과 중국의 이중 법률의 지배를 받는다는 것 ⑤ 참혹한 유린을 당하나 호소할 곳이 없다는 것 ⑥ 죽도록 벌건만 겨우 기한을 면할 뿐이라는 것 ⑦ 교육기관도 갖지 못했다는 것 등이다. 이를 통해 고국을 떠나 간도에 간 사람들도 여전히 참혹한 생활을 면치 못하고 있음을 증언한다.

다섯째, 일제의 만행을 폭로한다. ① 만수에게는 물론 어린 몽주의 가슴에도 권총을 겨누는 것 ② 만수를 체포해 가며 구타하고 집에 불을 질러 전부 태워버리는 것 ③ 경석이를 작업장에서 축출하는 것 등이다.

여섯째, 독립운동의 실상을 알려준다.

> 이때 만주·서백리아·상해 등지에는 ×××이 벌떼같이 일어나서 그 경계선을 앞뒤에 벌렸다. 내지로서 은밀히 강을 건너와서 ×××에 몸을 던지는 청년들이 많았다. 산골짜기에서 나무를 베던 초부며 밭을 갈던 농군도 호미와 낫을 버리고 ×××에 뛰어드는 이가 많았다. 남의 빚에 졸려서 ×××에 뛰어든 이도 있었다. 자식을 ×××에 보내고 밤낮 가슴을 치면서 세상을 원망하는 늙은이들도 있었다. ×××의 세력은 컸다. 이역의 눈비에 신음하고 살아오던 농민들은 한푼 두푼 모은 돈을 ×××에 바치고 곡식과 의복까지 형과 아우와 아들까지 바쳤다. 백성의 소리는 컸다. 그 무슨 소리였던 것은 여기 쓸 수 없다.

여기서 화자는 ① 국외에서의 독립운동이 열렬했다는 것 ② 초부·농군·빚쟁이에 이르기까지 광범위하게 독립군에 가담했다는 것, 다시

말해 독립군이라고 결코 어떤 특정 계층에 한하지 않았다는 것 ③ 독립
운동 중에 희생자가 많았다는 것 ④ 특히 농민들이 독립군에게 인적·
물질적 자원을 충당했다는 것 ⑤ 국민들의 독립에 대한 소망이 간절했
다는 것 등을 전해준다.

그러나 서해가 이상의 것만 말하려 한 것이 아니다. 암시적인 서술로
독자에게 희망을 주고자 한다.

> ① 여러 날 여로에 지친 손님들은 이 새벽바다를 무심히 보지 않았다.
> …(중략)… 그 분홍 구름이 사르르 걷히고 서너 조각 남은 거무레
> 한 구름가 장미빛으로 타들더니 양양한 벽파 위에 태양이 솟는
> 다. 태연자약하여 늠실늠실 오르는 그 모양은 어지러운 세상의 괴
> 로운 인간에게 깊은 암시를 주는 듯하였다. …(중략)… 침묵과 혼
> 탁이 오래 흐르던 세계는 장엄한 활동이 시작되는 세계로 한 걸음
> 한 걸음 가까워졌다.
> ② 퍼―런 얼음장 아래로 흐르는 물소리는 쿨렁쿨렁하는 것이 몹시 노
> 한 듯하였다. 해는 벌써 서산에 뉘엿뉘엿 넘어간다.
> "아아 조선의 해돋이(日出)여!" 석양빛을 보는 경석의 눈에서 흐
> 르는 눈물은 온 얼음 세계를 녹일 듯이 뜨거웠다. (숫자는 필자가
> 붙임)

①은 작품의 초두로서 일제하에서 억압받는 우리 민족에게 독립의
여명이 밝아오고 있음을 암시한다. '여로에 지친 손님들' '괴로운 인간'
은 우리 민족을, '어지러운 세상' '침묵과 혼탁이 오래 흐르던 세계'는
식민지의 질곡, '새벽바다' '태양이 솟는다' '깊은 암시' '장엄한 활동이
시작되는 세계'는 장차 도래할 독립을 암시한 것으로 볼 수 있다. ②는
이 작품의 말미로 ①의 반복이자 강조에 다름 아니다. 역시 미래가 희

망적임을 암시한다. 이 부분이 다소 작위적인 느낌을 주는 것은 작품 전개상 필연성이 결여된 채 경석의 감정이 격앙되면서 작가의 의도가 너무 노출되어 있기 때문이다. 이 작품에 대해 민현기는 다음과 같이 주장한다.

> 「해돋이」는 일제의 혹독한 언론 검열을 어떻게 벗어날 수 있었나 하는 점이 궁금할 정도로 매우 저항적인 인물이 등장하고, 노골적인 독립투쟁 장면이 설정되어 있다. 최서해의 작품뿐만이 아니라, 그 당시 국내에서 발표된 소설 작품들 중에서 가장 직설적으로 일제치하의 체제적 모순과 가혹한 민족탄압의 실상 및 항일 독립투쟁의 역사적 의의를 드러낸 작품이라고 말할 수 있다.[15]

이를 인정한다면 그 공적의 대부분은 서술자를 통해서 부각되었다고 할 수 있다. 주인공 만수를 통해 이를 표출시키기에는 사건의 집중화나 단일화가 이루어지지 못했기 때문이다. 이 작품에서 서해는 식민지 상황을 반일 감정을 앞세워 점검했는데 단편소설로서는 벅찬 내용을 포함하고 있음 또한 사실이다.

일제하에서는 어떤 작품도 검열 없이 활자화되지 못하였다. 따라서 좀 더 적극적인 항일의식의 표출이나, 일제에 대한 투쟁의식의 고취를 서해 소설에 요구하는 것은 무리일 것이다. 기대에 부응할 만한 작품은 검열을 통과할 수 없었기 때문이다. 이런 점에서 「해돋이」는 당시 보기 드문 항일소설의 면모를 갖추었다고 할 수 있다.

---

15) 민현기, 「일제강점기 한국 소설에 나타난 독립운동가상 연구」, 서울대학교 박사 논문, 1988. 1, 76쪽.

6. 맺음말

이상에서 살펴보았듯이 서해는 일제의 탄압이 얼마나 가혹한가를 고발 및 폭로하는 데 중점을 둔다. 일제의 탄압을 핵심 문제로 삼고 그와 결부된 다양한 문제, 즉 그로부터 야기된 문제를 각각의 작품에서 형상화한다.

고향을 떠나 유리표박할 수밖에 없는 상황을 전하기도 하고(「향수」「해돋이」「폭풍우시대」), 같은 민족임에도 일제의 주구가 된 배신자를 고발하기도 한다(「해돋이」). 당시 독립운동의 양상을 보여주는가 하면(「해돋이」「폭풍우시대」), 민족 차별이나 일본인화 음모도 고발한다(「이중」). 선량한 농민이 강도로 전락할 수밖에 없는 절박한 상황을 폭로하고(「큰물 진 뒤」), 간도에서의 참상도 소개한다(「해돋이」「폭풍우시대」).

그중에도 꿈과 희망을 암시하는 작품은 특히 주목된다(「해돋이」「저류」). 언젠가는 독립이 된다는 것, 좌절과 절망을 견디고 저항하면 마침내 광명을 찾게 될 것이라는 암시는 질곡 속의 우리 민족에게 의미를 지닌다고 할 수 있다.

식민지 현실을 형상화하고 민중에게 꿈과 희망을 전하려는 것은 당시의 민족적 비극을 인식했다는 증거가 된다. 그 바탕 위에서 증오심과 적개심을 품고 일제 탄압을 폭로·고발하려 하였으니 서해는 항일문학가의 범주에 속하기에 충분하다.

이러한 작가 의식이 선언문이나 선전문처럼 생경하게 노출되지 않고 구체화되어 있다. 이들 작품들이 비교적 우수한 편에 속하는 점도 이를 말해준다. 작가의식은 주로 인물이나 서술자를 통해 형상화되는데 이들을 서해 자신으로 간주하여도 무리는 없다. 이와 관련한 조동일의 언급이 참고가 될 것 같다.

> 최서해가 내세운 주인공은 자기가 설계한 생활이 있고 따르는 가족이 있어 비인간화가 덜 되었고, 자기도 모르게 죽어가지는 않았다. 단순한 피해자가 아니고, 자각의 주체여서 세계의 횡포에 적극적으로 맞섰다. 가족이 겪는 고난을 마음 아파하며, 죽지 않고 연명하기 위해 끈덕진 생명력을 발휘할 뿐만 아니라 자기에게 강요되는 빈곤을 사회구조의 문제로 인식해 분노하고 투쟁했다.[16]

서해 작품의 작중인물의 삶과 사회에 대한 투쟁성과 치열성을 언급했는데 이는 서해 자신에게도 해당될 듯하다. 물론 이상의 작품에서만 항일의식을 엿볼 수 있는 것은 아니다. 「기아와 살육」「오원칠십오전」「탈출기」「고국」 등에서도 부분적으로 드러난다고 할 수 있다. 한편 중국인의 착취와 횡포에 대한 강렬한 저항을 내용으로 하고 있는 작품도 있다. 이 책에서는 항일의식을 문제 삼다 보니 제외되었으나 저항문학의 차원에서는 고찰되어야 할 것이다.

이미 지적했다시피 일제하에서는 작품이 사전 검열 없이 활자화되지 못한다. 김윤식은 「고국」에 대한 언급에서 '1924년의 어두운 시절에 한마디일망정 의병이란 말을 사용하고 있는 것은 서해의 용기'라고[17] 한 적이 있다. 당시 일제의 가혹한 검열과 서해의 용기를 말한 것이다. 따

---

16) 조동일, 앞의 책, 146쪽.
17) 김윤식 · 김현, 앞의 책, 163쪽.

라서 적극적인 항일의식의 표출과 일제에 대한 투쟁의식의 고취를 작품에 요구한다면 당시의 상황으로 보아 무리이다. 서해의 문학은 그 나름으로 일제 상황하의 민족적 현실을 폭로·고발했다는 점에서 항일문학의 범주로 설정되어야 할 것이다.

끝으로 검열로 인해 작품에 △△, ○○, ×× 등 복자로 되어 있는 것을 필자가 자의적 해석으로 작품 외적 증거를 보태지 않았나 하는 우려가 없지 않다는 점을 밝혀 둔다.

제7장

『호외시대』론

제7장 『호외시대』론

1. 머리말

『호외시대』는 조선총독부 기관지『매일신보』에 1930년 9월 20일부터 1931년 8월 1일까지 연재된 서해의 유일한 장편소설이다. 총 20장 310회로 대단원의 막을 내리는 것으로 되어 있지만 실제는 총 303회 분량이다. 실제 303회의 분량이 310회로 늘려진 것은 신문의 교정 문제와 관련이 있는 듯하다. 「행운」장 10회분을 「행운」 9회, 「번민」장 11회분을 「번민」 13회, 175회분을 179회로 적는 등 잘못된 곳이 다수 발견되기 때문이다. 연재 중 소설 중간에 200자 원고지 1~2매 분량의 「독자의 소리」가 115회, 116회, 122회, 123회, 128회, 166회의 총 6회에 걸쳐 삽입된 것도 특색이다.

　본문에 삽입되는 만큼의 소설 분량이 줄어드는 셈이지만 요즈음의 신문 연재 소설에서 흔히 볼 수 있는 「지금까지의 줄거리」는 보이지 않는다. 「독자의 소리」는 일종의 감상문이라고 할 수 있는데 이 소설과 최서해에 대한 찬사로 편지 형식을 취하고 있는 것이 공통적이다. 정말 독자의 편지인지 아니면 신문사 측의 독자 유인 수단인지 확인할 길은 없지만 신문사 측의 각별한 배려는 감지할 수 있다.

> ① ……귀보의 소설 崔曙海氏의 「號外時代」를 애독하옵는데 貞愛의 련애에 대하야는 눈물과 감격이 업시는 읽을 수 업습니다. 崔선생의 글을 만히 보앗사오나 이번 것은 더욱이 우리 녀성을 잘 리해한 것이어서 존경에 더욱 감사를 드립니다. …(중략)… 죄송하오나 비오며 아무쪼록 쉬지 마시오. 오래 써 주시기 비옵나이다. (안국동 전란주 상)
> ② 謹啓 貴報 連載中의 小說 「號外時代」 則 近來 稀有의 優秀 新聞小說로…… 每日 貴報의 配達을 苦待中이오며 作者 崔先生의 健康을 仰祝不己하나이다. 不備禮(東大門外 朴南甫)

「독자의 소리」는 지방과 서울의 지역별 안배, 남녀의 성별 고려, 한문투와 한글투의 문장별 구분으로 그만큼 각계각층에서 이 소설을 읽고 있음을 암시해 주려 하고 있다.

『호외시대』는 발표 후 문단의 주목을 거의 받지 못한다. 오히려 도외시되거나 부정적 평가를 받는다. 이것은 작품을 면밀히 읽은 후의 결과라기보다 작품 외적 요소가 더 많이 작용한 이유 때문인 듯하다. 박상엽의 「감상의 7월」, 김동인의 「소설가로서의 서해」, 김동환의 「생전의 서해, 사후의 서해」 등에서 이를 확인할 수 있다. 박상엽과 김동환은 서해의 만년을 두고 작가로서 타락하였다고 하며, 그 원인을 생활고로 돌린다. 생계를 위해 작품을 억지로 썼으며 그 결과 이전의 서해의 모습을 발견할 수 없다는 것이다. 이 주장 속에는 만년의 작인 『호외시대』는 졸작일 수밖에 없다는 의미가 포함되어 있다.

여기서 이들이 말하는 타락은 작가적 입장을 의미할 터이고, 그것은 작품이 입증해 주어야 한다. 과연 서해는 만년에 작가로서 타락했는가. 만년에 해당하는 1930년부터 1932년 7월까지 약 2~3년 동안 서해는 단편소설 1편, 장편소설 1편, 수필 6편, 평론 1편, 잡문 5편, 탐방 기사 (모범 농촌 순례) 1편을 남긴다. 1926년 한 해 동안 단편소설 23편, 수필 5편, 평론 2편을 발표한 것과 비교할 때 양적인 면에서 저조함은 틀림없다. 그러나 이 기간 『매일신보』의 학예부장으로, 심한 병고에 시달리면서도 결코 붓을 놓지 않는다. 이 무렵 연재한 200자 원고지 3천매 분량의 『호외시대』가 이를 잘 말해준다.

그렇다면 박상엽과 김동환이 서해가 만년에 타락했다고 비난한 이유는 무엇일까. 그들은 아마도 진정한 의미보다 자신들의 이데올로기 잣대로 작품을 평가하려 한 듯하다. 「탈출기」「기아와 살육」「홍염」 등만을 긍정적 특질로 파악하고 있던 박상엽에게 '프로문학의 작법에 흐르지 않도록 필요 이상의 암시'를 받고 쓴 『호외시대』는 처음부터 거부하고 싶은 작품으로 비쳤는지 모른다.

김동환은 서해의 『매일신보』 입사 자체가 벌써 작가로서의 타락한 징조요, 그의 작품은 당연히 우작, 타작일 수밖에 없다고 판단했던 것 같다. 이 무렵 김동환은 한때 몸담았던 계급주의에서 민족주의로 전향하여 있던 터다. 김동인은 관점을 달리하여 '현재의 비교적 안정된 생활이 방해를 하여' 창작에 지장을 주었다고 말한다. 가난하고 방황하는 삶에서만 훌륭한 작품이 창작된다는 것을 은근히 암시한다. 김동인식의 독단이 엿보이는 주장이다. 원인이야 어떻든 『호외시대』는 발표당시

계급주의와 민족주의, 양 진영으로부터 외면당하고, 그 후에도 논자의 관심권에서 벗어나 본격적인 조명을 받지 못한다. 단행본으로 미간행된 신문 연재 소설이었던 만큼 손쉽게 접근할 수 없었던 원인도 있다. 그러나 이러한 현상은 서해의 한국 근대문학사적 위치와 지금까지의 그에 대한 관심에 비춰볼 때 기이하다고 할 수 있다.

조남현의 「최서해의 『호외시대』, 그 갈등구조」(『한국문학』, 1987. 5)와 한수영의 「돈의 철학, 혹은 화폐의 물신성을 넘어서기」(한국문학연구회 편, 『1930년대 문학연구』, 평민사, 1993)가 고작이다. 이에 앞서 손영옥은 단편적이나마 자선과 보은의 의미가 복합되어 펼쳐진 인도주의 세계와 선량한 인간들이 황금의 위력 아래 하나하나 낙오되어 가는 과정을 보여준 작품이라고 요약한 바 있다.[1] 이런 내용을 포함하고 있는 것은 사실이나, 부분적 사실만을 강조하여 의미를 너무 축소시킬 우려가 없지 않다.

조남현은 앞의 논고에서 이 소설이 조명받지 못한 이유를 신문 연재 소설에 대한 당시의 부정적 통념으로 돌린다. 한편 이 소설을 일축해 버리거나 도외시한 논자들이 그 근거를 제시하지 못한 점을 꼬집는다. 아울러 이 소설이 연구되어야만 할 당위성을 역설한 뒤 그 가치를 다음과 같이 언급한다.

> 『號外時代』는 1920년대 朝鮮經濟界의 극도의 취약상을 배경음으로 깔아놓음으로써 일제 통치가 당시의 한국인들에게 가져다준 절망감과 갈등 심리를 암시할 수 있었고, 허약하기 짝이 없는 경제 구조로

---

1)   손영옥, 「최서해 연구」, 서울대학교 『현대문학연구』 23집, 1977, 37쪽.

말미암아 전락과 희생의 길을 걸어간 인물들을 제시함으로써 갈등의 심화 현상을 내비칠 수 있었고, 상록수형 인간에의 의지를 다지는 인물에게 서술 의도의 초점을 맞춤으로써 갈등, 모순, 알력 등으로 점철된 현실은 언젠가는 극복될 수 있을 것이라는 신념을 입증한 결과를 보일 수 있었다.[2]

한수영은 상기 글에서 '현실의 환멸스러움과 부정성에 대한 새로운 저항과 극복의 방안으로서 인간 품성의 고유한 미덕과 이타주의'를 보여준 작품으로 평가한다. 조동일은 '사회상의 총체적 움직임을 치열하게 작품화'했다고 보기에는 좀 미흡하지만 '돈의 부정적인 구실과 긍정적인 구실을 함께 문제 삼으려' 했기 때문에 '관심을 가질 필요가 있'는 작품이라고 말한다.[3] 조남현이 "가진 자'의 몰인정한 횡포를 강조하는 대신 한 걸음 더 나아가 '돈'의 작용과 반작용을 살피려는 단계까지 간 것'[4]이라고 긍정적 평가를 한 것과 궤를 같이한다. 조남현이나 한수영, 조동일 역시 이 작품의 부분적 사실이나 일면적 진실만을 강조한 감이 없지 않다. 필자는 지금까지의 연구 태도를 지양하여 한국근대소설사에서 이 작품이 정당하게 자리매김될 수 있는 계기를 마련하고자 한다.

---

2)   조남현, 「최서해의 『호외시대』, 그 갈등 구조」, 『한국문학』, 1987. 5, 379쪽.

3)   조동일, 『한국문학통사』 5, 지식산업사, 1989, 149쪽.

4)   조남현, 위의 책, 368쪽.

2. 산업 자본의 침투

이 작품의 중요인물인 홍재훈은 사생아로서, 태어난 지 한 달도 안 돼 고아가 된다. 홍씨 성의 늙은 농부가 거두어 홍가라는 성을 얻게 되고 홍씨 내외가 죽자 등짐장수를 따라 15세에 마을을 떠나 서울로 가게 된다. 서울서 일본인의 집 고용을 살고, 구루마 끌기, 지게 지기, 노역 등에 종사하다가, 이대감의 인력거를 끄는 구종 노릇을 하게 된다. 이대감의 신임을 얻은 터에 화재로 인해 타 죽을 뻔한 그의 둘째 며느리를 구출하고 그 대가로 '백석 추수의 논과 집 한 채'를 받고 속량된다.

속량 후에는 '추수는 받아서 땅을' 사고 인력거도 여전히 끌면서 꼬박 15년을 일하여 돈을 모으고, 이를 바탕으로 53세 되던 해 가을부터 반도인쇄사와 함께 학교를 경영하게 된다. 그가 배운 것도 없이 '개미만도 못한 미미한 존재'로서 노비나 다름없는 신분에 속하지만, 부를 축적하고 사업을 벌일 수 있었던 것은 당시 사회가 신분사회에서 경제사회로 전환되었기 때문이다.[5] 그는 경제사회에서 비로소 노력과 성실에 대한 응분의 대가를 획득할 수 있었다. 그것이 6년 전의 일이다.

이 소설의 현실은 1925년이고 따라서 6년 전이라 함은 1919년이 된다. 그때는 일반 경제계가 풍성하고 출판계도 활기가 넘쳤다(56쪽).[6] 이러한 현상은 당시 경제계나 문화계가 국가나 제도권의 간섭에서 비교적 자유로웠음을 의미한다. 번창하던 홍재훈의 사업이 기울기 시작하여 1925년에 완전히 파산한다. 이 소설은 그러므로 홍재훈 사업의

---

5) 임종국, 『한국 문학의 사회사』, 정음사, 1974, 60쪽.
6) 이하 본문 중 쪽수는 『호외시대』(문학과지성사, 1994)의 쪽수를 말함.

파산 후일담에 속한다고 할 수 있다.

다시 말해 그가 54세 되던 1919년까지는 노력하고 의도한 만큼은 결실이 맺히는 시기다. 비록 한때 가난과 시련으로 괴로워하고 몸부림쳤지만 그것은 장차의 삶을 윤택하게 한 밑거름이 된다. 그 가난과 시련은 미래의 꿈과 희망을 예비한 것이고 장래를 보장한다. 이 시기는 홍재훈이 외부세계에 순응하면 되고 또 다른 삶의 의미를 추구할 필요는 없는 상황이다.

하지만 1920년 이후 외부 상황이 변한다. 그의 어떠한 의지와 노력도 더 이상 반영되지 않는 시대가 닥친다. 외국의 대자본이 광범위하게 유입된 것이 주된 원인이다. 외국 자본이란 구체적 언급은 없지만 일본 자본을 일컬을 터이다.

> 특히 제1차 세계대전 중 전시 초과 이윤으로 비대하여진 일본 자본주의는 1920년 會社令 철폐로 일본 자본의 일부를 韓半島에 산업자본으로 끌어들임으로써 工業化를 촉진시켰다. 그리하여 1920년 이후의 공업은 급속도로 발전했으며 産業構造는 현대적 규모를 갖추기 시작했다.[7]

서해는 일제의 강압과 통제로 더 이상 개인의 의지나 능력이 허용되지 않는 시대, 일본 자본의 침투로 인한 국내 자본 시장이 재편성되는 시대, 국내 중소기업의 파산이 속출하는 시대가 1920년부터 시작된다고 본다. 이러한 서해의 시대 인식이 비교적 타당했음은 한국의 사회

---

7) 윤홍로, 『한국 근대소설 연구』, 일조각, 1981, 216쪽.

경제사에서 시대적 전환점이 이 무렵이라는, 이 방면 논자들의 공통된 주장에서도[8] 시사받을 수 있다. 서해는 같은 식민지 기간이지만 1920년부터의 시기가 이전보다 더욱 암울하고 참담했음을 인식한다. 이 같은 현실을 홍재훈 사업의 파산을 통하여 암시한다.

일본 자본의 침투로 야기된 결과에 서해가 관심을 둔 것은 기업의 파산보다도 개인의 파멸인 듯하다. 이 작품의 중요인물들인 홍재훈·홍찬형·양두환·이정애 등이 돈에 집착한 나머지 파멸에 이르는 과정에서 이를 짐작할 수 있다.

사업에 실패한 홍재훈을 위해 양두환은 은행에서 4만원을 횡령한다. 일찍이 양두환은 홍재훈의 은혜를 입은 바 있다. 그 돈은 화재로 인해 잿더미로 변하고 양심의 가책에 번민하던 양두환은 자수하기로 결심한다. 홍찬형은 양두환에게 정신적 감화를 입어 개과천선했던 터라 그를 대신하여 감옥에 간다. 감옥에서 병을 얻은 홍찬형은 죽게 되고, 그 충격에 홍재훈도 곧 죽는다.

이정애는 홍재훈이 설립한 학교를 재건시킬 목적으로 마음에도 없는 부자와 결혼한다. 모두 돈으로 야기된 사건이며 홍재훈의 사업이 번창했다면 발생하지 않았을 비극이다. 지식인으로 이성적 판단이 가능한 홍찬형과 양두환도 돈 앞에서는 이성을 잃거나 무력해지고 왜소해진다. 홍찬형은 돈을 건져야겠다는 일념으로 목숨을 돌보지 않고 불길 속에 뛰어들고, 양두환도 '불을 보는 그 순간 식구들의 생명보다 돈을 먼저 생각'한다. 이들의 평상시 논리는 돈보다 사람을 중시하고 인간의

---

8)　임헌영, 『한국 근대소설의 탐구』, 범우사, 1974, 27쪽.

필요함에 돈은 존재 가치가 있다는 것이다. 그러나 정작 사람과 돈이 동시에 위기에 처했을 때 그들은 돈의 안전을 우선한다.

돈에 대한 애착은 이들뿐만이 아닌 당시의 보편적 현상이었던 듯하다. '돈 있는 놈들은 첩 얻고 계집애들은 돈 있는 남자에게 첩으로 들어가는 사회'(508쪽) '황금이라 하면 한 몸의 영화를 꿈꾸고 물인지 불인지 헤아리지 않고 덤벙거리는 여성이 많은 이 세상'(556쪽)에서 이것은 확인된다.

이처럼 당시는 남녀노소의 구별 없이 돈에 의해 이성이 마비되고 왜소해지거나, 비도덕적이고 비윤리적인 행위도 감행된다. 인간의 본질적인 가치가 훼손된 타락한 시대, 위기의 시대가 아닐 수 없다. 일본 자본의 침투로 당시 우리 민족이 물질적으로는 물론 도덕적 · 윤리적으로도 철저히 파멸되었다고 진단한 것은 서해의 올바른 시대인식의 결과인 듯하다.

3. 혼란된 사회와 겨울의 현실

3-1. 소설과 사회의 관계 규명에서 소위 내용사회학파는 "소설은 사회를 반영한다" "소설은 사회의 거울이다"라는 단순 반영 이론을 내세운다. 이들의 주장은 사회 현상에 대한 작가의 선택이 조직적 · 보편적이지 못하고 한 부분에 치우칠 우려가 있으며, 사회적 현실을 작품에 그대로 재현하는 경우 그것은 작가의 창조력의 부재 혹은 문학적 환치에의 실패를 입증하는 것뿐이라는 한계를 지닌다. 골드만(L. Goldmann)으로 대표되는 발생론적 구조주의(genetic structuralism)파는 종내의 이

러한 주장을 극복하고 소설사회학(sociology of the novel)의 새로운 방향 전환을 꾀한다. 이들은 소설 작품이 집단의식의 단순한 반영이 아니라, 사회 구조와 소설 구조 사이에는 '동질성'이 있고 그렇기 때문에 '소설의 구조 분석을 통해서 사회의 구조 분석에 도달할 수 있'다고[9] 본다.

실제로 「춘향전」의 구조 분석을 통해서 나타난 이중적 성격, 즉 근대적 성격과 전근대적 성격은 곧 당대 사회의 이중적 성격에 상응하는 것임을 확인한 경우도 있다.[10] 그러나 사회적 현실은 언어매체로 말미암아 소설이란 공간 속에서 허구적 현실로 굴절·변모됨을 인식해야 한다. 이를 무시한 채 사회와 소설의 상동성(homology)을 문제 삼을 경우 자칫 내용 면에서의 그것을 발견하려는 속류사회학으로 전락할 위험이 있다. 소설에 표출된 사회의 모습은 실제 내용과는 매우 다른 상상적 내용일 수도 있으므로,[11] 소설사회학은 존재하고 있는 소설의 숨은 의미와 구조를 찾아내어 드러내는 것[12]이라고 할 수 있다.

『호외시대』의 구조와 당시 사회 구조와의 상동성은 어떠한 양상인지 구체적으로 살펴보자. 먼저 이 작품의 구조를 인물들의 이력 및 사건을 중심으로 살펴보되, 작품의 발단이 홍재훈의 파산에 있던 만큼 그의 이력부터 정리해 보자.

① 1866년 (1세) : 태어남.

---

9) 김치수, 『문학사회학을 위하여』, 문학과지성사, 1980, 260쪽.

10) 위의 책, 51쪽.

11) 구인환·구창환, 『신고 문학개론』, 삼지원, 1990, 194쪽.

12) 김치수, 위의 책, 17쪽.

② 1880년 (15세) : 서울로 감(서울서 갖가지 궂은 일을 하다가 이대 감댁 구종 노릇을 함).

③ 1902년 (37세) : 속량되어 자립했으나 여전히 인력거를 끌며 돈을 모음.

④ 1917년 (52세) : 인력거 끌기를 그만둠.

⑤ 1918년 (53세) : 반도인쇄사와 학교 경영 시작.

⑥ 1919년 (54세) : 사업이 크게 번성함.

⑦ 1920년 (55세) : 가을부터 사업이 기울기 시작함.

⑧ 1921년 (56세) : 4, 5월부터 신문사에 손을 댐.

⑨ 1922년 (57세) : 정초부터 부도나고 학교마저 넘어가게 됨.

⑩ 1924년 (59세) : 겨울부터 사업이 재기불능 상태에 빠짐.

⑪ 1925년 (60세) : 빚쟁이로부터 시달리기 시작함. 이후 구멍가게를 운영함.

이 연보는 "나이로 말하면 육십 노인이었으나 혈색이라든지 피부로 말하면 삼사십 뒤 중년으로도 오히려 못 따를 만치 좋아 보였다."(114 쪽)"에서 밝혀진 대로 홍재훈이 1925년 현재 60세임을 전제로 구성해 본 것이다. 하지만 "홍재훈은 삼십년 전에 일본 사람의 짐을 지고 타 박타박 서울을 찾아들었다."(59쪽)를 기준으로 연보를 작성하면 그는 1925년 현재 51세가 된다. 홍재훈이 서울로 간 것이 15세 때이고(58 쪽), 그 후 30년이 지나면 45세가 되는데, 이때 그는 반도인쇄사의 경 영을 시작하기 때문이다. 또 '혈혈 고아로 온갖 풍진을 다 겪고 칠십 년 이나 끌어오던 그의 목숨'(537쪽)이라는 구절을 기준으로 하면 70세가 된다. 홍재훈이 현재 60세가 되었다가 51세도 되고 70세도 되는 등 혼선되어 있다.

이러한 혼란은 여러 곳에서 발견된다. 양두환이 초가을(9월 24일)에 대구에서 상경하여 이사한 사실을 알고 그 시기를 묻자(24쪽) 홍재훈은 '전 달 초생'이라며 8월 초순을 말하고, 홍재훈의 아내는 '6월 30일'쯤이라고 한다. 이사 날짜를 홍재훈 부부는 한 달 이상의 차이를 보인다. 대구에 내려갔던 양두환이 서울에 왔다 갔을 때 작중화자는 "지나간 구월 그믐 어떤 토요일 날 아침 차로 서울에 왔던 두환이가 이튿날 밤차로 도로 대구를 향하여 떠나간 것은 아직도 독자 여러분의 기억에 새로울 것이다."(264쪽)라고 상경 일자를 9월 30일로 전한다.

양두환이 서울에 왔다 간 일주일 뒤 홍찬형과 이정애가 의정부 운동회에 다녀오고(139쪽), 한 달 뒤인 11월 초이튿날에는 학교가 폐쇄된(143쪽) 사실을 바탕으로 정리하면, 양두환의 상경 일자는 9월 24일이 된다. 이 사실을 양두환은 1927년 여름 홍경애의 죽음을 확인하기 위한 진주행 열차 속에서 두 번씩(608쪽, 609쪽)이나 '3년 전 이른 가을'에 상경했다고 회상한다. 2년이 채 되지 않았는데 3년 전이라고 한 것이다.

양두환이 삼성은행에서 4만원을 횡령하러 이리를 거쳐 상경한 경우도 혼란스럽기는 마찬가지이다. '이리하여 그는 상경까지는 무사히 하였다. 이날은 일천 구백 이십 오년 십이월 열 아흐렛날(토요일)이니'(334쪽), 양두환이 서울 도착한 날은 1925년 12월 19일이다. 그러나 "대구에 내려갔던 두환은 넉 달 만에 다시 서울 땅을 밟게 되었다."(264쪽)로 미루어 보면 1926년 1월 24일 상경한 셈이다. 그는 지난해 9월

24일 내려갔기 때문이다. 이 사실을 두고 다른 두 곳(392쪽, 431쪽)에서는 '섣달 그믐날' 상경했다고 적고 있다.

홍찬형이 철창에 들어간 시기도 두 곳에서 약 2개월의 차이를 보인다. 이처럼 정확한 사건 일지를 구성할 수 없게 하는 혼란된 작품 구조는 무엇을 의미하는 것일까. 이것은 곧 혼돈되고 혼란된 당시 사회의 모습이 반영된 것이다. 혼란된 당시의 현실은 이처럼 숨겨진 작품 구조 속에서 찾아질 수 있으므로 작품 구조와 사회 구조는 상동성을 이루는 것이다. 서해는 이뿐만 아니라 직접 당시 현실의 혼란상을 폭로하는 데 주저하지 않는다.

> ① 두환은 나날이 전하는 그들의 소문을 귀가 아프도록 들었다. 그는 사건의 내용과는 천리 만리나 틀리는 그 소문을 듣는 때마다 어이없는 코웃음을 치지 아니치 못하면서도…… (387쪽)
> ② 한편으로는 신문에서 바로 홍찬형의 뱃속에나 들어갔다 나온 듯이 없는 사실, 있는 사실을 보도하여 이야기꺼리를 전파하는 동시에… (450쪽)
> ③ 여기저기서 얼어 죽은 시체가 났다고 벌써부터 신문은 소문을 퍼쳤다. (481쪽)
> ④ ……남의 말이라고 하면 바늘 같은 것이라도 홍두께같이 전하는 세상의 풍문 (500쪽)
> ⑤ 신문에는 유서를 품에 품고 바다에 몸을 던졌다고 보도하였지만 실상은 그런 것이 아니었다. (611쪽)

①은 홍찬형이 감옥에 갇힌 뒤 헛된 소문이 자자함을 양두환이 비웃는 대목이다. 수사당국은 진범을 밝혀내지 못하고 세상에는 사실과 유리된 소문만 무성하게 전파된다. 작품이 끝날 때까지 진범이 밝혀지지

않는 것도 진실이 얼마든지 왜곡될 수 있는 사회라는 것을 암시한다. ②는 ③⑤와 더불어 공공 언론 매체의 보도가 왜곡되었음을 전해준다. 특히 신문 보도에 대해 화자가 매우 부정적이고 민감한 반응을 보이는데, 이는 서해가 신문 기자로서 당시 신문의 왜곡 보도를 생생하게 체험한 결과로 보인다.

④는 헛소문이 과대 포장되어 유포됨이 당시의 일반적인 현황이었음을 말해준다. 항간이나 신문에서 유포되는 유언비어(rumors)는 정보의 단순한 왜곡적 차원에서 다루어져서는 안 되며 불투명한 상황에 대해 정의를 내리려는 집단적 노력의 결과로 보아야 한다. 이것은 정보의 근원이 차단되고 공식적인 정보가 신뢰성을 잃었을 때에 발생하며, 상황이 불투명한 사회에 항상 있게 마련이다.[13] 사회 혼란의 또 다른 양상이다.

불투명한 사회는 익명성의 사회와도 무관하지 않다. 양두환이 한때나마 홍찬형에게 온갖 모욕과 조소를 당할 때 '큰 목적'을 가졌으니 사소한 일에 집착하지 말자고 한(91쪽) 적이 있다. 그것이 무엇인지 알 수 없다. 양두한이 은행 횡령을 도모하면서 함께 일할 적임자로 떠올린 정 군도 과거에 어떤 일을 했으며, 왜 지금은 감옥에 있는지 알 길이 없다(267쪽). 이정애의 아버지도 명망 있던 사나이로서 '큰 뜻을 품고 그것을 실현하려다가 뜻을 이루지 못하고 비명에 횡사한 사람이었'(461쪽)는데, 그의 큰 뜻과 횡사의 원인이 무엇인지 알 수 없다.

홍경애를 죽인 '어떤 검은 그림자'(620쪽)도 정체를 알 수 없기는 마

---

13) 권태환 외, 『사회학 개론』, 서울대학교 출판부, 1981, 255쪽.

최서해의 삶과 문학 연구

찬가지이다. 자본금 2천만원을 자랑하는 삼성은행이지만 외부에 알려지지 않은 '남모를 설움'(35쪽) 때문에 어려움을 겪는데, 거기에는 '깊은 이유'(36쪽)가 내재해 있다. '남모를 설움'이나 '깊은 이유'도 끝내 밝혀지지 않는다. 진실과 사실을 은폐할 수밖에 없는 사회는 그만큼 허위와 날조가 기승을 부리므로, 역시 혼미하고 혼란하기는 마찬가지이다.

이러한 현실의 반영은 여러 번 반복되는 '어떻게'라는 단어를 통해서도 확인된다. '어떻게'는 꼭 집어서 말하기 어려워 막연할 때 쓰인다. ① 그러나 어떻게 보내나?(473쪽) ② 어떠세요? 늘 와 뵙는다구 하면서두……(476쪽) ③ 보석운동은 어떻게 되었어요?(485쪽) 몇 쪽에서 임의로 뽑아본 이 같은 유형의 의문사를 동반한 '어떻게'의 쓰임이 '꼭 집어서 말하기 어려운' 상황을 만들면서, 당시 사회의 불투명함과 혼란을 그대로 반영하고 있다.

3-2. 이 소설의 자연적 배경 또한 당시 사회 구조의 또 다른 면과 상동성을 이룬다. 이 소설의 시대적 배경은 1925년 초가을부터 1927년 여름까지이다. 회상 장면이나 홍재훈의 탄생까지 염두에 두면 1886년까지도 거슬러 올라 갈 수 있다. 그러나 소설의 근간이 홍재훈과 양두환이 각각 관계된 사건에 있으니만큼 1919년부터 1925년 가을까지와, 1925년 가을부터 1927년 여름까지의 두 부분으로 나누어 생각해 볼 수 있다. 소제목을 중심으로 이를 세분하면 다음과 같다.

① '그날'부터 '검은 구름'까지 : 1925년 초가을

② '행운'부터 '결심'까지 : 1919년 늦은 봄 → 1925년 초가을

③ '폐교'부터 '일을 위하여'까지 : 1925년 10월 → 1926년 2월

④ '외로운 그림자'부터 '희생된 그들'까지 : 1926년 10월 → 1926년 12월

⑤ '거미줄'부터 '고독'까지 : 1927년 여름

사건이 ②는 홍재훈을 중심으로 전개되며 ①③④⑤는 양두환을 중심으로 전개된다. 전자가 이 소설의 주된 사건의 원인에 해당한다면 후자는 그 결과에 해당할 수 있다. 그 사이 4계절의 순환이 몇 번 반복되었음에도 불구하고 봄·여름은 거의 배제된 채 가을·겨울이 주된 배경을 이룬다. 소설의 끝 부분('거미줄' '고독')에서만 잠깐 여름이지만 무시해도 될 정도이다. 가을의 장면도 실제의 느낌과 분위기는 겨울과 차이가 없다. 따라서 이 소설의 배경은 전반적으로 겨울이라고 해도 무방하다.

① 새벽비 개인 뒤 유리알같이 맑은 초가을 하늘로 흘러내리는 쌀쌀한 바람에 찬 기운이 싸르르 몸에 스며들든 수원역 (11쪽)

② 찬 기운이 넘치는 실내에 들어선 학부형들은 서로 얼굴을 바라보면서 낯설은 집에 처음 들온 것처럼 앉을 자리를 몰라하였다. … (중략)… "그날 대단히 쌀쌀한데!" (149쪽)

③ 그 봄도 지나고 그 여름도 지나갔다. 아침저녁 산들산들한 바람은 겹옷을 재촉하는 가을이 되었다. 찬형을 철창으로 보낸 지도 벌써 팔삭이 되었다. (452쪽)

①은 9월임에도 '쌀쌀한 바람' '찬 기운이 싸르르' 등이 암시하듯 겨

울의 느낌이다. ②는 홍재훈이 폐교를 선언한 날이 11월 2일임에도 한겨울의 느낌을 주며, 폐교라는 사건과 맞물려 스산함을 더한다. ③은 세월의 흐름을 보여주는 대목으로 지금까지 비교적 느리게 전개되던 스토리가 두 계절이나 지나쳐서 가을을 배경으로 한다. 작가가 의도적으로 봄·여름의 배경을 배제한 인상이다.

가을과 겨울의 배경에 눈과 비를 동반한 것도 주목을 요한다. 홍재훈이 태어나던 순간과(56쪽), 홍재훈과 양두환이 처음 만나던 날(65쪽), 홍경애가 바다에 몸을 던질 때(610쪽), 홍경애가 김준원의 수욕에 희생되던 날(613쪽), 양두환이 은행에서 횡령하기 위해 암호를 알아낸 날도 비가 내린다(292쪽). 여기서의 비는 만물에 활력을 부여하고 삶에 생동감을 불어넣는 것과 거리가 멀다. 절망과 비애, 우수와 죽음에 연관되어 있다.

강순철이 교통사고로 죽은 때는 눈이 푸실푸실 날리고(179쪽), 홍찬형이 홍경애를 찾아 인천으로 갈 때(251~252쪽)와 양두환이 이리에서 범행 후 상경 중에는 많은 눈이 내린다(331~335쪽). 양두환이 범행에 성공한 뒤 서울에 도착한 날도(259쪽), 홍찬형이 병보석으로 감옥에서 나올 때도 눈이 내리고, 홍찬형이 죽던 날은 눈이 많이 쌓여 있는 상태다(526쪽). 눈 내리는 정경도 낭만적이거나 정감 어려 있지 못하다. 절망과 고난, 불길의 이미지로 사용되고 있다.

양두환이 자신의 삶을 돌아보며 회한에 젖어 "한평생에 맑은 날을 못 보는구나."(293쪽) 하는 탄식은 굳이 기상조건으로서의 날씨가 나쁨만을 가리키지 않는다. 희망과 전망이 차단되고 절망과 우울 뿐인 삶을 객관적 상관물로 표출한 것이다.

사건 전개상 결정적인 순간이나 중요한 계기에 추운 겨울을 배경으로 하고, 비와 눈을 장치한 구조는 당시 현실이 암울함을 암시한다. 이것은 당시의 사회상을 겨울로 바라본 작가의식으로부터 비롯한다. 겨울은 죽음과 동결, 폐쇄와 어둠을 상징하며, 시련과 고통, 고난과 횡포를 암시하기 때문이다.

원인이야 어떻든 작중인물들이 애정을 상실함도 살벌하고 삭막한 당시 현실의 반영으로 볼 수 있다. 양두환은 조실부모하고 누님과는 어려서 갈렸으며, 아내와 어린 것도 몇 해 전에 죽는다. 부모와 처자식과의 기본적인 사랑마저 상실한 상태이다. 홍경순과의 마음속 사랑도 갑작스런 그녀의 죽음으로 결실을 맺지 못한다. 유숙경과는 은근한 사랑의 감정이 없지 않지만 그 이상의 진전은 없다.

유숙경은 유부녀라서 어쩔 수 없다고 하지만 기생인 홍련과의 관계도 예외는 아니다. 홍련에게는 사랑의 감정이 있으면서 끝까지 고백하지 못한다. 홍경애 · 이정애와도 얼마간 애정관계를 유지할 수 있었을 텐데 결과는 무위로 끝난다. 홍찬형은 아내에게 애정이 없어 미워하고 이혼하기를 원한다. 아내의 갸륵한 마음씨에 자책과 동정심이 일기는 하지만 애정은 생기지 않는다. 이 소설 중 가장 농도 짙게 애정관계를 유지한 경우라면 홍찬형과 이정애일 텐데, 이들의 사랑마저도 겨우 변죽을 울리고 만다.

이 외에 허성찬과 이정애, 홍경애와 김홍준 등이 남녀의 관계로서 연관되어 있지만, 애정이 없는 억지 상태이거나 일방적인 배신으로 끝난다. 애정이 없는 인물들은 외롭고 쓸쓸한 삶을 영위할 뿐이다.

이들은 끊임없이 갈등을 일으키며 정신적 · 육체적으로 방황할 수밖에 없다. 홍경애는 김홍준의 꾐에 빠져 서울을 떠나 수원에 잠시 머문다. 그 후 창녀가 되어 전주·인천·광주·군산·부산(동래)을 거쳐 통영에 이르러 자살한다. 홍련은 대구를 시작으로 진주·마산을 거쳐 이곳저곳을 떠돌아다니다 광주에 머물다 부산(동래)까지 이른다. 모두 육체적 방황의 예에 속할 것이다.

이에 비해 홍찬형은 '안동 네거리로 빠져 종로 네거리까지 걸어나온 그는 한참 주저하다가 동대문행 전차를 타고'(243쪽) 간다. 정애는 '바로 갈 데나 있는 듯이 나서기는 하였으나 대문 밖에 나서니 갈 데가 없었다. 한참 망설이다가'(226쪽) 하는 수 없이 친구의 집을 찾아 나선다. 정신적 방황의 예라 할 수 있다. 젊은이들이 한결같이 애정을 상실하고 육체적·정신적으로 방황하는 현실은 삭막하고 황량하며 절망적인 당시 사회 상황을 또 다른 모습으로 표현한 것이다. 양두환과 홍찬형을 비롯한 젊은 남성 인물들이 자주 술을 마시는 것도, 이들이 술에 도취되어 괴로움을 망각하고 현실 도피를 꾀하려는 경향을 보인 것으로, 당시가 암담한 상황임을 반영해 준다.

4. 우민화 교육의 극복

여기서 서해는 혼란하고 삭막한 사회에서 우리 민족이 나아갈 길이란 일제의 식민지화·우민화 교육을 극복한 야학 교육뿐이라고 주장한다. 이 점을 좀 더 자세히 살펴보자. 홍재훈이 인쇄업과 동시에 학교 경영을 시작했음은 이미 지적한 바와 같다. 그는 개교식 날 학부형들에게 학교 설립의 취지와 학교 경영에 대한 소신을 피력한다(61쪽). 이를 요약하면, 첫째, 가난한 집 자제를 위해 학교를 세웠다는 것, 둘째, 밤이나 낮이나 틈 있는 때 누구나 학교에 와서 공부하라는 것, 셋째, 자신은 삶의 터전이 없어지더라도 학교를 경영하겠다는 것, 넷째, 학생들의 장래가 빛나고 행복하기를 염원한다는 것 등이다. 언뜻 그는 희생정신이 강한 육영 사업가로 봉사정신이 투철한 교육자이며 교육에 대한 집착이 강렬한 것처럼 보인다. '지금 세상은 알아야 훌륭한 사람이 되지, 모르면 살 수 없는 세상'(146쪽)이오, "아무쪼록 부모 되시는 분들은 배를 주리시고 헐벗더라도 전정이 만리같은 자제 교육을 잊지 말어 주십시오."(146쪽)라고 말하는 것도 이를 입증해 준다.

그렇다면 과연 당시에 교육이 이토록 절실했고, 꼭 배워야만 살 수 있으며 배를 주리면서까지 교육해야만 했던가. 대답에 앞서 홍재훈의 면모를 살펴볼 필요가 있다. 그는 찬형이 '좀 더 지위도 있고 학식도 비범한 사람과 접촉치 않고 자기가 부리는 가운데서도 가장 미미한 두환이와 접촉하는 것'(74쪽)을 섭섭해 하면서도 든든하게 생각한다. 양두환이 지위와 학식이 없어 섭섭한 것이고, 부랑자들보다는 그래도 낫다고 생각되어 든든한 것이다. 이것은 홍재훈이 인품이나 인격보다는 지위나 학식으로 인간을 평가함을 의미한다. 그는 '돈을 만져야 일이 되고 일이 돼야 돈두 생기는 것'(78쪽)이라고 주장한다. 사람은 출세해야 하는데 그 수단이 돈이라고 본다. 양두환을 상업학교에 입학시키고 장사 방면으로 진출하기를 권하는 것도(78쪽), 먼저 돈을 번 후에 이를 바탕으로 출세하라는 것이다.

홍재훈이 말하는 출세란 학식과 지위가 높은 사람, 곧 고등교육을 받고 관리나 위정자가 되는 것이다. 그의 교육관이 민족의식과는 무관함

최서해의 삶과 문학 연구

을 알 수 있다. 경순과 경애를 정규 학교에 보내고 찬형을 동경 유학까지 시킨 것도 민족의식에서 연유한 것 같지는 않다.

따라서 그가 학교를 세운 것은 가난하여 못 배운 아이들을 출세시키려는 의도가 고작이었고, 이것은 단지 그의 못 배운 한풀이에 지나지 않았다고 할 수 있다. 그가 세운 학교도 어쨌든 당시 제도권 안에서 일제의 지침에 그대로 따랐을 것이라는 추측은 가능하다. 학교는 비록 동대문 밖 서편 산 밑에 목제 단층 건물로 되어 있지만, 그리 좁지 않은 교정에(29쪽) 200여 명의 재학생이 있고(61쪽), 상당한 유자격자인 4명의 교사까지 확보하고(229쪽), 교과목에 대해 자세히는 알 수 없지만 체조와 창가 과목도 있는 것으로 보아(31쪽) 정규 사립학교로 봄이 타당하다.

이미 밝힌 홍재훈의 학교 설립 취지와 학교의 실제 운영은 거리가 있는 것처럼 보인다. 이 학교에서 행해지는 교육이 '절름발이 교육이거나 왜곡된 교육'으로, "식민지 사태의 진원을 정확하게 보는 것을 오히려 막으며 공부해서 출세해야 한다는 환상만으로 그 질곡 상태를 견디게 만든다"[14]는 생각을 갖게 하는 이유도 여기에 있다. 홍재훈이 인쇄업이 망하자 그렇게 집착하던 교육 사업마저 쉽게 포기하는 것도 이를 말해준다.

홍재훈이 설립한 학교가 문을 닫게 된 그해(1925년) 섣달 그믐부터, 홍찬형과 이정애가 안자작의 별장 한 칸을 세 없이 얻어 야학을 설립한다. 이 야학은 오후 8시 30분에 수업이 시작되고, 하루 3시간 수업이

---

14) 김현, 『문학사회학』, 민음사, 1991, 171쪽.

고작이며, 홍재훈이 세운 학교에 비해 교육 환경도 훨씬 열악하다.

> ① 말이 학교이지 모든 것은 옛날 글방 같았다. 걸상이며 책상이 있을
> 리가 없었다. 조각보 모양으로 군데군데 빈틈없이 기운 장판 방에
> 그대로 앉게 되었다. 북편 벽에 옛날 쓰던 칠판을 갖다 걸고 그 앞
> 에 칠이 벗어지고 한 귀퉁이가 상한 헌 책상 하나를 갖다 놓았다.
> (420쪽)
> ② 찬형과 정애는 한 교실에서 반을 갈라 가지고 가르치기에 분주하
> 였다. 한쪽에서는 질문, 한쪽에서는 대답, 한쪽에서는 커다란 소
> 리로 글을 읽노라고 어느 것이 누구의 소리인지 알아듣기 어렵도
> 록 수선스럽던 교실…… (423쪽)

이 야학에는 29명의 학생에 20세가 넘는 청년과 가정부인도 몇 사람
있다. 모두 30~40전의 월사금도 못 낼 형편인 빈한한 계급의 자식들이
모인다. 하지만 홍재훈이 설립한 학교보다 바람직한 교육을 한다. 원래
야학은 비정규적 교육 기관으로 주로 민간 단체나 학생 등이 근로 청소
년이나 정규 교육을 받지 못한 성인을 대상으로 운영한다. 민족실력양
성운동 혹은 애국계몽운동의 성격으로 설립되었기 때문이다.[15] 따라서
그 설립자나 경영자들은 민족의식이 강하다.

여기서 홍찬형이나 이정애, 조금 나중에 가담한 양두환 등 야학 설립
자와 경영자의 민족의식이 구체적으로 나타나 있지 않은 것은, 아마도
당시의 검열을 의식한 까닭일 것이다. 이 야학에 대해 비방과 간섭이
없지 않다. 비방이란 일부 몰지각한 학부모들이 야학이 기대에 미치지

---

15) 정신문화연구원 편,『한국민족문화 대백과사전』14권, 1991, 632~633쪽 참조.

못한다고 불평하는 것이다. 간섭은 일제의 횡포에 대한 다른 표현이다. 이 무렵 일제는 관립의 경우 외에는 불법 혹은 무인가라 하여 수시로 중지시키거나, 폐쇄 명령을 내리는 등 온갖 방법으로 야학을 탄압한다. 이런 사실을 검열 때문에 간접적으로 표현한 듯하다. 이처럼 많은 어려움에도 불구하고 야학 운영을 생의 궁극적 목표로 하고 집착하는 모습에서 이들의 민족의식을 읽을 수 있다.

서해의 교육에 대한 관심은 이미 「폭풍우시대」에서 민족 교육이 독립운동의 한 방편임을 암시하는 것으로 표출된 적이 있다. 『호외시대』에서 다시 식민지하 우리 교육을 문제 삼는데 정규 학교보다는 야학에서 그 바람직함을 발견한다. 정규 교육에 대한 거부감이 정규 학교 교사에 연결되는 것은 자연스럽다. 그 때문에 김정자와 방선생 등 정규 학교 교사들은 부정적 모습이다. 이들은 제자들을 감언이설로 꾀어 남의 첩으로 만드는 데 주동적 역할을 한다. 특히 김정자는 처자식이 있는 남편의 친구와 정을 통하는 등 도덕적·윤리적 타락의 화신으로 그려져 있다. 김정자의 이중적 모습은, 현진건이 「B사감과 러브레터」에서 B사감을 희화화시킴으로 식민지 교육을 암시적으로 비판한 것과 동일 수법이라 할 수 있다.

양두환이 야학 교사로 참여한 것은 홍찬형의 구속으로 인한 자리 메움의 의미가 크다. 진정한 교육적 사명과는 거리가 있다. 단지 홍재훈·홍찬형·이정애 등이 "그립고 사랑스러울수록 그들이 위하고 사랑하던 야학생들을 위해야 한다."는 생각이다(538쪽). 생전의 그들과 끈끈한 인정으로 묶여 있던 양두환으로서는 당연한 일이다.

하지만 그는 일찍이 이 땅의 교육이 바람직하지 못함을 지적한 적이 있다. 홍경애를 타락시킨 요인 중에 비현실적 교육도 포함된다는 판단은 식민지 교육을 비판적으로 인식한 결과이다. 정으로 맺어졌던 사람들에 대한 도덕적 책임과 당시의 교육에 대한 비판적 인식에서 시작한 야학을 통해서, 그는 진정한 교육의 의미와 이념을 깨닫는다.

그는 야학에서 '가갸거겨나 1234를 가르치는 것이 문제가 아니'고 "사람이 사람을 가르치는 것이 문제다."(597쪽)라고 주장한다. 그 의미가 다소 막연하지만 평소 그의 사상에서 그 실체를 추론해 낼 수 있다. 그는 부처의 진리를 체득했더라도 산중에 있으면 뭐하겠느냐고 비난하고, 절이나 수도원에서의 독선 생활보다 '현실의 세상에서 실인간의 이상을 가지고 싸우는 것이 괴로워도 더욱 유리하고 또 유쾌하기도 할 것'(47쪽)이라고 한다. 그가 여승을 불쾌해 하는 것은(48쪽) 세상을 아랑곳하지 않는 고립된 존재인 까닭이다. 홍재훈이 시켜 준 상업 학교 교육에 대해서도 개인의 영달을 위한 것이기 때문에 불만이다(79쪽).

이로 볼 때 양두환은 사회 봉사와 사회 개혁에 뜻을 둔 인물이다. 그는 홍찬형의 집으로 오기 전에 고학생, 공장 직공, 실직자들이 모여서 조직한 삼우회에 가담하였고(80쪽) '우리의 행복과 만족을 희생하더라도 전사회의 행복과 만족을 위해야 할 것'(188쪽)이라고 주장한 적도 있다. 야학의 교사로서 자신의 사상과 이념을 성취하기로 작정한다.

남의 돈을 횡령하여 학교를 살린다는 활빈당식 의협 논리로는 한때나마 홍재훈을 비롯한 몇몇 사람은 만족시킬 수 있다. 하지만 당시 사회의 구조적 모순을 해결할 수는 없다. 이 야학에의 종사야말로 일시적이고 즉흥적인 현실 대응이 아니다. 긴 모색과 방황, 시행 착오 끝에 도달한 길이다. 그가 야학생도들에게 그윽한 법열을 느끼고 깊은 충동을 받은 이유가 여기에 있다.

> 야학생도들의 그림자가 떠올랐다. '오오 위대한 자취다! 이 목숨도
> 그들을 위하여 바쳐야 한다!' 두환은 붉은 석양에 물들은 천지를 휘둘
> 러 보며 긴 한숨을 쉬었다. 바로 목전의 새로운 천지가 열릴 듯이 슬
> 픈 중에도 그윽한 법열과 충동을 받았다. (636쪽)

서해는 우민화나 식민지화를 극복한 참된 교육을 주장한다. 홍재훈
이 설립한 학교를 폐쇄하고 양두환의 최종 귀착점을 야학으로 정함으
로 이 점을 암시해 주었다고 할 수 있다.

5. 맺음말

『호외시대』는 느슨하고 지리한 느낌을 주는 사건 전개와 긴요하지도
않은 대화의 남용이 없지 않다. 탄탄한 짜임새나 팽팽한 긴박감이 결여
된 문제점도 보인다. 신문 연재를 염두에 둔 부득이한 처사였는지 모른
다. 중요한 사건을 자주 예시(豫示)하여 긴장미를 감소시키는 것도 약점
으로 작용한다.

홍경순의 죽음을 예견시켜 주는 양두환의 꿈(92~93쪽), 4만원이 불
타버린 화재 사건을 암시하는 양두환의 예감(348쪽), 이정애의 앞날에
검은 그림자를 예고한 김정자가 놓고 간 50원이 든 봉투(473쪽), 홍찬
형의 죽음에 대한 양두환의 예측(514쪽) 등이 대표적인 예이다. 중요사
건의 예시 외에 홍경애의 자살을 확인한 양두환이 부산에 들러 벌이는
유흥판(627~631쪽)도 납득하기 어렵다.

한편 서해는 이 작품에서 기존의 어느 소설보다 인생과 사회에 대한 깊고 넓은 통찰력을 보여준다. 장편소설이란 인생과 사회에 대한 종합적이고 총체적인 묘사로 이루어진다는 것을 염두에 둔 듯하다. 여기서 아버지(홍재훈)의 역할은 매우 중요하다. 비록 바람직한 교육에 대한 인식은 부족했지만 전반적으로 긍정적 인물로 등장한다. 그는 역경을 딛고 자수성가하여 사업가가 되고, 시류에 밀려 파산했으면서도 좌절하지 않고 꿋꿋이 살아간다. 예의와 법도를 알고 선량하며 인정도 많다.

이전 발표작에 비해 특색 있는 부분은 '교육을 받은 인물'을 들 수 있다. 젊은이들은 대부분 중등학교 이상의 교육을 받은 인물이다. 이전의 작품과 달라진 어머니 모습도 특색이다. 어머니는 남편한테 순종만 하지 않는다. 홍경순의 입원을 한사코 반대하며 뭇구리로 병을 고치려 든다. 홍경애의 가출에 대한 홍재훈의 힐난에 자식 교육은 에미에게만 국한된 것이 아니라고 당당히 주장하기도 한다. 전형적인 한국의 여성상으로 아들과 며느리에게 헌신적이던 어머니상과 차이가 있다.

남편이 아내를 대하는 태도에서도 이전 작품과 차이를 보인다. 아내는 홍찬형을 따르나 홍찬형은 구식 여성이라고 배척한다. 홍경순·홍경애를 포함한 이정애·유숙경·홍련·김정자 등 여성의 역할이 두드러진 것도 특이하다. 신여성도 획일적이지 않다. 홍경애는 부정적 모습이지만 유숙경은 긍정적인 모습이다.『호외시대』에 이르러 서해의 여성관이 변모함을 볼 수 있다.

서해의 단편소설은「박돌의 죽음」「기아와 살육」등의 계열과「십삼원」「동대문」등의 경향으로 구분된다. 전자가 사회적 문제에 경도되었다면 후자는 개인적 사건에 치중한 것이 사실이다. 이에 비해『호외시

최서해의 삶과 문학 연구

대』는 사회적 상황과 개인적 문제 모두에 관심과 비중을 둠으로써 단편소설의 한계를 극복하고 있다. 따라서 이 작품은 서해의 작가적 면모와 특색을 함께 보여주었다고 할 수 있다. 서해 연구에서 이 소설을 제외시킬 수 없는 까닭이 여기에 있다.

『호외시대』에서 서해는 1920년대 일제의 자본 침투로 한국의 산업이 파멸할 수밖에 없으며, 금전만능주의가 팽배하여 돈이 인간의 가치를 훼손시키는 위기의 시대, 호외의 시대가 도래했다고 주장한다. 서해는 이러한 당시의 현실상을 혼란되고 혼돈된 작품 구조와 살벌하고 삭막한 겨울 이미지로 형상화한다. 여기서 그치지 않고 자아와 세계의 갈등을 극복한 주인공의 최종 귀착점을 일제의 식민지화·우민화 책동을 극복한 야학 교육에 둠으로써 우리 민족이 지향할 진로도 제시해 준다.

야학과 관련할 때 이 소설은 이광수의『흙』(1932), 이기영의『고향』(1933), 이태준의『제2의 운명』(1934), 심훈의『상록수』(1935) 등에 어떤 의미로든 영향을 미쳤을 것 같다. 이들 작품들이 농촌계몽적 측면을 가진 데 비해『호외시대』는 도시계몽적 면모를 보임으로써, 도시 역시 식민지 시대는 예외 없이 암울했음을 증언해 준다. 이를 바탕으로 서해는 이 소설에서도, 식민지 시대의 어둡고 답답한 세계를 그대로 그려내야 한다는 어려운 임무를 맡아서, 그것을 성공적으로 수행한 작가의[16] 면모를 보여준다. 이러한 점에서 이 소설은 한국 근대소설사에서 결코 소홀히 할 수 없는 위치에 놓인다고 하겠다.

---

16) 김윤식·김현,『한국문학사』, 민음사, 1973, 153쪽.

제8장

소설 이외의 작품

제8장 소설 이외의 작품

1. 머리말

서해는 정규 교육을 받지 못하고 문학 공부도 체계적으로 하지 않았지만 치열한 작가정신으로 창작에 임하였다. 그 결과 1920년대 현실을 충실히 작품화하여 한국 현대문학사에서 주요한 위치를 차지하게 되었다. 논자들이 앞다투어 그와 그의 작품을 고찰하고 그 결과물이 석·박사학위 논문을 포함하여 기백 편에 이르게 된 까닭이 여기에 있다.

그런데 그 논의가 대부분 소설에 치우치고 다른 장르에 대해서는 전무하다시피한 형편이다. 주지하다시피 당시의 작가들은 여러 장르에 걸쳐 창작 활동을 하였다. 서해 역시 예외는 아니어서, 시·소설·수필·평론은 물론이요, 시조·동화·번역 분야에도 참여하였다.

서해의 생애와 작품에 대해 누구보다도 많은 관심을 가진 김기현은 ㉮ 작품 연보의 정확한 작성 ㉯ 전기적 고찰 ㉰ 1920년대 국내 작가와의 대비적 고찰 ㉱ 일본 내지 서구 작가들과의 비교문학적 고찰 ㉲ 한국 근대소설사 내지 문학사에 기여한 업적의 구명 등과 같은 측면에서 연구가 이루어져야 한다고 주장한다. 이 중에서 주목을 요하는 것은 ㉠ 항인데 김기현은 이를 다섯 가지로 세분하고 있다. 고찰되어야 할 이 세목들은 총체적인 서해 문학 연구를 위해 매우 타당한 듯하다.

① 습작기의 작품들 ─『學之光』과『北鮮日日新聞』및『東亞日報』에 투고한 詩文들.
② 단편소설「土血」에서 장편『號外時代』에 이르는 50여편의 창작들 (서지적 · 연대적 및 구조적 고찰)
③ 各紙 · 誌에 발표된 40여 편의 수필과 4~5편의 시편.
④『朝鮮文壇』『東亞日報』『現代評論』등에 발표한 문학론을 비롯한 평론류.
⑤ 번역 작품 및 외국 문학의 수용.
⑥ 위의 사항들을 통해 본 서해 문학의 특질.[1]

기존의 서해 문학에 대한 고찰은 주로 ②에만 치우쳤고 그를 토대로 ⑥의 결론을 이끌어 냈다고 하겠다. 나머지는 한두 편의 고찰 아니면 전혀 언급되지 않은 실정이다. 이 책에서는 ①③④⑤에 중점을 두고 살펴보려 하지만, 몇 부분(특히 시)에서 텍스트 확보가 완벽하게 이루어지지 않아 한계가 있음을 시인할 수밖에 없다.

한 작가를 연구하면서 그 자료가 되는 그의 글을 빼놓을 수는 없다. 이 경우 문학적인 가치가 다소 떨어지는 작품은 물론이고 그가 남긴 어떤 글도 포함되어야 함은 말할 것도 없다. 이것들 모두가 그의 작품 이

---

1)   김기현, 「최서해 연구사 개관」, 『우리문학』 5집, 1985, 5쪽.

해나 연구를 위해서는 필요하기 때문이다. 더구나 수필이나 평론은 대체로 진솔한 자신의 체험이나 문학관을 피력하고 있으므로, 다른 장르의 작품을 이해하는 데 크게 도움이 될 수 있다. 따라서 서해의 인간과 문학을 총체적으로 점검하기 위한 전 단계로 이러한 연구는 필요한 것이고, 본 연구는 이런 이유로 시도되었음을 밝혀둔다. 시와 시조·수필·평론·동화와 번역 및 번안 소설 순으로 살펴보기로 한다.

2. 시와 시조

서해는 시 3편과 시조 3편을 남기고 있다. 이 중에서 시 「자신」(『북선일일신문』, 1923)과 「세 처녀」(『문명』, 1925. 12)는 구해 볼 수 없는 형편이지만, 「자신」에 대한 편모는 다음 증언이 전해주고 있다.

> 벌써 10년 전이다. 이광수 선생의 소개로 산문시 3편을 『學之光』에 실은 것은 나의 作을 활자에 올린 처음이다. …(중략)… 그러다가 한석룡군의 뜨거운 사랑에 용기를 얻어 「自信」이라는 시 한 편을 『北鮮日日新聞』에 曙海라는 익명으로 투고하였다. 즉시 발표는 되었으나 그리 큰 느낌을 못 받았다가 그해 여름 羅南에 음악 대회(?)가 열렸을 때, 이정숙이라던지 나는 알지도 못하는 여자가 나의 作「自信」에 보표를 붙여서 음악대회에서 연주한 것이 대환영을 받았다고 역시 일일보에 굉장한 보도가 있었다. (「그리운 어린 때」)

시 「자신」은 마음에 흡족한 작품이 되지 못하였지만 남이 보표를 붙일 정도의 가치는 있었고 이에 용기를 얻어 서해는 몇 편의 시를 더 써 보았던 것 같다.

『학지광』에 실었다는 산문시 3편은 「우후정원의 월광」 「추교의 모색」 「반도청년에게」 등을 말한다. 이들을 "1918년경 우리나라에서는 아직 장르 의식이 뚜렷하지 않았던 때인데, 그가 주요한의 「불놀이」(1919. 2)보다 먼저 산문시를 썼다는 것은 문학사적으로 볼 때 중요한 일이 아닐 수 없다."[2]고 시로 인정한 경우도 있으나 짤막한 수감이나 수상·수필로 봄이 타당할 듯하다.

조창환은 『학지광』 수록 창작 시 80편 전부를 자유시 형태와 연계시켜 다섯 가지 유형으로 분류한다. 모색형 A·B·C와 절충형 A·B가 그것이다. 모색형 A는 시 창작 의식이 분명치 못하고 수상류의 긴 산문적 내용을 행 구분만 한 것이다.[3] 이것이 산문 중에서 시에 가장 가까운 것인데 앞의 3편을 여기에 포함하지 않는다. 시로 인정할 수 없다는 의미다.

실상 『학지광』에는 수상이나 감상문을 행 구분만 해놓고 시라 한 것이 몇 편 있다. 서해의 경우 산문시라 했지만 시가 갖추어야 할 최소한의 운율조차 포함하고 있지 않다. 이 무렵 서해는 시의 개념조차 확실히 파악하지 못한 듯하다. 심경을 감성적으로 표출시키면 시라고 생각했던 것 같다. 이들 3편은 자연 경치를 그린 점, 자신의 심경을 감성적으로 토로한 점, 과도한 한자어와 직유를 사용한 점 등이 공통적이다.

시 「시골 소년의 부른 노래」(『동아일보』, 1925. 3. 25)는 시적 화자인 소년이 봄·여름·가을·겨울, 사계절 동안의 자신의 생활을 담담히

---

2) 김기현, 「최서해의 전기적 고찰」 (1), 고려대학교 『어문논집』 16집, 1975, 29쪽.

3) 조창환, 『한국 현대시의 운율론적 연구』, 일지사, 1986, 122쪽.

털어놓은 형식이다. 봄에 소년은 달이 뜰 때까지 아버지와 함께 들에서 일한다. 일을 마치고 집에 돌아오면 어머니와 누이동생이 해놓은 조밥과 된장찌개일망정 풍족하게 먹는다. 여름에도 비록 날씨는 무덥지만 봄에서처럼 일하고, 누이동생이 가져다주는 감주를 마시며 낚시를 하는 여유를 갖는다. 저녁에는 시원한 베옷을 입고 식구들과 모기불가에서 농사 이야기를 하며 밤 가는 줄을 모른다. 가을이 되면 농사가 잘된 덕분에 온 집안 식구들이 기쁘고 분주하다. 그러나 잘된 농사에 대한 기쁨도 잠시, 그 결실은 지주 차지가 되고 소년과 식구들은 조밥을 먹게 된다. 겨울이 되어도 쉬지 못하고 온 식구가 일에 매달린다. 이런 상황이 계속되어 부모는 늙어 가고 소년은 결혼할 엄두도 못 낸다.

이러한 내용이 시적으로 형상화되지 않고 표현도 매끄럽거나 세련되지 못하다. 행갈이도 부적절하다. 봄·여름의 정황과 가을·겨울의 그것이 서로 조화를 이루지도 못한다. 다시 말해 봄·여름에는 비록 힘든 농사일이지만 만족감으로 가득한 소년의 심경을 전하다가 가을·겨울에는 갑자기 그의 고통과 괴로움을 드러낸다.

이 작품 이후로 서해는 시작(詩作)을 포기하는데, 아마도 시 쓰기에 대한 한계를 인식했던 것 같다. 이를 뒷받침하는 언급이 수필 「해운대」에 보인다. "내게 만일 시재가 있었던들 이 좋은 미경을 어찌 그저 두었으랴. 이때를 당하여 시 쓰는 벗들이 간절히 생각난다"고 한다. 서해는 스스로 시재가 없다고 판단하고 아름다운 경치를 보더라도 시로써 읊을 엄두를 내지 못한 채 시 쓰는 친구를 부러워할 뿐이다.

서해는 시보다는 시조에 더 관심이 있었던 것 같다. 그의 수필에 시조가 자주 등장하는 것도 이와 무관하지 않을 듯하다. 어떤 기녀에게

러브레터 대신으로 고시조 한 장을 써서 보낼 정도로[4] 시조가 자신의
진순한 심정을 대변할 수 있다고 생각한다. 「춘교에서」는 『동아일보』의
동아문단(독자란)에 발표(1923. 6. 10)된 시조로 '회령역에서 콩자루를
져나르며 잡역부 노릇을 할 때의 고달픈 생활을 하소연'한[5] 것이다. 고
달픔을 직설적으로 표출하지 않고 아름다운 경치를 감상할 여유가 없
음을 통하여 우회적으로 나타낸다. 시조의 형식을 인식하고 있었던 듯
정형률을 충실히 지키려 했음을 보여준다.

　「우음」에서는 세상만사가 뜻대로 되지 않아 허무감을 느끼고 통곡할
수밖에 없는 시적 자아를 두견새에 비유하고 있다. 당시 자신의 암담한
생활을 표출한 듯하다. 「임 찾아서」(『월간 매신』, 1934. 9)는 유고작으로
1연에서는 임을 생각하는 애틋한 정이 깊지만 임의 마음을 파악하기는
쉽지 않음을, 2연에서는 임을 기다리는 간절한 마음을, 3연에서는 시적
자아와 임과의 공감대 형성으로 어떠한 난관도 물리치고 영원한 행복
을 맞게 될 것임을 읊고 있다.

　「우음」과 「임 찾아서」에서는 정형률에 충실하면서도 구별 배행으로
변화를 주고 있다. 그러나 시조 창작 역시 체질상 맞지 않는다고 판단
했는지, 작품 활동 초기 이외에는 손을 대지 않고 있다. 그 결과 시와
마찬가지로 시조도 다른 장르에 비해 양적으로 아주 미미했음은 숨길
수 없는 사실이다.

---

4)　최서해, 「고시조 한 장을」, 『삼천리』 9호, 1930. 10.
5)　김기현, 「최서해 연구」, 순천향대학교 『논문집』 11권 2호, 1988, 9쪽.

3. 수필

서해는 수십 편의 수필을 창작하면서 일기문·서간문·기행문을 포함한 자유롭고 다채로운 형식을 통해서 그가 갈고 닦은 문장 실력을 마음껏 구사한다. 내용은 교훈적(「천재와 범재」「전생명의 요구는 아니다」「떼카단의 상징」「근감」)이거나, 자신의 정감을 펼친 것(「매화 옛등걸」「봄을 맞는다」「가을을 맞으며」「숙연한 우성」「가을의 마음」「입춘을 맞으며」)이 주를 이룬다. 자기 성찰이나 반성을 보인 것(「면회사절」「성동도」「미덥지 못한 마음」「잡담」「여름과 나」「파약의 비애」「탈」)도 있는가 하면, 경치를 완상한 것(「쌍포유기」「달리소」「어느 곳 풍경」)도 있다. 이 중에는 서정과 서사를 조화시켜 묘미를 얻고 있는데 그 예를 하나만 들어 본다.

> 동래서 해수욕 온 일파가 해변에 천막을 치고 露營을 한다. 김군의 소개와 그이들 후의로 우리도 그 천막에서 밤을 새기로 했다. 그러나 모기가 어떻게 심한지 앉아 견딜 수 없다. 각자 거적자리를 끌고 불빛을 피하여 沙緖에 나갔으나 거기도 모기가 달라붙는다. …(중략)… 달이 솟는다. 동편 바다 위에 험한 산 같이 척 가린 검은 구름 봉우리 넘어서 달은 우리를 방긋이 넘겨다 본다. 아담한 소녀가 무대의 장막을 방긋이 열고 나타나듯이 구름이 점점 밀림을 따라 달은 뚜렷이 나타났다. (「해운대」)

중략을 중심으로 앞의 진술이 서사적이라면 뒷부분이 서정적이라고 할 수 있다. 수필이 서사 위주로 되었을 경우 의미 전달만을 위한 나머지 너무 건조하고, 서정으로만 구성되면 내용 없는 언어 유희의 위험이 따르므로 이들의 조화는 바람직하다. 물론 서해의 모든 수필이 그렇게 조화를 이룬 것은 아니다. 서사적이거나 서정적인 것 중 어느 한쪽이 우세한 것이 대부분이다. 서사적인 작품은 대개 앙케이트에 답한 형식을 취한 것이거나 교훈적·설교적인 내용에서 보인다. 서정적인 작품은 자기 감정을 표출시킨 내용에서 많이 볼 수 있다.

일반적인 분류대로 서해의 수필도 에세이와 미셀러니로 나눌 수 있다. 에세이류에서는 나이를 착각할 정도로 인생 문제의 전반에 대해 깊은 사색과 분석의 태도를 보여준다. 인간의 삶과 죽음, 운명과 허무 등을 포함하여 자연과 우주까지 그 관심 범위를 확대하고 있다. 이러한 문제는 인생을 어느 정도 살아본 중년 이상이 어설프지 않게 진술할 터인데, 서해는 벌써 2, 30대에 이 방면의 글을 훌륭히 쓰고 있다. 아마도 그가 중국 고전을 포함한 많은 독서를 한 영향이 아닐까 싶다.

서해는 어릴 때 아버지 밑에서 한문 공부를 많이 한다. 그가 뛰어나진 않더라도 남에게 과히 부끄럽지 않을 만큼 한학에 조예가 깊었던 것도 여기에 기인한다. 수필과 소설에 한자숙어나 한시가 자주 그리고 자유자재로 구사되어 있는 것도 그의 한문 실력을 엿보게 한다.

미셀러니류는 주로 자신의 신변잡사에 얽힌 이야기들이므로, 잘 알려져 있지 않은 서해의 전기를 파악하는 데 도움을 준다. 이것들은 대개 어릴 적의 기억이거나 일상에서 빚어진 에피소드로 웃음을 자아내게 한다. 에세이나 미셀러니를 통틀어 서해 수필의 특색을 몇 가지로 요약해 보기로 한다.

첫째, 과거 회상이 두드러진다는 점이다. 그에게 과거는 늘 그리움으로 회상되며, 대체로 그의 고향과 관련된다. 고향은 맑은 동해 바다를

끼고 하늘을 어루만질 만한 큰 산을 뒤에 두고 있다(「여름과 나」). 세월이 흘러도 "사향의 정회는 조금도 스러지지 않았다. 비단 가을뿐이랴. 사시를 통하여 고향이 그립지 않은 때가 없다."고 술회한다(「숙연한 우성」). "때로는 그리운 이의 자취를 따라 들을 지나고 산을 넘기도 하고, 때로는 어린 아이가 되어 어릴 적 동무들과 기억에 희미한 고향의 좁은 길로 돌아다니기도 한다"(「숙연한 우성」). 처녀작 발표 당시도 그립고(「그리운 어린 때」), 새 잡이 그물을 들고 이 들로 저 들로 돌아다니던 그 옛날의 철모르던 봄도 참으로 그립다(「봄! 봄! 봄!」). 아홉 살 보통학교 2년급 시절의 육가락 방팡관에 대한 추억도 잊을 수 없고(「육가락 방팡관」), 여름에 고향을 찾았다가 친구들과 쌍포 바다에서 삼복의 하루를 재미있게 논 것도 인상적이다(「쌍포유기」).

과거가 모두 행복했던 기억들로만 가득한 것은 아니다. 열세 살 때 나무 베러 갔다가 남의 산을 태워 놓고 죽게 얻어 맞기도 하고(「흐르는 이의 군소리」), 호지 고객으로 뜸을 뜨고 침을 맞으며 병고에 시달리기도 한다(「신음성」). 네 끼 굶고 중 노릇도 해본다(「네 끼 굶고 중 노릇」). 이런 괴로운 기억들도 그 시절이 지나고 나니 그리워진다.

지난 시절과 고향에 대한 그리움은 어디서 비롯된 것일까. 현재 타향에서의 삶이 괴롭고 고통스럽기 때문이다. 지금의 삶이 즐겁고 행복하다면 과거 고향에서의 삶을 절실히 그리워하지는 않았을 것이다. 현재의 삶에 회의적일수록 인간은 과거로 퇴행하거나 미래 지향의 꿈을 품게 된다. 과거를 회상하다 보면 곧잘 어머니에 대한 그리움과 근심·걱정이 앞선다(「?! ?! ?!」). 설날에 친구들이 찾아가 세배를 할 때, 떠나간 자식 생각에 어머니가 얼마나 눈물을 흘릴까 안타까워하기도 한다(「흐르는 이의 군소리」). 서해의 효심이 지극함을 보여준다.

둘째, 당대 현실에 대한 폭로·고발을 들 수 있다. 그 예를 몇 가지만 들어 보자.

① 내 눈을 가지고도 내가 보고 싶은 것을 못 보고 내 입을 두고도 내가 하고 싶은 이야기를 못하니 그것이 목석이 아닌 담에야 어째 감각이 없겠습니까. 손발을 두고 못쓰는 괴로움이여! 참으로 큽니다. (「병신의 넋두리」)

② 떠나고 싶어 떠난 것도 아니요, 다른 갈 곳이 있어서 떠난 것도 아닙니다. 그렇다고 정처없이 흐르고 싶어서 떠난 것도 아닙니다. 지긋지긋 견디다 못하여 쫓기다시피 떠났습니다. …(중략)… 쫓겨가는 사람에게 목적지가 있을 리 없습니다. (「흐르는 이의 군소리」)

③ 벼를 베어 밭머리에 마당을 닦고 타작하는 날 보니 그 결과는 전혀 지주와 債鬼의 욕랑을 채우고 말게 된다. 거두는 기쁨에 웃음이 흐르던 노농의 얼굴에는 검은 구름이 흐르고…… (「가을을 맞으며」)

소설이었더라면 주인공의 격앙된 감정을 통하여 격렬하게 묘사되었을 위와 같은 심경과 정경들이 매우 차분하게 그려져 있다. 하지만 내포된 의미는 평범하지 않다. ①은 정상인이 병신 노릇을 하려니까 얼마나 괴롭겠느냐는 하소연이다. 일제하에서 철저히 자유가 통제된 질곡을 나타낸 것이다. ②는 고통을 참고 견딜 수밖에 없는 일제하의 삶을 한탄하고, 쫓길 수밖에 없는 신세를 자조하면서 쫓는 자에 대한 원망이 서려 있다. ③은 일제의 억압과 수탈로 야기된 당시 농촌의 실상을 보여준다. 해마다 소작료 상승으로 인한 소작농의 부채 부담과 굶주림, 마침내는 농촌 고향을 등지고 도시의 부랑 노동자나 간도로 이주할 수밖에 없

최서해의 삶과 문학 연구

는 상황을 폭로한다. 이와 같은 내용은 83호되는 소위 모범 농촌이 온전한 자작농은 한 호도 없고, 자작 겸 소작 농가가 겨우 18호 밖에 되지 않은 마을(「모범 농촌 순례」)을 통해서 이미 보여준 바 있다.

「신음성」에서는 생활의 어려움을 못 견뎌 남부여대하여 만주로 건너가 고생하며 늘 고국을 그리워하여 간접적으로 일제를 규탄한다. 죽어서도 고국 땅에 묻히리라 결심함으로 애국심을 보여준다. 「어느 곳 풍경」에서는 목전의 현실에 쪼들리다가 자연에 눈돌릴 여유조차 없다고 현실의 암울한 삶을 토로한다. 그렇다고 이러한 현실을 운명으로 받아들이고 체념하려는 것 같지는 않다. 다음과 같은 구절이 이를 암시해 준다.

① 봄, 괴로운 봄, 슬픈 봄, 추억의 이 봄은 나에게 얼마만의 괴로움과 슬픔과 추억을 주려 하며 그 모든 것은 내 생명의 약동을 더 늘이어 내 생명의 법열을 얼마나 더 돋으려는가. (「봄! 봄! 봄!」)
② 이 병신에게도 생각이 있고 힘이 있답니다. 그것은 일후에 사실로 증명하렵니다. 나는 각일각 높아가는 혈관의 피 뛰는 소리를 듣습니다. 이것 보셔요. 그 소리는 점점 커집니다. (「병신의 넋두리」)

괴로움과 슬픔과 고통에 좌절하지 않고 오히려 삶의 활력소로 승화시키려는 의지가 엿보인다.

셋째, 부산 해운대를 둘러보고 쓴 「해운대」와 호남 지방을 여행하면서 쓴 「흐르는 이의 군소리」를 포함하여 「병우 조운」 「쌍포유기」 등에서 기행수필을 보여준다. 이 외에도 기행수필이 더 있으나 발표하지 않은 듯하다.

춘해의 「만주여행기」[6]에 "8월 1일 7시 차로 남선으로 향하는 서해군을 작별하고 나는 오전 8시에 북행 차를 탔다."는 구절이 있다. 『조선문단』 12호의 편집여언에도 "최학송군의 남국여행기는 사정에 의해 내호로 밉니다."라고 적고 있다. 이 잡지사는 독자에게 서해의 여행을 알리고, 그의 남국여행기도 실을 예정이었으나 그가 『조선문단』사를 퇴사하자 그 계획도 취소한 것 같다.

『삼천리』 창간호에서 서해는 조선의 팔경을 금강산, 칠보산(함북), 주을온천(함북), 백운대, 해운대, 노비산(마산), 불갑산 연실봉, 남한산성 등으로 꼽으면서 조선 전역을 여행했음을 암시한다. 여행수필에서 그는 자연과 농촌과 토속적인 것에 대한 예찬을 아끼지 않는다. 여행지의 특색과 풍습·풍물에 대한 감상을 곁들이기도 한다. 여행 중의 감회와 즐거움도 털어놓는다.

넷째, 다음에서 보듯이 교훈적이고 윤리적인 내용을 담고 있다. 그의 많은 수필이 이 범주에 들 듯하다.

① 게으르고 거짓된 사람에게는 성공이 없는 것이다. 도리어 자기 일신을 망치고 전 사회에 큰 해독을 주는 것이다. 그러므로 사람은 늘 참되고 부지런해야 되는 것이다. (「천재와 범재」)
② 나는 애인과 아내라는 것은 둘이 아니요, 하나이며 딴 것이 아니요 같은 것이라 그 사이에는 아무런 경계선이 없는 것으로 본다. (「아내의 불행과 이혼 문제」)
③ 나는 연애란 것을 한 이성이 한 이성에게 대한 인격적 요구, 즉 성적 방면에 대한 자기 완성의 요구라고 하는 것이 지당하다고 생각

<hr />

6) 춘해, 「만주여행기」, 『조선문단』 12호, 1925. 10, 110쪽.

한다. (「전생명의 요구는 아니다」)

①은 사람은 진실하고 근면해야 한다는 인생관을 보여준다. ②는 애인과 아내는 한 사람으로 따로 존재해서는 안 된다는 애정관을 내비친다. ③에서는 이성을 성적 대상으로 생각하지 말고 인격의 만남으로 생각하라는 것이다. 당시 모던 보이들과 일부 문인들이 애인과 아내를 구분하며 여성 편력이 도를 넘고 있을 때, 서해는 건전한 윤리관으로 이를 몸소 실천하며 주장한다. 이러한 인생관과 애정관을 통하여 그가 윤리·도덕을 얼마나 중시했는지 알 수 있다.

아울러 그는 개인보다는 사회를 우선하였음을 알 수 있다. 그렇다고 사회를 위하여 개인이 희생당해야 한다는 전제주의적 입장을 취했던 것은 아니다. 사(私)보다는 공(公), 개인보다는 집단이 우선해야 한다는 것이다. 이 사회가 우리를 먹이고 길렀으니 우리의 몸은 곧 사회의 것이요, 그런 이유로 마땅히 사회에 갚는 바가 있어야 한다는 것이다.

4. 평론

서해가 남긴 10여 편의 문학론 및 문학평론이 그의 문학관 내지는 예술관을 어느 정도 보여준다. 그는 양주 봉선사에서 기거하는 동안 일문으로 된 서구 문학에 대한 평론문을 공부 삼아 열심히 읽고 번역하여, 「근대로서아문학개관」「근대영미문학개관」「근대독일문학개관」을 『조선문단』에 연달아 발표한다. 일본의 생전장강 등이 쓴 『근대문예12강』을 축역한 것이지만 그 표제로도 알 수 있는 것처럼, 그 시대 각

국 근대문학의 전반에 대한 종합적이고 체계적이며 상세한 내용으로
되어 있다.

서해가 다른 작가의 작품을 논평하기 시작한 것은 1925년 2월 『조선
문단』 주최 제1회 합평회에서부터이다. 그는 당시 『조선문단』의 기자로
서 합평회 때마다 토론자들의 작품평을 기록한다. 총 6회의 합평회 중
제1회와 제3회에서는 직접 토론에도 가담한다. 당시 발표되는 소설을
거의 읽은 듯한데 토론자들의 평을 받아쓰기에 바빠 정작 작품평은 별
로 하지 못한다.

제1회에 회월의 「정순의 설움」, 빙허의 「B사감과 러브레타」, 김낭운
의 「영원한 가책」을 짤막하게 언급하는데 주로 내용을 중시한다. 「정순
의 설움」은 독자에게 절실한 느낌을 주지 못하고, 정순의 반역이 흐리
멍덩하여 인상이 깊지 못하다고 한다. 「영원한 가책」은 알 수 없는 매력
이 읽는 사람에게 염증을 주지 않고, '기생이 신세자탄하는 데는 무상
한 인간의 애처로운 일면을 몸소 느끼는 것' 같다고 한다. 세련된 것으
로 기교나 묘사가 이전에 비해 향상되었다고 월탄이 형식 면에서 이 작
품을 평한 것과 비교된다.

제3회에서는 김낭운의 「가난한 부부」, 백주의 「영생애」, 회월의 「산양
개」, 동원의 「염인병환자」 등에 대해 언급한다. 「산양개」를 침통하고 처
연한 기분이 많고 정신이 퍽 좋은 작품이라 하고, 「염인병환자」는 "작
자가 표현해 보려는 정신은 고귀하다."라고 하여 작품의 정신 면을 강
조한다. 이때의 정신은 "나는 내 성질이 이상스러워서 그런지 첫째 묘
사나 기교를 논하기 전에 그 작자의 소질·경향, 그 작자가 표하려는
정신부터 알고 십흡니다."[7]는 말로 미루어 보아, 묘사나 기교에 상대

되는 뜻으로 내용·사상을 의미할 터이다. 이처럼 작품에서 내용을 형식보다 중시한다.

본격적인 작품평이나 이론의 전개는 「7, 8월 소설」에서부터라고 할 수 있다. 이후의 논지를 몇 개 항목으로 나누어 살펴보기로 한다.

4-1. 14편의 소설을 논평한 「7, 8월 소설」에서 주목할 점은 "아무리 훌륭한 사상이라도 그것을 표현할 만한 기교가 없으면 실패에 돌아가는 것이다. 그와 같이 상승한 기교를 가졌더라도 거기 담을 만한 내용이 없으면 또한 무엇을 이루지 못하는 것이다."[8]라는 주장이다. 이것은 일 년 전 『조선문단』 합평회의 내용우위론에서 진전되어 내용과 형식을 동등한 비중으로 취급한 입장이다. 이 내용·형식 문제가 1926년 말 팔봉·회월 간의 논쟁에서부터 한때 문단의 주요 과제가 되었던 점을 상기한다면, 비록 논쟁에는 가담하지 않았지만 서해는 비교적 일찍이 문제에 나름대로의 의견을 제시했다고 하겠다.

김일엽의 「자각」, 로코코의 「신경병환자」, 김학형의 「위선자」, 방인근의 「자기를 찾은 자」 등의 작품을 평할 때는 내용·형식 문제 외에 사건·배경·성격묘사·심리묘사·회화와 지문 등에 대하여 언급한다. 소설 이론을 어느 정도 터득하고 있음을 보여준다. 내용·형식 문제는 「문단시감」의 '내용과 형식'이라는 항목에서 구체적인 예를 들면서 전개한다.

---

7) 「조선문단합평회」 제4회, 『조선문단』, 1925. 6, 126쪽.

8) 최서해, 「7, 8월 소설」, 곽근 편, 『최서해 전집』 하권, 문학과지성사, 1987, 318쪽. 이하 『전집』이란 『최서해 전집』을 말함.

내용으로써 이름이 높다 하더라도 그 표현 형식이 어느 정도까지는 따라가야 할 일이요, 형식으로써 그 작품의 생명을 삼는다 하더라도 그 내용이 그 형식과 어느 정도까지는 부합이 되어야 할 일이다. 그러므로 나는 내용과 형식을 분리하여 보고 싶지 않다. 다시 말하면 내용과 형식은 鳥의 兩翊과 같고 車의 兩輪과 같이 서로 유기적 관계를 가지고 있어서 이원적이 아니요, 일원적이 될 것이다. 될 것이 아니요, 되어야만 할 것이다.[9]

내용·형식 논쟁이 문단 전체로 확대되자 내용과 형식은 분리할 수 없이 일원적이라는 이론을 천명할 필요를 느낀 듯하다. 이것은 "형식이 내용에 포함된다"는 회월의 의견보다는 '내용·형식을 동일 차원에서 대등한 종합'이라고 보는 팔봉의 견해에 동조한 것 같다. 그 후 2년이 지난 뒤 「내용과 기교」(『동아일보』, 1929. 7. 4)에서는 다음과 같이 주장한다.

기교는 기교이므로 어떠한 내용을 표현하는 한 수단과 방법으로 써야 할 것이다. 그렇지 않고, 기교를 위하여 내용 — 사상, 감정을 수단과 방법으로 끄집어 온다면 그 예술품은 하등의 가치도 없게 되는 것이다. …(중략)… 내용은 인격 문제다. 기교는 그 인격의 종속물로 그 인격을 드러내는 한 수단과 방법에서 지나지 못하는 것이다. 인격의 충실 — 예술의 영양소가 되는 내용은 돌보지 않고 수단과 방법에만 끌려서 기교를 위한 기교에만 충실한다면 그 인격은 결국 파멸을 당하게 되는 것이다. …(중략)… 그러므로 어떤 예술가든지 기교를 내용의 종속물로 할 것이나 특히 목적의식을 강조하는 우리 무산 문예

9)   최서해, 「문단시감」, 곽근 편, 앞의 책, 326~327쪽.

가들은 더욱 그러하여야 될 것은 말할 필요도 없는 것이다.[10]

　이어서 내용에 따라서 기교가 정해지지만, 기교를 위해서 내용이 정해진다면 그것은 의복을 따라 몸을 늘이고 줄이려는 것과 같다고 한다. 이것은 "프로레타리아의 문학에 있어서는 빛나는 내용이 중요하지 형식은 제일의적이 아니다."[11]라고 한 회월과 그 궤를 같이한 것으로 「7, 8월 소설」에서 언급하고 1927년 「문단시감」에서 재천명한 일원적 논리에서 후퇴한 것이다. 서해가 '내용·형식의 철학적 탐구에서 알 수 있는, 형식이 단순한 기교·표현·실감·디테일의 차원이 아니며, 내용 또한 제재·주제의 차원보다 더 원질적이라는 사실'[12]을 충분히 이해하지 못했기 때문이다. 이와 함께 서해 자신이 KAPF에 동조하여 프로문학론에 부합된 이론을 주장하려다 보니 빚어진 결과라 하겠다.

　4-2. 서해는 「문예시감」 중 「고전의 가치」에서 처음으로 고전론을 펼친다. 우리의 문화와 생활을 더 아름답게, 더 충실하게 하기 위하여 고전문학을 연구·비판·보존하여야 한다는 것이다. 이어서 고전의 가치에 대하여 다음과 같이 언급한다.

　　무릇 문화(문학도 포함됨)에는 시대성(특수성)과 영원성(보편성)이 있으니 그 시대성은 시대를 따라서 상이하지만 어느 때나 저류가 되

---

10)　최서해, 「내용과 기교」, 곽근 편, 앞의 책, 351쪽.

11)　박영희, 「예술의 형식과 내용의 합목적성」, 『해방』 2권 5호.

12)　김윤식, 『한국 문예비평사 연구』, 한일문고, 1973, 68쪽.

어 있다. …(중략)… 낭만주의의 문학이니 자연주의의 문학이니 이상
주의의 문학이니 하여 一見一聞에 氷炭不相容의 성질을 가지고 있는
것 같지만 이 모든 主義와 주장과 경향은 시대성을 따라서 변한 것이
요, 독자의 예술 본능을 움직이는 예술(문학)적 요소와 조건은 다 구
비하여 있는 것이다. …(중략)… 나는 이러한 意義下에서 고전문학의
가치를 시인하고, 연구와 비판의 필요를 느낀다.[13]

문학은 변천하는 시대의 특색을 표출한 나머지 서로 상이할지라도
그 본질은 영원하다는 견해는 정당하다. 고전문학을 연구 · 비판 · 보존
해야 할 당위성은, 그 속에 문학의 본질, 즉 예술적 요소와 조건이 늘
구비된 이유 때문이라는 것 역시 옳은 판단이다. 고전론은 1935년 김
진섭 · 김태준 · 문일평 · 최재서 · 홍기문 · 함대훈 등에 의해 활발히 전
개된다. 서해는 단편적이나마 일찍부터 고전론을 언급한 셈이다. 그러
나 「문예와 시대」에서는 지금까지의 논조를 번복한다.

　　문예는 시대를 따라서 다르지 않을 수 없는 것이다. 또 달라야만 할
　　것이니 바뀌는 새 생활에 지나간 시대의 산물인 낡은 문예가 영합되
　　지 못하는 까닭이다. 그 생활이 달라짐을 따라 반드시 다른 문예를 요
　　구하게 되고 그에 따라 산출하게 되는 것이다. 그러므로 어떠한 시대
　　를 물론하고 그 시대에 영합되는 문예는 그 시대의 생활의식이 움직
　　이는 문예이다. …(중략)… 그럼으로써 시대를 초월하여 어떠한 시대
　　에든지 적합한 문예를 지으려는 것은 공상이요, 설사 지었다고 하더
　　라도 그것은 무용한 것이 되고 말 것이다. 일부 비평가들이 이백 · 두
　　보 · 셰익스피어 등 지나간 시대의 문호의 작품을 불후의 것으로 말

---

13)　최서해, 「문단시감」, 곽근 편, 앞의 책, 328~329쪽.

하는 것은 타당치 않다고 생각한다.[14]

고전문학은 낡은 문학일 뿐이라고 문학의 영원성을 부정하는 것은, 시대의 변화에 따라 모든 작품은 존재 가치를 상실하므로 무용하다는 것과 같다. 문학은 지식을 전하기 위한 것이 목적이 아니고, 정서를 유발하고 감동을 주는 까닭에 통시적으로 영원하고 공시적으로 보편적이다. 때문에 위대한 문학, 훌륭한 문학일수록 아무리 읽어도 싫증이 나지 않고 시대를 초월하여 계속 읽히는 항구적인 생명을 지니게 된다. 이를 무시한 고전문학의 무용론은 전적으로 문학의 존재까지도 부정하는 결과를 초래한다.

이러한 주장은 당시가 프로문학의 전성시대이니 다분히 프로문학이론을 지지하고자 한 저의가 숨어 있다. 이런 경향을 김윤식은 경향소설론이라 하고, 1925년을 전후하여 형성되어 이 나라 소설론의 또 하나의 주류를 이룬다고 지적한다. 대표적인 인물로 이민촌·한설야·최서해를 들고 있다.[15]

아마도 이즈음 서해는 적어도 이론적으로는 계급주의문학 쪽에 경도되어 있었던 것 같다.

4-3. ① 생활 개조 ② 문단 침체 ③ 현실과 목표 ④ 난맥의 문장 ⑤ 다독·다작·다상량이라는 소제목이 붙은「문예시감」에서 논한 특색 있는

---

14) 최서해,「문예와 시대」, 곽근 편, 앞의 책, 348쪽.

15) 김윤식, 앞의 책, 482쪽.

점은 대중화론이라 할 수 있다. 여기서는 작가와 대중과의 관계, 대중 생활의 작품화, 대중의 획득 문제, 대중에게 필요한 작품 등이 거론된다. 대중의 진정한 의미를 밝히고 있지 않아 막연하긴 하나, 작가는 대중을 위한 '튼튼한 투사'가 되라고 역설한 점으로 미루어 서해는 프로문학을 작가에게 주문한 듯하다. 이 대중화 문제는 1928년 말경부터 팔봉이 중심이 되고 이성묵·유완식·유백로·박영호·민병휘·임화·안막·권환·김남천·조중곤·김두용 등이 이론이나 논전을 통해 전개한다.

지금까지 막연하게 '대중을 위한 문학'이라야 한다는 대중화론을 「노농대중과 문예운동」(『동아일보』, 1929. 7. 5)에서는 좀 더 구체적으로 개진한다. '내가 바라는 대중 문예는 현대 노농계급이 마땅히 가져야 할 계급의식을 담은 무산 대중의 문예'라는 것이다. 그러나 무산 대중이 고대(古代) 문예품은 읽어도 신문예품을 읽지 않는다고 비난하고, 대중들이 원하는 것이 ① 생에 대한 욕망 ② 신세계의 동경 ③ 반항 등의 심리 등이라고 파악하여, 이와 같은 요소들을 과학적으로 생경한 이론 없이 나타내야만 대중화를 이룰 수 있다고 한다. 작품의 형식은 쉬운 말로 표현하고, 분량은 짧고, 팜프렛식으로 하여 이삼십 전을 받아야 할 것이라고 강조한다.

이상의 이론은 팔봉이 제기한 '무엇을 써야 할 것인가'와 '어떻게 써야 할 것인가' 하는 대중화론의 내용론과 방법론 및 그 외 이 방면 논자들의 이론에 비하면, 부분적이고도 협소함을 면치 못한다. 그러나 이들의 논지가 거의 일본에서의 수입품인 점을 감안할 때, 당시의 국내 사정을 비교적 잘 파악하여 자신의 육성으로 이 문제에 한 이론을 제기한 점은 높이 평가할 만하다.

4-4. 서해가 일관성을 가지고 견지한 것은 조선주의라 할 수 있다. 여기서의 조선주의는 필자가 편의상 붙인 명칭에 불과하다. 다시 말해 1925년부터 1930년까지 한국 문단을 양분한 계급주의문학과 민족주의 문학 중 후자의 바탕이 된 조선주의와는 구별해야 한다는 뜻이다. 후자의 조선주의는 1925년 육당의 시조를 통한 국민문학론부터 대두하기 시작하여, 그 후 많은 논객들이 가담하여 논전을 펼친 경우를 말한다.

서해의 조선주의에 대한 최초의 언급은 「문예시감」에 보인다. '현하의 우리 문예 작자들도 현하 과정하고 있는 습작 시대를 여상(如上)한 정성과 노력으로써 과정하되 외국적의 모방은 버리고 조선적의 자아정신을 찾으면서 나아갈 것'이 곧 그것이다. 팔봉의 「문예시평」 중 「문단상 조선주의」란 항목에서 암시를 받은 듯하다. 팔봉은 국민문학의 핵심을 조선주의라 보고 이것을 조선 민족정신의 발현으로 본다. 이것이 문학에 나타날 때는 고전의 부활, 형식의 창조를 향상하기 위해 일체의 외래사조의 배격을 그 골자로 하게 되며, 향토성·민족성·개성을 그 본질로 하게 된다.[16] 서해의 주장은 특히 외국 것의 배척에 중점이 놓여 있어 여타 조선주의 이론가들보다 논거의 폭이 좁다고 하겠다.

이 주장이 체계화된 것이 「조선의 특수성」(『동아일보』, 1929. 8. 21)에서이다. 여기서는 '조선 작품이라 하면 조선의 특수성이 보여야 할 것'이며, 조선의 현실을 무시하여서는 안 된다고 강조한다. 그래서 조선을 안 뒤라야, 현 단계의 조선 사람은 어떠한 예술을 원하는지 알 수 있다는 것이다(「조선을 안 뒤라야」).

---

16) 김윤식, 앞의 책, 137쪽.

이런 조선주의는 철저해서 일상생활의 언동에서도 발견된다. 어느 날 서해는 거리를 지나다가 독견에게 "조선 사람들이 사는 조선 서울에 조선 정조가 이렇게 보이지 안을 수야 있나?" 하고 한탄한 적이 있다. 문학뿐만 아니라 다방면에 걸쳐 조선주의를 강조하고 있는 모습이다. 일관성 있는 그의 조선주의는 당시 해외 유학생들의 과도한 서구 편향에 일종의 반기를 든 것이라고 볼 수 있다.

4-5. 이 외에 특기할 것은 문학은 현실 생활을 반영해야 한다는 철저한 리얼리즘 정신을 논리의 바탕에 깔고 있다는 점이다. '문예를 사회문화의 한 현상'으로 보고 '현실을 떠난 문예는 공상의 병적 문예'(「문예시감」)라고 주장한 것도 이와 무관하지 않다. 그의 소설이 철저히 현실을 바탕으로 하고 있음도 여기에 기인한다. 이인직을 높게 평가하는 것도 그의 소설에서 당시의 조선 사회상을 여실히 볼 수 있었기 때문이다(「조선문학개척자」). 서해가 이인직에게 경도되었음은 「신소설 초기와 이인직」이라는 평론 제목에서도 알 수 있다. 이 글은 1928년 1월에 창간되어 통권 제6호로 종간된 월간 종합 잡지 『한빛』의 제7호(1928. 9)에 게재될 예정으로 되어 있었지만, 잡지가 미간행되어 발표되지 못한다.

그는 현실의 영향을 받는 것은 작품뿐만이 아니라고 생각한다. 문단이 침체되고 영락해 가는 원인도 현실 상황에서 찾는다. 현실 생활이 위협을 받고 있는 처지에서 문단이라고 번창할 이유가 없다는 것이다. 이처럼 예술과 생활을 결부시키다 보니 예술이 생활에 절대적으로 결박되어 있는 것처럼 간주한다. 이러한 신념이 지나치다 보니 논리의 비약마저 초래한다.

> 예술은 생활을 기초로 한다. 생활은 예술로써 인격을 훈련하고 陶
> 冶하는 까닭이다. 이렇게 생활을 기초로 한 예술은 그 생활에 훈련
> 되고 도야된 작자라는 非自然인 한 인격을 통하여 표현되는 것이다.
> …(중략)… 그러니 위대한 예술가가 되려면 위대한 인격자가 되어야
> 할 것이요, 위대한 인격을 조성하려면 위대한 생활을 하여야 할 것
> 이다.[17]

위대한 생활을 해야만 위대한 인격자가 되고, 위대한 인격을 가져야
만 위대한 예술가가 된다는 논리는 설득력이 없다. 위대한 생활이 과연
어떠한 생활인지 알 수도 없고, 위대한 생활 속에서 위대한 인격이 나
온다는 확증도 없다. 평범하거나 그 이하의 인격자에게서도 얼마든지
위대한 예술은 생산될 수 있는 것이다. 이러한 억지 논리 속에서도 다
음과 같은 주장은 당시 조선 작가들에게 민중문학의 창작을 독려하고,
일제의 검열 제도를 우회적으로 폭로했다는 점에서 관심을 요한다.

> 현하의 조선 작가들은 제재를 현하의 조선 민중이 욕구하는 바 생
> 활에 적응되는 사회생활 속에서 취하여야 될 것입니다. 그러나 나는
> 여기서 현하의 조선 민중은 어떠한 사회생활을 욕구하는가 하는 것
> 은 쓸 수 없는 까닭에 더 쓰지 못합니다.[18]

---

17) 최서해, 「문예시감」, 곽근 편, 앞의 책, 330~331쪽.
18) 최서해, 「제재선택의 필요」, 곽근 편, 앞의 책, 344쪽.

5. 동화

　서해가 남긴 동화는 3편에 불과하다. 「평화의 임금」 「누구의 편지」 「토끼와 포도넝쿨」 등이 곧 그것이다. 이 중 마지막 것은 마테로의 작품을 번역한 것으로 되어 있으니 창작은 두 편에 불과한 셈이다. 비록 두 편이지만, 이 작품들은 동화 본래의 취지인 어린이들을 위한 것보다 어른들에게 경종을 울려 주려는 뚜렷한 주제의식을 보여준다. 좀 더 자세히 살펴보자.

　「평화의 임금」은 번역인지 창작인지 확실히 전해주는 바가 없어 확인할 길은 없지만 서양 작품의 분위기가 감돈다. 어질고 덕 많은 사람이 없을 때는 악마가 나타나 제멋대로 행동하게 되고 따라서 전쟁도 발발하게 된다. 지금까지 몇 천 년을 두고 이 세상에 평화가 없는 것은 어질고 덕 있는 사람이 없어서 전쟁이 들끓었기 때문이다. 사람들이 모두 힘을 합쳐 덕을 갖추도록 노력하면 세계의 평화는 저절로 찾아오게 된다. 이러한 내용을 통해 인자(仁慈)와 덕망이 폭력과 전쟁을 물리치고 평화를 가져올 수 있다는 교훈을 담고 있다.

　「누구의 편지」는 성일은이라는 어린이가 아버지 · 어머니 · 누나에게 보내는 편지를 화자인 '나'가 소개하는 형식이다. 따라서 세 통의 편지와 '나'의 이에 대한 감상으로 이루어져 있다.

　첫 번째 편지는 생일에 공기총을 사주겠다고 약속한 아버지가, 그 생일이 일주일이 지나도록 약속을 이행하지 않자 이를 원망하는 내용이다. 사람은 의무를 지켜야 된다고 학교에서 배웠는데, 어른이 의무를 지키지 않으면 되겠느냐고 아버지를 힐난하고 있다. 두 번째 편지는 개가 슈-크림 한 개를 먹었는데, 어머니가 제대로 확인도 하지 않고 자신이 먹은 것으로 죄를 뒤집어씌우자, 어머니께 자신을 신용해 달라고 부탁하는 내용이다. 세 번째 편지는 꽃 가꾸기에 정신이 팔린 누나가, 시계도 보지 않고 시간을 잘못 알려주어 학교에 지각을 하게 되고, 그래서 정근상을 타지 못하게 되었다고 누나를 원망하는 투로 되어 있다.

이러한 편지를 읽고 '나'는 '어린아이에게 거짓말을 가르치고, 잘못된 행실을 보여주기로 능사를 삼는 우리 가정에서' 이런 용기 있는 아이가 있다는 것에 감격한다. 이 작품은 비록 코믹하게 구성되어 있지만 어른들의 어린이 경시 태도를 비판하고, 어른들의 언행 불일치와 편견 및 아집 등을 비판하여 자성을 촉구하며 경종을 울려주고 있다.

「토끼와 포도넝쿨」에서는 사냥꾼에게 쫓기던 토끼가, 포도넝쿨이 숨겨 주어 위기를 넘겼음에도 불구하고, 사냥꾼이 사라진 줄 알고 포도넝쿨을 갉아먹다 그 소리 때문에 잡혔다는 이야기로, 성격이 너무 조급하거나 남의 은혜를 결코 잊어서는 안 된다는 교훈을 전해주고 있다.

6. 번역소설과 번안소설

서해는 알치 바세푸 작 「행복」의 일역을 다시 번역한다. 이 작품은 현진건에 의해 『개벽』(1920. 8)에 번역되어 소개된 바 있다. 이미 번역된 작품을 다시 번역한 것은 알치바세푸의 작품에 깊은 관심이 있음의 증거다. 서해에게 끼친 알치 바세푸의 영향은 김용희에 의해서 어느 정도 밝혀진다.[19]

---

19) 김용희, 「최서해에 끼친 고리끼와 알치·바세푸의 영향」, 『국어국문학』 88호, 1982.

「행복」은 매우 추운 겨울날, 닷새 동안 아무런 소득이 없었던 매춘부 싸－쉬카가 지나가는 사내를 붙잡고 자기 손님이 되어 줄 것을 요구하는 것으로부터 시작된다. 사내가 거절하자, 그러면 진종일 굶은 몸이니 빵이나 사먹게 약간의 돈을 적선하라고 애걸한다. 그래도 사내가 반응을 보이지 않자 10코페이카만 주면 5분간 웃통을 벗고 눈 속에 들어앉아 있겠다고 제의한다. 자신의 고통으로 남의 동정을 얻으려는 속셈이다. 사내는 그녀의 제의에는 아랑곳없이, 맨몸으로 자신에게 열 대의 매를 맞으면 5루불을 주겠다고 한다. 처음에는 주저했지만 그녀는 곧 이에 응한다. 사내는 혹한의 날씨에 알몸인 그녀를 단장으로 열 대의 매를 사정없이 내려친다. 그녀는 정신이 아찔하였으나 곧 회복하고 5루불이 생긴 것에 큰 기쁨을 느끼며 행복감에 젖는다.

이러한 줄거리를 놓고 논자에 따라 그 의미를 설명함에 차이를 보일 수 있다. 가령 비록 '공장에서 고용살이 하는 사람'이지만 사내의 옷차림이 '양피(羊皮) 옷깃이 달 아래 번쩍번쩍 윤이' 흐를 정도인 점으로 보아 그를 부르주아로 간주하고, 따라서 부르주아의 잔인성을 보여준 작품이라고 할 수 있다. 아니면 노동하지 않고 쉽게 돈을 벌려는 자는 거기에 상응하는 고통을 당해야만 한다는 점을 강조한 것이라고 보거나, 자존심도 없이 돈에 집착하는 치사한 사람은 혹독한 대가를 치러야만 한다는 것을 일깨우기 위한 것이라고 할 수도 있다.

서해는 이 중 첫 번째의 입장을 취한 듯하다. 그는 당시(1929년) 프로 문단 분위기에 휩쓸려 비인간적인 학대자와 가련한 피학대자를 부르주아와 프로레타리아에 비유하여 보여주려 한 것 같다.

장편 번안소설『사랑의 원수』는 '수수께끼의 제시－논리적 추리－수

수께끼의 해결'이라는 세 단계의 형식적 틀을 갖추고 있고, 범죄사건이 탐정의 기지와 눈부신 활동에 의해 해결되는 이야기 구조로 되어 있으므로 추리소설이라 할 수 있다.[20]

이 작품은 누구의 어느 작품을 번안한 것인지 밝혀져 있지 않다. 연재한 『매일신보』에도 이에 대한 언급은 보이지 않는다. 김병철의 『외국 문학 번역사 연표』에도 원작명은 알 수 없는 것으로 되어 있다. 참고로 연재되기 전 '예고'의 일부를 살펴보면 다음과 같다.

> …(전략)… 십오일부터 연재할 소설은 이 역시 서양에서도 유명한 탐정 소설이니 그 탐정하는 방법이 새롭고도 기발하며 사건을 추리하는 힘과 행동을 판단하는 관찰력이 신출귀몰한 것은 읽는 사람의 마음을 구름 밖으로 끌어가고야 맙니다. 더구나 이 소설은 다른 소설과 같이 순전히 상상으로 된 것이 아니요, 사실이 세상에 있었다는 데서 더욱 흥미가 끌립니다. 대수롭지 않은 일이 크나큰 업원을 지어 그 줄거리와 그 가지는 뜻하지 않은 곳에 퍼지고 얼크러져서 마침내 꽃 같은 처녀에게 처참한 상처를 내이고 순결한 청년에게 천고의 누명을 씌웠습니다. 이에 따라 활약하는 노련한 탐정의 솜씨와 당대 신문계에 이름 높은 젊은 신문기자의 비범한 솜씨는 때로는 폭풍우같이 우리의 머리를 치고 때로는 노도광란처럼 우리의 가슴을 찔러서 기특하고도 장쾌한 느낌을 받지 아니치 못하게 됩니다. 이 모든 사람의 활약은 장차 어떠한 인과를 맺으려는지? 하루 이틀 지나는 사이에 여러분의 의심은 풀릴 것입니다.

왜 『매일신보』사 측은 원작명과 원작자를 밝히지 않은 채 이 작품을

---

20) 김창식, 「추리소설 형성기의 동향과 김내성의 『마인』」, 『추리소설이란 무엇인가』, 국학자료원, 1997, 161쪽.

실었는지 그 이유를 알 수 없다. 서해 자신도 이 작품에 각별한 관심이 있었던 것 같지는 않다. 수필이나 잡문을 통해서도 이에 대해 한마디의 언급이 없다. 다만 당시 탐정소설류의 번안소설이 유행했든지, 아니면 창작소설보다 원고 구하기가 용이하고 원고료를 적게 지불할 수 있었든지, 번역소설을 실을 만큼 충실한 번역자를 구하지 못했든지 하는 신문사의 사정 때문이 아니었나 추측해 볼 수 있다.

이 소설은 대개의 탐정소설에서 탐정이 범인을 잡는 것과는 달리 신문기자가 범인을 찾아낸다는 데 특색이 있다. 화자인 '나'(변호사)가 사건을 소개하는 식으로 구성되었으며, 한국적 배경과 분위기에 맞추려고 애쓴 흔적이 보인다. 그러나 몇몇 곳에서는 작품 전체의 흐름과 조화를 이루지 못해 번안 과정에서 너무 졸속으로 처리되었다는 비난을 면치 못할 듯하다. 가령 김혜경과 사랑을 나누었던 청년으로 등장하는 권칠보가 실은 50세 가까운 중늙은이었다든가, 악한인 권칠보가 위장을 했다고는 하지만 범인을 잡는 경시청에 들어가 명탐정이 되었다든가, 의정부에서 일어난 사건을 동경 지방 재판소에서 재판이 열리게 한다든가 하는 점이 곧 그것이다. 이 작품의 내용을 간략히 살펴보면 다음과 같다.

의정부에 살고 있는 조선 과학계의 권위자인 김박사의 딸 혜경이가 어느 날 테러를 당한다. 이 사건을 해결하기 위해 명탐정 홍길수와『경성신보』민완 기자 신일룡이 가담한다. 이들이 활약하는 과정에서 박이학사, 행랑아범 내외, 늙은 하인 남서방, 김박사댁 산지기, 이법학사 등 김박사 주변인물들과 산고양이가 범인인 것처럼 떠오른다. 그래서 독자로 하여금 과연 이들 중 누가 진짜 범인일까 하는 궁금증과 호기심을 유발하고, 이와 함께 스릴과 서스펜스를 맛보게 한다.

마침내 범인은 홍탐정으로 밝혀진다. 즉 무서운 강도 권칠보는 철저히 자신을 숨기고 4년 전 홍탐정으로 위장하고 경시청에 들어간 것이다. 이전에 그는 한때 김혜경과 동거한 적도 있다. 그러나 강도라는 신분이 발각되고, 그 때문에 혜경이의 마음이 그에게서 멀어지자, 그녀의 마음을 돌려보려 노력한다. 노력이 허사가 되자 그녀에게 테러를 감행하게 된다. 그는 그 후 홍탐정의 입장에서 혜경의 약혼자 박이학사가 범인인 것처럼 공작을 꾸미려 했지만, 신일룡 기자에 의해 그의 범죄 사실과 가면이 낱낱이 벗겨진다. 이 과정에서 범인이 누구인지 작품이 거의 끝날 때까지 오리무중 상태로 있으므로 독자는 논리적 추리 과정을 통해 작가와 지적 게임을 벌이며, 여타의 소설에서는 맛볼 수 없는 즐거움을 얻게 된다.

이 작품의 연재가 끝났을 때 『매일신보』는 "최서해(崔曙海) 선생의 번안에 의한 탐정소설 『사랑의 원수』는 독자 여러분에게 비상한 흥미를 남기고 마침내 제80회로써 완결을 보게 되었습니다."라고 하여 독자들의 반응이 비교적 좋았음을 전해주고 있다.

7. 맺음말

서해는 30년 남짓의 짧은 생애 동안 희곡을 제외한 전 장르에 걸쳐 작품을 남긴다. 시와 시조는 작가 활동 초기에 몇 편을 창작한 것이 고작이다. 자신의 시재(詩才)가 없음을 간파하고 더 이상 시나 시조에 관심을 두지 않았기 때문일 것이다. 동화나 번역 작품도 선보이고 있는데 아마도 청탁을 받고 이에 응한 결과일 것이다. 때문에 시 및 시조나 동화, 번역 작품 등에 특별한 의미를 부여하기는 어려울 것이다. 그러나 동화는 그의 교훈적 수필과 서로 연관되고, 번역소설은 신경향파소설과 관련되며, 번안소설은 장편『호외시대』의 주인공이 벌이는 은행 사기의 전말에 영향을 준 듯하여 텍스트 상호성의 차원에서 의미를 띤다고 할 수 있다.

그의 본령은 아무래도 소설일 터이고 그 다음 자리를 수필과 비평(이론 포함)이 차지할 듯하다. 수필에서는 그 자유로운 형식을 이용해 자신의 문장 실력을 유감없이 발휘한다. 형태도 다양하고 작품 수도 수십 편에 이른다. 소설로 적합한 제재와 수필로 마땅한 제재가 따로 있듯이, 서해의 소설과 수필은 소수를 제외하고는 그 제재나 내용에서 많은 차이를 보인다. 이를 도외시한 채 그의 소설이 수필과 넘나드는 체험소설이라고 규정하고, 그의 상상력의 빈약을 지나치게 강조해서는 안 되겠다. 수필의 특색은 과거 회상이나 여행 · 교훈담이지만 당시 암담한 상황을 고발 · 폭로하는 것도 적지 않다. 어떤 것은 신변잡기식이 아닌 서사와 서정의 조화 속에 정돈된 문장으로 엮어져 빛을 내기도 한다.

평론은 내용 · 형식 문제, 고전론 · 조선주의 · 대중화론 등에 대해 나름대로 주장을 펴고 있지만, 논리를 자주 번복하여 혼선을 빚는 등 체계적이지 못하여 아쉬움을 남긴다. 내용이 시사적이고 시평 · 월평 · 총평이 주를 이루어 본격적인 평론이라 할 수 없다. 체계적인 논리나 이론을 펼쳤다기보다는 소박한 의견의 개진으로 그쳤다고 보는 편이 좋을 듯하다. 그러나 당시의 중요한 문제에 항상 일찍이 착안하여 관심을 고조시킨 점은 높이 사야 할 것이다. 이러한 논리가 그의 신경향파소설

최서해의 삶과 문학 연구

을 이해하는 데 크게 도움이 될 것이라는 점도 밝혀야 할 것이다. 지금까지 서해 작품에 관한 한 소설 위주로 연구되고 그 이외의 장르에 대한 논의는 없었던 것이 사실이다. 이 책이 서해의 문학을 폭넓게 이해하는 계기가 되었으면 하는 바람이다.

제9장

해방 후
북한에서의 연구

제9장 해방 후 북한에서의 연구

1. 머리말

주지하다시피 서해는 한국 근대소설사에서 뚜렷한 위치를 차지하는 작가이다. 생전이나 사후를 막론하고 그의 작품들이 항상 주목받아 온 것도 이 때문이다. 남한에서의 그와 관련된 연구는 8·15 광복에서 4·19까지 매우 미미한 형편이다. 단독 논문이나 평론류가 전무하다시피하고, 박영희·백철·조연현·김팔봉·김동인·계용묵·홍효민 등이 저술한 문학사나 문단사류에 단편적으로 소개될 정도이다. 그 외에 한두 편의 짤막한 인물평이나 회상기가 고작이다. 이것들마저도 극히 한정된 자료에 검증도 하지 않아 오류와 모순이 많다.

그 사이 작품집도 전혀 발간되지 않았다. 1952년 민중서관판『한국문학전집』제12권에 계용묵·이상·김유정의 작품과 함께 소설 7편이 수록되었을 뿐이다. 1950년대 북한에서 소설 선집(『최서해 선집』, 조선작가동맹출판사, 1955)이 발간되고 단독 논문과 저서가 간행된 것과 대조된다. 1960년대 후반에 이르러 본격적인 연구가 시작되지만, 그 논리가 극히 한정된 작품을 대상으로 전개되었다는 점에서는 4 · 19 이전과 차이가 없다.

1970년대에는 문학 연구 인력의 급증과 함께 다양한 방법론으로 논의가 활발하게 이루어지게 되고, 석사학위 논문까지 선보이게 된다. 여기에 힘입어 그 후 수백 편의 논문과 비평문이 발표되어 괄목할 만한 업적을 보여준다. 그동안 북한에서의 연구 동향은 거의 알 수 없는 상태였다. 1980년대 비로소 월북 작가의 해금과 함께 북한에서 발간된 각종 자료가 소개되어 어느 정도 그 면모를 파악할 수 있게 되었다.

서해의 문학은 8 · 15 광복 후 북한에서도 문학자와 평론가들의 주목을 받아왔다. 19세기 말부터 1945년까지의 북한 문학사에서는 김소월 · 나도향 · 이상화 · 조명희 · 송영 · 이기영 · 강경애 등의 문학과 함께, '김일성의 항일 무장 투쟁기 혁명적 군중 문학 예술'과 동일한 비중으로 평가되고 있다. 북한 소설사는 1920년대 이후에 라도향→ 최서해→ 조명희→ 리기영→ 강경애→ 리북명→ 윤세중→ 천세봉 등의 순서로 서술될 정도로 막중하게 취급하였다.

1956년 5월 5일 조선작가동맹 중앙위원회에서 사회주의 리얼리즘의 발생 · 발전 문제에 대해 토론회가 개최된 이래로 이 논의의 중심에 위치해 왔다. 북한에서의 논의는 항상 이데올로기에 연관시켜 전개되었기 때문이다. 남한에서의 연구가 방법론의 다양성에 의해 다채롭게 이루어진 반면, 북한에서는 이데올로기라는 테두리 안에서 논자들에 따라 논리에 부분적인 차이만을 보여주고 있을 뿐이다.

1966년 1월 21일 조선작가동맹 중앙위원회는 서해 탄생 65주년 기념회를 작가 · 예술인 · 학생들이 모인 가운데 개최한다. 박웅걸 문화상, 조령출 문예총 중앙위원회 부위원장 등이 참석하고, 공훈 배우 유경애가 「박돌의 죽음」을, 배우 김기욱이 「혈흔」을 낭독한다. 작가동맹 중앙위원회 부위원장 최영화가 서해의 생애와 문학에 대해 보고도 한다. 이러한 사실은 1966년 1월 25일 『문학신문』에 한 장의 사진과 함께 기사화되어 게재된다. 북한 문화계에서의 서해에 대한 입장과 그의 비중이 어떤지를 알 수 있게 해주는 행사라 할 수 있다.

이 책에서는 먼저 한효와 안함광 및 류만의 논지를 살펴보려 한다. 한효와 안함광은 광복 후 비교적 이른 시기에 서해를 연구하여 단독 평론을 발표하거나 저서를 출간한다. 류만은 일찍이 「초상묘사와 심리묘사(최서해론)」(『문학신문』, 1964. 9. 4)와 공저 『조선문학사』(1980)에서 서해에게 관심을 나타낸 적이 있다. 여기에서 주로 언급하려는 그의 「최서해의 작품 세계」는 1990년대의 작품론이기 때문에 한효와 안함광 등의 1950년대 논지와 비교될 수 있을 것이다. 다음으로 문학사류와 논쟁 혹은 기타의 글에서 보인 논의를 한데 묶어 고찰하려 한다. 이들의 논리는 대체로 「탈출기」와 「혈흔」에 관련되어 있다. 특히 「혈흔」은 원문에서 변조된 채 검증도 되지 않고 인용되어 항목을 달리하여 검토할 필요를 느낀다.

이광수 · 김동인 · 염상섭 등의 민족주의 작가들을 도외시하고 임화 · 이태준 · 김남천 등을 왜곡하여 선전하는 북한 상황에서, 그나마 서해만이라도 남북 양측에서 함께 연구되고 있어서, 통일문학사를 위해서는 다행이라 하겠다. 그러나 자료 수집의 한계는 현재로서는 쉽게 극복할 수 없을 듯하다. 6 · 25 후 반세기에 걸친 북한에서의 그에 대한 연구물을 섭렵해야 할 것임에도 불구하고, 남한에 확보되어 있는 자료만으로는 여의치 않은 까닭이다. 좀 더 충실한 연구는 다음 기회로 미룰 수밖에 없는 형편이다.

2. 한효와 안함광의 논리

한효는 「신경향파작가로서의 최서해」(『조선문학』, 1954. 5)에서 「탈출기」 「큰물 진 뒤」 「폭군」 「설날밤」 등을 주로 분석한 뒤, 서해를 신경향파 작가로서 시종일관한 작가였다고 규정한다. 이를 위해 그는 신경향파문학에 대한 개념을 설정한다. 사회주의 리얼리즘문학의 맹아로써 '조선 노동 계급의 혁명 투쟁의 유력한 무기의 하나로서 출현하여, 리얼리즘 문학의 비판정신을 확립하였으며, 인민들의 진보적 이념들과 심미관에 입각하여 자기 발전의 길에 들어'[1]선 문학으로 본다. 빈궁을 제재로 하고, 빈궁에 반항하거나 빈부를 과장하여 대조시키고, 자연발생적인 계급의식이 지극히 관념적으로 표출된 문학이, 신경향파문학이라는 남한 측의 주장과 큰 차이가 있다.

이어서 서해가 신경향파 작가가 된 것은 그의 곤란한 생활 체험의 필연적인 결과이고, 서해는 당시의 현실에 반항하고 투쟁하는 인간 묘사에 집중하였다는 것이다. 그 반항은 단순히 개인적 복수에 그치는 것이 아니라, 실은 사회(제도)에 대한 것이었다고 한다. 그러나 이 논리에는

---

1) 한효, 「신경향파 작가로서의 최서해」, 이선영 외, 『현대문학 자료집』 8, 태학사, 1994, 8쪽.

쉽게 수긍되지 않는다. 작중인물로 하여금 사회에 반항케 하려면, 작가가 당시의 객관적 정세를 냉철히 인식한 뒤에야 비로소 가능한 일이다. 서해의 작품을 면밀히 분석해 보면, 그가 당시 현실의 구조적 모순을 제대로 인식했다고 보기 어렵다. 단지 자신의 궁핍한 삶으로 인해 자연적으로 발생한 반항을 작품화했다고 보는 편이 타당할 듯하다.

한효는 서해 소설의 특질로 ① 노동자·농민을 자본가 지주들과의 대립관계에서 묘사한 점 ② 당시 현실에 반항하고 싸우는 새로운 인간의 묘사에 집중한 점 ③ 현실의 심오한 사상적 개조, 생활을 그 발전과 전진 운동에서 일관되게 제시하려 한 점 ④ 인민들을 교양함에 크게 기여한 점 등을 든다. 그러나 이것은 「저류」「보석반지」「갈등」「같은 길을 밟는 사람들」「먼동이 틀 때」「누이동생을 따라」 등 많은 작품을 도외시한 채 내린 결론으로, 서해의 전체 소설을 놓고 볼 때 설득력이 매우 약하다. 작품론을 전개하면서 언어적 측면을 배제한 점도 아쉬움을 남긴다. 작중인물의 반항을 작가 자신의 반항처럼 서술한 것도 문제점이라 하겠다.

단행본으로 출간된 안함광의 『최서해론』(조선작가동맹출판사, 1956)은 남북한을 통틀어 지금까지 서해에 대한 가장 본격적인 탐구서라고 할 수 있다. 발간 일자가 1956년 3월 5일로 되어 있지만, 본문 중에 『청년문학』, 1956년 8월호에서 몇 부분을 인용하고, 저자의 후기가 1956년 10월로 되어 있는 점으로 볼 때, 1956년 10월 이후 발간된 것 같다. 이 저서는 주로 작품론인데, 「고국」「십삼원」「매월」「박돌의 죽음」「기아와 살육」「큰물 진 뒤」「홍염」 등을 중점적으로 거론하고, 「탈출기」는 독립된 장에서 집중적으로 논의한다.

여기서 안함광은 조선 '초기 프로레타리아문학'이 곧 '신경향파문학'
이며, 이 문학 경향이 비판적 사실주의는 넘어섰으나 사회주의적 사실
주의에는 미달한다고 한(184쪽) 뒤, 서해는 시종여일 신경향파 작가였
다고 한다. 한효와 비교할 때, 서해를 신경향파 작가라고 주장한 점에
서는 차이가 없지만, 신경향파문학을 '초기 프로레타리아문학'으로 간
주한 것과 그 개념 설정에는 차이가 있다.

> 신경향파문학은 현실 생활을 계급적 대립관계에서 파악하였으며,
> 무산계급에게 의식적으로 복무하려는 당성을 체현하였으며, 자본주
> 의 사회제도를 근본적으로 부인하는 혁명적 사상을 고취하였으며,
> 사회주의적 리상을 체현하는 긍정적 주인공 — 로동자, 농민, 혁명투
> 사들을 창조하였으며, 혁명적 랑만주의의 모멘트를 지배적으로 표현
> 하고 있는 것 등으로써 공통적으로 특징된다.[2]

이어서 그는 서해가 조명희 · 리기영 · 한설야 · 송영 등과 더불어 "일
본 제국주의의 침략을 반대하며, 자본주의 사회제도의 근본적 부인을
선언하며, 그것과의 타협 없는 투쟁을 고취하는 많은 작품들을 창작하
였다."(10쪽)고 주장한다. 신경향파문학 자체가 자본주의 사회제도를
근본적으로 부인하는 문학이라 하고도, 다시 신경향파 작가 서해가 자
본주의 사회제도를 부인하고 있음을 암시한다. 서해가 의식적으로 자
본주의를 부정했음을 강조한다. 그의 이러한 태도는 다음과 같은 주장
에도 잘 나타나 있다.

---

2) 안함광, 『최서해론』, 조선작가동맹출판사, 1956, 50~51쪽.

> 그(서해, 인용자)는 일제 통치하의 당대 자본주의 사회제도에 대한
> 근본적 혁신의 사상을 고취하였다. 사회적 생산물에 대한 사적 소유
> 제도를 근절하며 낡은 사회제도 대신에 인민 스스로가 생활의 주인
> 이 될 수 있는 그러한 새 사회에 대한 긍정과 확인, 그것은 그의 리상
> 의 중심 내용이며 그의 작품을 일관하고 있는 기본 빠포쓰다.[3]

하지만 당시 정황으로 볼 때 서해가 자본주의를 제대로 인식했다고
보기는 어렵다. 따라서 서해가 자본주의를 부정하고 그것을 작품화했
다는 것은 논리의 비약이다. 한편 안함광이 사회주의적 사실주의가 스
탈린의 제창과 고리키의 지도에 의하여, 1934년 소련에서 발생한 예술
및 문학의 창작 방법이란 사실을 인식했다면, 1920년대 주로 활동한
서해를 '사회주의적 사실주의의 길을 보람 있게 개척해 나간 작가(187
쪽)'라고 하지는 않았을 것이다.

1934년 이전이라도 작품에 사회주의적 사실주의의 경향을 나타낼
수는 있겠지만, 그것은 우연의 일치이지 의식적으로 개척해 나갈 수 있
는 성질이 못된다. 더구나 이후의 논자들이 서해의 문학을 '사회주의적
사실주의의 맹아 단계'라고 주장하는 것과 비교할 때, 이 논리는 도를
넘고 있는 것이다. 다시 말해 안함광은 서해를 신경향파 작가라고 전제
했으면서도 그의 소설을 프로문학처럼 인식하였거나, 신경향파문학을
지나치게 프로문학에 근접시켜 개념화했는지 모른다.

그가 서해 소설을 특히 높이 평가하는 이유는 작품에 표출된 풍부한
인민성과 시대 개조를 향한 위대한 낭만정신, 증오와 반항, 분노와 투

---

3) 안함광, 앞의 책, 12쪽.

지, 반일제·반봉건 등과 언어적 표현 수단도 함께 이후의 문학에 전범(典範)이 되었기 때문이다. 이러한 전범은 그 후의 문학에서 더욱 심화·보충되면서 계승·발전되었다고 판단하여, 형식이 잘 갖춰진 진보적 문학의 시조(始祖)쯤으로 간주하고 있음을 엿볼 수 있다.

그는 서해 소설의 언어적 특징으로 ① 모든 언어를 시각적 형상으로 통일시킴 ② 기성적인 판박이 언어들을 극력 배격함 ③ 언어와 개념은 운동·몸짓·형상의 감촉을 주고 있으며, 육체적인 움직임에 신호를 주는 심리적 운동을 내포함 ④ 자연 묘사와 세태 묘사에 개성화된 언어 사용 ⑤ 문장에 사람의 호흡과 시대의 맥박이 있음 ⑥ 독자적인 문체 사용 등을 든다. 이러한 평가가 서해 소설을 의도적으로 미화하려한 나머지 지나치게 과장된 것임을 알 수 있다.

「최서해와 탈출기」라는 소제목까지 정해 놓고 집중적으로 다룬「탈출기」에 대해서는 '시대의식의 각성' '반항정신의 고취'를 목적으로 사실주의적 묘사가 특질이라고 한 뒤, 언어도 간명하고 탄력적인 맥박으로 되어 있다며 매우 훌륭한 작품으로 평가한다(127~129쪽).

그는 ①「최서해와 그의 단편의 특성」(『문학신문』, 1962. 1. 23) ②「최서해의 문학에 대한 몇 가지 단상」(『문학신문』, 1962. 8. 31) ③「최서해의 작품 세계와 그의 언어 형상적 특징」(『문학신문』, 1966. 1. 21) 등을 통해 지속적으로 서해 소설에 관심을 나타낸다. 하지만 『최서해론』의 논지를 크게 벗어나지는 않는다.

특이한 것은 ③에서 서해를 프로레타리아문학을 개척한 선구자의 한 사람으로 규정한다는 점이다. 「탈출기」에 대하여도 『최서해론』에서 보다 더욱 문학사적 가치가 중요한 작품임을 역설한다. 시간이 지나면서 서해 소설에 더욱 가치를 부여하려는 의도를 엿볼 수 있다.

그는 작품 내용 못지 않게 형식에도 많은 비중을 두어 논하고 있는데, 프로문학이 그동안 내용만을 문제 삼은 나머지 형식을 소홀히 했다는 비난을 의식한 때문인 듯하다. 내용과 이데올로기 문제만에 치중된 한효의 논리에 비해 진전된 논리라 하겠다. 그러나 안함광은 객관적인 분석보다 과도하게 의미를 부여하는 등, 시종 찬사로 일관하여 진정한 가치 평가에는 실패하고 있다. 한효와 마찬가지로「토혈」이 아닌「고국」을 처녀작이라고 한 것도 시정되어야 할 것이다.

이상에서 살펴보았듯이 한효는 서해와 그의 작중인물을 동일시하거나, 언어적 측면을 배제하고 작품론을 펼친 오류를 범한다. 그러나 서해 문학에 대한 본격적인 논평에서 신경향파문학과의 관계 해명에 기선을 잡고, 그 논리는 그 후의 북한 논자들에게 많은 영향을 주었다는 데 의의가 있다. 안함광은 서해 문학을 지나치게 높게 평가하고 미화하려 한 나머지, 논리의 비약을 초래한 것이 큰 결점이지만, 내용과 형식을 아울러 고찰하고 지속적으로 이에 관심을 표명했다는 데서 의의를 찾을 수 있다.

3. 류만의 논리

『현대조선문학선집』제10권인『최서해단편소설집』(문예출판사, 1991)에는 27편의 단편소설이 실려 있다. 이 작품집 서두에 류만의「최서해의 작품세계」가 게재되어 있다. 여기서 류만은 27편 중「오원칠십오전」「폭군」「수난」즉, 세 편을 제외한 24편을 대상으로 작품평을 하고 있는

데, 제목만을 열거하거나 간단히 언급한 경우가 많고, 정작 자세히 고찰한 것은 「탈출기」 「그믐밤」 등 극히 제한되어 있다. 어느 작가를 논하면서 그의 전 작품을 문제 삼을 수도 없고, 굳이 그럴 필요도 없을는지 모른다. 그의 작가적 특질 혹은 작품의 특질만을 부각시키거나, 문제작이나 화제작만을 집중적으로 분석하는 경우도 있을 수 있다. 그러나 여기서는 제목이 암시하듯 서해의 작품 세계를 언급하는 만큼 되도록 많은 작품을 텍스트로 선정했어야만 할 것이다.

류만은 서해가 우리나라 '초기 프로레타리아문학'의 대표적인 작가이며, 「탈출기」는 서해 작품 중에서는 물론 '신경향파문학'에서도 가장 대표적인 작품 중 하나라고 주장한다. 또 '초기 프로레타리아문학'과 '신경향파문학'을 동일시하고, 서해가 평생 이 세계를 벗어나지 못했다고 본다. 이것은 한효나 안함광을 비롯한 1950년대 논자들의 견해와 다를 바 없다. 이어서 그는 서해의 문학사적 의의를 다음과 같이 진술한다.

> 심오한 주제·사상과 높은 예술적 형상을 구현함으로써 자기의 단편 소설로 하여금 진실한 사실주의적 화폭으로 되게 하였으며, 초기 프로레타리아 문학을 대표하는 의의 있는 작품으로, 1920년대의 문학사를 풍부히 하는 데서 뚜렷한 자욱을 남긴 작품으로 되게 하였다.[4]

서해 소설의 '높은 예술적 형상'의 원인으로는 ① 생활의 진실이 그대로 작품에 옮겨져 형상의 진실성이 자연스럽게 담보된 점 ② 단편소설답게 구성함 ③ 서술과 묘사에서 고도의 절제를 지향함 ④ 초상 묘사

---

4) 류만, 「최서해의 작품 세계」, 『최서해 단편소설집』, 문예출판사, 1991, 20쪽.

와 심리 묘사를 비롯한 묘사의 탁월성 ⑤ 다양한 서술 방식의 탐구와 이용 ⑥ 생동하고 특징적인 생활 세부의 탐구 ⑦ 특색 있는 언어 표현과 짧으나 박력 있는 문장 조직 등을 든다.

이러한 논리가 얼마나 허구인가는 금방 인식할 수 있다. ① 은 생활의 진실이 작품화되면서 얼마든지 변모·굴절될 수 있으므로, ②④⑤⑥은 논지가 너무 추상적이고 구체성이 결여되어 있어서, ③은 서술과 묘사의 고도한 절제가 소설에서는 반드시 필요한 것이 아니므로, ⑦은 짧으며 박력 있는 문장이 소설에서 필요·충분조건이 아닐 뿐더러, 그것에 대해 구체적으로 어떤 것인지 설명이 없다는 점에서 그렇다.

서해가 1923년 단편소설 「십삼원」을 쓰고 다음 해 「고국」 「토혈」 등을 썼다든가, 창작 생활의 전 기간에 걸쳐 단편소설만을 썼다고 한 것도, 그가 성실한 최서해론을 준비했다고 보기 어렵다. 『조선문단』(1925. 2)에 실린 「십삼원」이 「토혈」(1924. 1)이나 「고국」(1924. 10)보다 나중 발표된 작품이고, 장편 『호외시대』가 있다는 사실을 알면 이러한 언급은 하지 않았을 것이다.

이에 앞서 류만은 박종원·최탁호 등과의 공저 『조선문학사』(1980)에서, 서해가 환경에 적극 항거하는 인간을 창조하여, 초기 프로레타리아문학 발전에 긍정적인 역할을 하였다고 평가하였다.[5] 그 후 그는 자신의 단독 저서 『조선문학사』(1926~1945) II(과학백과사전종합출판사, 1995)에서도 대체로 이러한 논지를 거듭 확인하고 있다.

---

5) 박종원·최탁호·류만, 『조선문학사 19세기 말~1925년』, 과학백과사전종합출판사, 1980, 열사람, 1988, 208쪽.

이 저서에서 주목을 요하는 것은 신경향파문학을 '주로 인민 대중의 생활상 궁핍과 그로부터 흘러나오는 현실에 대한, 개별적이며 자연발생적인 반항을 그리는 데 그친'(24쪽) 문학으로 본 점이다. 이와 함께 "「탈출기」의 '빈궁 문제'는 빈궁 그 자체에 대한 고발과 폭로에 머물렀으며, '반항 문제' 역시 많은 경우 자연발생적이며 개별적인 항거에 그쳤다."(84쪽)고 평가한 부분이다. 신경향파문학의 개념 설정과 「탈출기」의 논의에서 자연발생적이고 개인적인 반항을 강조하고 있기 때문이다. 지금까지 계급주의에 편향된 시각으로만 신경향파문학의 개념을 설정하고, 서해 작품을 재단하려 한 관점에서 벗어난 경우라 하겠다.

이상에서 고찰한 것처럼 류만은 기존 논자들의 견해에서 거의 벗어나지 못하고, 논리도 허술하고 자료도 성실하게 살펴보지 않았다. 하지만 최근의 저서에서 비교적 객관적으로 신경향파문학의 개념을 설정하고, 「탈출기」를 해석한 점은 주목을 요한다고 하겠다.

4. 문학사와 기타 논의

이미 밝힌 대로 남한에서는 다양한 방법론으로 서해의 작품이 조명되었다. 그러나 비판적 사실주의 및 사회주의적 사실주의와 연결된 고찰은 거의 없었다. 일찍이 임헌영이 현진건의 비판적 사실주의를 보다 심화시킨 작가로 서해를 꼽은 적이 있다. 현진건의 작중인물들이 하류층이며 기존 윤리와 체제를 긍정하는 데 비해, 서해의 인물들은 품팔이 계층, 유랑 계층 등으로 하류층에서 더 내려갔으며, 다분히 반체제적이기 때문에 서해를 비판적 사실주의 작가로 규정하는 게 합당하다는 것

이었다.[6)]

이 방면의 고찰은 이데올로기에 경도된 까닭에 논자들이 의도적으로 기피했던 듯하다(1990년대에 비로소 이런 측면의 고찰이 이루어지고 있다). 이에 비해 북한에서의 논의는 이 방면이 압도적이다. 이미 살펴본 한효·안함광·류만의 논리는 물론이요, 문학사와 기타 논의에서도 예외는 아니다.

윤세평은『해방 전 조선 문학』에서 제6장을 '19세기 말~1945년 문학'으로 정하고, 이 기간 동안의 중요한 작가들을 개별적으로 논하고 있다. 라도향·김소월·리상화·최서해·조명희·리기영·한설야·송영·박팔양·박세영·엄흥섭·리북명 등이 주요 작가들인데, 이 시기 문학사에서 이들을 거론하는 것은 북한의 다른 논자들과 크게 다르지 않다. 비판적 사실주의 작가 혹은 사회주의적 사실주의 작가 이외는 거론하지 않으려 한 의도를 엿볼 수 있다. 서해의 문학을 신경향파문학이라 전제한 뒤 이와 관련하여 비교적 자세히 설명해 주고 있다. 신경향파문학을 혁명문학이라고 한 점이 특이하다.

> 초기 프로레타리아문학은 당시에 있어서 '신경향파'문학으로 불리웠는바 그것은 낡은 부르죠아 문학에 대치되는 전혀 새로운 경향적인 문학이란 의미에서 그렇게 불리웠다. 그러나 신경향파문학은 로동 계급 운동이 아직도 낮은 단계에 처하여 있었을 뿐만 아니라 작가들의 맑스-레닌주의적 세계관의 미숙과도 관련하여 초기 프로레타리아문학으로서의 일정한 공통적 특징들을 가지고 있다. 그러나 신경향파문학은 조선 문학사에서 처음으로 명확한 사회주의 리상을 체

---

6)   임헌영,『한국 근대소설의 탐구』, 범우사, 1974, 122쪽.

현하고 착취자와 압제자들에 대한 강한 항거의 정신으로 관통된 혁명문학으로 출현하였는바 거기에는 최서해의 단편 「탈출기」, 송영의 단편 「석공조합대표」, 리상화의 시 「빼앗긴 들에도 봄은 오는가」 기타의 성과작들이 들어 있다.[7]

　엄호석은 우리나라에 사회주의적 사실주의가 발생할 조건과 가능성이 있었지만, 여기에 선진적 작가들의 고통에 찬 탐구의 길이 있었다고 전제하고, 이들 작가에 조명희·한설야·리기영과 함께 서해를 포함시킨다.[8] 서해가 사회주의적 사실주의의 발생에 공헌했음을 암시한다. 그러나 서해 문학은 어디까지나 신경향파문학에 속하고, 신경향파문학은 비판적 사실주의로부터 사회주의적 사실주의로 이행하는 과도기 문학이라는 것이다. 리정구가 「신경향파문학과 사회주의적 사실주의」(『문학신문』, 1957. 1. 17)에서 주장한 것과 유사한 내용이다.

　방연승은 「탈출기」가 '일제의 기반으로부터 조국을 해방하며 근로 계급을 해방하려는 혁명적 의식'이 나타나고, '사회주의 의식에까지 제고된 비판정신의 발현'을 보인 작품이라고 평가한다.[9]

　그렇다고 서해를 사회주의적 사실주의 작가로 단정짓지는 않는다. 「고국」 「매월」 등 초기 작품은 비판적 사실주의의 경향이고 그 후의 "성과작을 통하여 사회주의적 사실주의의 맹아적 단계를 형성하였다."[10]

---

7)　윤세평, 『해방 전 조선문학』, 조선작가동맹출판사, 1958, 224쪽.

8)　엄호석, 「조선문학에 있어서의 사회주의적 사실주의 발생과 관련하여」, 1958, 김성수 편, 『우리 문학과 사회주의 리얼리즘 논쟁』, 사계절, 1992, 172쪽.

9)　방연승, 「'신경향파' 문학에 대한 평가에서 제기되는 몇 가지 문제」, 1958, 김성수 편, 위의 책, 178쪽.

고 본다.

『조선문학통사』(현대문학편)(과학원출판사, 1959)에서는 「탈출기」를 우리나라 문학 발전에 획기적 의의를 갖는 작품이라며 중점적으로 살 피고 있다. 새로운 사상을 도입하고, 생활의 논리를 반영한 현실적 문 제를 제기하며, 그 문제의 해결 방향을 제시하였는데, 그 방향은 현실 에 철저히 반항하는 인간형의 창조라는 것이다.

그러나 그 적극적인 반항이 창작의 근본 주제임에도 불구하고, '리상 의 쟁취를 위한 방도의 세계는 구체적으로 보여주지 못'했다고 아쉬움 을 나타낸다. 「탈출기」는 현실에 적극적으로 반항한 인물은 보여주었지 만, 프로레타리아 혁명 성취를 위한 구체적인 방법은 보여주지 못했음 의 지적이다.

리상태[11]·한중모[12]·박종식[13]도 이와 유사한 논지를 전개한다. 특 히 한중모는 최서해의 「탈출기」(1925), 조명희의 「낙동강」(1927), 송영 의 「석공조합대표」(1927), 한설야의 「과도기」 「씨름」(이상 1929) 등이, 1920년대 조선 프로레타리아문학에서 사회주의적 사실주의가 싹터서, 창작 방법으로 형성되는 과정을 보여주는 대표적인 작품으로 판단하 고, 「탈출기」가 이 중 제일 먼저 발표된 점을 중시한다. 사회주의적 사

10) 김성수 편, 앞의 책, 190쪽.

11) 리상태, 「조선문학에서의 사회주의 발생 문제와 관련한 몇 가지 의견」, 1959, 김 성수 편, 위의 책, 209쪽.

12) 한중모, 「1920년대 소설문학에서의 사회주의적 사실주의의 형성에 대하여」, 1959, 김성수 편, 위의 책, 232쪽.

13) 박종식, 「우리나라에서 사회주의적 사실주의 문학의 발생과 발전」, 1961, 김성 수 편, 위의 책, 250쪽.

실주의의 시발을 사실상 「탈출기」에서 찾고 있는 셈이다.

최영화는 『문학신문』(1966. 1. 25)에 기사화된 보고 형식에서 서해를 처음부터 프로레타리아 작가로 단정하고, 그의 작품 경향이 1960년대 북한의 현실적 요구에 연결되어 있어 중요하다고 본다. 작품의 내용을 자본주의와 일제의 탄압에 대한 항거와 투쟁으로 요약하고, 형식은 '완미한 예술 형식' '풍부한 형상적 수단' '높은 예술적 형상' 등으로 되어 있다고 극찬한다. 또 서해를 '프로레타리아 인도주의적 문학 정신'의 소유자로, '체험의 작가' '정열의 작가' '사색의 작가'로 규정하고, '우리 나라 현대 문학 발전, 특히 현대 단편소설의 개척과 발전에 특출한 공로를 세운 작가'로 평가한다.

작품의 특징을 보고한다면서 작가론에 치우친 감이 없지 않지만, 찬사 일색이어서 서해를 과대평가하려 한 의도를 엿볼 수 있다. 이 글은 전문이 게재된 것이 아니고 기자가 취사선택한 만큼, 그 진의가 제대로 전달되었는지의 여부는 확실하지 않으나, 서해 평가의 일면을 보여주었다는 데 의의가 있다.

시종일관 서해와 그의 문학에 칭찬을 아끼지 않기는 변희근의 「'참 사람'을 위한 문학」(『문학신문』, 1966. 7. 12)에서도 마찬가지이다. 작가론에 치우쳐 있는 이 글에서, 변희근은 서해가 처음부터 프로레타리아 작가로 등장했다고 단정하고, 투쟁적인 작가이므로 투쟁적인 작품을 썼다고 주장한다. '썩어빠진 사회의 모순을 파헤쳐 착취 계급의 본질을 들추어내고, 모든 불행과 죄악의 근원을 쓸어버리려' 했으며, '사람들을 투쟁에로 불러일으켰던 것'이라 하여 서해를 선동적인 작가로 평가한다.

정홍교 · 박종원은 서해가 조명희 · 리기영 · 강경애 · 리익상 · 송순

일 등과 함께 초기에는 비판적 사실주의 작가이었다가, 후기에 사회주의적 사실주의 작가로 성장하였다고 밝힌다.[14] 리동수는 「우리나라에서 비판적 사실주의의 발생·형성」(1988) 「우리나라 비판적 사실주의와 초기 프롤레타리아문학」(1988) 등에서, 「십삼원」 「매월」 「박돌의 죽음」 등이 아직 프로레타리아문학으로서 품격을 갖추지 못한 비판적 사실주의 경향의 작품이라고 규정한다.

이에 비해 「탈출기」만은 비판적 사실주의를 벗어나서 초기 프로레타리아 문학의 사상예술적 특징을 집대성한 전형적인 작품으로 본다. 그는 프로레타리아 계열의 작가들이 조명희·최서해·이상화·이기영·송영·김창술·유완희라고 하여, 서해의 후기작이 프로레타리아문학으로 성장했음을 암시한다.

지금까지의 논의를 종합해 볼 때 서해는 대체로 신경향파 작가로 규정된다. 작품 경향도 사회주의적 사실주의의 발생에 공헌했다느니, 사회주의적 사실주의의 맹아 단계를 보였다느니, 비판적 사실주의에서 사회주의적 사실주의로 이행된 과도기문학이라느니, 사회주의적 사실주의의 출발을 보인 문학이라느니 하는 등등으로 산발적이다. 문제는 신경향파문학을 혁명문학 혹은 과도기문학 등 이데올로기적인 측면으로 강도를 높이고 있다는 점이다. 신경향파문학의 개념을 이처럼 프로문학에 근접시킬 때, 서해는 비록 신경향파 작가로 분류되었지만 실질적으로는 프로 작가가 되는 셈이다. 실상 후기로 오면서 논자들은 서해를 아예 프로 작가로 규정하고 있는 실정이다.

---

14) 정홍교·박종원, 『조선문학개관』 1, 사회과학출판사, 1986, 353쪽.

5. 「혈흔」의 변조와 그 문제점

「혈흔」은 '서해창작집서'라는 부제가 말해주듯 서해의 창작집『혈흔』의 서문인데,『조선문단』(1925. 11)에도 실려 있다. 20개의 단락으로 된 이 글은 단락마다 분량에 다소 차이는 있지만 대체로 짤막한 편이다. 이 단락들은 각각 의미를 가지면서, 이들이 모인 전체의 글은 서해 자신의 심경 토로가 주를 이룬다. 감정적이고 솔직하며 다소 격렬한 표현인 내적 고백이고, 수필(수상)로 볼 수 있는 글이다. 이「혈흔」을 북한의 논자들은 빈번하게 인용하면서 논리를 전개한다. 그런데 그들 대부분이 소설처럼 인식하거나 아전인수격으로 해석하는 것이 문제이다. 안함광도『최서해론』에서 여러 구절을 인용한다.

① 시퍼런 칼을 이 심장에 꽉 박고 시뻘건 피를 확확 뿜으면서 진고개나 종로 네거리를 이리 뛰고 저리 뛰어서 금옥으로 장식된 거리를 뜨거운 피로 물들였으면 나는 통쾌하겠다.
② 내글은 세련이 없고 미숙하며 내 글은 현란치 못하고 난삽하며, 내 글은 맑은 하늘 밝은 달 같은 맛이 없고 흐린 련못 진흙같이 틉틉한 줄 나는 잘 안다.

안함광은 ①에서 보여준 서해의 분노와 격정이 그대로「탈출기」의 주인공 박군의 성격을 이룬다고 하였다. 또 '금옥으로 장식된' 압제자들의 세상을 뒤집어엎기 위하여 박군은 가족을 버리고 집을 뛰쳐나갔다고 하였다.[15] 그러나 서해와 박군이 같은 인물일 수는 없다. '금옥으로

---

15) 안함광, 앞의 책, 121쪽.

장식된 거리'라고 해서 반드시 압제자들의 세상이라 할 수도 없다. 작가 정열의 표출을 작품 주인공의 행동과 동일시하는 것은 논리의 비약이다. ②도 서해가 겸손한 자세로 자신의 글에 대해 고백한 것인데, '당시의 부르죠와 반동문학가들의 언어와 문체에 대한 비양'이라고 한 것은 독단적인 해석이다.

"참 인간의 참 생활이라는 륜리관으로 비참하게 보이는 사실이 이 세상에서 없어지기 전에는 나는 평온한 생활을 요구치 않는다."는 구절도 자주 인용된다. 정홍교 · 박종원은 공동 저서 『조선문학개관』 1에서 이 부분을 서해의 '착취제도에 대한 항거 정신'으로 파악하고, "이러한 항거 정신이 그의 창작에서 현실 비판의 기백을 높이게 하였다."[16]고 역설한다. 박종원 · 최탁호 · 류만도 『조선문학사』(19세기 말~1925년)에서 이 부분을 같은 의미로 해석하고 있다. '참 인간'(원문에는 '참 사람'으로 되어 있음)과 '참 생활' 때문인데, 이 용어에 대하여 서해는 자세히 언급해 놓지 않았다. 그런데도 인용자들은 '참 인간'을 사회주의 사상을 신봉하며 착취제도에 대해 항거하는 인간으로, '참 생활'을 그런 일을 하기 위한 생활로 본다.[17] 변희근도 두 부분을 인용하며 서해의 작가적 태도를 설명한다.[18] 그런데 이들이 인용하는 「혈흔」의 여러 부분에서 원문과 차이가 있어 눈길을 끈다.

① 사람이란 환경의 지배를 밧지 안을 수 업는 것이다. 나의 불순한

---

16) 정홍교 · 박종원, 앞의 책, 366쪽.

17) 박종원 · 최탁호 · 류만, 앞의 책, 208쪽.

18) 변희근, 「'참 사람'을 위한 문학」, 『문학신문』, 1966. 7. 12.

과거와 거츠른 현재는 나로 하여곰 거츠르게 만드럿다. 그뿐만 아
니라 물질은 나의 자유를 구속한다. 내 맘은 늘 끌는다.

② 나는 환경의 지배를 받는다. 내 마음은 안 받으려고 애쓰나 내 몸
은 확실히 받는다. 그것이 오래면 마음에까지 물들 것이다. 고르
지 못한 과거와 거칠은 현재는 나를 거칠게도 만들었거니와 내 자
유까지 구속한다. 시대를 초월하는 의식은 어떠한 것인가.

①은 『조선문단』에 실려 있는 원문이고 ②는 북한의 『문학신문』(1966.
1. 16)에 게재되어 있다. '참 사람'을 '참 인간'으로 '승리'를 '이김'으로
'뛰도록'을 '약동하도록' 혹은 '막 녹듯이'로 단어를 바꾼 경우는 여럿
있지만, 이처럼 문장 자체를 심하게 변모시킨 것은 전체적으로 볼 때
그다지 많지는 않은 편이다. 양적으로는 적을지라도 자주 인용되어 문
제시되고 있는 부분이 차이가 있어 관심을 요한다. 『문학신문』에 게재
된 예를 하나 더 살펴보도록 하자.

"천만 사람이 서쪽 달을 좇는 때에 홀로 동쪽으로 향하는 사람!
그에게는 아무것도 없다.
기도하는 이가 없다.
붙들어 주는 이가 없다.
길은 험하다.
앞이 어둡다.
그러나 그에게는 뜨거운 정과 굳센 의지와 튼튼한 믿음이 있다.
해는 언제든지 동쪽에서 솟는 것이다."

이 부분의 원문은 다음과 같이 되어 있다.

천만 사람이 서쪽 달을 좇는 때에 홀로 동쪽 매화를 찾는 사람! 그에게는 아무것도 없다. 지도하는 이가 없고 붙들어 주는 이가 없다. 다만 그 가슴에 끓어 넘치는 정열과 금석이라도 뚫을 만한 굳센 의지와 신념이 있을 뿐이다. 태양은 어느 때나 동에서 솟는 것이다.

1950년대 인용한 구절들도 『문학신문』에 게재된 것과 동일한 것으로 보아, 일찍이 누군가가 자신의 논리 구축에 유리하도록 원문을 개작한 듯하다. 대폭적인 개작일 경우 원작의 의미가 왜곡될 수도 있으므로, 몇 부분만을 고친 것일 뿐이다. 윗글의 원문과 인용문 사이의 차이점은 금방 발견된다. 첫째, 인용문은 원문이 행갈이되어 운문식으로 배열되어 있다. 연속된 문장을 독립된 행으로 배열할 경우 시처럼 읽혀지고, 형태가 빚어내는 음악적이며 시각적인 효과도 있다. 길게 잇달아 썼을 경우 한 번의 강조로 그칠 것을, 한 문장마다 늘어 놓아 여러 번 강조하게 할 수 있다. 짧게 끊어 읽게 한 것은 독자에게 선명한 인상을 남기는 동시에, 웅변 원고에서 흔히 볼 수 있는 선동적 효과도 얻을 수 있다. 둘째, 인용문은 원문의 문학적 수식어를 생략하여, 이 글이 수필이라는 문학적 범주라기보다는 선동적인 글이라는 인상을 주려고 의도하였다. 셋째, 인용문은 원문에다 문장을 적당히 삽입시키거나 빼기도 하면서, 내용을 많이 변경시키고 있다. 원문과 인용문 사이의 중요한 차이점을 비교해 보자.

원문		인용문
홀로 동쪽 매화를 찾는 사람	→	홀로 동쪽을 찾는 사람
"길은 험하다. 앞은 어둡다" 없음	→	"길은 험하다. 앞은 어둡다." 삽입됨

가슴에 끓어 넘치는 정열	→	뜨거운 정
금석이라도 뚫을 만한 굳센 의지와 신념	→	굳센 의지와 튼튼한 신념
태양은 어느 때나	→	해는 언제든지

이들 사이에는 내포된 의미에서 큰 차이가 있다. 가령 매화를 찾는 사람이 정서적·낭만적 인물임을 암시하는 데 비해, 그냥 동쪽을 찾는 사람은 무엇을 추구하는 사람인지 알 수 없다. 따라서 얼마든지 자의적으로 해석할 여지를 남긴다. "길은 험하다. 앞은 어둡다."라는 구절은, 있을 때(인용문)가 없을 때(원문)보다 정세가 훨씬 험난하고 암담함을 자아낸다. 나머지 구절들은 수식어를 제거하여 건조한 문장으로 만들고 있다. 즉 미래에 대한 개인적 정열과 신념을 표출한 원작을, 누군가가 당대의 암울한 상황을 타파하려는 의지를 보인 선동문인 것처럼 변조시킨 것이다. 위의 변조된 글을 자신의 글에 인용한 엄호석은 다음과 같이 주장한다.

> 보는 바와 같이 「혈흔」의 시기에 사회주의 투사인 주인공은 아직 '천만 사람이 서쪽 달을 좇'고만 있을 만큼 장차 붉은 햇살이 비껴올 사회주의적 미래에 각성되지 못한 조건에서 '지도하는 이'도 '붙들어 주는' 동지도 없으며, 따라서 아직 혁명적 대중 투쟁이 미약한 그런 정세에 처하여 있다. '그러나 그에게는 뜨거운 정', 즉 정열과 '굳센 의지와 튼튼한 믿음', 즉 미래의 혁명적 전망에 대한 신념, "해는 언제나 동쪽에서 솟는다."는 신념이 있다. 이 주인공의 처지는 그대로 작가 자신의 처지가 아닐 수 없다.[19]

---

19) 엄호석, 「조선문학에 있어서의 사회주의적 사실주의 발생과 관련하여」, 1958, 김성수 편, 앞의 책, 168~169쪽.

「혈흔」을 소설로 착각하여 논한 이 글에서, 엄호석이 서쪽의 달을 좇고 있는 상태를 '아직 혁명적 대중 투쟁이 미약한 정세'로 파악하고, '뜨거운 정'과 '군센 의지와 튼튼한 믿음'을 미래의 혁명적 전망에 대한 신념으로 파악하는 것은 순전히 주관적·독단적 판단이다. 한중모도 이 부분을 인용하면서 자신의 논리를 전개하는데, 다음과 같이 자의적이기는 마찬가지이다.

> 짤막한 이 글에서 우리는 작가 최서해의 세계관의 특성, 사상적 입장을 엿볼 수 있다. 여기에서 특징적인 것은 광명한 새날의 도래에 대한 확고한 신념, 그날을 맞이하기 위하여 모든 곤란을 무릅쓰고 불요불굴히 나아가리라는 그의 군은 결의인 바, 이러한 사상적 입장이야말로 그의 작품들 특히 그의 대표작인 단편 「탈출기」의 기본 빠포스를 규정하였다.[20]

윤세평도 '동쪽으로 향하는 사람'을 사회주의로 향하여 나아가는 사람이라고 해석하고, "세상 사람들과 등진 길을 걷고 있다."는 구절이 포함된 부분을 길게 인용한다. 그러면서 서해는 처음부터 "맑스주의 사상을 먼저 받아가지고 목적의식적으로 프로레타리아 작가로 나선 것이 아니라 그의 간고한 생활이 가리킨 그대로 창작의 길에 나선 것이 프로레타리아 작가가 되었다."[21]고 주장한다.

처음에는 목적의식이 없었지만 가난함 삶이 그를 프로 작가로 만들

---

20) 한중모, 「1920년대 소설문학에서의 사회주의적 사실주의의 형성에 대하여」, 1959, 김성수 편, 앞의 책, 231쪽.
21) 윤세평, 앞의 책, 267쪽.

었다는 것이다. 윤세평의 이러한 결론은 소설을 통해서 도출한 것이 아니라, 서해가 토로한 심경을 근간으로 삼았다는 데 문제가 있다. 안함광도『최서해론』과「최서해의 작품 세계와 그의 언어 형상적 특징」에서 이 변조된 부분을 인용하면서, 해 돋는 곳을 향한 작가는 이상을 향하여 나가는 작가이고, 그 이상은 사회주의적 이상으로 그 중심 내용은 새 사회에 대한 긍정과 확인이라는 것이다.[22] 역시 자의적 해석에 지나지 않는다.

이처럼「혈흔」을 인용하여 서해의 사상과 문학을 논하는 것은 작가와 작품을 너무 안이하게 결합시키는 논법이다. 작가의 사상이나 발언이 작품에 그대로 반영되는 것은 아니기 때문이다. 문학화된 세계는 현실 그 자체가 아니라, 현실이 굴절·변형된 또 다른 세계인 것이다. 이것을 망각하고 서해가 토로한 심경이 그대로 소설 작품에 반영된 듯이 주장하는 태도는 처음부터 허구일 수밖에 없다. 원문이 변조된 것을 확인도 하지 않은 채, 자신의 논리를 뒷받침하기 위해 인용하는 것은 더 큰 문제점이 아닐 수 없다.

6. 맺음말

이상에서 북한에서의 서해에 대한 논의를 비판적으로 살펴보았다. 많은 논자들이 나름대로 견해를 밝혔으며, 우리 근대 문학사에서 서해는 매우 중요한 인물로 거론되었다. 당시의 현실에 적극적으로 반항한

---

22)　안함광, 앞의 책, 12쪽.

작가라고 일치된 의견도 보였다. 그런데 이들의 논리는 이데올로기라는 큰 틀 속에서 사소한 차이만을 보일 뿐이다. 그 결과 프로레타리아 문학이나 신경향파문학, 혹은 비판적 사실주의나 사회주의적 사실주의와 연관된 논의가 압도적이다.

논의 대상도 이런 경향의 작품으로만 한정되어 있다. 서해의 작품은 당시의 암울한 상황을 폭로·고발하며, 압제자와 가진 자에 저항하는 내용이 있는가 하면, 극히 사적이며 개인적인 차원을 다룬 것도 있다. 때문에 이데올로기 성향의 작품만 논의의 대상으로 한 것은 오류일 수밖에 없다. 북한에서의 연구나 논의가 진정한 서해의 작가적 면모나 작품의 특질을 밝히는 데 실패하고 있는 이유가 여기에 있다. 한편 남한에서의 논의가 이 방면을 소홀히 한 태도에는 어느 정도 경종을 울려줄 수도 있을 것이다.

이데올로기 문제에 집중되었다 하더라도 소설의 미학적 측면에 전혀 언급이 없었다는 것은 아니다. 몇몇 논자들은 필요 이상으로 이 점에 역점을 둔다. 그러나 논지가 한결같이 추상적이고 막연하다. 서해 문학이 내용과 더불어 형식도 탁월하다고 극찬하기 위해 의도한 듯한 느낌이다. 아니면 논의가 내용에 편중된 나머지 형식을 소홀히 했다는 비난을 면해 보자는 요식 행위처럼 보인다.

이 외에도 이들의 논리에는 허구적 요소가 많다. 먼저 신경향파문학의 개념을 매우 모호하고 막연하게 설정한 점을 들 수 있다. 서해와 그의 작중인물을 동일시하거나, 작품 연보에 대한 고증을 소홀히 한 점도 빼놓을 수 없다. 몇몇 작품의 특질을 전 작품의 특질인 양 재단하거나, 객관적 분석 없이 찬사로 시종일관하기도 한다. 이러한 찬사는 이 방면의 문학적 업적이 탁월하다고 강조하려는 의도에서 비롯되었을 것이다.

  또 다른 문제점은 감정의 토로나 심경 고백을 그대로 작품에 적용시키려 든 경우를 지적할 수 있다. 「혈흔」의 내용을 작품에 일대일로 대입시킨 것이 그 대표적 예일 것이다. 작가의 고백이나 주장은 작품화될 때 변형·굴절되기 때문에 그대로 형상화되었다고 볼 수 없다. 더구나 변조된 내용을 검증도 하지 않고 자신의 논리적 근거를 마련한 것은 진실을 왜곡할 뿐이다. 통일 문학사를 위해서는 편협한 사고를 떠나 객관적이고 엄정한 태도로 작품 해석에 임해야 함을, 해방 후 북한에서의 최서해에 대한 논의는 잘 보여주고 있다고 하겠다.

최서해 관련 북한 자료

류 만, 「최서해의 작품 세계」, 『최서해단편소설집』, 문예출판사, 1991.

_____, 『조선문학사』 II(1926~1945), 과학백과사전종합출판사, 1995.

리동수, 「우리나라 비판적 사실주의와 초기 프롤레타리아 문학」, 1988.

_____, 「우리나라에서 비판적 사실주의의 발생·형성」, 1988.

리상태, 「조선문학에서의 사회주의적 사실주의 발생문제와 관련한 몇 가지 의견」, 1959.

박종식, 「우리나라에서 사회주의적 사실주의 문학의 발생과 발전」, 1961.

박종원·최탁호·류만, 『조선문학사 19세기 말~1925년』, 과학백과사전출판사, 1980, 열사람, 1988.

방연승, 「'신경향파문학'에 대한 평가에서 제기되는 몇 가지 문제」, 1958.

변희근, 「'참 사람'을 위한 문학」, 『문학신문』, 1966. 7. 12.

안함광, 「최서해의 작품세계와 그의 언어 형상적 특징」, 『문학신문』, 1966. 1. 21.

_____, 『최서해론』, 조선작가동맹출판사, 1956.

엄호석, 「조선문학에 있어서의 사회주의적 사실주의 발생과 관련하여」, 1958.

윤세평, 『해방 전 조선문학』, 조선작가동맹출판사, 1958.

정홍교 · 박종원,『조선문학개관』 1, 사회과학출판사, 1986.

한중모, 「1920년대 소설 문학에서의 사회주의적 사실주의의 형성에 대하여」, 1959.

한 효, 「신경향파 작가로서의 최서해」,『조선문학』, 1954. 5, 이선영 외,『현대문학비평자료집』 8, 태학사, 1994.

현대문학 편,『조선문학통사』, 과학원출판사, 1959, 도서출판 인동.

「문학신문(1956~1967, 1991~1993) 게재 최서해 자료」(김성수, 「북한『문학신문』 기사 목록」, 한림대학교 아시아문화연구소, 1994에서 발췌)

　1) 무명, 「최서해—작가와 작품」, 1957. 4. 4, 3면.

　2) 최서해, 「문예와 시대; 내용과 기교; 로동대중과 문예운동(최서해 추모 특집)」, 1961. 1. 17, 4면.

　3) 엄호석, 「혁명적 정열의 작가 최서해」, 1961. 1. 20, 4면.

　4) 안함광, 「최서해와 그의 단편의 특성」, 1962. 1. 23, 2면.

　5) 안함광, 「최서해의 문학에 대한 몇 가지 단상」, 1962. 8. 31, 2면.

　6) 엄호석, 「최서해의 경우—그의 작품 「그믐밤」을 중심으로」, 1963. 4. 30, 3면.

　7) 리수립, 「생동한 진실, 심각한 갈등(최서해 「홍염」 평)」, 1963. 7. 9, 4면.

　8) 류만, 「초상 묘사와 심리 묘사(최서해론)」, 1964. 9. 4, 3면.

　9) 김복룡, 「『탈출기』를 읽을 적마다」, 1966. 1. 21, 3면.

　10) 안함광, 「최서해의 작품 세계와 그의 언어 형상적 특성」, 1966. 1. 21, 3면.

　11) 리기영, 「서해에 대한 인상」, 1966. 1. 21, 3면.

　12) 기자, 「최서해 탄생 65주년 기념의 밤 진행」, 1966. 1. 25, 1면.

　13) 변희근, 「'참 사람'을 위한 문학」, 1966. 7. 12, 3면.

부록

1. 작가 연보

1901년(1세) : 1월 21일 함북 성진군 임명면에서 빈농의 외아들로 출생. 부친은
　　　　　　이름이 알려져 있지 않고, 한말 지방 소관리를 지냄. 모친은 김소사 혹
　　　　　　은 김능생으로 알려져 있음. 아명은 저곡(苧谷). 본명은 학송. 설봉 ·
　　　　　　설봉산인 · 풍년년이란 호도 쓴 적이 있음. 학벌은 확실히 알 수 없으
　　　　　　나 소학교는 졸업한 듯. 어려서 한문 공부를 부친 혹은 서당을 통해서
　　　　　　많이 했음.

1905년(5세) : 한동안 함북 성진시 한천리 254번지 김순기(외숙부) 집에서 기거
　　　　　　함.

1913년(13세) : 나무 베러 갔다가 남의 산을 태워 놓고 죽게 얻어맞는 등 힘에
　　　　　　부친 일을 함.

1915년(15세) : 시장 거리에 나가 『청춘』 『학지광』 등의 잡지를 사다가 읽고, 구
　　　　　　소설 · 신소설 등을 닥치는 대로 읽음(이런 일이 당분간 계속됨). 춘원
　　　　　　의 글을 읽고 그를 존경하여 동경에 가 있는 그와 여러 차례 편지를 주
　　　　　　고 받음. 춘원은 서해의 글을 읽고 평문도 써주고 간간이 격려와 조언
　　　　　　의 글을 보내주기도 함.

1918년(18세) : 춘원의 『무정』을 읽고 크게 감명받음. 간도로 이주하여 유랑 생
　　　　　　활 시작. 여기서 한때 아이들을 모아 글을 가르치기도 함. 간도로 가기

전 이혼(결혼한 나이는 알려져 있지 않음). 이혼한 이유는 애정이 없었기 때문. 간도에서 재혼했으나 두 번째 처는 곧 사망. 부두노동자, 음식점 심부름꾼 등 최말단 생활로 전전함.

1921년(21세) : 7월 22일 세 번째 처(결혼한 때는 알려져 있지 않음)와의 사이에서 첫 딸 백금을 서간도에서 낳음.

1922년(22세) : 간도 생활에서 위병이 생긴 듯함. 이후 죽을 때까지 위병에 시달리고, 그로 인해 죽음. 가을에 부친이 집을 떠남.

1923년(23세) : 봄에 간도로부터 귀국. 회령역에서 노동 일을 함. 서해라는 필명을 쓰기 시작함. 파인과 서신 연락을 시작함. 생활이 안정되지 못하여 회령을 떠나 나남·경성·성진을 떠돌고, 웅기에 있던 여동생의 집에 잠시 머물기도 함.

1924년(24세) : 여름에 고향에서 일주일 정도 친구들과 지내면서 쌍포 바다 등에서 소일함. 8월 말 상경, 얼마간 파인 집에서 머묾. 10월 춘원의 소개로 경기도 양주군 봉선사에 들어가 약 3개월간 기거함. 여기서 「탈출기」도 고치고 일문으로 된 서구 문학을 공부함. 11월 15일 어머니의 환갑날 「살려는 사람들」을 탈고했으나, 발표하지 못하고 후에 「해돋이」로 개제하여 발표함. 주지(이학수)와 다투고 다시 춘원 집으로 옴. 고향의 아내는 시어머니와 딸(백금)을 버리고 출분.

1925년(25세) : 2월 『조선문단』사 입사. 방인근 집에서 기거함. 『조선문단』을 통해 작품 발표가 많아지자 일약 중견 작가로 발돋움하여 각종 잡지의 문사 프로필에 소개되기 시작함. 4월 14일 백금이 병사함. 김기진의 권유로 KAPF에 가입. 8월 1일부터 9월 10일까지 남쪽 지방 여행. 연말에 다시 남쪽 지방 여행.

1926년(26세) : 1월 초에 전남 영광 도착. 2월 창작집 『혈흔』을 글벗집에서 발간. 4월 8일 문우 조운의 누이 분려와 『조선문단』사에서 결혼식 거행, 명륜

동 2가에서 살림 시작. 6월『조선문단』이 통권 17호를 내고 휴간되자 『현대평론』문예란 담당 기자로 당분간 종사.

1927년(27세) : 1월 1일 장남 백(白) 출생. 1월 범 문단 조직으로 발족한 조선문예가협회에서 이익상 · 김광배 등과 함께 간사직을 맡음. 1월 방인근으로부터 남진우(우당)가 인수한『조선문단』사에 다시 입사.『조선문단』이 복간됨과 동시에 그 편집 책임을 맡고 추천 위원이 됨.『조선문단』3월호에 계용묵의「최서방」을 추천함. 4월부터 다시 실직 상태. 5월 5일『문예시대』사 주최 문예 강연회에서 소설작법론 강연. 서울 기생들의 잡지『장한』의 편집을 맡기도 함.

1928년(28세) : 8월 26일 개최 예정인 조선프로예술동맹 전국대회에서 조중곤 · 이기영과 함께 재무에 피촉됨.『중외일보』기자가 됨.

1929년(29세) : 2월 둘째 딸 출생. 5월 성해 · 회월 · 일엽 · 팔봉 · 독견 · 승일 · 은상 · 적구 · 석영 등과 함께『조선일보』사 주최 문인 좌담회에 참석.『신생』의 문예 추천 작가로 위촉됨. KAPF 탈퇴. 한문 공부를 위해 개인 교수를 받음. 가을에『매일신보』기자가 됨.

1930년(30세) : 이른 봄 최독견의 갑작스런 사임으로『매일신보』학예부장이 됨. 두 살 된 둘째 딸 사망. 차남 택 출생. 국악계의 명창 이동백 · 김소희, 가야금 병창으로 유명한 송만갑 등을 초청하는 등 국악에 관심을 보임. 틈만 나면 장안의 관상가는 물론 심지어 무꾸리에도 남다른 신명과 열을 올리며 찾아다님. 고영환 · 이승만과 함께 체부동의 노국공사가 살던 집을 공동으로 세내어 삶.

1931년(31세) : 5월 창작집『홍염』을『삼천리』사에서 간행. 8월 제주도 여행. 10년 만에 부친이 찾아와 몇 달간 머무르다 다시 간도로 떠남.

1932년(32세) : 5월 4일『삼천리』사가 주최한 문인 좌담회에 김동인 · 김원주(金元周) · 방인근 · 이광수 · 현진건 · 최상덕 · 김억 · 이익상 · 김원주(金

源珠)와 함께 초대됨. 위병이 부쩍 심해져 6월 초순 자리에 눕게 됨. 병
명은 위문협착증. 6월 말 관훈동 삼호병원에 입원. 7월 6일 수술을 받
기 위해 의전병원으로 옮김. 7일 대수술 뒤 과다한 출혈. 수술 중 이익
상, 죽마고우 최문국, 동료 박상엽 등 3인이 1200그램의 피를 수혈했
지만 효과를 보지 못함. 7월 9일 오전 4시 20분 처남 조운, 의사 정민
택, 누이동생, 이승만 그 외 간호원 2, 3인이 지켜보는 가운데 숨을 거
둠. 당시 가족은 어머니, 부인, 아들 백(白)과 택이 있었음. 주소는 종
로구 체부동 118번지. 7월 11일의 장례식은 한국 최초의 문인장으로
장지는 미아리 공동 묘지. 이광수·김동인·염상섭·김팔봉·김억·
방인근·심훈·박종화 등과 그 외 많은 문인이 운집하여, 이처럼 많은
문인이 한곳에 모이기는 근래에 없었던 일이라고 전해짐. 자동차도 4,
50대나 몰려 장관을 이룸. 관을 운구차에 옮기는 것을 이익상·김동환
등 6인이 하고, 관 위에 덮는 영정에는 이병기가 글을 씀. 관을 묻고
그 위 콘크리트한 곳에는 김운정이 '서해 최학송지구(曙海 崔鶴松之柩)'
라고 씀. 7월 23일 오후 4시 서울 백합원에서 이광수·김동환·박종
화·주요한·양건식·이병기·방인근 등이 발기하여 '최서해유족구
제발기회' 결성. 9월 28일 모친이 며느리, 두 손자와 함께 회령으로 떠
남(1935년 6월 9일 아침 아내 조분려도 세상을 떠남).

1933년 : 7월 8일 오후 8시부터 생전의 동지들이 주축이 되어 견지동(堅志洞) 시
천교당(侍天敎堂)에서 소기(小朞) 추도식을 거행.

1934년 : 6월 12일 문인들이 중심이 되어 미아리의 묘소에 기념비를 세우고 추
도회 개최. 묘는 1958년 9월 25일 망우리 공동 묘지로 이장됨.

1966년 : 1월 21일 북한 조선작가동맹 중앙위원회에서 서해 탄생 65주년 기념회
개최. 박웅걸 문화상, 조영출 문예총 중앙위원회 부위원장이 참석. 공훈
배우 유경애가 「박돌의 죽음」, 배우 김기욱이 「혈흔」 낭독. 작가동맹 중
앙위원회 부위원장 최영화가 서해의 생애와 문학에 대해 보고.

1974년 : 박태순이 「작가지망」(『문학사상』, 1974. 10)에서 서해를 주인공으로 작품화.

2003년 : 12월 4일 서울 중랑구 망우동 산 57-1번지 망우리 공원 묘지에서 묘지 발견.

2004년 : 7월 31일 오후 4시 묘지 입구의 도로변에 문학비 세움.

2. 작품 목록

발표연월일	장르 구분	작품명	발표지	참고 사항
1918. 3. 3	독후감	「『개척자』를 독하고 소감대로」	『매일신보』	
3.	수필	「우후정원의 월광」	『학지광』 15호	발표 당시는 산문시로 함
3.	수필	「추교의 모색」	『학지광』 15호	〃
3.	수필	「반도청년에게」	『학지광』 15호	〃
6.	산문	「춘효설경」	『청춘』 14호	독자 문예 가작, 제목만 나옴
6.	산문	「해평의 일야」	『청춘』 15호	독자 문예 당선, 제목만 나옴
1923. 6. 9	시조	「춘교에서」	『동아일보』	「춘교」 라고도 함
7. 29	수필	「고적」	『동아일보』	
9.	시	「자신」	『북선일일신문』	내용 미상, 서해란 호를 사용함
9.	동화	「누구의 편지」	『신생명』	
12.	동화	「평화와 임금」	『신생명』	

발표연월일	장르 구분	작품명	발표지	참고 사항
1924. 1. 23~2. 4	단편	「토혈」	『동아일보』	처녀작
10.	단편	「고국」	『조선문단』1호	추천 소설, 1924. 2 작, 데뷔작
10.	수필	「여정에서」	『조선문단』	선외 가작, 제목만 나옴
11.	단편	「매월」	창작집『혈흔』에 수록	
12.	평론	「근대로서아문학개 관」	『조선문단』	생전장강 외『근대문예 12강』 축역
1925. 1.	평론	「근대영미문학개관」	『조선문단』4호	『근대문예 12강』 축역
2.	단편	「십삼원」	『조선문단』5호	
2.	평론	「근대독일문학개관」	『조선문단』5호	『근대문예 12강』 축역
3. 25	시	「시골소년이 부른 노래」	『동아일보』	
3.	단편	「탈출기」	『조선문단』6호	1924. 10월호에는 선외 가작으로 제목만 실림. 『사상계』30호(1956. 1) 재수록
3.	수필	「그리운 어린 때」	『조선문단』6호	처녀작 발표 당시의 감 상
4. 6~13	단편	「향수」	『동아일보』	
4.	단편	「살려는 사람들」	『조선문단』7호	게재 금지. 서문만 실림
4.	일기	「?! ?! ?!」	『조선문단』7호	일기와 수감
5.	단편	「박돌의 죽음」	『조선문단』	1925. 3 하순 작
6. 29	단편	「방황」	『시대일보』	소품
6. 30~7. 1	단편	「보석반지」	『시대일보』	
6.	단편	「기아와 살육」	『조선문단』	1925. 5. 17 작
7. 8	시조	「우음」	『동아일보』	1925. 5. 25 탈고
7.	수필	「전생명의 요구는 아니다」	『조선문단』10호	제가의 연애관

최서해의 삶과 문학 연구

발표연월일	장르 구분	작품명	발표지	참고 사항
8.	수필	「여름과 물」	『조선문단』12호	
9.	단편	「기아」	『여명』	1925. 7 작
10.	수필	「해운대」	『신민』	
11.	수필	「병우조운」	『조선문단』	
11.	수필	「혈흔」	『조선문단』	창작집『혈흔』의 서문
12.	단편	「큰물 진 뒤」	『개벽』	
12.	시	「세 처녀」	『문명』1호	산문시
1926. 1. 1~5	단편	「오원칠십오전」	『동아일보』	1925. 12. 24 작
1.	단편	「폭군」	『개벽』	
1.	단편	「그 찰나」	『시대일보』	미완
1.	단편	「설날밤」	『신민』9호	1925. 11 작
1.	평론	「감과 배」	『가면』	
2.	단편	「백금」	『신민』10호	1925. 12. 2 자시 작
2.	단편	「의사」	『문예운동』	1925. 11. 24 조 작(朝作)
3.	단편	「소살」	『가면』	
3.	단편	「해돋이」	『신민』11호	1924. 11. 15 작
4.	수필	「흐르는 이의 군소리」	『조선문단』	
5.	단편	「그믐밤」	『신민』13호	『자유문학』19호(1958. 10) 재수록
5.	수필	「담요」	『조선문단』	『사해공론』(1935. 5)에 소설로 재수록
6. 2	수필	「연주창과 독사」	『동아일보』	
6.	단편	「금붕어」	『조선문단』17호	
7. 10~13	수필	「신음성」	『동아일보』	
7. 12	단편	「만두」	『시대일보』	『실생활』(1931. 9. 10)에 재수록
7.	단편	「누가 망하나」	『신민』15호	6. 29 작

발표연월일	장르 구분	작품명	발표지	참고 사항
7.	수필	「운과 인생」	『가면』	
8. 7~17	평론	「칠팔월의 소설」	『동아일보』	4회 연재
8.	단편	「농촌야화」	『동광』 4호	게재 금지
8.	수필	「쌍포유기」	『신민』 16호	
9.	단편	「팔개월」	『동광』 5호	7. 20 오전 4시 작
9	단편	「아내의 자는 얼굴」	『조선지광』	
10.	단편	「저류」	『신민』 18호	6. 23 작
11. 14	단편	「홍한녹수」	『매일신보』	연작 소설, 소제목「남 은 꿈」
11.	단편	「이역원혼」	『동광』 7호	10. 3 오전 2시 작
11.	단편	「동대문」	『문예시대』 1호	10. 8 정오 작
11.	수필	「천재와 범재」	『문예시대』 1호	
12. 28	창작집	「혈흔」	『글벗집』	수록 작품:「혈흔」(서문) 「보석반지」「박돌의 죽 음」「기아」「매월」「탈출 기」「향수」「기아와 살 육」「미치광이」「고국」 「십삼원」 11편
12.	단편	「무서운 인상」	『동광』 8호	11. 3 오(午) 작
12.	단편	「돌아가는 날」	『신사회』	
12.	단편	「미치광이」	창작집『혈흔』에 수록	
1927. 1. 1	단편	「쥐 죽인 뒤」	『매일신보』	
1. 11~15	단편	「서막」	『동아일보』	
1.	단편	「홍염」	『조선문단』	1926. 12. 4 오전 6시 작
1.	단편	「전아사」	『동광』 9호	
1.	단편	「낙백불우」	『문예시대』	
1.	수필	「미덥지 못한 마음」	『조선문단』	

최서해의 삶과 문학 연구

발표연월일	장르 구분	작품명	발표지	참고 사항
1.	수필	「잡담」	『문예시대』	
1.	앙케 이트	「우리의 감정에서 울어나는 글을」	?	
1.	앙케 이트	「문단 침체의 원인 과 그 대책」	『조선문단』	
2.	단편	「가난한 아내」	『조선지광』	미완
2.	대담	「문사방문기」	『조선문단』	
5.	단편	「이중」	『시대평론』	게재 금지
7.	평론	「문단시감」	『현대평론』	1933. 7. 6『매일신보』 에 재수록
8.	수필	「여름과 나」	『동광』	
8.	잡문	「도향에게」	『현대평론』	
9.	평론	「문예시감」	『현대평론』	
11.	평론	「조선문학 개척자」	『중외일보』	부제「국초 이인직씨와 그 작품」
12.	평론	「데카단의 상징」	『별건곤』 10호	
1928. 1. 8~11	평론	「문예시감」	『조선일보』	3회 연재
1.	단편	「갈등」	『신민』	
1.	앙케 이트	「조선을 안 뒤라야」	『조선지광』	
2.	앙케 이트	「지금까지 잊혀지지 않는 여자」	『별건곤』	특집「옛날의 그이」
4. 4~12	단편	「폭풍우시대」	『동아일보』	미완
4. 22	수필	「성동도」	『조선일보』	
4.	평론	「소년소녀와 영화극 문제」	『신민』	
5. 16~8. 30	번안	「사랑의 원수」	『중외일보』	연재 80회, 탐정소설
7. 10	수필	「근감」	『동아일보』	
8. 2	평론	「제재 선택의 필요」	『중외일보』	

발표연월일	장르 구분	작품명	발표지	참고 사항
8.	단편	「용신난」(1)	『신민』	미완
9. 23	수필	「값없는 생명」	『조선일보』	혜음(1)
9. 25~26	수필	「면회사절」	『조선일보』	혜음(2)(3)
9. 27	수필	「수박」	『조선일보』	혜음(4)
9. 28	수필	「파약의 비애」	『조선일보』	혜음(5)(6)(7)
9.	평론	「신소설 초기와 이인직」	『한빛』 통권 7호	일제 검열로 미발간
10. 6~21	단편	「부부」	『매일신보』	8월 작
12.	앙케이트	「하루 시간을 어떻게 쓰나」	『별건곤』	각 방면 명사의 일일 생활
1929. 1. 1~2. 26	단편	「먼동이 틀 때」	『조선일보』	
1.	번역	「행복」	『신민』 45호	알치 바세푸 원작, 중도청 일역, 서해 중역
1.	단편	「전기」	『신생』 4호	1928. 12. 14 작
1.	앙케이트	「결국은 빵 문제」	『별건곤』 18호	
1.	앙케이트	「나의 소설은 보기 어렵다고」	『별건곤』 18호	
2.	단편	「인정」	『신생』 5호	1월 작
3.	단편	「물벼락」	『조선일보』	꽁트
3.	단편	「경계선」	『중성』	
3.	수필	「육가락 방판관」	『학생』	
3.	수필	「매화 옛등걸」	『중외일보』	
3.	수필	「봄! 봄! 봄!」	『신생』 6호	
4. 15~22	단편	「차중에 나타난 마지막 그림자」	『조선일보』	
4.	단편	「주인아씨」	『신생』	
4.	단편	「수난」	『학생』	미완 – 문단 삼최씨 연작소설(대제목, 무제)

발표연월일	장르 구분	작품명	발표지	참고 사항
4.	수필	「병신의 넋두리」	『조선농민』	
5. 24.	단편	「여류음악가」	『동아일보』	연작소설
6.	수필	「봄을 맞는다」	『학생』 2호	
6.	수필	「달리소」	『신생』 9호	
6.	앙케이트	「내가 다시 태어난 다면」	『삼천리』 1호	
7. 2~3	평론	「문예와 시대」	『동아일보』	열일고어(1)(2)
7. 4	평론	「내용과 기교」	『동아일보』	열일고어(3)
7. 5~10	평론	「노농대중과 문예운동」	『동아일보』	열일고어(4)(5)(6)(7)(8)
7. 12~14	평론	「조선의 특수성」	『동아일보』	열일고어(9)(10)
7.	평론	「새해를 마치면서— 내가 생각하는 조선 문단 진흥책」	『별건곤』	
8. 21~24	수필	「가을을 맞으며」	『동아일보』	
8. 25~26	수필	「숙연한 우성」	『동아일보』	
8. 29~9. 1	수필	「가을의 마음」	『동아일보』	
8.	수필	「어느 곳 풍경」	『학생』 5호	
9.	단편	「같은 길을 밟는 사람들」	『신소설』 1호	
9.	수필	「이충명추」	『학생』	
10.	동화	「토끼와 포도」	『신생』	번역, 마태로 원작
11.	수필	「아내의 불행과 이혼 문제」	『삼천리』 3호	
12.	단편	「무명초」	『신민』 52호	
1930. 2.	단편	「누이동생을 따라」	『신민』	
2.	잡문	「굶어본 이야기」	『별건곤』	
3.	수필	「입춘을 맞으며」	『별건곤』 27호	

발표연월일	장르구분	작품명	발표지	참고 사항
5. 15	창작집	「홍염」	『삼천리』	수록 작품: 「갈등」「저류」「홍염」 3편
5	앙케이트	「내가 본 나(명사의 자아관)」	『별건곤』	
5.	잡문	「「홍염」과「탈출기」」	『삼천리』	
5.	잡문	「아호의 유래」	『삼천리』 6호	
6.	수필	「신부와 나」	『별건곤』 29호	
7.	평론	「작가가 본 평론가」	『삼천리』 7호	작가와 평론가의 관계
8. 19~22	탐방기사	「모범 농촌 순례」	『매일신보』	
9. 14	잡문	『호외시대』 예고	『매일신보』	
9. 20~ 1931. 8. 1	장편	『호외시대』	『매일신보』	310회 연재
9.	수필	「의문의 그 여자」	『신소설』 5호	
10.	수필	「탈」	『신생』 24호	
10.	잡문	「고시조 한 장을」	『삼천리』 9호	
11.	소품	「산사람의 마음 위로」	『별건곤』	
1931. 1.	잡문	「내가 감격한 외국 작품―골키의 3인」	『삼천리』	
2.	잡문	「내가 본 내 얼굴」	『별건곤』	
11.	수필	「깊어가는 가을」	『신생』	
1932. 4.	수필	「K화상의 눈」	『동방평론』	
5.	수필	「그늘에 핀 꽃을」	『삼천리』	
12.	수필	「반역의 여성」	『삼천리』	
1934. 9.	시	「님 찾아서」	『월간 매신』	유고

3. 참고 서지

「문단험구 양복면귀」, 『문예시대』, 1926. 11.

「문사들의 얼굴」, 『조선문단』, 1926. 5.

「빈곤의 황막천지를 날은 불운의 혜성」, 『독서신문』, 1974. 11. 24.

「신흥문단의 중진 최서해씨의 가정」, 『중외일보』, 1926. 12. 5.

「신흥문단중진 최서해씨 장서」, 『조선일보』, 1932. 7. 10.

「일석으로 동경하는 부원제씨의 동정」, 『계명』 22호, 1932. 7.

「조선 문인의 푸로필」, 『혜성』, 1931. 9.

「조선문단합평회」, 『조선문단』, 1925. 3~7.

「조선문인 최근 생활상」, 『조선문예』, 1929. 5.

「최학송씨 가정 방문」, 『문예공론』, 1929. 5.

강대성, 「최서해 소설 연구」, 제주대학교 석사 논문, 1983.

강요열, 「3.1 운동과 한국 현대 문학(Ⅱ)―1920년대 소설을 중심으로」, 『유관순연구』 17호, 2012. 2.

강황구, 「서해 최학송 연구―작품에 투영된 문학관과 현실관을 중심으로」, 영남대학교 교육대학원 석사 논문, 1988.

계 곤, 「일제 강점기 간도 소설 연구」, 경남대학교 박사 논문, 2002.

고환석,「1920년대 농민 소설 연구」, 연세대학교 석사 논문, 1988.

곽 근,「개인과 사회의 관계에 천착한 작가 ― 최서해의 생애와 문학 재조명」,『문
학사상』통권 347호, 2001. 9.

_____,「북한에서의 최서해 연구고」,『국제언어문학』1호, 2000. 5.

_____,「서해 소설의 특질 연구」,『성대문학』21집, 1980. 12.

_____,「서해 최학송 연구」, 건국대학교 석사 논문, 1976. 2.

_____,「최서해 문학 연구」,『국어국문학』122호, 1998. 12.

_____,「최서해 소설의 재음미 ― 서해 묘소 단장을 촉구하며」,『월간문학』통권443
호, 2006. 1.

_____,「최서해의 항일문학고」, 성균관대학교『대동문화연구』26집, 1991. 12.

_____,「『호외시대』 연구」,『동국논집』14집, 1995. 12.

_____,「서해 최학송의 전기적 고찰」,『국제언어문학』8호, 2003. 12.

_____,「해방 후 북한에서의 최서해 논의에 대한 연구」,『비평문학』16호, 2002. 7.

곽윤경,「최서해 단편 소설 연구」, 목포대학교 석사 논문, 2011.

구보경,「최서해 소설 연구―구조주의 의미론을 중심으로」, 충북대학교 석사 논문,
1990.

구중서,「최서해 ― 극한 상황과 인간의 분기」,『한국 문학과 역사 의식』, 창작과비평
사, 1985.

_____,「최서해론」,『분단시대의 문학』, 전예원, 1978.

권 유,「서해 최학송의 「탈출기」 연구」, 한양대학교『한국학논집』26, 1995. 2.

권미경,「최서해 소설의 독립운동사상」, 수원대학교『수원대문화』4호, 1988.

권수길,「최서해 연구」, 국민대학교 석사 논문, 1983.

권영혜,「「탈출기」와 「살인」에 나타난 반항성 연구」, 이화여자대학교『한국어문학연
구』14집, 1974.

권진국,「최서해 소설 연구 ― 작품 양상과 작가 의식의 변모 과정을 중심으로」, 중
앙대학교 교육대학원 석사 논문, 2000.

김　선, 「객혈처럼 쏟아낸 저항의 노래─심훈과 최서해의 교우에 관하여」, 『동양문학』 12호, 1989. 6.

김　준, 「한국 농민 소설 연구─광복 이전의 작품을 중심으로」, 경희대학교 박사 논문, 1990.

김경수, 「우리 여행 소설의 계보」, 『문학판』 통권 17호(겨울호), 2005.

_____, 「일제의 문학작품 검열의 실제─1920년대 압수 소설 세 편을 중심으로」, 『서강인문논총』 39집, 2014. 4.

김계자, 「번역되는 '조선'─재조일본인 잡지 『조선시론』에 번역 소개된 조선의 문학」, 『아시아문화연구』 28집, 2012. 12.

김근수, 「아직도 엷은 안개 속의 서해」, 『문학사상』, 1975. 12.

_____, 「최서해는 독립군이었다」, 『월간독서』, 1978. 9.

김기림, 「『홍염』에 나타난 의식의 흐름」, 『삼천리』, 1931. 9.

김기진, 「2월의 창작」, 『조선지광』, 1926. 3.

_____, 「문단최근의 일경향」, 『개벽』 61호, 1925. 7.

_____, 「문예시평」, 『조선지광』, 1927. 2.

_____, 「문예월평」, 『조선지광』, 1926. 12.

_____, 「병인세모 문단 총평」, 『중외일보』, 1926. 12. 14.

_____, 「회고와 전망」, 『조선지광』, 1929. 1.

김기현, 「간도 시절의 최서해」, 『우리문학연구』 1집, 1976. 4.

_____, 「귀국 직후의 최서해」, 『이가원 박사 육질송수 기념 논총』, 1977. 4.

_____, 「만년의 최서해」(개고), 『우리문학연구』 4집, 1981. 12.

_____, 「만년의 최서해」, 『의맥』 13호, 카톨릭대학, 1979. 2.

_____, 「식민지 시대의 수난과 반항─최서해의 경우」, 『순천향대학보』 54호, 1986. 3.

_____, 「조선 문단 시절의 최서해」, 『우리문학연구』 2집, 1977. 10.

_____, 「최서해 연구사 개관」, 문교부 연구 보고서, 1984. 6, 『우리문학연구』 5집,

1985. 3에 재수록.

_____, 「최서해 연구—유작시, 유족, 건비 및 이장에 대하여」, 『순천향대학논문집』 35, 1988. 6.

_____, 「최서해와 KAPF」, 『김성배 박사 회갑 기념 논문집』, 1977. 9.

_____, 「최서해와 카프」(개고), 『의맥』 12호, 카톨릭대학, 1978. 4.

_____, 「최서해의 일화」, 『석탑 위의 흰 구름』, 고려대학교 출판부, 1973. 5.

_____, 「최서해의 전기적 고찰 — 그의 청소년 시절」, 『고려대 어문논집』 16집, 1975. 1.

_____, 「최서해의 처녀작—단편 「토혈」을 中心으로」, 『국어국문학』 61호, 1973. 7.

_____, 「최서해의 초기 작품」, 『문학과 지성』 14호(가을호), 1973.

김동식, 「1920년대 중반의 한국 문학과 '끼니'의 무의식 — 김기진과 최서해, 그리고 '밥'의 유물론」, 『문학과 환경』 11집, 2012. 6.

김동인, 「문단 삼십년의 자취」, 『신천지』, 1949. 2.

_____, 「문단이면사」, 『신문예』 2, 1958. 7.

_____, 「사람으로서의 서해」, 『삼천리』, 1932. 8.

_____, 「소설가로서의 서해」, 『동광』, 1932. 8.

_____, 「속문단회고」 (10), 『매일신보』, 1931. 11. 22.

_____, 「작가사인—춘원, 상섭, 빙허, 서해」, 『매일신보』, 1931. 1. 8.

_____, 「적막한 예원—조선 예술에 생각나는 사람들(최서해)」, 『매일신보』, 1932. 9. 25.

김동환, 「근대 초기 소설의 현실 묘사 양상과 그 미학적 근거」, 『한양어문연구』 13집, 1995. 12.

_____, 「매장후기」, 『삼천리』, 1932. 8.

_____, 「살풍경하고 쩌른 생애」, 『조선중앙일보』, 1934. 6. 12~13.

_____, 「생전의 서해 사후의 서해」, 『신동아』, 1935. 9.

_____, 「서해의 삼주기에」, 『조선중앙일보』, 1934. 6. 12~13.

김병익, 「최서해의 탈출기」, 『한국 현대 소설 작품론』, 도서출판 문장, 1981. 8.

김병희, 「최서해 소설 연구」, 영남대학교 석사 논문, 1984. 2.

김상조, 「최서해 초기 작품 연구」, 동아대학교 교육대학원 석사 논문, 1983. 6.

김상희, 「최서해 소설 연구 — 부권부재의식을 중심으로」, 대구대학교 석사 논문, 1995.

김석송, 「서해와 우리들」, 『삼천리』, 1932. 8.

김선중, 「최서해 연구」, 우석대학교 교육대학원 석사 논문, 1992. 2.

김성구, 「최서해의 장편 소설 『호외시대』 연구」, 한국외국어대학교 석사 논문, 1999.

김성수, 「최서해 소설의 서술 방법 연구」, 건국대학교 석사 논문, 1987.

김성옥, 「빈궁으로부터의 '탈출'을 지향한 글쓰기 — 최서해 서간체 소설의 문체 분석」, 『한중인문학연구』 26집, 2009. 4.

_____, 「최서해 소설에 나타난 여성상의 변모 과정과 그 의미」, 『한국현대문학연구』 29집, 2009.12.

_____, 「최서해 소설의 서술 방식 연구」, 서울대학교 박사 논문, 2005.

_____, 『최서해 소설 연구』, 지식과 교양, 2012.

김 송, 「서해문학의 재음미」, 『동아일보』, 1958. 9. 21.

김순전, 「한일 '서간체 소설'의 서술적 특징 연구」, 전남대학교 『용봉논총』 30집, 2001. 12.

_____, 「한일 경향 소설의 서술적 특징 연구」, 『일본어문학』 13집, 2002. 6.

_____, 「한일 근대 소설의 비교문학적 연구」, 한림대학교 박사 논문, 1998.

_____, 「한일 서간체 소설의 세계와 취향」, 『일본어문학』 10집, 2001. 3.

김승종, 「최서해 소설의 기호학적 연구 — 간도 배경 소설들을 중심으로」, 『현대문학연구』 36권, 2008.

_____, 「한국 근대 소설론의 양상 연구 — 1920년대를 중심으로」, 중앙대학교 석사 논문, 1984.

김안서, 「서해여, 핀을 읊노라」, 『동광』, 1932. 8.

_____,「서해의 삼주기를 맞으며」,『조선일보』, 1934. 6. 12~16.

_____,「최서해의 근저『홍염』을 읽고서」,『동아일보』, 1931. 9. 21.

김양호,「1920년대 소설에 나타난 불의 상징 해석 — 나도향, 현진건, 최서해를 중심으로」, 단국대학교 석사 논문, 1984.

김영동,「한국 소설에 수용된 북간도」,『새국어교육』 제35/36호, 1982.

김영주,「초창기 한국 프로레타리아 문학 연구」, 경희대학교 석사 논문, 1977.

김영하,「최서해의 삶과 그의 문학적 특징」, 신라대학교 교육대학원 석사 논문, 2005.

김영화,「서해 소설 연구」,『제주대 국문학보』 6집, 1974. 12.

_____,「서해 작품의 저항 의식 고찰 — 1925년 전후에 발표한 회자작을 중심으로」, 호서대학교『논문집』 5집, 1986. 12.

_____,「최서해 소설의 구조」,『월간문학』 76호, 1975. 6.

김예태,「서해와 그의 작품 세계」,『청파문학』 11집, 1974. 2.

김용성,「「탈출기」의 서해 최학송」,『한국일보』, 1973. 2. 25.

김용희,「최서해에 끼친 고리끼와 알치 바세푸의 영향」,『국어국문학』 88호, 1982. 12.

김우종,「철학이 없는 가난의 문학 — 최서해「탈출기」」,『문학사상』, 1978. 3.

_____,「최서해 연구」,『이숭녕 박사 송수 기념 논총』, 1968. 6.

_____,「최서해론」,『작가론』, 동화문화사, 1973. 9.

_____,『한국 현대 소설사』, 성문각, 1982.

김원경,「1920년대 경향 문학에 관한 연구」, 서울교육대학교『논문집』 6집, 1973.

_____,「1920년대 경향 문학의 특성」, 건국대학교 석사 논문, 1971. 11.

김원우,「현대 소설 독법에서의 근대성의 무게 — 최서해 탄생 100주년에 부쳐」,『동서문학』 통권 243호, 2001. 12.

김윤규,「초기 한국 경향 소설의 변모 —「기아와 살육」에서「농부 정도령」으로」,『국어교육연구』 20집. 1988. 12.

_____,「최서해 작품 연구」, 경북대학교 교육대학원 석사 논문, 1982. 6.

김윤선, 「최서해 소설에 나타난 여성성과 성차별 의식」, 덕성여자대학교 『어문학』 11
　　　집, 2000. 1.

김윤식, 『한국 근대 문학의 이해』, 일지사, 1982.

　　　　· 김현, 『한국 문학사』, 민음사, 1984.

김은정, 「최서해 소설의 현실 수용 태도와 가족의 의미 연구」, 한국외국어대학교
　　　『한국어문학연구』 14집, 2001. 12.

김을수, 「서해 최학송 소설」, 한국외국어대학교 교육대학원 석사 논문, 1984. 2.

김인자, 「최서해 소설 연구」, 연세대학교 교육대학원 석사 논문, 1991. 12.

　　　, 「최서해 소설 연구」, 연세대학교 석사 논문, 1992.

김인환, 「문학가로서의 기당 현상윤」, 『공자학』 15권, 2008.

김재용 외 3인, 『한국 근대 민족 문학사』, 한길사, 1993.

김정숙, 「최서해 소설 연구」, 세종대학교 석사 논문, 1990.

김정순, 「1920년대 한국 사실주의 소설의 유형 연구」, 단국대학교 석사 논문, 1980.

김정우, 「서해 최학송 전기 소설 연구」, 성균관대학교 교육대학원 석사 논문, 1996.

김정자, 「'서술의 유형'으로 본 소설의 문체적 분석 — 채만식과 최서해를 중심으로」,
　　　부산대학교 『국어국문학』 23집, 1986. 2.

김주남, 「1920년대 한국 소설의 서술 문체 연구 — 김동인, 최서해, 염상섭을 중심
　　　으로」, 서강대학교 석사 논문, 1984. 2.

　　　, 「최서해 작품론고 — 서술자 문제를 중심으로」, 『서강어문』 4집, 1985. 4.

김주연, 「울음의 문체와 직접 화법」, 『문학사상』, 1974. 11.

김준우, 『현대문학』, 지학사, 2003.

김지영, 「최서해 소설 연구」, 국민대학교 석사 논문, 2005.

김창식, 「1930년대 신문 소설의 특성과 그 존재 의미에 대한 연구 — 최서해의 『호외
　　　시대』를 중심으로」, 부산대학교 『국어국문학』 32집, 1995. 12.

　　　, 「서해 소설의 구조 연구」, 부산대학교 석사 논문, 1985. 2.

　　　, 「최서해 소설의 언어와 그 상징 구조」, 『한국 현대 소설의 재인식』, 삼지원, 1995.

_____,「최서해 소설의 언어와 그 상징 구조 연구―「토혈」「기아와 살육」「홍염」을 중심으로」, 부산대학교『국어국문학』22집, 1984. 12.

_____,「최서해 액자 소설의 구조와 의미―「누가 망하나?」「무서운 인상」을 중심으로」, 부산대학교『국어국문학』23집, 1986. 2.

김춘매,「최서해 소설 연구 ― 체험의 형상화 변화 양상을 중심으로」, 성균관대학교 석사 논문, 2007.

김치수,「최서해의 방화 소설」,『문학사상』, 1978. 8.

김태순,「최서해」, 강인숙 편,『한국 근대 소설 정착 과정 연구』, 박이정, 1999.

김태준,「조선 소설 발달사」,『삼천리』, 1936. 1.

김팔봉,「나와 카프 시대― 최서해」,『대한일보』, 1969. 7.

나상오,「서해의 단편 소설 연구」, 목포대학교 석사 논문, 1992. 2.

남우훈,「서해의 일화」,『삼천리』, 1932. 12.

노 봉,「「그믐밤」의 독사 문제」,『동아일보』, 1926. 6. 1.

노귀남,「서해 최학송 연구―「탈출기」분석을 중심으로」, 경희대학교『고황논집』8집, 1991. 5.

노재일,「서해 최학송 연구」, 충북대학교 교육대학원 석사 논문, 1985. 2.

대촌익부,「조선의 초기 프로레타리아 문학― 최서해의 제작품」,『사회과학토구』11권 3호, 1966. 1.

도애경,「해방 전 간도 체험 소설의 공간 수용 양상 연구― 최서해, 강경애, 안수길의 작품을 중심으로」, 한림대학교 박사 논문, 2004.

독서실,「홍염」,『동광』24호, 1931. 8.

문단잡화,「서해의 죽음」,『삼천리』, 1932. 8.

문종호,「서해 최학송 소설 연구―작품 내용의 변모 과정을 중심으로」, 계명대학교 석사 논문, 1988.

문학사와 비평학회,『최서해 문학의 재조명』, 새미, 2002.

문현기,「최서해 연구― 제재별 분석을 통하여」, 상지대 교육대학원 석사 논문, 1998.

민병휘, 「포석과 서해」, 『삼천리』, 1935. 1.

박경수 · 김순전, 「1920년대 계급적 · 민족적 갈등의 표출 양상 ― 최서해 원작 일본어 소설을 중심으로」, 『일본연구』 12집, 2009.

박상미, 「최학송 · 안수길의 작품 대비 연구」, 동아대학교 교육대학원 석사 논문, 1999.

박상엽, 「감상의 칠월―서해 영전에」, 『매일신보』, 1933. 7. 14~29.

_____, 「서해와 그 유족」, 『신여성』, 1933. 1.

_____, 「서해와 그의 극적 생애」, 『조선문단』, 1935. 7.

박신헌, 「최서해 소설에 나타난 Tremendismo」, 한국어문학회, 『어문학』 54집, 1993. 5.

박애경, 「신경향파소설에 나타난 저항 의지 연구 ― 최서해, 조명희, 주요섭의 작품을 중심으로」, 경희대학교 교육대학원 석사 논문, 2005.

박영희, 「문예 운동의 방향 전환」, 『조선지광』, 1927. 4.

_____, 「문예시평」, 『조선일보』, 1929. 3. 21~26.

_____, 「신경향파의 문학과 그 문단적 지위」, 『개벽』, 1925. 12.

_____, 「신경향파의 문학과 무산파의 문학」, 『조선지광』, 1927. 2.

_____, 「초창기의 문단측면사」 (5)(8), 『현대문학』, 1960. 1. 4.

_____, 「현대한국문학사」 (7), 『사상계』, 1959. 1.

박종홍, 「개인 의식의 지양과 사회 의식의 성숙」, 『문학과 언어』, 1983.

_____, 「최서해 소설의 정신분석학적 고찰」, 『울산어문논집』 1집, 1984.

박종화, 「갑자문단종횡관」, 『개벽』, 1924. 12.

_____, 「곡 최서해」, 『동아일보』, 1932. 7. 20.

_____, 「억 최서해」, 『삼천리』, 1932. 8.

_____, 「조선 문단의 회고」, 『신생』, 1929. 10.

박태상, 「파괴와 침몰의 미학」, 한국방송통신대학교 『논문집』 6집, 1987. 2.

박현수, 「최서해 소설의 승인 과정과 에크리튀르의 문제 ― 조선문단합평회와 『개벽』 월평을 통해 본 1920년대 중반 문단의 지형도」, 『반교어문연구』 26권, 2009.

박화성, 「고 사우 ─ 서해가 살았다면」, 『국제신문』, 1949. 11. 16~17.

_____, 「빈곤과 고투한 최서해」, 『현대문학』, 1962. 12.

방광호, 「서해 최학송 연구」, 청주대학교 석사 논문, 1984. 6, 청주대학교 『어문논총』 4집, 1985. 2에 재수록.

방영주, 「일제 식민지하 궁핍화에 대한 문학적 증언」, 『북악논총』 2, 1984. 2.

방인근, 「2월 소설평」, 『조선문단』, 1926. 3.

_____, 「3월 소설평」, 『조선문단』, 1926. 4.

_____, 「『조선문단』과 그 시절」, 『조선문단』, 1935. 4.

_____, 「『조선문단』의 회고」, 『월간문학』, 1968. 12~1969. 2.

_____, 「문단교우록」, 『문예』, 1950. 3.

_____, 「문사들의 이 모양 저 모양」, 『조선문단』, 1925. 1.

_____, 「문인상」, 『문예공론』, 1929. 6.

_____, 「문학 운동의 중축 『조선문단』 시절」, 『조광』, 1938. 6.

_____, 「북청의 의지, 서해」, 『사상계』 128(증간호), 1963. 11.

_____, 「서해를 추억함」, 『조광』, 1939. 12.

_____, 「인간 최서해」, 『자유문학』, 1958. 10.

_____, 「황혼을 가는 길」, 삼중당, 1963. 12.

배정상, 「『호외시대』 재론 ─ 『매일신보』 신문 연재 소설로서의 특성을 중심으로」, 『서울대인문논총』 71권 2호, 2014.

백 철, 「한발 앞선 고독의 의미」, 『문학사상』 26호, 1974. 11.

백현주, 「'가족의 의미 찾기'를 위한 문학 교육 모형 연구」, 서강대학교 교육대학원 석사 논문, 2003.

서복원, 「최서해 문학의 현실 인식과 저항 의지 연구」, 서원대학교 석사 논문, 2008.

서석준, 「서해 최학송 소설 연구」, 경희대학교 대학원 『고황논집』 5권, 1989. 8.

서순석, 「최서해의 단편 소설에 나타난 현실 인식 연구」, 경기대학교 석사 논문, 1999.

서종택, 「최서해와 김유정의 세계 인식」, 『고대어문논집』 17집, 1976.

서철원, 「최서해 「홍염」의 탈 식민성 연구」, 『건지어문학』 10권, 2013.

소관섭, 「최서해 소설 연구―작품 분석을 중심으로」, 원광대학교 교육대학원 석사
논문, 1989.

손영옥, 「최서해 연구」, 서울대학교 석사 논문, 1977. 7.

손유경, 「최서해 소설에 나타난 '연애'의 의미」, 『우리어문연구』 32집, 2008. 9.

송영목, 「서해 최학송 연구」, 『국어국문학』 87호, 1982. 5.

송준호, 「최서해 소설의 재고」, 『한국언어문학』 31집, 1993. 6.

송현호, 「일제 강점기 소설에 나타난 간도의 세 가지 양상」, 『한중인문학연구』 24집,
2008.

송희복, 「최서해의 「홍염」과 평판의 문제」, 동국대학교 『국어국문논집』 17집, 1996. 2.

_____, 『메타비평론』, 월인, 2004.

신동수, 「서해 최학송 소설 연구」, 전북대학교 교육대학원 석사 논문, 1993.

신민수, 「일제 강점기 재만 한국 문학 연구―최서해, 강경애, 현경준, 안수길을 중
심으로」, 경기대학교 교육대학원 석사 논문, 2006.

신수호, 「서해 최학송 연구」, 숭전대학교 석사 논문, 1983. 7.

신순철, 「서해 소설의 특성과 한계」, 『경주실업대 논문집』 3집, 1987. 8.

신영동, 「최서해 소설 연구」, 연세대학교 석사 논문, 1989.

신용은, 「최서해 연구」, 경남대학교 석사 논문, 1986, 『경남어문』 16집, 1986. 2에
재수록.

신지연, 「『학지광』에 나타난 심미적 문장의 형성 과정」, 『민족문화연구』 40권, 2004.

신창순, 「최서해 소설의 변모 양상 고찰」, 성균관대학교 『성균어문연구』 제37집,
2002. 12.

신춘호, 「궁핍과의 문학적 싸움―최서해」, 건국대학교 출판부, 1994.

_____, 「최학송의 「홍염」―간도 이주 농민의 반항적인 삶」, 『한글 새소식』, 1987.
2~3.

_____, 「한국 빈궁 문학의 두 양상」, 고려대학교 석사 논문, 1973. 6.

신현웅, 「서해 최학송 소설 연구」, 중앙대학교 교육대학원 석사 논문, 1991.

심 훈, 「『홍염』 영화화, 기타」, 『동광』, 1932. 10.

_____, 「곡 서해」, 『동아일보』, 1932. 7. 20.

_____, 「내가 좋아하는 작품과 작가」, 『문예공론』, 1929. 5.

심재추, 「한국 소설의 '근대성' 연구」, 건국대학교 박사 논문, 2000.

안일순, 「최서해 연구」, 연세대학교 교육대학원 석사 논문, 1981. 2.

안정애, 「최서해 소설의 변모 양상」, 경북대학교 석사 논문, 1990.

안함광, 『최서해론』, 조선작가동맹출판사, 1956.

양건식, 「인간 서해」, 『매일신보』, 1933. 7. 11~12.

양주동, 「문단측면관」, 『조선일보』, 1931. 1. 10.

염상섭, 「곡 최서해」, 『삼천리』, 1932. 8.

_____, 「서해 삼주기에」, 『매일신보』, 1934. 6. 12~13.

_____, 「서해의 이장이 절급한데」, 『문화시보』, 1958. 9. 18.

오 영, 「서해에게 진언」, 『중외일보』, 1926. 11. 30.

오양진, 「나도향의 「물레방아」와 최서해의 「홍염」에 나타난 인간상의 비교」, 『현대소설연구』 44권, 2010.

오연희, 「근대 문학 정전을 통해 본 근대적 글쓰기의 수사학 ― 1930년대 문학선집을 중심으로」, 『현대문학이론연구』 52권, 2013.

오원규, 「최서해 연구」, 충북대학교 교육대학원 석사 논문, 1989.

오정수, 「최서해의 장편 『호외시대』 연구」, 단국대학교 교육대학원 석사 논문, 2001.

왕 가, 「일제 강점기 재중 조선인 소설 연구 ― 최서해 · 주요섭 · 강경애 · 안수길의 작품을 중심으로」, 공주대학교 석사 논문, 2012.

우두현, 「최서해 소설의 정신분석학적 연구 ― 특히 파괴성을 중심으로」, 계명대학교 교육대학원 석사 논문, 1985.

유경희, 「최서해 연구 ― 체험적 빈궁성을 중심으로」, 중앙대학교 교육대학원 석사 논문. 1991. 12.

유근경,「최서해 소설의 변이 양상 연구 — KAPF 탈퇴 전후를 중심으로」, 공주대학
  교 석사 논문, 2006.

유기룡,「최서해론」,『한국 문학 작가론』, 나손 선생 추모 논총,『현대문학』, 1991. 4.

유미정,「최서해 작품 연구」, 숙명여자대학교 교육대학원 석사 논문, 1991. 12.

유병수,「최서해 소설의 갈등 구조 연구」, 한양대학교 교육대학원 석사 논문, 1998.

유승환,「1920년대 초중반의 인식론적 지형과 초기 경향 소설의 환상성 —『개벽』
  과『조선지광』의 인식론적 담론을 중심으로」,『한국현대문학연구』23집,
  2007. 12.

유재열,「서해 최학송의 소설 연구 — 작품 속에 형상화된 현실 인식을 중심으로」, 경
  원대학교 석사 논문, 1993.

유재엽,「최서해 연구」, 동국대학교 석사 논문, 1978.

유태영,「최서해 소설에 나타난 폭력의 성격 연구」,『한국언어문화』23집, 2003. 6.

_____,「최서해의 퍼서낼리티가 작품에 미친 영향 연구」,『한국언어문화』26집,
  2004. 12.

윤금선,「최서해의 단편 소설 연구」, 한양대학교 석사 논문, 1991.

윤기정,「1927년 문단의 총결산」,『조선지광』, 1928. 1.

윤병로,「1920년대 전반의 소설 양상」, 성균관대학교『대동문화연구』26집, 1991.
  12,『비교한국학』1집, 1995 재수록.

_____,「20년대 작가의 문학적 특징 연구」, 성균관대학교『논문집』17집, 1972.

_____,「반역과 열애의 작가」,『여원』, 1960. 8.

_____,「최서해론」,『현대 작가론』, 선명문화사, 1974.

_____,『한국 현대 작가의 문제작 평설』, 국학자료원, 1996.

_____,『한국 근현대 문학사』, 명문당, 1991.

윤상기,「최서해론」, 대불대학교『논문집』9집, 2003.

윤영심,「최서해의 탈 빈궁 계열 작품 연구」, 성신여자대학교 석사 논문, 1998.

윤지관,「민족적 현실과 가난 체험의 모랄리즘—최서해론」,『한국문학』, 1988. 4.

윤홍로, 「최서해의 문학과 현실 인식」, 전광용 외, 『한국 현대 소설사 연구』, 민음사, 1984.

_____, 「한국 현대 소설의 통합 해석론」, 단국대학교 동양학연구소, 『동양학』 9집, 1979.

_____, 『한국 근대 소설 연구』, 일조각, 1980.

_____, 『한국 문학의 해석학적 연구』, 일지사, 1976.

이 숙, 「1920~30년대 빈궁 문학에 나타난 직업 모티프 연구 — 나도향·주요섭·최서해·현진건의 단편 소설을 중심으로」, 『현대 문학 이론 연구』 34권, 2008.

이 훈, 「최서해 소설론 — 가난 체험과 가족애를 중심으로」, 『관악어문연구』 12집. 1987. 12.

이강언, 「춘원과 서해의 서간체 소설 연구」, 한사대학교 『한국어문논집』 2집, 1982. 2.

이경돈, 「1920년대 단형서사의 존재 양상과 근대 소설의 형성 과정 연구」, 성균관대학교 박사 논문, 2004.

_____, 「최서해와 기록의 소설화」, 『반교어문연구』 15집, 2003. 8.

이경훈, 「『조선문단』과 이광수」, 『국제한국문학문화학회 사이間SAI』 10권, 2011.

이계홍, 「최서해 문학의 실존적 세계 인식」, 동국대학교 석사 논문, 1989, 동국대학교 『동악어문논집』 제24집, 1989. 12 재수록.

이광수, 「다난한 반생의 도정」, 『조광』, 1936. 4.

_____, 「소설선후언」, 『조선문단』, 1924. 11.

_____, 「전 『조선문단』 추억담」, 『조선문단』, 1931. 8.

_____, 「전 『조선문단』 추억담」, 『조선문단』, 1935. 8.

_____, 「조선의 문학」, 『삼천리』, 1933. 3.

_____, 「최서해와 나」, 『삼천리』, 1932. 8.

이국환, 「최서해 서간체 소설 연구」, 동아대학교 석사 논문, 1993.

이귀훈, 「최서해 소설 연구 — 가족과 사회의 관계를 중심으로」, 서강대학교 석사 논문, 1995.

이남훈, 「소설에 나타난 간도의 의미」, 연세대학교 석사 논문, 1985.

이대규, 「한국 근대 귀향 소설 연구」, 전북대학교 박사 논문, 1994.

이동희, 「산문 문체 논고」, 안동교육대학교 『논문집』 5집, 1972.

_____, 「최서해 소설의 문체론적 고찰」, 영남대학교 『인문연구』 6, 1984. 9.

_____, 「한국 근대소설의 문체에 대한 연구」, 단국대학교 박사 논문, 1985.

이명온, 「무골호인 최서해」, 『희망』, 1962. 2.

이명자, 「새 자료에 의한 최서해의 작품 목록」, 『문학사상』, 1974. 11.

이명진, 「서해 최학송 연구―후기 작품의 재평가를 위한 시론」, 경희대학교 석사 논문, 1989.

이병기, 「추억」, 『삼천리』, 1932. 8.

이병렬, 「서해 최학송 연구」, 고려대학교 교육대학원 석사 논문, 1980. 12.

이상진, 「최서해론 ― 미완된 폭력과 '낭만적 거짓'」, 『한국 현대 소설사의 주변』, 박이정, 2004.

이상화, 「지난달 시와 소설」, 『개벽』, 1925. 6.

이석재, 「최서해의 소설 연구」, 한양대학교 교육대학원 석사 논문, 1987.

이수창, 「문단제가의 측면관」, 『중외일보』, 1928. 8. 17~18.

이승만, 「학이 소나무를 잃었구나」, 『월간중앙』, 1972. 6.

이승복, 「경향파 작가들의 기독교 인식 연구」, 목원대학교 석사 논문, 1996.

이어령, 『한국 작가 연구』 하권, 동화출판사, 1980.

이연진, 「작가 최서해 연구」, 창원대학교 석사 논문, 1996.

이영성, 「최서해 문학 연구 서설」, 국민대학교 『국민어문연구』 8집, 2000. 3.

이원배, 「최서해의 『호외시대』 연구」, 경남대학교 교육대학원 석사 논문, 1996.

이윤재 편, 『문예독본』 2, 한성도서주식회사, 1931. 5.

이은상, 「서해 창작집 『혈흔』의 서를 읽고」, 『동아일보』, 1925. 12. 1~3.

이은숙, 「1930년대 북간도 지역에 대한 조선 이민의 공간 이미지」, 『대한지리학회지』 34권 4호, 1999. 12.

이의진, 「최서해 전기 소설 연구」, 성균관대학교 교육대학원 석사 논문, 1999.

이재선, 「액자 소설로서의 「배따라기」의 구조」, 김열규 · 신동욱 편, 『김동인 연구』, 새문사, 1986.

_____, 「최서해와 기아의 딜렘마」, 『한국 현대 소설사』, 홍성사, 1979. 2.

이점숙, 「최서해 소설의 인물 연구」, 경남대학교 교육대학원 석사 논문, 1989.

이정성, 「최서해 연구」, 인하대학교 교육대학원 석사 논문, 1989. 2.

이종명, 「서해의 추억」, 『매일신보』, 1933. 6. 30~7. 4.

이주성, 「한국 농민 소설 연구」, 세종대학교 석사 논문, 1987.

이주형, 「1920년대 한국 프로문학의 한계」, 경북대학교 『논문집』 20집, 1977.

이태준, 「오호, 서해형!」, 『동아일보』, 1932. 7. 18.

이필석, 「한국 현대 소설에 반영된 죄의식에 관한 연구」, 경희대학교 교육대학원 석사 논문, 1982.

이해성, 「새 자료를 통해 본 최서해의 생애」, 『문학사상』, 1974. 11.

이호석, 「일제 강점기 만주 한국 문학 연구―만주 배경 소설에 나타난 이주민의 현실 대응 양상을 중심으로」, 아주대학교 교육대학원 석사 논문, 2003.

임 화, 「소설 문학의 20년」 (5), 『동아일보』, 1940. 4. 18.

_____, 「조선 신문학사론 서설」, 『조선중앙일보』, 1935. 10. 9~11. 12.

임규찬, 「1920년대 소설사 연구」, 성균관대학교 박사 논문, 1994.

_____, 「최서해의 「해돋이」론」, 『기곡 강신항 교수 정년 기념 논문집』, 1995.

_____, 『문학사와 비평적 쟁점』, 태학사, 2001.

임동휘, 「빈궁 소설의 서사적 특징 연구―최서해 · 현진건 · 김유정을 중심으로」, 중앙대학교 석사 논문, 2003.

임영봉, 「식민지 근대성과 광인 서사의 의미―광인형 등장 인물의 세 가지 유형을 중심으로」, 중앙대학교 『인문학연구』 34집, 2002. 8.

임종국, 「「탈출기」, 빈궁의 문학」, 『여성동아』, 1973. 6.

_____, 「빈궁문학의 기수―최서해의 장」, 『한국문학의 사회사』, 정음사, 1974.

임종수, 「최서해 소설의 문체 고찰」, 삼척산업대학교 『논문집』 31집, 1998. 2.

임헌영, 「탈출기 해설」, 자이언트문고 018, 문공사, 1982.

_____, 『한국 근대 소설의 탐구』, 범우사, 1974.

임환모, 「한국 프로 문학론의 비평사적 연구」, 전남대학교 석사 논문, 1983.

임홍준, 『최서해 소설 연구─간도 배경 작품을 중심으로』, 계명대학교 교육대학원 석사 논문, 1990.

장광섭, 「최서해연구」, 『선청어문』 8집, 1977.

장만호, 「산문시의 형식과 근대 문학 담당층의 산문시 인식」, 『한국시학연구』 15호, 2006. 4.

장백일, 「최서해 단편 소설 연구」, 『최정석 사백 정년 퇴임 기념 문집』, 도서출판 그루, 1990.

장병희, 「최서해 단편 소설 연구」, 『국민대 어문학논총』 제8집, 1989. 2.

장사선, 「안함광의 해방 이후 활동 연구」, 홍익대학교 인문과학연구소, 『동서문화연구』 8집, 2000.

장성수, 「최서해 문학의 재검토」, 전북대학교 『국어국문학』 23집, 1983.

장수익, 「최서해 소설과 조선 자연주의」, 『어문론총』 38호, 2003. 6.

_____, 『한국 현대 소설의 시각』, 역락, 2003.

장순희, 「한국 신경향파소설의 현실 대응 양상 연구─이익상, 주요섭, 최서해, 조명희의 작품을 중심으로」, 한국외국어대학교 교육대학원 석사 논문, 1999.

장혜정, 「최서해 소설의 인물 연구」, 숙명여자대학교 교육대학원 석사 논문, 1998.

전명희, 「최서해 소설 연구─작품 세계의 변모 양상을 중심으로」, 영남대학교 석사 논문, 1983. 12.

전문수, 「1920년대 소설의 구조에 관한 연구」, 창원대학교 『인문논총』 3집, 1996. 12.

전영택, 「서해의 예술과 생애」, 『삼천리』, 1933. 8.

정국한, 「서해 문학의 성격 분석」, 건국대학교 석사 논문, 1983.

정덕준, 「1920년대 소설의 정신사적 연구」, 고려대학교 『어문논집』 40, 1999. 8.

정덕훈, 「최서해 작품 연구」, 서강대학교 석사 논문, 1983. 8.

정문권 · Kotchanova Tatiana, 「막심 고리끼 문학이 한국작가들에게 끼친 영향」, 배재대학교 『인문논총』 제18집, 2002. 12.

정세기, 「최서해 전기 고찰을 통한 작품의 양면성 연구」, 건국대학교 교육대학원 석사 논문, 1993

정연경, 「쓰기 능력 발달에 영향을 미치는 요인 연구」, 신라대학교 교육대학원 석사 논문, 2004.

정창희, 「1920년대 소설에 나타난 불의 상징적 의미」, 『홍익어문』 8집, 1989. 1.

정호웅, 「1920~30년대 한국 경향 소설의 변모 과정 연구」, 서울대학교 석사 논문, 1983.

조갑상, 「최서해 작품론」, 동아대학교 석사 논문, 1980.

조남현, 「1920年代 한국 경향소설연구」, 서울대학교 석사 논문, 1974. 11.

_____, 「관점으로 본 서해와 현민」, 『월간문학』 84호, 1976. 2.

_____, 「최서해의 『호외시대』, 그 갈등 구조」, 『한국문학』 163, 1987. 5.

조병길, 「서해 최학송 연구」, 성균관대학교 석사 논문, 1985. 2.

조윤정, 「식민지 조선의 교육적 실천, 소설 속 야학의 의미」, 『고려대 민족문화연구』 52권, 2010.

조진기, 「20년대 현실과 궁핍의 문학」, 『어문학』 34집, 1976.

_____, 「최서해 작품론고」, 『경남대 논문집』 3집, 1976. 11.

조헌용, 「최서해 소설 연구 ― 현실 인식과 소설적 공간 확장을 중심으로」, 서울산업대학교 석사 논문, 2009.

주요한, 「5월의 문단」, 『동아일보』, 1926. 5. 5~19.

_____, 「각잡지 6월호 문예창작을 평함」 (2), 『동아일보』, 1926. 6. 15.

_____, 「취제의 경향과 제3층 문예 운동―신년호 소설 월평」, 『조선문단』, 1927. 2.

_____, 「『혈흔』 추천사」, 『조선문단』 뒤표지, 1927. 1.

채 훈, 「빈궁 문학에서의 탈출기」, 『문학사상』, 1974. 11.

_____, 「최서해 수필고」, 『청파문학』 13집, 1980. 2.

_____, 「최서해 연구 — 소위 제2계열의 작품을 중심으로」, 숙명여자대학교 『논문 집』 18집, 1978. 12.

_____, 『1920년대 한국 작가 연구』, 일지사, 1976.

채종규, 「최서해 연구」, 성균관대학교 석사 논문, 1989.

채지영, 「남북한 현대 소설 교육의 비교 및 전망」, 이화여자대학교 교육대학원 석사 논문, 1998.

최강민, 「1920~30년대 재난 소설에 나타난 급진적 이데올로기와 트라우마」, 『어문 논집』 56권, 2013. 12.

_____, 「1920년대 한일 소설에 나타난 조선인의 민족성 비교」, 『한국문예비평연구』 35권, 2011.

최독견, 「조선정조」, 『조선문단』, 1927. 2.

최선희, 「한국 현대 소설에 나타난 불의 상징적 의미 — 1920년대 작품을 중심으로」, 『목멱어문』 3집, 1989.3.

_____, 「한국 현대 소설에 나타난 불의 상징적 의미」, 대구효성가톨릭대학교 박사 논문, 1998.

최시한, 「가족 이데올로기와 문학 연구 — 최서해의 「해돋이」를 예로」, 『돈암어문학』 19집, 2006. 12.

_____, 「경향 소설의 가족 문제」, 『배달말』 21집, 1996. 12.

최애순, 「최서해 번안 소설 「사랑의 원수」와 김내성 「마인」의 관계 연구 — 식민지 시 기 가스통 르루의 「노랑방의 수수께끼」의 영향을 중심으로」, 『현대소설연 구』 45권, 2010.

최연순, 「최서해 소설 연구 — 사회상과 작가 의식을 중심으로」, 충북대학교 『말과 글』 1집. 1987. 2.

최예열, 「최서해 소설 연구」, 『대전어문학』 10호, 1993. 2.

최은경, 「최서해 소설 연구 — 소외 문제와 그 대응 양상을 중심으로」, 전북대학교 교육대학원 석사 논문, 1999.

최정희, 「문인초인상기」, 『삼천리』, 1932. 2.

표언복, 「1920년대 만주 독립 운동의 서사적 인식 ─ 최서해를 중심으로」, 『어문학』
　　　115권, 2012. 3.

_____, 「최서해 문학의 반식민주의 혁명 의식」, 『현대문학이론연구』, 2012.

하동호·안동민, 「처녀작 주변 ─ 최서해 편」, 『신아일보』, 1966. 3. 25.

하창수, 「이미지를 통한 소설 분석 시론 ─ 최서해의 「저류」를 중심으로」, 『우해 이병
　　　선 박사 화갑 기념 논총』, 1987. 8, 『부산대 어문교육논집』 10집, 1988. 2.

한상권, 「최서해 소설 연구」, 명지대학교 석사 논문, 1993.

한수영, 「돈의 철학, 혹은 화폐의 물신성을 넘어서기 ─ 최서해의 장편 『호외시대』
　　　론」, 『1930년대 문학 연구』, 평민사, 1993.

한원영, 『한국 신문 연재 소설 연구』, 이회문화사, 1996.

한점돌, 「한국 신경향 소설 연구 ─ 최서해 소설의 변모 과정과 그 내적 논리를 중심
　　　으로」, 『문학사와 비평』 4집, 1997. 3.

_____, 「한국 아나키즘 문학 연구 ─ 최서해 소설의 아나키즘적 특성」, 『현대 소설
　　　연구』, 2006.

허판호, 「『호외시대』 연구」, 『한국어교육』 11집, 1995. 12.

_____, 「서해 최학송 연구」, 『인산 김원경 박사 화갑 기념 논문집』, 1988. 11.

_____, 「최서해 소설 연구 ─ 소시민 일상사 표현을 중심으로」, 『미원 우인섭 선생
　　　정년 퇴임 기념 논문집』, 한일문화사, 1991. 8.

_____, 「최서해 소설 연구」, 국제대학교 『국제어문』 12/13집, 1991. 8.

_____, 「최학송 소설 연구 ─ 인물과 지향성을 중심으로」, 성균관대학교 박사 논문.
　　　1991. 5.

현진건, 「신추문단소설평」, 『조선문단』, 1925. 10.

_____, 「신춘소설만평」, 『개벽』, 1926. 2.

_____, 「조선혼과 현대 정신의 파악」, 『개벽』, 1926. 1.

　　　　　　　　　　　　　　　　　최서해의 삶과 문학 연구

홍귀자, 「최서해 소설 연구」, 성신여자대학교 교육대학원 석사 논문, 1993.

홍기돈, 「최서해 소설의 문학사적 의의」, 『비평문학』 30호, 2008. 12.

홍연실, 「간도 소설 연구 — 최서해 · 강경애 · 안수길의 작품을 중심으로」, 건국대학교 석사 논문, 1993

홍이섭, 「1920년대 식민지적 현실 — 민족적 궁핍 속의 최서해」, 『문학과지성』 봄호, 1972.

_____, 「1920년대 식민지하의 정신」, 『오종식 선생 회갑 기념 논문집』, 1967. 7.

홍정선, 「신경향파 비평에 나타난 생활 문학의 변천 과정」, 서울대학교 석사 논문, 1981.

홍효민, 「오호, 서해형이여!」, 『삼천리』, 1932. 8.

황봉모, 「고바야시다키즈(小林多喜二)의 「방설림」과 최서해의 「홍염」 비교」, 『외국문학연구』 52호, 2013. 11.

황승택, 「서해 연구」, 연세대학교 교육대학원 석사 논문, 1986.

황효일, 「최서해 소설 연구」, 국민대학교 『국민어문연구』 3집, 1991. 4.

Kotchanova Tatiana, 「막심 고리끼 문학이 한국 문학에 끼친 영향 — 1920~30년대 중심으로」, 배재대학교 석사 논문, 2003.

P. B 생, 「반역의 선언 『혈흔』 — 서해의 근업에 대하여」, 『시대일보』, 1926. 6. 7.

4. 전집과 자료집에 누락된 자료

呻吟聲 - 病床日記에서

◇

　無知한 여기 百姓들도 白頭山은 自己네 朝鮮 것인 줄 確實히 안다. 거긔서 檀君이 나압신 것도 안다. 그뿐만 아니라 白頭山 以北 南滿洲一帶의 地는 녯날 自己네 것이라고 그네들은 밋는다. 至今도 바틀 내이다가 녯날 기와ㅅ장 칼 활촉 가마 방아 호박부치를 어더낸다. 그네들은 그것을 엇는 째마다 이것은 우리 祖上의 것이라 한다. 쏘 그네들은 이쌍이 未來에 도로 朝鮮 것이 된다고 밋는다. 『松風蘿月에 郭將軍이란 무서운 偉人이 나서 이 쌍을 朝鮮쌍으로 만든다』 하는 이야기를 하고 松風蘿月의 신비를 말한다. 松風蘿月이란 곳은 白頭山 아래서 한 七十餘里 北에 잇다. 이 近方에서는 소나무를 죽도록 차저야 볼 수 업지만 松風蘿月에 가면 七十餘里에 亘한 솔바틀 보게 된다. 그것이 모다 두세 알음이 되고 쏘 어듸 서서 보든지 整然히 列植되엿다. 이것은 勃海 太祖 大祚英의 手植이라는 것(여기 百姓의 말)인데 여기를 松風蘿月이라 한다. 누가 그 일홈을 부첫는지는 몰은다. 여기 百姓들은 白頭山下 松風蘿月에 偉大한 傑人(郭將軍)이 잇다고 미드며, 거기에 祈禱하며 그 偉人의 出現을 은근히 企待한다.

그것이 迷信일가?

黃昏달 아래 모기ㅅ불가에 모아안저서 웃는 그네의 純朴한 웃음 써드는 그네의 無知한 말!

나는 그속에서 비츨 본다. 그것은 그 郭將軍이나 滿洲가 朝鮮된다는 그것은 虛荒한 夢想이라 하드라도 무엇이나 밋는 것 바라는 것은 事實 그네의 心理다. 信仰이 잇는 이에게는 希望이 잇다. 希望이 잇스면 理想이 잇스니 理想이 잇는 이에게는 힘이 잇는 것이다. 生命이 잇는 것이다.『오오 그네들께 행복이 잇스소서』하고 나는 부르지젓다. 나는 全身이 부루루 썰엿다. 白頭山을 바라보앗다. 一片 白雲이 南天으로 南天으로 흘러간다.

落城一別四千里
胡騎長驅五六年
....
思家步月淸宵立
憶弟看雲白日眼
....

이라한 杜甫의 詩가 생각나서 가슴이 찌르르 하엿다.

살어라.

너는 살어라.

오오, 네 팔다리에 힘을 올려라!

◇

鐵嶺 놉흔 峯에 쉬여넘는 저 구름아
死臣怨淚를 비삼아 실어다가
님 계신 九重深處에 쌕려볼가

杜甫의 詩와 가치 늘 생각나는 것은 李恒福의 詩다. 山머리에 넘는 구름! 더구나 天涯他國에서 내 나라 白頭山을 넘어 내 나라로 흘러가는 구름을 보는 쌔면, 作者의 心境이 切實히 늣겨진다.

언제나 이 몸도 健康을 回復하야 모든 일을 일우워 가지고 저 구름가치 故國으로 가나? 내가 南滿洲 深谷에서 病들어 누울 줄을 누가 알리? 積積한 萬端胸懷를 煩陳할 곳이 업다.

西佰利亞 엇든 寒村에서 엇던 故國 친구가 나에게 便紙를 붓첫다. 그 사연 중에 이런 句節이 잇다.

…… 나는 그대가 잇는 시베리아를 憧憬한다. 눈 쌀린 시베리아 바람치는 시베리아 즷업는 시베리아는 얼마나 男性的이며 얼마나 詩的인가? 아아 그 속에 放浪하는 그대의 幸福! 나도 언제나 그대와 가치 시베리아에 放浪하나? ……

나는 이 글을 읽고 우섯다. 남은 至誠껏 쓴 글을 읽고 웃는다는 것은 誠意 업는 소리지만 그의 夢想을 우섯다. 放浪을 爲하야 放浪을 하지 안코 不得已 放浪하는 나는 웃지 안을 수 업섯다.

放浪은 變的이다. 그는 幸福이 아니다. 常的이 아니다. 幸福은 常的에 있는 것이다. 變的에 잇는 것은 아니다. 父母兄弟妻子가 서로 和睦하고 사람과 사람이 서로 共存共榮을 힘써서 常的 生活을 營爲하는 것이 人生의 幸福이다. 上으로 政綱이 어즈럽고 下으로 人民이 塗炭에 들어서 父母兄弟妻子가 散之四方하야 밟혀죽고 찟겨 죽고 甚至於 他國에까지 放浪하야 草根木皮로 延命하는 것은 確實히 變的이다. 그럼으로 常的에 處하야 變的을 憧憬하는 가슴에는 큰 슬픔이 업스나 變的에 處하야 常的을 憧憬하는 이의 가슴은 찟긴다. 피가 흐른다. 씰어진 나무를 보아도 내 身勢를 생각게 되고 흐르는 물소리 우지지는 새소리를 들어도 故國을 思慕하게 되고 嶺 넘어가는 구름조각을 보아도 生死를 몰으는 親戚을 생각하고 눈물을 짓게 된다. 아아 이 몸이 언제 回春하야 故國을 밟아 볼 싸나? … 즷 …

(이 글은 『최서해 전집』 하권 224쪽에 연결되어야 함에도 편자의 실수로 빠뜨린 부분임)

沈滯된 半島文壇振興策

文壇 諸氏의 意見 - 崔鶴松氏

朝鮮文壇을 振興식히는 데는 于先 文士의 生活을 保障해야 할 것이 올시다. 그러나 오늘날 이 朝鮮에 잇서서 무슨 수로 글을 써서 一家를 保存하야 가겟습니가. 原稿料를 내고 글을 사가는 雜誌社가 잇스면야 問題가 업겟스나 讀者를 적게 가진 雜誌社에서는 到底히 그러케 할 수는 업스니 雜誌社는 破産을 當하야 가면서까지 文士의 生活上에 犧牲을 할 수는 업는 것이니 結局은 大衆이 文藝를 사랑하게 되기까지는 아모 신통한 道理가 업슬 것 갓습니다. 大衆이 文藝를 조와하게 되면 自然 文學雜誌도 잘 팔니고 文學雜誌가 잘 팔니면 自然 文士의 生活費도 넉넉히 나아오고 글만 잘 쓰면 一生토록 妻子를 배곱흐게는 아니 하겟다는 시 가부르면 그야말노 숨엇든 天才, 다른 길노 가든 同好者도 닷호와 創作에 기우러 그 중에는 可히 놀나울 만한 傑作도 날 것이 올시다. 그러함으로 朝鮮의 沈滯된 文壇을 振興하는 데는 오즉 萬大衆의 文學에 한가 더웁고 식는 데 잇다고 합니다. (『매일신보』)

久阻하였습니다.

우리는 崇二洞으로 移舍했습니다. 안해는 쌀 싯고 나는 불피우고…… 이게 마치 어린애들 소꿉질 같습니다. 因山때 上京하십니까. 上京하시거든 꼭 들리셔서 우리가 지은 진지 좀 잡수시오. 그러나 但 술과 안주는 持參해야 됩니다. 하하하 너무 오래 되어서 數字로 問安합니다. (崔鶴松씨로부터 大正 十五年 六月 五日에 曹圭源氏에게 온 것)(이태준, 『서간문강화』, 박문서관, 1943)

5. 서해 관련 시

追憶

李秉岐

한손에 광이잡고 또한손에 붓을들어
설흔 두해를 살어예는 그동안을
오로지 괴로움만으로 싸워올뿐이드냐

ㅇ

외로운 몸이되어 남달리 믿엄더니
내뒤에 오든그대 그를앞서 가는고야
다시는 뉘를 다리고 이내시름말하리

ㅇ

山머리 희젓한데 석양은 빛여든다
하얀 모래서리 솔닢은 파라코나
그곳에 그대는 홀로 깊이 잠을드느냐

안애와 아들이며 늙으신 어머니를
또한 이세상에 못다푸든 슳음을
黃泉에 누운 몸이라도 어이하여잇으리
冊床 한머리에 다만홀로 비겨앉어
血痕과 紅焰을 뒤적어려 볼때마다
새로이 그리운 마음에 내못견대하옵네

(『삼천리』, 1932. 8)

哭 崔曙海(추도시)

박종화

曙海ㅣ 가다 하니 참말로 꿈이로다.
간三月 술잔 들어 세상일 웃고웃고
아허허 生前에 永訣 가슴 무여지옵네.

棺 앞에 울고 부는 偏母 孤子 弱妻를
버리고 도스실 제 눈이나 감았으리.
목메어 哭之慟하되 영영 대답 없구나.

남달리 겪은 고초 이로써 굿기셨다.
칼 짚고 仗義踰陣 이것도 해보았네.

平生에 품은 큰 뜻을 누굴 주고 가는고.

北邙山 十里길에 붉은 기 번득일 제
큰길이 無色코야 뉘 있어 또 이으리.
바람도 설운 양하여 빗발 모라 뿌리에.

(7. 10 작)

(『동아일보』, 1932. 7. 12 발표)

曙海야

조운

무릎 위에 너를 눕히고
피 식은 걸 굽어볼 때
그때 나는 마지막으로 무엇을 원했던고.

부디나
누이와 바꾸어 죽어다오.
가다오.

누이가 죽어지고
曙海 네가 살았으면
죽음은 설어워도
삶은 섧지 안하려든

이 설움 또 저 설움에
어쩔 줄을 몰랐어.

늙으신 어버이와
젊은 아내
어린 아이

이를 두고 가는 죽음이야
너뿐이랴.

네 살에 나도 아빠를 잃었다.
큰 설움은 아니어.

하고 싶은 이야기를
다 해보지 못한 설움

千古에 남은 말을
뼈 맺히는 恨일지니

한 마디
더 했더라면
어떤 얘기였을꼬.

(『曹雲時調集』, 朝鮮社, 1947. 5)

서해여, 핀을 읊엇노라

金岸曙

1
이핀이 어인핀고, 알길이 없네.
실비도 사운사운 쓸슬한이날
외로히 굴러도네, 病室구석을.
人生도 이갈으리, 모다모를길

2
구석구석 病室을 헤매도는양,
主人이 누구든가, 넓은이세상.
바람대로 이몸은 南北도노라.
손에 드니 님생각 다시 살틀타.

3
그지아비 病들어 病에 울을제
그지어미 깜한맘 하늘 웨첫네.
이핀이 어인핀고, 그지어미의
설은맘 풀길없이 네가 도느냐.

4
검은머리 긴털에 느러진사랑,
보람없는 사랑에 病들어 누니
無心타, 아가씨의 때늦은 心情,
잠든이야 알것가, 핀만 남앗네.

5
아츰저녁 새단장 검은머리핀.
흰손끝에 감들든 검은머리핀.

主人은 어데가고 핀만 남엇노.
생각은 百千이라, 검은머리핀.

6

曙海여, 瞑目하라, 平安이 가라.
핀을 두고 後日을 약속한 우리,
이날에 그대가니 핀도 잃노라.
내노래뿐 외로이 그대를 우네.

(1932. 7. 10)

『동광』36호, 1932. 8)

哭 曙海

沈熏

온 종일 줄줄이 내리는 비는
그대가 못다 흘리고 간 눈물 같구려
인왕산 등성이에 날만 들면 이 비도 개련만······

어린 것들은 어른의 무릎으로 토끼처럼 뛰어다니며
『울 아버지 죽었다』고 자랑삼아 재절대네.
모질구려, 조것들을 남기고 눈이 감아집니까?

손수 내 어린 것의 약을 지어준다던 그대여,
어린 것은 나아서 요람 위에 벙글벙글 웃는데

꼭 한 번 와 보마더니 언제나 언제나 와주시려오?
그 유모러스한 웃음은 어디 가서 웃으며
그 邪氣 없는 표정은 어느 얼굴에서 찾더란 말이요?
사람을 반기는 그대의 손은 유난히도 더웠읍넨다.

입술을 깨물고 유언 한 마디 아니한 그대의 심사를
뉘라서 모르리까, 어느 가슴엔들 새겨지지 않았으리까.
설마 그대의 老母弱妻를 길바닥에 나 앉게야 하오리까.

사랑하던 벗이 한 걸음 앞서거니 든든은 하오마는
三十 평생을 숨도 크게 못쉬도록 청춘을 말려 죽인
살뜰한 이놈의 현실에 치가 떨릴 뿐이외다.

(『동아일보』, 1932. 7. 20)

최서해의 삶과 문학 연구

작품, 자료 »

인명 »

최서해의 삶과 문학 연구

용어 »